U0059148

秀威文哲叢書

韓晗主編

敘事學理論探賾

申丹　著

秀威資訊・台北

「秀威文哲叢書」總序

　　自秦漢以來，與世界接觸最緊密、聯繫最頻繁的中國學術非當下莫屬，這是全球化與現代性語境下的必然選擇，也是學術史界的共識。一批優秀的中國學人不斷在世界學界發出自己的聲音，促進了世界學術的發展與變革。就這些從理論話語、實證研究與歷史典籍出發的學術成果而言，一方面反映了當代中國學人對於先前中國學術思想與方法的繼承與發展，既是對「五四」以來學術傳統的精神賡續，也是對傳統中國學術的批判吸收；另一方面則反映了當代中國學人借鑒、參與世界學術建設的努力。因此，我們既要正視海外學術給當代中國學界的壓力，也必須認可其為當代中國學人所賦予的靈感。

　　這裡所說的「當代中國學人」，既包括居住於中國大陸的學者，也包括臺灣、香港的學人，更包括客居海外的華裔學者。他們的共同性在於：從未放棄對中國問題的關注，並致力於提升華人（或漢語）學術研究的層次。他們既有開闊的西學視野，亦有扎實的國學基礎。這種承前啟後的時代共性，為當代中國學術的發展提供了堅實的動力。

　　「秀威文哲叢書」反映了一批最優秀的當代中國學人在文化、哲學層面的重要思考與艱辛探索，反映了大變革時期當代中國學人的歷史責任感與文化選擇。其中既有前輩學者的皓首之作，也有學界新人的新銳之筆。作為主編，我熱情地向世界各地關心中國學術尤其是中國人文與社會科學發展的人士推薦這些著述。儘管這套書的出版只是

一個初步的嘗試，但我相信，它必然會成為展示當代中國學術的一個不可或缺的窗口。

韓晗

2013年秋於中國科學院

自　序

　　敘事學是研究敘事作品結構技巧的學問，對於瞭解敘事作品的結構原則、結構特徵、敘述技巧等作出了很大貢獻。中國自古以來就有自己的敘事傳統和敘事理論，但作為一門獨立學科的當代敘事學（也稱敘述學）[1]首先誕生於西方的20世紀60年代；在中國大陸，當代敘事學是在西方敘事學的影響下發展起來的。進入新世紀，西方敘事學發展勢頭強勁，各種研究著作和論文紛紛面世。[2]大陸的敘事學研究也呈現出高潮，主要表現為期刊論文快速增加，碩士和博士論文數量也大幅增長。據大陸學術期刊網出版總庫檢索，1983年（開始有相關論文）至1999年共有273篇敘事（述）學方面的期刊論文面世，而2000至2013年則迅速增長至三千餘篇。經過近半個世紀的不斷拓展，敘事學研究取得了豐碩的成果。

　　本書集中探討西方敘事學理論。這一領域內容十分豐富，涉及各種媒介。但迄今為止，以文字為媒介的小說依然是西方敘事學研究的中心。西方小說敘事學近二三十年發展最快、研究最深，同時爭議也

---

[1]　法文為「narratologie」，英文為「narratology」。關於究竟譯為「敘事學」還是「敘述學」，參見本書附錄《也談「敘事」還是「敘述」？》（原載《外國文學評論》2009 年第3 期）。

[2]　西方新近面世的權威性參考書包括 David Herman et. al., eds., *Routledge Encyclopedia of Narrative Theory* (London & New York, Routledge, 2005); James Phelan and Peter J. Rabinowitz, eds. *A Companion to Narrative Theory* (Oxford: Blackwell, 2005); David Herman, ed. *The Cambridge Companion to Narrative* (Cambridge: Cambridge UP, 2007); Peter Huhn et al., eds., *Handbook of Narratology* (Belin: Walter de Gruyter, 2009, 2nd edition 2014)。

最多。本書聚焦於這一範疇,力求對敘事學理論做出具有深度的探討。早期的敘事學研究主要關注神話和民間故事的「故事」結構,近二三十年的敘事學則將注意力轉向小說的「話語」表達技巧,這對於加深理解小說藝術形式以及小說形式技巧與主題意義間的關係發揮了積極作用。本書重點評介西方敘事學研究的新發展,尤其注重對「話語」表達技巧的研究。

在本書之前,筆者通過北京大學出版社出版了《敘述學與小說文體學研究》(2007[1998])、《英美小說敘事理論研究》(第一作者,2013[2005])、《敘事、文體與潛文本》(2011[2009])、《西方敘事學:經典與後經典》(第一作者,2013[2010])等著作,這些論著對於推動大陸敘事(述)學研究的發展起了積極作用。

本書重點探討敘事學理論的一個基本區分(故事與話語)、兩個為人熟知的概念(隱含作者、不可靠敘述)、兩種「話語」層的重要技巧(敘述視角、人物話語表達方式)、三個影響較大的後經典敘事學流派(女性主義敘事學、修辭性敘事學和認知敘事學),以及一種跨學科關係(敘事學與文體學的互補性)。

希望以上的論述能較好地幫助讀者瞭解西方敘事學相關理論模式和範疇的性質、特點和作用。拙著撰寫過程中,得到不少同行與友人的鼎力相助,謹在此深表謝意。此外,感謝韓晗主編和秀威資訊對本書稿的興趣,感謝蔡曉雯編輯為本書出版所付出的辛勞。由於筆者水準有限,書中難免不足和錯謬之處,懇請各位專家和讀者批評指正。

目　次

前　言

　　敘事學理論已發展成一門顯學，得到大量關注和廣泛應用。西方對敘事結構和技巧的研究有著悠久的歷史，亞里斯多德的《詩學》堪稱敘事學的鼻祖。但在採用結構主義方法的敘事學誕生之前，對敘事結構技巧的研究一直從屬於文學批評或文學修辭學，沒有自己獨立的地位。敘事學首先產生於結構主義發展勢頭強勁的法國，但很快就擴展到其他國家，成了一股國際性的文學研究潮流。敘事學誕生的標誌為在巴黎出版的《交際》雜誌1966年第8期，該期是以「符號學研究──敘事作品結構分析」為題的專刊，它通過一系列文章將敘事學的基本理論和方法公諸於眾[1]。敘事學的興起與20世紀中葉的結構主義思潮密切相關。結構主義語言學的創始人索緒爾改歷時語言學研究為共時語言學研究，認為語言研究的著眼點應為當今的語言這一符號系統的內在結構關係，即語言成分之間的相互關係，而不是這些成分各自的歷史演變過程。索緒爾的理論為結構主義奠定了基石。結構主義將文學視為一個具有內在規律、自成一體的自足的符號系統，注重其內部各組成成分之間的關係。與傳統小說批評理論注重作品的道德意義、創作背景和社會語境形成對照，結構主義敘事學作為一種形式主義批評，將注意力從文本的外部轉向文本的內部，著力探討敘事作品內部的結構規律和各種要素之間的關聯。

---

[1]　但「敘事學」一詞直到 1969 年方始見於托多洛夫 (Tzvetan Todorov) 所著《〈十日談〉語法》（*Grammaire du Décaméron*, The Hague: Mouton）一書中。

　　結構主義敘事學與更早的俄國形式主義（1915-1930）、英美新批評（發軔於20世紀二、三十年代），以及同期興盛的文學文體學都是形式主義文評這一大家族的成員。它們關注文本、文學系統自身的價值或規律。形式主義批評相對於傳統批評來說是一場深刻的變革，這在小說評論中尤為明顯。西方小說是從史詩──經過中世紀和文藝復興時期的傳奇作為過渡──發展而來的。嚴格意義上的小說在西方大多數國家誕生於17或18世紀，19世紀發展到高峰，20世紀以來又有不少新的試驗和動向。儘管不少小說家十分注重小說創作藝術，但20世紀以前，小說批評理論集中關注作品的社會道德意義，採用的往往是印象式、傳記式、歷史式的批評方法，把小說簡單地看成觀察生活的鏡子或窗戶，忽略作品的形式技巧。現代小說理論的奠基人為法國作家古斯塔夫・福樓拜（1821-1880）和美國作家、評論家亨利・詹姆斯（1843-1916），他們把小說視為自律自足的藝術品，將注意力轉向了小說的形式技巧。福樓拜十分強調文體風格的重要性，詹姆斯則特別注重敘述視角的作用。詹姆斯為他的紐約版小說寫的一系列序言闡述了他的美學原則，對小說批評和創作產生了深遠的影響。但作為個人，他們的影響畢竟有限。20世紀60年代以前，對小說的結構和形式技巧的研究沒有形成大的氣候。這主要是因為俄國形式主義僅在20世紀初延續了十來年的時間，未待其影響擴展到西方，便已偃旗息鼓。除了後來到布拉格工作，繼而又移居美國的雅克布森的個人影響外，20世紀50年代以來，隨著一些代表性論著的法、英譯本的問世，俄國形式主義方在西方產生了較大影響。而英美新批評主要關注的是詩歌，在小說批評理論領域起的作用不是太大。直到60年代以後，隨著結構主義敘事學的迅速發展，對小說結構技巧的研究方在小說理論中佔據了中心地位。眾多敘事學家的研究成果使小說結構和形式技巧的分析趨於科學化和系統化，並開拓了廣度和深度，從而深化了對小說的結構形態、運作規律、表達方式或審美特徵的認識，提高了欣賞和評論小說藝術的水準。

　　美國敘事學家吉羅德・普林斯根據研究對象將敘事學家分成了三種類型[2]。第一類為直接受俄國形式主義者弗拉基米爾・普洛普影響的敘事學家。他們僅關注所敘述的故事事件的結構，著力探討事件的功能、結構規律、發展邏輯等等。在理論上，這一派敘事學家認為對敘事作品的研究不受媒介的局限，因為文字、電影、芭蕾舞、敘事性的繪畫等不同媒介可以敘述出同樣的故事。但在實踐中，他們研究的對象以敘事文學為主。然而，進入新世紀以來，敘事研究界對非文字媒介的關注大大增加，近幾年尤其如此。第二類以熱拉爾・熱奈特為典型代表，他們認為敘事作品以口頭或筆頭的語言表達為本，敘述者的作用至關重要。在研究中，他們關注的是敘述者在「話語」層次上表達事件的各種方法，如倒敘或預敘、視角的運用、人物話語的表達方式、敘述層次等等。第三類以普林斯本人和西摩・查特曼等人為代表，他們認為事件的結構和敘述話語均很重要，因此在研究中兼顧兩者。這一派被普林斯稱為「總體的」或「融合的」敘事學。

　　20世紀70年代，經典敘事學在西方獨領風騷，隨後卻遭到解構主義和政治文化批評的夾攻。解構主義批評理論聚焦於意義的非確定性，對於結構主義批評理論採取了完全排斥的態度。從80年代初開始，不少研究文學的西方學者將注意力完全轉向文本外的社會歷史環境，轉向意識形態分析。他們將作品視為一種政治現象，將文學批評視為政治鬥爭的工具，反對形式研究或審美研究，認為這樣的研究是為維護和加強統治意識服務的。這種「激進」的氛圍使經典敘事學受到強烈衝擊，研究勢頭回落。這些西方學者對形式、審美研究的一概排斥，使人聯想起中國大陸十年動亂期間的極左思潮。那時，文學作品被視為代表資產階級思想的毒草，對文學的審美研究則被視為落後反動的行為。改革開放以後，這種極左思潮方得以糾正，學術研究界

---

[2]　Gerald Prince, "Narratology," *The Johns Hopkins Guide to Literary Theory and Criticism*, ed. Michael Groden and Martin Kreiswirth (Baltimore: The Johns Hopkins UP, 1994), pp.524-27.

迎來了百花齊放、百家爭鳴的春天。筆者曾於80年代末、90年代初在美國發表了幾篇論文，面對美國學界日益強烈的政治化傾向，聯想到文革期間的極左思潮，決定暫時停止往美國投稿，立足於國內進行研究。在英國，儘管學術氛圍沒有美國激進，但由於沒有緊跟歐洲大陸的理論思潮，敘事學研究一直不太興旺。世紀之交，越來越多的美國學者意識到了一味進行政治文化批評的局限性，這種完全忽略作品藝術規律和特徵的做法必將給文學研究帶來災難性後果。他們開始重新重視對敘事形式的研究。2000年在美國敘事文學研究協會的年會上舉行了「當代敘事學專題研討會」[3]。當時，與會代表紛紛議論說「敘事學回來了」。誠然，這是一個經典敘事學與後經典敘事學共存的研討會，而且也無人願意承認自己搞的是經典敘事學，但人們之所以會宣告「敘事學回來了」正是因為這一研討會帶有較強的經典敘事學的色彩。

　　令人欣慰的是，20世紀80年代中期在美國誕生了「女性主義敘事學」，成為後經典敘事學的開創者。它將結構主義的形式研究與蓬勃發展的女性主義文評相結合，這在當時的學術環境中，可謂為敘事學提供了一種「曲線生存」的可能性。在美國還陸續誕生了修辭性敘事學、認知敘事學、後殖民主義敘事學等各種後經典敘事學流派。儘管法國的敘事研究仍在以各種形式繼續發展，但20世紀90年代，美國取

---

[3] 美國 *Narrative* 第 9 卷（2001）第 2 期特邀主編卡法萊諾斯寫的「編者按」說明了這一專題研討會的緣起：「1999 年在達特茅斯舉行的敘事文學研究協會的年會上，申丹在一個分會場宣讀的探討視角的論文吸引了十來位敘事學家。他們都在自己的論著中對視角進行過探討，而且相互之間也閱讀過關論著。在申丹發言之後進行的討論引人入勝，但時間太短，因為接著需要討論下一位學者的發言。然而，會議剛一結束，在場的三人：吉羅德 • 普林斯、詹姆斯 • 費倫和我自己就開始商量如何組織一個專題研討會，以便進行類似的交流，但留有更多的討論時間。在接下來的幾個月裡，我們三人做出了計畫，組織了在 2000 年亞特蘭大年會上由四個分會場組成的『當代敘事學專題研討會』……。」這一專題研討會構成了亞特蘭大年會上一個突出的高潮，並且在此後的年會上繼續舉行，得到越來多的關注，在 2006 年的年會上發展成全體與會代表參加的專場研討會。

代法國成為國際敘事學研究的中心，90年代中後期出現了以美國為先鋒的敘事學研究的「復興」。

進入新世紀以來，歐洲大陸敘事學研究的勢頭逐漸增強。德國和法國學者合作主編了權威性的《敘事學手冊》[4]，2009年由柏林的瓦爾特·德·格魯伊特出版社出版。2009年在德國漢堡大學召開了歐洲敘事學協會（European Network of Narratology，簡稱為ENN）的第一屆年會，有幾十位學者參加。2013年在法國巴黎的藝術與語言研究中心召開了ENN的第三屆年會，有一百多位學者宣讀論文。英國也有越來越多的學者從事敘事學研究。英國是國際文體學研究的大本營，越來越多的英國學者將文體學與敘事學相結合，或既進行文體學研究也進行敘事學研究。以色列一直是國際敘事學研究的重鎮，加拿大的敘事學也保持了良好的發展勢頭。

關於經典敘事學和後經典敘事學的關係，很多學者認為不考慮語境和讀者的經典敘事學或結構主義敘事學過時了，已經被「後經典敘事學」[5]、「後結構主義敘事學」[6]或「後現代敘事理論」[7]所替代。我們知道，經典敘事學主要從事敘事語法或詩學的研究，也有少量敘事作品分析。就作品分析而言，脫離社會歷史語境的經典敘事學批評確實已經過時，我們應該結合社會歷史語境來進行文本分析。但是，就敘事語法或詩學而言，一般並不需要關注社會歷史語境，因為其目的是研究（某一類）敘事文本共有的結構成分、方法技巧和運作規律。經典敘事學家對各種結構技巧進行了分類，如不同的情節結構、不同的敘述視角等等，這猶如語法學家對不同的語言結構進行分類。在進行這樣的分類時，文本只是起到提供實例的作用。不少中國學者對以

[4] Peter Huhn et al., eds., *Handbook of Narratology*, Belin: Walter de Gruyter, 2009.

[5] 參見 David Herman, "Introduction" to *Narratologies*, ed. David Herman (Columbus: Ohio State UP, 1999).

[6] Susana Onega and José Ángel García Landa, *Narratology: An Introduction*, London: Longman, 1996.

[7] 參見 Mark Currie, *Postmodern Narrative Theory*, New York: St. Martin, 1998.

M・A・K・韓禮德為代表的系統功能語法較為熟悉。這種語法十分強調語言的生活功能或社會功能，但在建構語法模式時，功能語言學家採用的基本上都是自己設想出來的脫離語境的句子[8]。與此相對照，在闡釋一個實際句子或文本時，批評家必須關注其交流語境，否則難以較為全面地把握其意義。在此，我們不妨再看一個簡單的傳統語法的例子。在區分「主語」、「謂語」、「賓語」、「狀語」這些成分時，我們可以將句子視為脫離語境的結構物，其不同結構成分具有不同的脫離語境的功能（譬如「主語」在任何語境中都具有不同於「賓語」或「狀語」的句法功能）。但在探討「主語」、「謂語」、「賓語」等結構成分在一個作品中究竟起了什麼作用時，就需要關注作品的生產語境和闡釋語境。有了這種分工，我們就不應批評旨在建構「語法」或「詩學」的經典敘事學忽略語境，而應將批評的矛頭對準旨在闡釋具體作品意義的那一部分經典敘事學批評。20世紀80年代以來，西方學術界普遍呼籲應將敘事作品視為交流「行為」（act），而不應將之視為結構物。筆者的看法是，在建構敘事語法或詩學時，完全可以將作品視為結構物，因為作品們僅僅起到結構之例證的作用。但是，在進行敘事批評（即闡釋具體作品的意義）時，則應該將作品視為交流行為，關注作者、文本、讀者、語境的交互作用。也就是說，具體批評闡釋與總體模式建構不是一回事，不可混為一談。

其實，在20世紀90年代和世紀之交，儘管很多西方學者宣告經典敘事學已經衰亡或過時（至多認為是過去的一個重要階段），但經典敘事學的著作在西方依然在出版發行。加拿大多倫多大學出版社1997年再版了米克・巴爾《敘事學》一書的英譯本。[9]倫敦和紐約的勞特利奇出版社也於2002年秋再版了里蒙－肯南的《敘事虛構作品：當代

---

[8] 參見 M.A.K. Halliday, *An Introduction to Functional Grammar*, London: Edward Arnold, 1985.

[9] Mieke Bal, *Narratology*, tr. Christine van Boheemen (Toronto: University of Toronto P, 2nd edition 1997[1985]).

詩學》一書，[10]在此之前，該出版社已經多次重印這部經典敘事學的著作（包括1999年的兩次重印和2001年的重印）。2003年11月在德國漢堡大學舉行的國際敘事學研討會的一個中心議題是：如何將傳統的敘事學概念運用於非文學文本。不難看出，理論模式依然是經典敘事學，只是拓展了實際運用的範疇。在當時的美國敘事研究領域，我們可以看到一種十分奇怪的現象：幾乎所有敘事學家都認為自己搞的是的後經典敘事學，但他們往往以經典敘事學的概念和模式為分析工具。在教學時，也總是讓學生學習經典敘事學的著作，以掌握基本的結構分析方法。筆者認為，這種輿論評價與實際情況的脫節源於沒有把握經典敘事學的實質，沒有意識到經典敘事語法和詩學並不需要關注讀者和歷史語境。筆者2005年在美國發表了〈語境主義敘事學和形式敘事學為何相互依存？〉一文，[11]重點說明了語境主義敘事學不僅採用經典敘事學的模式和方法，而且自己所建構的各種結構模式實際上也是脫離社會歷史語境的，可以說是對經典敘事學的拓展。正因為後經典敘事學家在不斷運用經典敘事學的理論概念和模式，並且又通過新的結構技巧區分來充實敘事語法或詩學，因此經典敘事學得以暗暗生存，並不斷得到發展。2006年，在加拿大渥太華召開的國際敘事文學協會的年會上，筆者又在全體會議上重申了這些觀點，這對於廓清兩者之間的關係起了一定作用。近些年來，越來越多的西方敘事學家認識到了後經典敘事學與經典敘事學是一種共存關係，而非取代關係。

改革開放以來，中國大陸的學術界在經歷了多年政治批評之後，歡迎客觀性和科學性，重視形式審美研究，為敘事學提供了理想的發展土壤。在西方經典敘事學處於低谷時，大陸經典敘事學的譯介卻形

---

[10] Shlomith Rimmon-Kenen, *Narrative Fiction: Contemporary Poetics* (London: Routledge, 2nd edition 2002[1983]).

[11] Dan Shen, "Why Contextual and Formal Narratologies Need Each Other," *JNT: Journal of Narrative Theory* 35.2 (2005), pp.141-71.

成了高潮。在20世紀90年代，不僅大陸的經典敘事學譯介之熱與西方經典敘事學的被冷落形成了鮮明對照，而且就後經典敘事學而言，大陸的研究也與西方的研究出現了另一種不同步。上文提到，20世紀80年代以來，在西方誕生了既關注作品的形式結構又考慮語境和讀者的各種後經典敘事學流派。這些後經典流派90年代以來發展勢頭強勁，到90年代中後期合力構成了敘事學研究的復興。但在中國大陸，直至世紀之交，無論是譯著還是與西方敘事學有關的論著，一般都局限於20世紀七八十年代的西方經典敘事學，忽略了西方的後經典敘事學。[12]誠然，對於後經典敘事學的研究應當以對經典敘事學的研究為基礎。以前，在對於經典敘事學尚未達到較好瞭解和把握的情況下，集中翻譯和研究經典敘事學無疑有其必要性和合理性。但完全忽略西方敘事學研究的新發展則令人感到遺憾。這種忽略主要可歸結於資訊的閉塞，對國外的發展缺乏瞭解。北京大學出版社於2002年開始推出「新敘事理論譯叢」。這套譯叢的出版對於大陸學者將注意力轉向後經典敘事學起了較大促進作用，越來越多的學者展開後經典敘事學的翻譯、研究和應用，逐漸形成了經典敘事學和後經典敘事學互相促進、共同發展的良好勢態。

2004年在福建東南花都召開了「全國首屆敘事學學術研討會」，會上的議題之一是經典敘事學與後經典敘事學之間的關係。不少代表就如何促進後經典敘事學在大陸的發展交流了看法，一方面認識到從事結構模式研究的經典敘事學理論並沒有過時，另一方面認為在闡釋具體作品時應注意擺脫經典敘事學的局限性，注意借鑒後經典敘事學的開闊視野和豐碩成果，這對經典敘事學和後經典敘事學在大陸的攜手並進有很好的促進作用。會議論文集由中國社會科學出版社於2006年出版。這次研討會為大陸敘事研究者的定期聚會交流作了一個很好

---

[12]　香港學者陳順馨的《中國當代文學的敘事與性別》1995年由北京大學出版社出版，這是20世紀90年代大陸出版的罕見的後經典敘事學研究成果。

的鋪墊。2005年，在華中師範大學舉行了「第二屆全國敘事學研討會暨中國中外文藝理論學會敘事學分會成立大會」，會上成立了敘事研究者期盼已久的全國性學術組織，會議論文集2006年由武漢出版社出版。2007年敘事學分會與江西省社會科學院聯合主辦了「首屆敘事學國際會議暨第三屆全國敘事學研討會」，多位國際知名後經典敘事學的代表人物到會作了主題發言，會議論文集2008年由中國社會科學出版社出版。此後，每隔一年舉行一次由敘事學分會主辦的敘事學國際會議暨全國敘事學研討會。會議的主要議題包括敘事學在國內外的建設與發展、敘事學前沿理論、中國傳統敘事理論、東西方敘事理論比較研究、跨學科敘事學研究、中外敘事作品分析、非文字媒介的敘事研究、敘事理論和敘事形式的發展史、全球化語境中的敘事學研究等，既有對中國敘事研究傳統的繼承和發展，又有對西方敘事學研究成果的借鑒和審視，體現了大陸敘事學研究的廣度和深度。這些研討會的成功舉辦對於推動敘事學研究與教學的發展起了重要作用，國際研討會更是有力推進了中國的敘事學研究與國際接軌。

　　進入新世紀以來，尤其是最近幾年，中國大陸的敘事學研究發展迅速。根據中國學術期刊網路出版總庫的檢索，2011年到2013年這三年時間裡，在大陸發表的主題中包含「敘事學」的文章共有916篇，主題中包含「敘述學」的文章共有114篇，兩者相加為1030篇，而1981年到2010這20年間期刊網上檢索到的同樣主題的文章為2292篇，也就是說，大陸最近三年發表的文章接近1981到2010這30年間所發表的文章一半的數量。

　　敘事學研究的經久不衰，並且在當今日顯重要，跟其在闡釋中的實用性密切相關。在《反對理論》一文中，史蒂文・納普和沃爾特・蜜雪兒將「敘事學、文體學和詩體學」置於他們反對的範圍之外，因為在他們看來，這些學科屬於實證性質。[13] 這些學科的分析模式可操

---

[13]　Steven Knapp and Walter Benn Michaels, "Against Theory," *Critical Inquiry* 8 (1992),

作性強,容易掌握,對於教學與研究有較大的實際意義。有趣的是,幾年前,在帶頭宣稱「理論的終結」的特里·伊格爾頓的網頁上,可以看到如下文字:「『純粹的』文學理論,如形式主義、符號學、闡釋學(解釋學)、敘事學、精神分析、接受理論、現象學等等,近來備受冷落,因為人們的興趣集中到了一些更為狹窄的理論範疇上,我們將樂意看到對這些領域之興趣的回歸。」[14]這些文字體現了一位理論大師的遼闊視野和寬闊胸襟。當時身為曼徹斯特大學文化理論教授的伊格爾頓毫無門戶之見,不趕潮流,能看到被冷落的流派之價值。至於敘事學,伊格爾頓給它的定位似乎在兩個方面失之偏頗。其一,看法停留在20世紀80年代,當時(經典)敘事學受到解構主義和文化研究大潮的夾擊,研究勢頭大幅度回落,不少人紛紛宣告敘事學的衰落和「死亡」。但90年代以來,尤其是進入新世紀以來,敘事學卻在北美、歐洲大陸、以色列等地通過考慮社會語境、讀者和跨學科等途徑不斷向前發展,得以復興。其二,敘事學早已不再「純粹」,早已從形式主義批評方法拓展為將形式結構與意識形態和社會語境相連的批評方法。此外,敘事學越來越注重非文字媒介、大眾文學或非文學話語。正是這種「雜糅性」使敘事學在西方新的歷史語境中得以生存和發展。

敘事學理論十分豐富,涉及各種媒介。近二、三十年來,在西方出現了一種將各種活動、各種領域均視為敘事的「泛敘事觀」。這有利於拓展敘事研究的範疇,也引發了對敘事學更為廣泛和更加濃厚的興趣。但與此同時,「泛敘事」的研究易流於淺顯的敘事特徵,在理論上也較難拓展。迄今為止,以文字為媒介的小說依然是敘事學研究的中心對象。小說敘事學理論是近二三十年來發展最快、研究最深,同時也是爭議最多的理論。本書聚焦於這一範疇,力求對敘事學理論

---

p.723.

[14] http://www.arts.manchester.ac.uk/subjectareas/englishamericanstudies/academicstaff/terryeagleton/ (January 14, 2008).

做出有深度的探討。就本書的結構而言，第一章探討敘事學理論的一個基本區分：故事與話語，這不僅是經典敘事學的一個理論基石，也是後經典敘事學十分重視並經常運用的理論模式。

第二和第三章集中討論敘事學的兩個關鍵概念。第二章探討的「隱含作者」是小說敘事理論中「家喻戶曉」的概念，[15]半個世紀以來引起了敘事學界的廣泛關注和激烈爭論。本章揭示這一概念的真正內涵，糾正對這一概念的各種曲解，指出這一概念的歷史價值和現實意義。第三章聚焦於「不可靠敘述」這個敘事學理論的另一重要概念，它看似簡單，實際上頗為複雜，引起了不少爭論和混亂。本章評析兩種對立的研究方法，清理混亂，拓展視野，以求幫助達到對這一概念更為準確的把握和更為全面的運用。

第四章和第五章聚焦於兩種重要表達技巧。第四章探討的敘述視角是敘事學家最為關注的技巧之一。本章追溯視角研究的發展過程，闡明相關理論概念，探討視角所處的層次，對不同視角模式進行分類，通過實例分析來說明各種視角的不同作用，並探討視角越界的現象。第五章討論表達人物話語的不同方式，這是敘事學和文體學的一個重要重合面。本章評介對人物話語不同表達形式的分類，指出不同表達形式在敘述功能上的差異，尤其是自由間接引語的多種表達優勢。本章的探討旨在說明，像視角模式的轉換一樣，變換人物話語的表達方式是小說家控制敘述角度和距離，變換情感色彩和表達主題意義的有效工具。

第六到第八章探討三個影響較大的後經典敘事學流派。第六章聚焦於女性主義敘事學，將概述女性主義敘事學的發展歷程，評析這一流派的基本特徵，廓清其與女性主義文評的差異以及與結構主義敘事學的關係，闡明其分析模式，著重說明這一後經典敘事學流派如何從

---

[15] Ansgar Nünning, "Implied Author," *Routlege Encyclopedia of Narrative Theory*, ed. David Herman et. al. (London: Routledge, 2005), p.239.

性別政治出發，對各種「話語」表達技巧展開探討。第七章轉向修辭性敘事學，以對小說修辭學家韋恩・布思的討論為鋪墊，探討修辭性敘事學的主要性質和特徵，評介該流派的代表人物和主要研究模式，糾正相關偏誤。第八章關注「認知敘事學」，將評析認知敘事學的一些主要研究模式，廓清每一模式的特點，說明其長短，並闡明認知敘事學與相關流派之間的關係。

　　第九章討論敘事學和文體學的互補關係。從表面上看，敘事學的「話語」與文體學的「文體」都是對小說整個形式層面的定義，而實際上，「話語」與「文體」的涵蓋面大不相同：敘事學聚焦於組合事件的結構技巧，而文體學關注的則是小說的遣詞造句。本章將廓清敘事學的「話語」和文體學的「文體」之間相異、互補又有所重合的關係，並通過實例分析，說明將敘事學分析與文體學分析相結合的必要性。在此基礎上，對相關研究和教學提出建議。

　　最後，值得一提的是，進入新世紀以來，敘事學研究在西方和中國大陸呈現出的強勁發展勢頭，在某種意義上證實了美國學者布賴恩・理查森於世紀之交在美國《文體》期刊上發表的論斷：「敘事理論正在達到一個更為高級和更為全面的層次。由於占主導地位的批評範式已經開始消退，而一個新的（至少是不同的）批評模式正在奮力興起，敘事理論很可能會在文學研究中處於越來越中心的地位。」[16]無論是理論探討還是批評實踐，敘事學研究都在拓展廣度和深度，批評理論在這一方面的擴展、深化和更新將對敘事作品的創作繼續產生積極的影響。相信在未來的歲月裡，敘事學研究一定會得到更好更快的發展。

---

[16] Brian Richardson, "Recent Concepts of Narrative and the Narratives of Narrative Theory," *Style* 34 (2000), p.174.

第一章

故事與話語[*]

　　故事（histoire）與話語（discours）的區分是法國敘事學家茨維
坦‧托多羅夫於1966年率先提出來的，[1]這一區分被視為「敘事學
不可或缺的前提」[2]。簡言之，故事就是所表達的內容（涉及「敘述
了什麼」，包括事件、人物、背景等），話語（涉及「是怎麼敘述
的」，包括各種形式技巧）是在作品中呈現故事的方式。敘事作品的
意義在很大程度上源於這兩個層次之間的相互作用。我們知道，以兩
分法來描述敘事作品是西方文學批評的傳統，所以在探討故事與話語
這一區分時，我們不妨先看看這一兩分法與傳統的兩分法相比有何長
處。在敘事學界也出現了對兩分法的修正，即三分法。本章將探討在
什麼情況下難以採用三分法，而在什麼情況下又需要三分法。本章還
將探討故事與話語是否總是可以區分。

---

[*]　參見筆者的相關論述：Dan Shen, "Story-Discourse Distinction," *Routledge Encyclopedia of Narrative Theory*, ed. David Herman et. al. (London & New York, Routledge, 2005), pp.566-67; Dan Shen, "Narrative, Reality, and Narrator as Construct: Reflections on Genette's Narration," *Narrative* 9.2 (2001), pp.123-29; Dan Shen, "Defense and Challenge: Reflections on the Relation Between Story and Discourse," *Narrative* 10.3 (2002), pp.222-43; Dan Shen, "What Do Temporal Antinomies Do to the Story-Discourse Distinction?: A Reply to Brian Richardson's Response," *Narrative* 11.2 (2003), pp.237-41.

[1]　Tzvetan Todorov, "Les catégories du récit littéraire," *Communications* 8 (1966), pp.125-51.

[2]　Jonathan Culler, *The Pursuit of Signs: Semiotics, Literature, Deconstruction* (Ithaca: Cornell UP, 1981), p.171.

第一節　故事與話語之分的優勢

在西方傳統文學批評中，對敘事作品層次的劃分均採用兩分法，如「內容」與「形式」、「素材」與「手法」、「實質」與「語氣」、「內容」與「文體」等。那麼，與傳統的兩分法相比，「故事」與「話語」之分有什麼優勢呢？

一、有利於關注超出遣詞造句的結構技巧

在研究文學作品的表達方式時，西方傳統批評家一般僅注意作者的遣詞造句。「手法」、「形式」、「文體」等指稱作品表達方式的詞語涵蓋的範疇往往較為狹窄，不涉及敘述視角、敘述層次、時間安排、敘述者的不可靠性等（詳見第十章）。這與小說家的創作實踐有關。在法國作家格斯塔夫‧福樓拜和美國作家亨利‧詹姆斯之前，小說家一般不太注意視角問題。至於小說批評、理論界，在20世紀以前往往偏重於作品的思想內容和社會作用而忽略作品的形式技巧。

以福樓拜和詹姆斯為先驅的現代小說理論對作品的形式技巧日益重視。俄國形式主義者維克托‧什克洛夫斯基和伯里斯‧艾亨鮑姆率先提出了新的兩分法，即「故事」（фабула，英譯為fabula）與「情節」（сюжет，英譯為sjuzet）的區分。「故事」指作品敘述的按實際時間、因果關係排列的事件，「情節」則指對這些素材的藝術處理或形式上的加工。與傳統上指代作品表達方式的術語相比，「情節」所指範圍較廣，特別指大的篇章結構上的敘述技巧，尤指敘述者在時間上對故事事件的重新安排（如倒敘、從中間開始的敘述等）。

托多羅夫受什克洛夫斯基等人的影響，提出了「故事」與「話語」這兩個概念來區分敘事作品的表達對象與表達形式。「話語」與「情節」的指代範圍基本一致，但前者優於後者，因為傳統上的「情節」一詞指故事事件本身的結構，用該詞來指代作品的形式層面容易

造成概念上的混亂。「故事」與「話語」的區分在敘事學界很有影響。美國敘事學家查特曼就用了《故事與話語》來命名他的一本論述小說和電影敘事結構的專著。[3]

二、有利於分析處於「語義」這一層次的技巧

傳統的「內容」與「文體」之分將「內容」視為不變數，只有「文體」才是變數。不同「文體」就是用不同的方式來表達同樣的內容。在20世紀以來的第三人稱小說中，敘述者常常採用一種被稱為「人物的思維風格」（mind-style）的敘述手法，這種手法對傳統的「內容」與「文體」之分提出了挑戰。所謂「人物的思維風格」就是敘述者在敘述層面暗暗採用人物的眼光。表面上看，我們讀到的是敘述者的話，實際上這些話體現的是人物的思維方式，而不是敘述者的。[4]英國當代小說家威廉・戈爾丁在《繼承者》（*The Inheritors*）一書中突出地採用了這一手法。試比較下面幾種不同敘述方式：

（1）一根棍子豎了起來，棍子中間有塊骨頭……棍子的兩端變短了，然後又繃直了。洛克耳邊的死樹得到了一個聲音「嚓！」（第五章）

（2）一個男人舉起了弓和箭，洛克還以為是一根棍子豎了起來，他不認識箭頭，以為是棍子中間的一塊骨頭……當那人將弓拉緊射向他時，他還以為是棍子兩端變短後又繃直了。射出的箭擊中了他耳邊的死樹，他只覺得從那棵樹傳來了一個聲音「嚓！」

（3）一個男人舉起了弓和箭……他將弓拉緊箭頭對著洛克

---

[3] Seymour Chatman, *Story and Discourse: Narrative Structure in Fiction and Film* (Ithaca: Cornell UP, 1978).

[4] Dan Shen （申丹）, "Mind-style," *Routlege Encyclopedia of Narrative Theory*, ed. David Herman et. al. (London: Routledge, 2005), pp.311-12.

射了過來。射出的箭擊中了洛克耳邊的死樹，發出「嚓！」的一聲響。

〔（1）為緊扣原文的翻譯；（2）與（3）為意譯〕

《繼承者》敘述的是史前期一個原始部落被智人滅絕的故事。洛克是原始部落的一員，他不認識智人手中的武器，也不能理解智人的進攻行為。不難看出，（2）與（3）均採用了傳統的敘述手法，但在（1）中（即《繼承者》的原文中），敘述者借用了洛克的思維風格，因此敘述話語體現的是洛克的認知方式。[5] 英國文體學家傑佛瑞・利奇和邁克爾・蕭特指出，根據傳統上對「內容」與「文體」的區分，只能將（1）中洛克的思維方式視為內容本身，不能將「一根棍子豎了起來，棍子中間有一塊骨頭」與「一個男人舉起了弓和箭」視為對同一內容的不同表達形式。[6] 而實際上，這兩者表達的確實是同一事件。在此，我們看到的是「內容」與「文體」這一兩分法的某種局限性。「內容」這一概念涉及的是語義這一層次。「對同一內容的不同表達形式」指的是語義（意思）相同但句型、詞語（各種同義詞）、標點等方面不同的句子。「王浩上完課後去了圖書館」與「上完課後，王浩去了圖書館」可視為對同一內容的不同表達形式。然而，「王浩1月4日下課後去了圖書館」與「昨天下課後我去了圖書館」（王浩1月5日說）則不能視為對同一內容的不同表達形式，因為儘管這兩句話指的是同一件事，但它們在語義上不盡相同，因此只能視為內容不同的句子。「一根棍子豎了起來，棍子中間有一塊骨頭」與「一個男人舉起了弓和箭」也是語義相左但「所指」相同的句子。按照傳統的二分法，只能將它們的不同視為內容上的不同，因而也就無從探討它們所體現的兩種不同思維方式所產生的不同表達效果。

---

[5] 關於「narrative discourse」究竟是應譯為「敘述話語」還是「敘事話語」，參見本書附錄：《也談「敘事」還是「敘述」？》，原載《外國文學評論》2009 年第 3 期。

[6] Geoffrey Leech and Michael Short, *Style in Fiction* (London: Longman, 1981), pp.32-33.

「故事」與「話語」的區分則擺脫了這一局限性。「故事」涉及的是「所指」這一層次。兩句話，只要「所指」一致，哪怕語義相左，也可看成是對同一內容的不同表達形式，因此可以探討它們的不同表達效果。

第二節 何時需要三分法？

在口頭敘事中，總有一個人在講故事。書面敘事由口頭敘事發展而來。就書面敘事來說，雖然讀者面對的是文字，但無論敘述者是否露面，讀者總覺得那些文字是敘述者說出來的。出於對敘述行為的重視，法國敘事學家熱奈特1972年在《敘述話語》這一經典名篇中對兩分法進行了修正，提出三分法：（1）「故事」（histoire），即被敘述的事件；（2）「敘述話語」（récit），即敘述故事的口頭或筆頭的話語，在文學中，也就是讀者所讀到的文本；（3）「敘述行為」（narration），即產生話語的行為或過程，比如講故事的過程。也就是說熱奈特將「話語」進一步分成了「話語」與「產生它的行為」這兩個不同的層次。在建構此三分模式時，熱奈特反覆強調了敘述行為的重要性和首要性：沒有敘述行為就不會有敘述話語，也不會有被敘述出來的虛構事件。[7]

熱奈特的三分法頗有影響。在《敘事性虛構作品：當代詩學》一書中，以色列敘事學家里蒙－肯南效法熱奈特區分了「故事」（story）、「文本」（text）與「敘述行為」（narration）這三個層次。[8]里蒙－肯南將「文本」定義為「用於敘述故事事件的口頭或筆

---

[7] Gérard Genette, *Figures III* (Paris: Seuil, 1972), pp.71-76. 熱奈特的《敘述話語》為該書的主要部分。英文版見 *Narrative Discourse*, trans. Jane E. Lewin (Ithaca: Cornell UP, 1980)；中文版見王文融譯：《敘事話語，新敘事話語》，中國社會科學出版社1990年版。本書的中譯文尤其是相關術語的翻譯參考了王文融的中譯文。

[8] Shlomith Rimmon-Kenan, *Narrative Ficiton: Contemporary Poetics*, 2nd ed. (London: Routledge, 2002).

頭的話語」，這與熱奈特對「敘述話語」的定義一致。至於第三個層次，兩者所下定義也相吻合。然而，我們應該認識到，就書面敘事作品而言，一般並沒有必要區分「敘述話語」和「產生它的行為或過程」，因為讀者能接觸到的只是敘述話語（即文本）。作家寫作過程中發生的事或者與作品無關，或者會在作品中有所反映，而反映出來的東西又自然成了敘述話語或所述故事的構成成分。[9] 當然，「敘述行為」也指（甚至可以說主要是指）作品內部不同敘述者的敘述行為或過程。至於這些虛構的敘述者，他們所說的話與他們說話的行為或過程通常是難以分離的。元小說中對敘述行為進行的滑稽模仿則是例外。讓我們看看英國作家勞倫斯・斯特恩所著元小說《項狄傳》中的一段：

> 在我討論了我與讀者之間的奇特事態之前，我是不會寫完那句話的……我這個月比12個月前又長了一歲，而且，如您所見，已差不多寫完第四卷的一半了，但才剛剛寫完我出生後的第一天……

這段文字體現了元小說的典型特點：告訴讀者「作者」在如何寫作，聲明「作者」是在虛構作品。在此有兩個不同的敘述過程：一是第一人稱敘述者項狄敘述這段話的過程，二是項狄敘述出來的他寫作這本書的過程。第一個過程讀者根本看不到（僅能看到敘述出來的話）；第二個過程則被清楚地擺到了讀者面前。其實，第一個過程才是真正的敘述過程；第二個過程實際上是故事內容的一部分。真正寫作這本書（寫完了這三卷半書）的是作者斯特恩而不是第一人稱敘述者項狄。這段話中提到的項狄寫作這本書的過程純屬虛構出來的「故

9　詳見 Dan Shen, "Narrative, Reality and Narrator as Construct: Reflections on Genette's Narration," *Narrative* 9 (2001), pp.123-29.

事事件」。作者意在通過這些虛構事件來對真正的寫作過程進行滑稽模仿。無論是在元小說還是在一般小說中，通常只有在作為敘述的對象時，敘述行為或過程才有可能被展現在讀者面前，而一旦成為敘述對象，也就會成為故事或話語的組成成分。讓我們看看約瑟夫·康拉德的《黑暗之心》中的兩段話：

> (1) 他（馬婁）沉默了一會。……他又沉默了一下，好像在思考什麼，然後接著說——（第一章）
> (2) 他停頓了一下，一陣深不可測的沉寂之後，一根火柴劃亮了，映出馬婁削瘦憔悴的面孔，雙頰凹陷，皺紋鬆垂，眼皮往下奔拉著，神情十分專注……火柴熄滅了。「荒唐！」他嚷道……（第二章）

《黑暗之心》的主體部分是馬婁的第一人稱敘述。但在馬婁的敘述層上面還有作為週邊框架的另一位第一人稱敘述者。如上面引文所示，我們只有在這位框架敘述者對馬婁加以描述時，才能偶爾觀察到馬婁的敘述行為。而任何敘述行為或敘述過程，一旦成為上一層敘述的對象，就自然變成了上一層敘述中的故事內容。作品中未成為敘述對象的敘述過程一般不為讀者所知，也可謂「不存在」。熱奈特在《敘述話語》中寫道：

> 十分奇怪的是，在除了《項狄傳》之外的幾乎世上所有的小說中，對故事的敘述被認為是不占時間的……文字敘述中有一種強有力的幻象，即敘述行為是不占時間的瞬間行為，而這一點卻未被人們察覺。[10]

---

[10]　Genette, *Narrative Discourse*, p.222.

熱奈特的這段話可證實文學作品中的敘述過程通常不可知。其實這並不奇怪。這些敘述者是作者用文字創造出來的看不見、摸不著的虛構物，讀者只能讀到他們說出來的話，至於他們說話時用了多少時間、做了何事或發生了何事，讀者一般無從瞭解（除非由敘述者自己或上一層敘述者告訴讀者），因此也就當它不存在了。作者的寫作過程我們在作品中是看不到的，《項狄傳》中的項狄的所謂寫作過程是例外，但這一過程實際上是《項狄傳》故事內容的一部分。熱奈特顯然未意識到這一點。他將這一實質為敘述對象的所謂「寫作」過程與其他小說中真正的敘述過程擺在了同一層次上。

　　既然文學作品中的敘述過程通常不可知，也就無法單獨分析它。我們所能分析的只是話語中反映出來的敘述者與故事之間的關係。從話語中的人稱我們可判斷究竟是第一人稱敘述、第二人稱敘述還是第三人稱敘述；從話語中的時態我們可判斷敘述者與故事在時間上的關係，如他講的是已經發生了的事還是正在發生的事。話語還會反映出敘述者為何人，有幾個敘述層次，這些層次之間的關係如何等等。值得強調的是，這些成分是敘述話語不可分離的組成部分，對它們的分析就是對敘述話語的分析。熱奈特只能承認這一點，因為他本人在《敘述話語》中，以「語態」為題，毫不含糊地將上面列舉的這些成分作為敘述話語的一個組成部分進行了分析。效法熱奈特的里蒙－肯南也明確指出：「（熱奈特的）敘述行為成了敘述話語的一個方面（即『語態』），結果三分法在實踐中變成了二分法。」[11]里蒙－肯南接著說：「我自己注意不讓三分法瓦解成二分法，我仍堅持讓『敘述行為』成為一個獨立的類別。這一類別由兩部分組成：（1）『敘述層次和語態』（和熱奈特的用法一樣，『語態』指的是敘述者與故事的關係）；（2）『對人物語言的表達』」。遺憾的是，里蒙－肯

---

[11] Shlomith Rimmon-Kenan, "How the Model Neglects the Medium," *The Journal of Narrative Technique* 19.1 (1989), p.159.

南的挽救方法不僅於事無補，而且造成了新的混亂。「敘述層次和語態」是話語層面上的結構技巧，沒有理由將其視為獨立於話語的「敘述行為」的一部分。此外，人物所做的事和所說的話在層次上並無區別。里蒙－肯南在話語（文本）這一層次分析了對人物動作的表達，但卻把對人物語言的表達擺到「敘述行為」這一不同層次上，這顯然不合情理。

我們不妨對比一下荷蘭敘事學家米克・巴爾的三分法。巴爾在用法語寫的《敘事學》（1977）一書中，[12] 區分了「histoire」、「recit」、「texte narratif」這三個層次，據其所指，可譯為「故事」、「敘述技巧」和「敘述文本」。值得注意的是，巴爾的三分法與里蒙－肯南的三分法在某種程度上是完全對立的。兩者僅在「故事」這一層次上相吻合，在第二和第三層次上卻完全不相容。被里蒙－肯南視為「文本」這一層次的三種因素（時間上的重新安排、人物塑造手法和敘述聚焦）全被巴爾開除出「文本」這一層次，另外列入「敘述技巧」這一類別。巴爾在「文本」這一層次討論的主要內容正是被里蒙－肯南開除出「文本」而列入「敘述行為」這一層次的內容。這種互為矛盾的現象進一步說明了三分法的問題。所謂「文本」即敘述「話語」，而敘述技巧是敘述話語的組成部分。就書面敘事而言，只有採用「故事」和「話語」的兩分法才能避免混亂。

在區分敘事層次時，我們需要特別注意筆頭和口頭的不同。若為口頭講述，敘述者和受話者面對面，後者可直接觀察到前者的敘述過程。敘述者的聲音、表情、動作等對於敘述的效果往往有重要影響。在這種情況下，顯然需要採用三分法。在探討書面敘事時，西方敘事學家常常提到在柏拉圖的《國家篇》第三卷中，蘇格拉底對「純敘述」和「模仿」的區分。「純敘述」指詩人用自己的語氣概述人物的言辭，比如「祭師來了，祈求天神保佑亞加亞人攻下特洛伊城，

---

[12]　Mieke Bal, *Narratologie* (Paris: Klincksieck, 1977).

平安返回家園」；而「模仿」則指詩人假扮人物，模仿人物的聲音說話。西方敘事學家普遍認為這一區分就是對間接引語和直接引語的區分（就事件而言，則是對總結概述和直接展示的區分）。其實，蘇格拉底所說的「純敘述」和「模仿」是針對口頭敘述過程進行的區分，因此明確提到像荷馬那樣的行吟詩人如何用「聲音」、「手勢」等來「模仿」人物。[13]這需要用三分法來進行分析：（1）人物說了什麼——故事層；（2）採用何種形式來表達，比如究竟是用直接引語還是用間接引語——話語層；（3）敘述過程中的聲音、表情、手勢等——敘述行為。

值得注意的是，在口頭敘事中，由於講故事的人和聽眾面對面，因此無法進行虛構的第一人稱敘述，也無法進行多層次敘述。只有在書面敘事誕生之後，才有可能出現丹尼爾‧笛福的《摩爾‧弗蘭德斯》這樣第一人稱敘述者與作者性別和品格相異的敘事作品：作者為男性，作品中的「我」則為女性，且做了多年的妓女和扒手。此外，只有在書面敘事誕生之後，才有可能出現撒母耳‧理查森的《潘蜜拉》這樣的書信體作品，以及《項狄傳》這樣的元小說。

第三節　故事與話語是否總是可以區分？

「故事」與「話語」的區分必須建立在「故事」的相對獨立性之上。法國敘事學家克勞德‧布雷蒙有段名言：「一部小說的內容可由舞臺或銀幕重現出來；電影的內容可用文字轉述給未看到電影的人。通過讀到的文字，看到的影像或舞蹈動作，我們得到一個故事——可以是同樣的故事」。[14]布雷蒙的這段話涉及不同的媒介。敘事學界公認「故事」與「話語」的區分適用於不同媒介的敘事作品。若同一故

---

[13]　Plato, *The Republic* (London: Penguin, 2003), p.87.
[14]　Claude Bremond, "Le message narritif," *Communications* 4 (1964), p.4.

事可由不同的媒介表達出來則可證明故事具有相對的獨立性，它不隨
話語形式的變化而變化。里蒙－肯南在《敘事性虛構作品》一書中提
出故事從三個方面獨立於話語：一是獨立於作家的寫作風格（如詹姆
斯在晚期創作中大量使用從句的風格或威廉・福克納摹仿南方方言和
節奏的風格──不同的風格可表達同樣的故事）；二是獨立於作者採
用的語言種類（英文、法文或希伯來文）；三是獨立於不同的媒介
或符號系統（語言、電影影像或舞蹈動作）。[15] 不難看出，里蒙－肯
南在此混淆了兩個不同的範疇。她在一、二點中僅考慮了語言這一媒
介，但在第三點中討論的卻是語言與其他不同媒介的關係。既然考慮
到了不同的媒介，第一點就應擴展為「獨立於不同作家、舞臺編導或
電影攝製者的不同創作風格」。第二點也應擴展為「獨立於表達故事
所採用的語言種類（英文、法文），舞蹈種類（芭蕾舞、民間舞），
電影種類（無聲電影、有聲電影──當然這不完全對應）」。

　　我們現在不妨沿著兩條不同線索來考察故事和話語是否總是可以
區分。一條線索涉及現實主義、現代派、後現代派這些不同的文類；
另一條線索則涉及熱奈特區分的敘述話語的不同方面。

一、從現實主義小說到後現代派小說中的故事與話語之分

　　承認故事的獨立性實際上也就承認了生活經驗的首要性。無論話
語層次怎麼表達，讀者總是依據生活經驗來建構獨立於話語的故事。
《紅樓夢》第六回裡有這麼一段話：

> 剛說到這裡，只聽二門上小廝們回說：「東府裡的小大爺進來
> 了。」鳳姐忙止劉姥姥：「不必說了。」一面便問：「你蓉大
> 爺在哪裡呢？」

---

[15] Rimmon-Kenan, *Narrative Ficiton*, p.7.

這段中的副詞「一面」表示一個動作跟另一個動作同時進行。但生活經驗告訴讀者，鳳姐不可能在對劉姥姥說話的同時問另外一個問題，因此讀者在建構故事內容時不會將這兩個動作視為「共時」，而會將它們建構為一前一後的關係。在這一建構模式中起首要作用的就是生活經驗。讀者以生活經驗為依據，僅將話語層次上的「共時」視為一種誇張形式或修辭手法（用以強調鳳姐的敏捷及暗示她與賈蓉的曖昧關係）。

也許有人會認為在現實主義小說中，讀者完全可以根據生活經驗來建構獨立於話語的故事。而實際上，即使在這一文類中，有時故事也不能完全獨立於話語。讓我們再看看錢鍾書《圍城》中的一段：

> 【方鴻漸和鮑小姐】便找到一家門面還像樣的西菜館。誰知道從冷盤到咖啡，沒有一樣東西可口；上來的湯是涼的，霜淇淋倒是熱的；魚像海軍陸戰隊，已登陸了好幾天；肉像潛水艇士兵，會長時期伏在水裡；除醋以外，麵包、牛油、紅酒無一不酸。[16]

讀者或許會依據生活經驗推斷出霜淇淋不可能是「熱」的，這是話語上的誇張。但究竟是不夠冰、不夠涼還是溫的卻無從判斷，或許它確實是熱的？在此讀者已無法根據生活經驗來建構獨立於話語的故事內容。同樣，讀者很可能會懷疑肉曾「長時期」泡在水裡，但只能懷疑，無法確定。誠然，在傳統現實主義小說中，讀者一般能依據生活經驗來建構故事，並較為確切地推斷出作者在話語層次上進行了何種程度的誇張。但在有的情況下，比如《圍城》的這一段中，我們卻難以依據生活經驗將話語形式與故事內容分離開來，這也許與錢鍾書受現代派的影響不無關係。然而，即便在現代派小說中，「故事」與

---

[16] 本書中的方括號均標示這是引者添加的解釋性詞語。

「話語」也並非總是難以區分。我們不妨看看下面這兩個取自現代派小說的例子：

> （1）鮑勃·考利伸出他的爪子，緊緊抓住了黑色深沉的和絃。（詹姆斯·喬伊絲《尤利西斯》）
>
> （2）荒野拍打過庫爾茲的腦袋，你們瞧，這腦袋就象個球——一個象牙球。荒野撫摸了他——看！他已經枯萎了。荒野曾捉住他，愛他，擁抱他，鑽進他的血液，吞噬他的肌膚，並通過不可思議的入門儀式，用自己的靈魂鎖住了他的靈魂。（康拉德《黑暗之心》）

　　例一描述的是鮑勃·考利彈奏鋼琴時的情景。因為彈鋼琴是讀者較為熟悉的具體活動，因此在閱讀時一般會依據生活經驗推斷出考利伸出的是手而不是爪子，他只可能彈奏鍵盤，不可能抓住和絃音，樂聲也不可能帶顏色。遇到這種句子，讀者往往會進行雙重解碼：一是對句中體現的非同尋常的眼光的詮釋，二是對事物「本來面貌」的推斷。在例一中，這兩者之間的界限仍比較清晰，因此，儘管該例取自《尤利西斯》這一典型的現代派小說，「故事」與「話語」的區分對它依然適用。與例一相對照，在例二中，讀者很難依據生活經驗建構出獨立於話語的現實。康拉德在《黑暗之心》中，大規模採用了象徵手法，荒野可以說是黑暗人性的象徵，它積極作用於庫爾茲，誘使他脫離文明的約束，返回到無道德制約的原始本能狀態。在作品中，荒野持續不斷地被賦予生命、能動性和征服力。在這一語境中，讀者對於荒野的常識性認識（無生命的被動體）一般會處於某種「休眠」狀態，取而代之的是作者描述出來的富有生命、施動於人的荒野形象。也就是說，「話語」在某種意義上創造了一種新的「現實」，從而模糊了兩者之間的界限。當然，跟弗蘭茲·卡夫卡的《變形記》那樣的作品相比，《黑暗之心》在這方面走得不是太遠。

在現代派小說中（後現代派小說更是如此），「故事」常常不同程度地失去了獨立性，話語形式的重要性則得到增強。我們知道，不少現代派作家受象徵美學影響很深，刻意利用語言的模糊性，廣泛採用晦澀離奇的象徵和比喻。有的現代派作家還蓄意打破語法常規、生造詞彙、歪曲拼寫，這對於依據生活經驗來建構故事內容造成了困難。其實，在一些實驗性很強的作品中（如詹姆斯・喬伊絲的《尤利西斯》、《為芬尼根守靈》），對語言的利用和革新已成為作品的首要成分。如果說在傳統現實主義小說中，話語和故事只是偶有重合，那麼在現代派小說中，話語與故事的重合則屢見不鮮。讀者常常感到不能依據生活經驗來建構獨立於話語的故事，有些段落甚至是無故事內容可言的純文字「遊戲」。此外，有的現代派小說完全打破了客觀現實與主觀感受之間的界限，卡夫卡的《變形記》就是一個典型的例子。這一短篇小說描寫的是一位推銷員喪失人形，變成一隻大甲蟲的悲劇。儘管讀者可根據生活經驗推斷出人不可能變為甲蟲，這只是話語層面上的變形、誇張和象徵，實際上在作品中我們根本無法建構一個獨立於話語、符合現實的故事。我們必須承認《變形記》中的故事就是一位推銷員喪失人形變成一隻大甲蟲的悲劇。像《變形記》這樣的現代派小說已構建了一種新的藝術上的「現實」。在傳統現實主義小說中僅僅被視為話語層次上的主觀誇張和變形的成分（與閱讀神話和民間故事不同，在閱讀小說時，讀者一般依據生活經驗來建構故事），在這樣的現代派小說中也許只能視為故事的內容，也就是說話語和故事在這一方面已經不可區分。

在晚期現代和後現代小說中有時會出現「消解敘述」（denarration）。所謂「消解敘述」就是先報導一些資訊，然後又對之加以否定。美國敘事學家布賴恩・理查森曾專門發文探討這一問題，[17]認為消解敘述在有的作品中顛覆了故事與話語的區分。他舉了

---

[17]　Brian Richardson, "Denarration in Fiction: Erasing the Story in Beckett and Others,"

撒母耳・貝克特的《莫洛伊》為例。在這一作品中，敘述者先說自己坐在岩石上，看到人物甲和人物丙慢慢朝對方走去。他很肯定這發生在農村，那條路旁邊「沒有圍籬和溝渠」，「母牛在廣闊的田野裡吃草」。但後來他卻說：「或許我將不同的場合混到一起了，還有不同的時間……或許人物甲是某一天在某一個地方，而人物丙是在另一個場合，那塊岩石和我本人則是在又一個場合。至於母牛、天空、海洋、山脈等其他因素，也是如此。」理查森對此評論道：

> 因果和時間關係變得含糊不清；只剩下那些因素自身。它們相互之間缺乏關聯，看上去，能夠以任何方式形成別的組合。當然，當因果和時間關係這麼輕而易舉地否定之後，那些因素本身的事實性也就大受影響。可以肯定那確實是一頭母牛，而不是一隻羊，一隻鳥，或是一個男孩嗎？……[18]

雖然從表面上看，我們已難以區分敘述話語與故事事實，但實際上這一區分依然在發揮關鍵作用。正是由於這一區分，理查森才會發問：「可以肯定那確實是一頭母牛，而不是一隻羊，一隻鳥，或是一個男孩嗎？」也就是說，讀者相信在極不穩定的敘述後面，依然存在穩定的故事事實。如果說這裡的「消解敘述」僅囿於局部的話，有的地方的消解敘述涉及的範圍則更廣，比如，敘述者說：「當我說『我曾說』等等時，我的意思是我模模糊糊地知道事情是這樣，但並不清楚究竟是怎麼回事」。理查森斷言，這樣的消解敘述在整部作品中顛覆了故事與話語的區分，「因為到頭來，我們只能肯定敘述者告訴我們的與『真正發生了的事相去甚遠』」。[19]其實，這樣的宏觀消解敘述依然沒有顛覆故事與話語之分，因為正是由於這一區分，

Narrative 9 (2001), pp.168-75.
[18] Richardson, "Denarration in Fiction," pp.168-69.
[19] Richardson, "Denarration in Fiction," p.170.

我們才會區別「真正發生了的事」（故事）與「敘述者告訴我們的」（話語）。消解敘述究竟是否影響故事與話語之分取決於在作者和敘述者之間是否有距離。如果存在距離，讀者就會相信存在為作者所知的穩定的故事事實，只是因為敘述者自己前後矛盾，才給建構事實帶來了困難。這種情況往往不會影響讀者對「真正發生了什麼？」的追問——無論答案多麼難以尋覓。但倘若作者創造作品（或作品的某些部分）只是為了玩一種由消解敘述構成的敘述遊戲，那麼在作者和敘述者之間就不會有距離。而既然作品僅僅構成作者的敘述遊戲或者文字遊戲，摹仿性也就不復存在，讀者也不會再追問「真正發生了什麼？」，故事與話語之分自然也就不再相關。

二、不同範疇所涉及的故事與話語之分

熱奈特在《敘述話語》這一經典名篇中，探討了話語的五個方面：（1）順序（是否打破自然時序），（2）時距（用多少文本篇幅來描述在某一時間段中發生的事），（3）頻率（敘述的次數與事件發生的次數之間的關係），（4）語式（通過控制距離或選擇視角等來調節敘事資訊），（5）語態（敘述層次和敘述類型等）。前三個方面均屬於時間或「時態」這一範疇，與「語式」和「語態」共同構成「話語」的三大範疇。可以說，故事與話語之分在時間範疇是較為清晰的。

誠然，在現代派和後現代派小說中，時序的顛倒錯亂是慣有現象，但除了格特魯德·斯坦因這樣「將時鐘搗碎並將它的碎片像撒太陽神的肢體一樣撒向了世界」[20]的極端例子，現代派和後現代派作品中的時序一般是可以辨認的。我們可以區分：（1）故事事件向前發展的自然時序；（2）敘述者在話語層次上做的重新安排（如倒敘、預敘或從中間開始敘述等—詳見第五章）。無論敘述時序如何錯亂複

---

[20] E. M. Forster, *Aspects of the Novel* (Harmondsworth: Penguin, reprinted 1966), p.48.

雜，讀者一般能重新建構出事件原來的時序。也就是說「話語」與「故事」在這方面一般不會重合。就時距和頻率而言也是如此。

我們知道，虛構世界中的故事順序、時距、頻率不僅與作者和讀者的生活經驗相關，而且與文學規約不無關聯。正如在卡夫卡的作品中人可變為大甲蟲一樣，虛構故事中的時間可以偏離現實中的時間。在《時間的雜亂無章：敘事模式與戲劇時間》一文中，理查森說：「結構主義模式的前提是故事事件的順序與文本表達順序之間的區分……然而，我所探討的好幾部戲劇卻抵制甚至排除了這一理論區分。在《仲夏夜之夢》裡，出現了一個極為大膽的對故事時間的偏離。在該劇中，莎士比亞創造了兩個自身連貫但互為衝突的時間結構」。[21]在那部劇中，城市裡的女王和公爵等人過了四天；與此同時，在離城幾英里遠的一個樹林裡，情侶們和眾仙子等則只過了一個晚上。然而，這並沒有真正對故事與話語之分造成威脅，因為我們可以將這兩種時間結構的衝突視為莎士比亞創造的虛構世界裡面的故事「事實」。這是一個具有魔法的世界，是一個人類和神仙共存的世界。在認識到這種奇怪的時間結構是文中的「事實」之後，我們就可以接下去探討敘述話語是如何表達這種時間結構的了。[22]在同一篇論文中，理查森還發表了這樣的評論：「最後，我們想知道結構主義者究竟會如何看待取自尤內斯庫《禿頭歌女》的下面這段舞臺指示：『鐘敲了七下。寂靜。鐘敲了三下。寂靜。鐘沒有敲。』敘事詩學應該探討和解釋這樣的文學時間因素，而不應該迴避不談」。[23]若要解釋這樣的文學現象，我們首先需要看清小說和戲劇的本質差別。在戲劇舞臺上，「鐘敲了七下。寂靜。鐘敲了三下。寂靜。」會被表演出

[21] Brian Richardson, "'Time is out of Joint': Narrative Models and the Temporality of the Drama," *Poetics Today* 8 (1987), p.299.
[22] 詳見 Dan Shen, "What Do Temporal Antinomies Do to the Story-Discourse Distinction?: A Reply to Brian Richardson's Response," *Narrative* 11 (2003), pp.237-41.
[23] Richardson,「'Time is out of Joint',」p.306.

來，[24]親耳聽到表演的觀眾會將之視為虛構事實，視為那一荒誕世界中的「真實存在」。在劇院裡直接觀看表演的觀眾不難判斷「究竟發生了什麼」。[25]無論舞臺上發生的事如何偏離現實生活，只要是觀眾親眼所見或親耳所聞，那就必定會成為「真正發生的事」。與此相對照，在小說中，讀到「鐘敲了七下。寂靜。鐘敲了三下。寂靜。鐘沒有敲。」這樣的文字時，讀者則很可能會將之視為理查森所界定的「消解敘述」。正如前面所提到的，「消解敘述」究竟是否會模糊故事與話語之間的界限，取決於作品究竟是否依然具有隱而不見的模仿性。

當作品具有模仿性時，我們一般可以區分故事的順序／時距／頻率和話語的順序／時距／頻率（詳見第五章）。誠然，兩者之間可互為對照，產生多種衝突，但話語時間一般不會改變故事時間，因此兩者之間的界限通常是清晰可辨的。我們知道，話語層的選擇不同於故事層的選擇。對「約翰幫助了瑪麗」和「約翰阻礙了瑪麗」的選擇是對故事事實的選擇，而對「約翰幫助了瑪麗」和「瑪麗得到了約翰的幫助」的選擇則是對話語表達的選擇，後一種選擇未改變所敘述的事件。倘若話語層次上的選擇導致了故事事實的改變，或一個因素同時既屬於故事層又屬於話語層，那麼故事與話語之間的界限就會變得模糊不清。這樣的情形傾向於在「語式」和「語態」這兩個範

---

[24] 就劇院裡的觀眾而言，「鐘沒有敲」這一句與前面那句「寂靜」是無法區分的。這句話似乎是特意為劇本的讀者寫的（see Zongxin Feng [封宗信] and Dan Shen,「The Play off the Stage: The Writer-Reader Relationship in Drama,」*Language and Literature* 10 [2001], pp.79-93）。

[25] 戲劇有其自身獨特的規約。在《仲夏夜之夢》裡，有一個場景是由持續進行的對話組成的，臺上的對話只進行了 20 分鐘，但演員卻說已過了三個小時。理查森認為這種實際對話時間和演員所說的對話時間之間的「戲劇衝突」是對故事和話語之分的挑戰。（「Time,」pp.299-300）然而，這裡的故事時間（三個小時）和話語 [表演] 時間（20分鐘）之間確實有清晰的界限。誠然，這樣的戲劇場景確實挑戰了熱奈特對於「場景」的界定：表達時間＝故事時間（*Narrative Discourse* p.95）。哪怕根據古典戲劇的「三一律」，大約兩個小時的演出時間（表達時間）也可以與 24 小時的行動時間（故事時間）相對應。

疇出現，尤其是以下三種情況：當人物話語被加以敘述化時；當人物感知被用作敘述視角時；第一人稱敘述中的敘述者功能與人物功能相重合時。

人物話語的敘述化

首先，我們簡要探討一下人物話語的敘述化這一問題。與故事時間的表達相對照，人物話語的表達涉及兩個聲音和兩個主體（人物的和敘述者的），同時也涉及兩個具有不同「發話者—受話者」之關係的交流語境（人物—人物、敘述者—受述者[26]）。敘述者可以用直接引語來轉述人物的原話，也可以用自己的話來概述人物的言辭，從而將人物話語敘述化。請比較以下兩例：

（1）「There are some happy creeturs,」Mrs Gamp observed,「as time runs back'ds with, and you are one, Mrs Mould …」（「有那麼些幸運的人兒」，甘樸太太說，「連時光都跟著他們往回溜，您就是這麼個人，莫爾德太太……」──引自狄更斯的《馬丁‧米述爾維特》）。

（2）Mrs Gamp complimented Mrs Mould on her youthful appearance.（甘樸太太恭維了莫爾德太太年輕的外貌）。

第二句來自諾曼‧佩奇的著作，他將狄更斯的直接引語轉換成了「被遮覆的引語」，[27] 即熱奈特所說的「敘述化的人物話語」（narratized or narrated speech）。[28] 值得注意的是，這一轉換使敘述

---

[26] 「受述者」（narratee）這一概念是 Gerald Prince 提出來的，指「接受敘述的人」（the one who is narrated to），詳見 Gerald Prince，*Dictionary of Narratology* (Lincoln & London: U of Nebraska P, 2003), p.57。

[27] Norman Page, *Speech in the English Novel*, 2nd ed. (London: Macmillan, 1988[1973]), p.35.

[28] Genette, *Narrative Discourse*, p.171.

者不覺之中確認了「莫爾德太太年輕的外貌」，因為這是出現在敘述層的表達。這種情況在自由間接引語，甚至間接引語（甘朴太太說……）中都不會發生，但倘若敘述者選擇了「敘述化的人物話語」這樣概述性的表達方式，人物的話語或想法就會被敘述者的言詞所覆蓋，就很可能會發生對人物看法的各種歪曲。倘若莫爾德太太看上去不再年輕，此處的敘述化就會歪曲事實，因為敘述者將「莫爾德太太年輕的外貌」作為事實加以了敘述。而只要敘述者是可靠的，讀者就會相信這一並不存在的「事實」。如果表達形式的改變本身導致了虛構現實的變化，那麼故事與話語之間的界限自然會變得模糊不清。

人物視角

接下來，讓我們把注意力轉向「人物視角」。「人物視角」指的是敘述者採用人物的感知來觀察過濾故事事件。敘述者（作為作者之代理）是敘述視角的操控者，他／她既可以自己對故事聚焦，也可以借用人物的感知來聚焦（詳見第四章）。我們在採用「人物視角」這一術語時，可將之理解為「敘述者在敘述層面用於展示故事世界的人物感知」。人物視角可以在敘事作品中短暫出現，在傳統的全知敘述中尤為如此。請看湯瑪斯‧哈代的《德伯維爾家的苔絲》第五章中的一段：

> 苔絲仍然站在那裡猶豫不決，宛如準備跳入水中的游泳者，不知是該退卻還是該堅持完成使命。這時，有個人影從帳篷黑黑的三角形門洞裡走了出來。這是位高個子的年輕人，正抽著煙。……看到她滿臉困惑地站著不動，他說：「別擔心。我是德伯維爾先生。你是來找我還是找我母親的？」

請比較：

……苔絲看到德伯維爾先生從帳篷黑黑的三角形門洞裡走了出來，但她不知道他是誰。……

　　在原文中，我們之所以開始時不知道走出來的是誰（「一個人影」、「高個子的年輕人」），是因為全知視角臨時換成了苔絲這一人物的視角。全知敘述者讓讀者直接通過苔絲的眼睛來觀察德伯維爾夫人的兒子：「這時，有個人影從帳篷黑黑的三角形門洞中走了出來。這是位高個子的年輕人……」。這種向人物有限視角的轉換可以產生短暫的懸念，讀者只能跟苔絲一起去發現走出來的究竟是誰，從而增強了作品的戲劇性。雖然苔絲的感知與其言行一樣，都屬於故事這一層次，但在這一時刻，苔絲的感知卻替代敘述者的感知，成為觀察故事的敘述工具和技巧，因此又屬於話語這一層次。由於「人物視角」同時屬於故事層和話語層，故事與話語在這裡自然也就難以區分。在意識流小說中，作品往往自始至終都採用人物視角。也就是說，人物的感知很可能一直都既屬於故事層（如同人物的言行），又屬於話語層（如同其他敘述技巧），從而導致故事與話語持續的難以區分。

第一人稱敘述中「我」的敘述者功能與人物功能的重合

　　在第一人稱敘述中，「我」往往既是敘述者，又是故事中的人物（當然，有時「我」僅僅作為旁觀者來觀察他人的故事）。倘若一位70歲的老人敘述自己20歲時發生的事，年老的「我」作為敘述者在話語層運作，年輕的「我」則作為人物在故事層運作。但在有的情況下，「我」的敘述者功能和人物功能可能會發生重合，從而導致「故事」與「話語」難以區分。比如，由於敘述者在表達自己的故事，因此有時難以區分作為敘述者的「我」之眼光（話語層）和作為人物的「我」之眼光（故事層）。此外，由於敘述者在講自己的故事，其眼光可能會直接作用於故事，有意或無意地對故事進行變形和扭曲。在

有的作品中，敘述開始時故事並沒有結束，故事和話語就會更加難以區分。在歐尼斯特·海明威的《我的老爸》這篇由喬（Joe）敘述的作品中，作為敘述者的喬與作為人物的喬幾乎同樣天真。如題目所示，喬敘述的是當騎師的父親，但父子之間的關係一直是敘事興趣的焦點。作為敘述者的喬如何看待父親顯然會直接作用於父子之間的關係。[29]在故事的結尾處，喬的父親在一次賽馬事故中喪生，這時喬聽到了兩位賽馬賭徒對父親充滿怨恨的評價，這番評價打碎了父親在喬心中的高大形象。有人試圖安慰喬，說他的父親「是個大好人」。敘述至此，文中突然出現了兩個採用現在時的句子：「可我說不上來。好像他們一開始，就讓人一無所有。」（But I don't know. Seems like when they get started they don't leave a guy nothing.）這兩個採用現在時的句子似乎同時表達了作為人物的喬當時對其他人物話語的反應（自由直接引語）和作為敘述者的喬現在對這一往事的看法（敘述評論），前者屬於故事層，後者則屬於話語層。兩種闡釋的共存無疑模糊了故事與話語之分。

在「自我敘述」（autodiegetic narration，即「我」為故事主人公的敘述）中，如果敘述開始時，故事尚未完全結束，「我」依然作為主人公在故事中起作用，那麼目前的「我」就會同時充當（屬於話語層的）敘述者角色和（屬於故事層的）人物角色。弗拉基米爾·納博科夫的《洛莉塔》就是一個很好的實例。亨伯特開始敘述時，他是被囚於獄中的犯人，對將要到來的審訊作出各種反應，這些都是整個故事的一部分。目前的亨伯特只不過是更年長的主人公，他不得不對自己過去的行為負責，但與此同時，他又是講述自己故事的敘述者。

然而，這兩個角色——敘述者和主人公——並非總是保持平衡。亨伯特的敘述對象可分為三類：（1）過去他跟洛莉塔和其他人物在一起時所發生的事；（2）他目前的情形，包括他的獄中生活和對於

---

[29] See James Phelan, *Narrative as Rhetoric* (Columbus: Ohio State UP, 1996), pp.92-104.

審訊的各種想法；（3）他敘述故事的方式，包括敘述時的文字遊戲、自我辯護或自我質疑等。就第一類而言，如果亨伯特在敘述時未插入自己目前的想法和情感，我們就會集中關注如何從亨伯特不可靠的敘述中重新建構出以往的故事事實。這樣一來，目前的亨伯特作為人物的角色就會退居二線或隱而不見，而他作為敘述者的角色就會佔據前臺。在這種情況下，故事與話語之間的界限就會比較清晰。就第二類而言，亨伯特目前的人物角色則會顯得比較突出。但獄中的亨伯特不僅是主人公，而且也是敘述者，因此故事與話語之間的界限有時較難分辨，尤其是當這一類與第一類或第三類共同出現在同一片段中時。請看《洛莉塔》第一部分第十章中的一段：

> [1]在這兩個事件之間，只是一連串的探索和犯錯誤，沒有真正的歡樂。這兩個事件的共同特點使它們合為一體。[2]然而，我並不抱幻想，我的法官會將我的話都看成一個有戀女童癖的瘋男人虛假做作的表演。其實，這個我一點也不在乎。[1]我知道的只是當黑茲家的女人和我下了臺階進入令人屏息神往的花園之後，我的雙膝猶如在微波中趟水，我的雙唇也猶如細沙，而且──「那是我的洛[莉塔]，」她說，「這些是我的百合花。」「是的，是的，」我說，「他們很美，很美，很美。」

在上面這段中，看到用[1]標示的屬於第一類的文字時，我們會集中關注過去發生了什麼。文中有時會出現大段的對往事的追憶，眼前的亨伯特在這些追憶中，主要是以敘述者的身分出現，讀者聚焦於他講述的往事和他對往事的評價。與此相對照，在讀到用[2]標示的屬於第二類的文字時，讀者關注的是亨伯特面對將要來臨的審訊之所思所為，因此眼前的亨伯特的人物角色就會突顯出來。然而，第二類文字也是由眼前的亨伯特敘述出來的，加之前後都是突顯亨伯特敘述者角色的第一類文字，讀者也同樣會關注眼前的亨伯特之敘述者角色。這

是作為「主人公-敘述者」的亨伯特在思考將要來臨的審訊。這兩種
角色的共同作用難免導致故事與話語的無法區分。

　　至於第三類文字，即亨伯特敘述時的文字遊戲、自我辯護、自我懺
悔、自我譴責，自我審視，如此等等，都往往具有既屬於話語層又屬於
故事層的雙重性質。我們不妨看看小說第一部分第四章中的一小段：

> 我一遍又一遍地回憶著這些令人心碎的往事，反覆問自己，我
> 的生活是在那個閃閃發光的遙遠的夏季開始破裂的嗎？或者
> 說，我對那個女孩過度的欲望只不過是我固有的奇怪癖好的第
> 一個證據呢？……

　　這些思維活動發生在亨伯特的敘述過程之中，因此屬於話語這一
層次。但與此同時，這些思維活動又是作為主人公的亨伯特之心理活
動的一部分，因此也屬於故事這一層次。在《洛莉塔》這部小說中，
對往事的敘述構成了文本的主體，因此，故事與話語之間的界限總的
來說較為清晰。然而，小說中也不時出現一些片段，其中同樣的文字
既跟作為敘述者的亨伯特相關，又跟作為人物的亨伯特相關。也就是
說，這些文字在局部消解了故事與話語之分。

　　故事與話語的區分是以二元論為基礎的。西方批評界歷來有一元
論與二元論之爭。持一元論的批評家認為不同的形式必然會產生不同
的內容，形式與內容不可區分。持二元論的批評家則認為不同的形式
可表達出大致相同的內容，形式與內容可以區分。一元論在詩歌批評
中較為盛行；二元論則在小說批評中較有市場。而率先提出故事與話
語之區分的托多羅夫卻不止一次地陳述了一元論的觀點。他在《文學
作品分析》一文中寫道：「在文學中，我們從來不曾和原始的未經處
理的事件或事實打交道，我們所接觸的總是通過某種方式介紹的事

件。對同一事件的兩種不同的視角便產生兩個不同的事實。事物的各個方面都由使之呈現於我們面前的視角所決定。」[30]托多羅夫的一元論觀點與他提出的故事與話語的區分相矛盾。倘若不同的話語形式「總是」能產生不同的事實，話語與故事自然無法區分。可以說，托多羅夫的一元論觀點有走極端之嫌。在上面引述的《繼承者》的那段文字中，原始人洛克將「一個男人舉起了弓和箭」這件事看成是「一根棍子豎了起來，棍子中間有塊骨頭」。按照托多羅夫的觀點，我們只能將洛克離奇的視角當做事實本身。而倘若我們將「一根棍子豎了起來，棍子中間有塊骨頭」視為事實本身，洛克的視角也就不復存在了。值得注意的是，在《繼承者》中，敘述者並未告訴讀者洛克看到的實際上是「一個男人舉起了弓和箭」這件事；這是讀者依據生活經驗和上下文，透過洛克的無知視角建構出來的，[31]批評界對這一事實沒有爭議。實際上人物的視角只有在與這一事實相左時才有可能顯現出來。倘若在視角與事實之間劃等號，事實自然會取代視角，視角也就消失了。人物視角可反映出人物的思維方式、心情和價值觀等，但往往不會改變所視事物，產生新的事實。同樣，無論敘述者如何打亂時序，話語上的時序一般不會產生新的「事實上」的時序。不同的語言種類，不同的文體風格、不同的表達方式等一般都不會產生不同的事實或事件。儘管托多羅夫在理論上自相矛盾，他在分析實踐中表現出來的基本上仍為二元論的立場。其他西方敘事學家一般均持較為強硬的二元論立場，強調故事是獨立於話語的結構。筆者贊同敘事作品分析中的二元論，但認為不應一味強調故事與話語可以區分。正如前面所分析的，故事與話語有時會發生重合，這不僅在現代派和後現代派小說中較為頻繁，而且在現實主義小說中也有可能發生。當故事與話語相重合時，故事與話語的區分也就失去了意義。

30　收入王泰來等編譯《敘事美學》，重慶出版社 1987 年版，第 27 頁。

31　有時敘述者會採用兩種以上的視角來敘述同一事件。在這種情況下，讀者需要根據生活經驗透過這些不同的視角，建構出最合乎情理的「事實」。

第二章

隱含作者*

　　上一章探討了「故事」與「話語」這一敘事作品的基本理論區分，本章將聚焦於一個重要的敘事理論概念：「隱含作者」。這一概念是韋恩・布思在《小說修辭學》（1961）中提出來的。[1]半個世紀以來，這一概念在國際敘事理論界被廣為闡發，產生了很大影響。這一貌似簡單的概念，實際上既涉及作者的編碼又涉及讀者的解碼，涵蓋了作者與讀者的交流，然而西方學術界卻對之加以不同走向的「單向」理解，這引起了不少爭論和混亂。「隱含作者」不僅是一個重要的理論概念，而且具有較強的實用性，對於闡釋作品具有一定的指導意義，若理解運用得當，有助於我們更好、更全面地把握作品，尤其是同一作者的不同作品。本章將追根溯源，闡明這一概念的實質內涵，探討其在歷史上不同走向的變義。通過糾正誤解，梳理脈絡，清除混亂，來更好地觀察其歷史價值和現實意義，並更準確地把握作者、文本與讀者之間的關係。

第一節　「隱含作者」這一概念的本義

　　第一次世界大戰後至20世紀50年代，以新批評為代表的西方形式

---

*　參見筆者的相關論文：Dan Shen, "Booth's *The Rhetoric of Fiction* and China's Critical Context," *Narrative* 15.2 (2007), pp.167-86；Dan Shen, "What is the Implied Author?" *Style* 45.1 (2011), pp.80-98。

[1]　Wayne C. Booth, *The Rhetoric of Fiction* (Chicago: U of Chicago P, 1961, 2nd edition 1983).

主義文評迅速發展。新批評強調批評的客觀性,視作品為獨立自足的藝術品,不考慮作者的寫作意圖和社會語境。布思所屬的芝加哥學派與新批評幾乎同步發展,關係密切。它們都以文本為中心,但兩者之間也存在重大分歧。芝加哥學派屬於「新亞里斯多德派」,繼承了亞里斯多德摹仿學說中對作者的重視。與該學派早期的詩學研究相比,布思的小說修辭學更為關注作者和讀者,旨在系統研究小說家影響控制讀者的種種技巧和手段。布思的《小說修辭學》面世之際,正值研究作者生平、社會語境等因素的「外在批評」衰落,而關注文本自身的「內在批評」極盛之時,在這樣的氛圍中,若對文本外的作者加以強調,無疑是逆歷史潮流而動。於是,「隱含作者」這一概念就應運而生了。要較好地把握這一概念的實質內涵,我們不妨先看看下面這一簡化的敘事交流圖:

作者（編碼）──文本（產品）──讀者（解碼）

「隱含作者」這一概念既涉及作者的編碼又涉及讀者的解碼。布思在《小說修辭學》中論述「隱含作者」時,在編碼（用[1]標注）和解碼（用[2]標注）之間來回擺動,譬如:

> 的確,對有的小說家來說,他們[1]寫作時似乎在發現或創造他們自己。正如傑薩明·韋斯特所言,有時「只有通過寫作,小說家才能發現──不是他的故事──而是[1]故事的作者,或可以說是[1]這一敘事作品的正式作者。」無論我們是將這位隱含作者稱為「正式作者」,還是採用凱薩琳·蒂洛森新近復活的術語,即作者的「第二自我」,毋庸置疑的是,讀者得到的關於這一存在（presence）的形象是作者最重要的效果之一。無論[1]他如何努力做到非個性化,[2]讀者都會建構出一個[1]這樣寫作的正式作者的形象……[2]正如某人的私人信件會隱含該

人的不同形象（這取決於跟通信對象的不同關係和每封信的不同目的），[1]作者會根據具體作品的特定需要而以不同的面目出現。[2]

就編碼而言，「隱含作者」就是處於某種創作狀態、以某種立場和方式來「寫作的正式作者」；就解碼而言，「隱含作者」則是文本「隱含」的供讀者推導的這一寫作者的形象。值得注意的是，所謂故事的「正式作者」其實就是「故事的作者」──「正式」一詞僅僅用於廓清處於特定創作狀態的這個人和日常生活中的這個人。尤其值得注意的是，「創造」一詞是個隱喻，所謂「發現或創造他們自己」，實際上指的是在寫作過程中發現自己處於某種狀態或寫作過程使自己進入了某種狀態。就「隱含作者」這一詞語的構成而言，上面引文中用[1]標示的部分指向「作者」，用[2]標示的部分則指向「隱含」。在下面這段話中，布思同樣既關注了編碼過程，也關注了解碼過程：

> 只有「隱含作者」這樣的詞語才會令我們感到滿意：它能[2]涵蓋整個作品，但依然能夠讓人將作品視為[1]一個人選擇、評價的產物，而不是獨立存在的東西。[1]「隱含作者」有意或無意地選擇我們會讀到的東西；[2a]我們把他作為那個真人理想化的、文學的、創造出來的形象推導出來；[2b]他是自己選擇的總和。[3]

用 [2a] 標示的文字體現了布思審美性質的隱含作者觀：作者在創作時會脫離平時自然放鬆的狀態（所謂「真人」所處的狀態），進入某種「理想化的、文學的」創作狀態（可視為「真人」的一種「變體」或

2　Booth, *The Rhetoric of Fiction*, p.71.
3　Booth, *The Rhetoric of Fiction*, pp.74-75，著重號為引者所加。.

「第二自我」）。處於這種理想化創作狀態的人就是隱含作者，他做出各種創作選擇，我們則通過他的選擇從文本中推導出他的形象。[4]特別值得強調的是，布思眼中的「隱含作者」既是作品中隱含的作者形象，又是作品的生產者：隱含作者「有意或無意地選擇我們會讀到的東西」，作品是隱含作者「選擇、評價的產物」，他是「自己選擇的總和」。

　　上文提及，布思的《小說修辭學》面世之際，正值形式主義批評盛行之時，批評界聚焦於文本，排斥對作者的考慮。在這種學術氛圍中，「隱含作者」無疑是一個非常英明的概念。因為「隱含」一詞以文本為依託，故符合內在批評的要求；但「作者」一詞又指向創作過程，使批評家得以考慮作者的意圖和評價。這整個概念因為既涉及編碼又涉及解碼，因此涵蓋了（創作時的）作者與讀者的敘事交流過程。遺憾的是，數十年來，西方學界未能把握布思對編碼和解碼的雙重關注，對「隱含作者」加以單方面理解，造成了不少混亂，也引發了很多爭論。

第二節　歷史變義之一：偏向「隱含」

　　「隱含作者」這一概念面世後不久，結構主義敘事學在法國誕生，並很快擴展到其他國家，成為一股發展勢頭強勁的國際性敘事研究潮流。眾多結構主義敘事學家探討了布思的「隱含作者」，但由於這一流派以文本為中心，加上從字面上理解布思關於作者寫作時「創造了」隱含作者這一隱喻（實際上指的是作者自己進入了某種創作狀態，以某種方式來寫作），誤認為「真實作者」在寫作時創造了「隱

---

[4]　然而，隱含作者的創作立場並非一定是審美的和理想化的，創作中的「隱含作者」的形象也有可能比不上日常生活中的「真人」的形象，參見 Booth,「Resurrection of the Implied Author: Why Bother?」*A Companion to Narrative Theory*, ed. James Phelan and Peter J. Rabinowitz (Oxford: Blackwell, 2005), p.77.

含作者」這一客體，因此將隱含作者圈於文本之內。美國敘事學家西摩・查特曼在1978年出版的《故事與話語》一書中，提出了下面的敘事交流圖，[5]該圖在敘事研究界被廣為採用，產生了深遠影響。

敘事文本

真實作者 ┈┈▶隱含作者 ──▶（敘述者）──▶（受述者）──▶ 隱含讀者 ┈┈▶ 真實讀者

這一圖表的實線和虛線之分體現了結構主義敘事學僅關注文本的研究思路。儘管隱含作者被視為資訊的發出者，但只是作為文本內部的結構成分而存在。里蒙－肯南針對查特曼的觀點評論道：「必須將隱含作者看成讀者從所有文本成分中收集和推導出來的建構物。的確，在我看來，將隱含作者視為以文本為基礎的建構物比把它想像為人格化的意識或『第二自我』要妥當得多。」[6]里蒙－肯南之所以會認為「人格化的意識」或「第二自我」這樣的說法有問題，就是因為「隱含作者」已被置於文本之內，若再賦予其主體性，就必然造成邏輯混亂。狄恩格特也針對查特曼的論述提出批評：「在文本內部，意思的來源和創造者怎麼可能又是非人格化的文本規範呢？反過來說，非人格化的文本規範怎麼可能又是意思的來源和創造者呢？」[7]為了解決這一矛盾，她建議聚焦於「隱含」一詞，像里蒙－肯南那樣，將「隱含作者」視為文本意思的一部分，而不是敘事交流中的一個主體。[8]沿著同一思路，米克・巴爾下了這樣的定義：「『隱含作者』

5　Seymour Chatman, *Story and Discourse* (Ithaca: Cornell UP, 1978), p.151.

6　Shlomith Rimmon-Kenan, *Narrative Fiction* (London: Routledge, 2002 [1983]), p.88.

7　Nilli Diengott, "The Implied Author Once Again," *Journal of Literary Semantics* 22 (1993), p.71; 同時請參見 Ansgar Nünning, "Implied Author," *Routlege Encyclopedia of Narrative Theory*, ed. David Herman et. al. (London: Routledge, 2005), p.240.

8　Diengott, "The Implied Author Once Again," p.73.

指稱能夠從文本中推導出來的所有意思的總和。因此，隱含作者是研究文本意思的結果，而不是那一意思的來源。」[9]熱奈特在《新敘述話語》中寫道：

> 隱含作者被它的發明者韋恩・布思和它的詆毀者之一米克・巴爾界定為由作品建構並由讀者感知的（真實）作者的形象。[10]

這句話在一定程度上濃縮了眾多西方學者對布思本義的誤解。其誤解表現在三個相互關聯的方面：1.將「隱含作者」囿於文本之內，而布思的「隱含作者」既處於文本之內，又處於文本之外（從編碼來看）；2.既然將隱含作者囿於文本之內，那麼文本的生產者就只能是「真實作者」，而在布思眼裡，文本的生產者是「隱含作者」，它是隱含作者做出各種選擇的結果；3.文本內的「隱含作者」成了文本外的「真實作者」的形象，而布思旨在區分的則正是「隱含作者」（處於特定創作狀態的作者）和「真實作者」（日常生活中的同一人）。這一誤解倒並不常見。另一走向的常見誤解是：文本內的「隱含作者」呈現出不同於「作品的實際寫作者」（「真實作者」或「有血有肉的作者」）的形象，如下圖所示：

---

9   Mieke Bal, *Narratology*, trans. Christian van Boheemen (Toronto: U of Toronto P, 1997 [1985]), p.18.

10   Gérard Genette, *Narrative Discourse Revisited*, trans. Jane E. Lewin (Ithaca: Cornell UP, 1983), p.140.

關於敘事交流的當代敘事理論模式

有血有肉的作者	隱含作者	敘述者	文本	受述者	隱含讀者／作者的讀者	有血有肉的讀者
作品的實際寫作者	筆名或作品中的作者面貌（persona）	敘述文本者	文本	文中的受話者	理想讀者	實際閱讀者
夏洛特・勃朗特 艾蜜莉・勃朗特 查理斯・狄更斯 安東尼・特洛羅普 瑪麗・安・埃文斯	「柯勒・貝爾」 「艾理斯・貝爾」 「狄更斯」 「特洛羅普」 「喬治・愛略特」	簡・愛 耐莉・迪安 匹普 未命名 未命名		「讀者」 「洛克伍德」 未命名 未命名 「讀者」	理解作者發出的資訊的人	詹姆斯・費倫羅賓・沃霍爾名為簡的學生名為喬的學生同上

　　此圖表出自美國女性主義敘事學家羅賓・沃霍爾－唐之手，她為《講授敘事理論》一書撰寫了探討性別問題的第14章[11]，在該章中給出了這一圖表。此圖表體現了眾多西方敘事研究者關於「真實作者」和「隱含作者」之關係的看法：「真實作者」是作品的實際寫作者，「隱含作者」是真實作者寫作時創造出來的。我們不妨比較一下布思的隱含作者觀與通常在誤解布思的基礎上產生的隱含作者觀：

　　布思的觀點：
　　　　真實作者（日常生活中的這個人）、編碼過程中的隱含作者（處於特定創作狀態、採取特定方式來寫作作品的這個人）、解碼過程中的隱含作者（讀者從作品──即從隱含作者「自己選擇的總和」──中推導出來的「這樣寫作」這個作品的作者之形象）

---

[11] Robyn R. Warhol-Down "Chapter 14 Gender," *Teaching Narrative Theory (Options for Teaching)*, ed. David Herman, Brian McHale, and James Phelan (New York: MLA, 2010).

通常的誤解：

真實作者（日常生活中的這個人和「作品的實際寫作者」；他／她寫作時在作品中創造出隱含作者這一客體）、不參與編碼的隱含作者（作品中有別於真實作者[即「作品的實際寫作者」]的作者面貌）

這種誤解有違基本的文學常識。作者如何寫作，作品就會隱含作者的什麼形象，這是一個不爭的事實。但數十年來，這一毋庸置疑的事實在關於隱含作者的討論中被一個邏輯錯誤的畫面所取代：「真實作者」寫作作品，而作品卻隱含了一個不同於（往往是高於）其寫作者的作者形象，這顯然說不通。即便採用筆名，也無法消除這種邏輯錯誤。如果一位女性（如「瑪麗·安·埃文斯」）以男性的方式來寫作並採用了男性筆名（如「喬治·艾略特」），那麼真名指代的就是通常的這位女性，而筆名指代的則是作為作品寫作者的這位女性。毋庸置疑，書的扉頁上出現的無論是作者的真名還是筆名，指代的都是實際寫作作品的人。但很多西方學者卻把筆名與實際寫作作品的人分離開來，把隱含作者僅僅視為筆名本身，剝奪了隱含作者在編碼過程中的作用，這樣就造成了「筆名不指代作品的寫作者」＋「作品隱含的作者形象並非作品實際寫作者的形象」的雙重邏輯錯誤。究其原因，「有血有肉的作者」或「真實作者」與「隱含作者」這些名稱在字面上的對照容易引起誤解。「隱含作者」與「真實作者」的區分只是在於日常狀態（一個人通常的面目）與創作狀態（這個人創作時的面目）之間的區分。也就是說，「隱含作者」也是真實的和有血有肉的。即便女性作家埃文斯採用男性筆名「喬治·艾略特」，該筆名指代的也是真實的（有血有肉的）採取男性立場和方法來寫作這一作品的同一個女性。更為重要的原因是，學者們一直忽略了「隱含作者」既指向「作品的實際寫作者」又指向「作品隱含的作者形象」的雙重

性質，忽略了布思明確指出的讀者看到的隱含作者的形象是其「自己選擇的總和」，誤把隱含作者當成真實作者寫作時在作品中創造出來的客體。[12]更令人遺憾的混亂出現在英國學者彼得‧拉馬克的著述中，他將囿於文本之內的隱含作者視為「其他虛構人物中間的一個虛構人物」[13]。

受形式主義思潮的影響，「隱含作者」處於文本之內成了眾多西方學者討論這一概念的前提。當西方的學術氛圍轉向語境化之後，這一前提未變，只是有的學者變得較為關注讀者的建構作用。在1990年出版的《敘事術語評論》中，查特曼依然認為隱含作者「不是一個人，沒有實質，不是物體，而是文中的規範」。[14]與此同時，查特曼認為不同歷史時期的讀者可能會從同一作品中推導出不同的隱含作者。德國敘事學家安斯加‧紐寧一方面建議用「結構整體」來替代「隱含作者」，另一方面又提出「結構整體」是讀者的建構，不同讀者可能會建構出不同的「結構整體」。[15]聚焦於讀者的推導建構之後，有的敘事學家提出「隱含作者」應更名為「推導出來的作者」

---

[12] 這種邏輯錯誤與布思在論述中的某些含混不無關聯，譬如上文所引的「，隱含作者'有意或無意地選擇我們會讀到的東西；我們把他作為那個真人理想化的、文學的、創造出來的形象推導出來；他是自己選擇的總和。」單看這句話裡的「真人」和「創造出來的形象」就很容易產生誤解。布思認為跟日常狀態相比，處於特定創作狀態的隱含作者可視為該人的一種「變體」或「第二自我」。為了說明這種區別，布思用了「真人」來指代日常狀態中的這個人，但這一詞語很容易讓人反過來認為隱含作者不是真人，而實際上，隱含作者就是處於「理想化的、文學的」創作狀態中的這同一個人，他通過自己的寫作選擇而創造了自己的形象。

[13] Peter Lamarque, "The Death of the Author: An Analytical Autopsy," *British Journal of Aesthetics* 30 (1990), p.325.

[14] Seymour Chatman, *Coming to Terms* (Ithaca: Cornell UP, 1990), p.87. 該書的正標題為一雙關語「Coming to Terms」，意指「敘事術語評論」，同時與習慣用法「come to terms」（妥協）相呼應，以期吸引讀者的注意力，但在漢語中難以譯出其雙關含義。筆者徵求了查特曼本人的意見，採取了這一非雙關的譯法。

[15] Ansgar F Nünning, "Deconstructing and Reconceptualizing the Implied Author: The Resurrection of an Anthropomorphized Passepartout or the Obituary of a Critical Phantom?" *Anglistik. Organ des Verbandes Deutscher Anglisten* 8 (1997), pp.95-116.

（inferred author），[16]這顯然失之偏頗。

美國敘事學家威廉・內爾斯面對學界圍繞「隱含作者」爭論不休的局面，提出了「歷史[上的]作者」（historical author）和「隱含作者」之分，兩者的主要區別在於以下三個方面：[17]

> （1）隱含作者是批評建構（a critical construct），從文中推導出來，僅存在於文本之內；而歷史作者存在於文本之外，其生活正如布思所言，「無限複雜，在很大程度上不為人所知，哪怕是對十分親近的人而言」。[18]
>
> （2）隱含作者有意識地創造了文中所有暗含或微妙的意義、所有含混或複雜的意義。與此相對照，歷史作者可能會在無意識或喝醉酒的狀態下創造意義，也有可能無法成功地表達其意在表達的意義。
>
> （3）在某些特殊的情況下，一個作品可能會有一個以上的隱含作者。隱含作者對文中的每一個字負責。

在內爾斯眼裡，文本外的「歷史作者」（即通常所說的「真實作者」）「是寫作者」，其「寫作行為生產了文本」，[19]但創造文本意義的卻不是歷史作者，而是文本內部的隱含作者。中國讀者對這一有違常理的論述定會感到大惑不解。這是特定學術環境中的特定產物。內爾斯面對的情況是：學者們將隱含作者圍於文本之內，並從邏輯連

---

[16] Ansgar F. Nünning, "Reconceptualizing Unreliable Narration: Synthesizing Cognitive and Rhetorical Approaches," *A Companion to Narrative Theory*, ed. James Phelan & Peter Rabinowitz (Oxford: Blackwell，2005), p.92; William Nelles, "Historical and Implied Authors and Readers," *Comparative Literature* 45.1 (1993), p.24.

[17] Nelles, "Historical and Implied Authors and Readers," p.26.

[18] 布思這句話涉及的是「真實作者」在日常生活中的情況，與隱含作者從事文學創作時的狀態形成對照。——引者注

[19] Nelles,「Historical and Implied Authors and Readers,」p.22.

貫性考慮，剝奪了隱含作者的主體性。但布思在《小說修辭學》中明確提出隱含作者是做出所有文本選擇的人。內爾斯顯然想恢復隱含作者的主體性，其採取的途徑是「抽空」文本外歷史作者的寫作行為，不給歷史作者有意識地表達自己意圖的機會，轉而把這一機會賦予被圍於文本內的隱含作者。然而，既然隱含作者不是寫作者，而只是一種「批評建構」，也就無法真正成為文本意義的創造者。內爾斯提出的區分不僅未能減少混亂，反而加重了混亂。

第三節　歷史變義之二：偏向「作者」

在西方學界把隱含作者圍於文本之內數十年之後，布思的忘年之交詹姆斯・費倫[20]對「隱含作者」進行了如下重新界定：

> 隱含作者是真實作者精簡了的變體（a streamlined version），是真實作者的一小套實際或傳說的能力、特點、態度、信念、價值和其他特徵，這些特徵在特定文本的建構中起積極作用。[21]

費倫是當今西方修辭性敘事研究的領軍人物，[22]他的修辭模式「認為意義產生於隱含作者的能動性、文本現象和讀者反應之間的回饋循環」。[23]他批評了查特曼和里蒙－肯南等人將隱含作者視為一種文本功能的做法，[24]恢復了隱含作者的主體性，並將隱含作者的位置從文

---

[20] 布思《小說修辭學》第二版中的參考書目是由費倫更新和充實的。

[21] James Phelan, *Living to Tell about It* (Ithaca: Cornell UP, 2005), p.45.

[22] 參見申丹等著，《英美小說敘事理論研究》，北京：北京大學出版社 2005 年版，第 242-56 頁。

[23] Phelan, *Living to Tell about It*, p.47.

[24] Phelan, *Living to Tell about It*, pp.39-40. 費倫還批評了布思在下面這樣的文字中將隱含作者與文本形式相混淆：「我們對隱含作者的認識不僅來自從所有人物每一點行動和苦難中可推斷出的意義，而且來自它們的道德和情感內容。簡言之，這種認識包括對這一完成了的藝術整體的直覺理解。」(Booth, *The Rhetoric of Fiction*, p.73) 筆者在 2007 年

本之內挪到了「文本之外」，[25] 這無疑是一個重要貢獻。然而，費倫
對「隱含作者」的定義僅涉及編碼，不涉及解碼。如前所析，布思的
「隱含作者」是既「外」（編碼）又「內」（解碼）的有機統一體。
「隱含」指向作品之內（作品隱含的作者形象），這是該概念不容忽
略的一個方面。隱含作者的形象只能從作品中推導出來，隱含作者之
間的不同也只有通過比較不同的作品才能發現。

更令人遺憾的是，費倫跟其他西方學者一樣，認為作品的寫作者
不是隱含作者，而是真實作者，「隱含作者是真實作者創造出來的建
構物」。[26]既然是真實作者筆下的產物，又怎麼能成為文本的生產者
呢？而且，既然是真實作者筆下的產物，就應該僅僅存在於文本之
內，又怎麼能處於文本之外呢？我們不妨比較一下費倫的兩個論斷：

（1）隱含作者不是文本的產品，而是文本的生產者。[27]

（2）真實作者在寫作時創造了他們自己的變體[即隱含作者]。[28]

這兩個論斷相距不到一頁之遙，卻是直接矛盾的。沃霍爾－唐在給出
上面所引的敘事交流圖表時，特意聲稱該圖表是以費倫的模式為基礎
的，但該圖表僅僅體現了（2）的觀點，而完全埋沒了（1）的觀點，
也就埋沒了費倫的貢獻。這並不奇怪，因為難以用一個圖表來同時體

發表於美國《敘事》期刊的論文中，也引用了布思的這些文字，但與費倫相對照，筆者
認為布思並沒有將隱含作者與文本形式相混淆，因為他對編碼和解碼予以了雙重關注，
他在此討論的是讀者的解碼，因此僅關注讀者如何從作品中推導出隱含作者的形象，但
在轉而討論編碼過程時，隱含作者就會恢復其文本生產者的面目 (Shen, "Booth's *The
Rhetoric of Fiction* and China's Critical Context," pp.174-75)。作為《敘事》期刊主編
的費倫在編者按中對筆者的探討表示了讚賞，認為是對隱含作者的「深層邏輯富有洞見
的分析」。

25 Phelan, *Living to Tell about It*, pp.40-47.
26 Phelan, *Living to Tell about It*, p.45。
27 Phelan, *Living to Tell about It*, p.45。
28 Phelan, *Living to Tell about It*, p.46。

現這兩種互為衝突的觀點。值得注意的是，即便就（1）而言，費倫也認為實際寫作作品的是真實作者，但他同時又賦予了隱含作者在文本外生產文本的主體性，這本身就是矛盾的。如上所引，費倫沒有直接將隱含作者界定為創作主體，而是將其界定為具有能動作用的「真實作者的一小套」特徵。這有可能是為了繞開矛盾。但這種說法既沒有解釋「建構物」如何得以成為生產者，又混淆了「隱含作者」與「真實作者」之間的界限。費倫認為，「在通常情況下，隱含作者是真實作者的能力、態度、信念、價值和其他特徵的準確反映；而在不太常見但相當重要的情況下，真實作者建構出的隱含作者會有一個或一個以上的不同之處，譬如一位女作家建構出一位男性隱含作者（瑪麗安・埃文斯／喬治・艾略特）或者一位白人作家建構出一位有色的隱含作者，正如福里斯特・卡特在其頗具爭議的《少年小樹之歌》[29]裡的做法」。[30]也就是說，除了這些特殊例外，「在通常情況下」，沒有必要區分隱含作者和真實作者。這顯然有違布思的原義：布思的「隱含作者」是處於特定寫作狀態的作者，而「真實作者」則是處於日常狀態的該人，兩者之間往往有所不同。其實，無論如何劃分界線，只要不把隱含作者看成作品的寫作者，就難免矛盾和混亂。上文在分析沃霍爾-唐的圖表時，已經提到了涉及筆名的混亂，《少年小樹之歌》這個例子也同樣帶來混亂。這是一個虛構的自傳，其中的「我」是虛構的第一人稱敘述者。費倫平時十分清楚第一人稱敘述者與隱含作者的區別，但在這裡為了找出一個不同於作品寫作者的「文本生產者」，無意之中將敘述者當成了隱含作者。毋庸置疑，在文學創作中，文本的生產者就是寫作者，反之亦然。要真正恢復隱含作者

---

[29] 《少年小樹之歌》（*The Education of Little Tree*，別譯《小樹的故事》）聲稱是一個在美國印第安文化中長大的徹羅基人（Cherokee）的自傳。然而，真正的福里斯特 ・卡特（Forrest Carter[這是筆名，真名為 Asa Earl Carter—本書作者注]）可能並非徹羅基人，而且他對白人至上主義表示了明確支持。——原注

[30] Phelan, *Living to Tell about It*, p.45.

的主體性，就必須看到隱含作者就是作品的寫作者。他以特定的方式進行寫作（以「第二自我」的面貌出現），通過自己的各種寫作選擇創造了自己的文本形象，而這種形象往往不同於此人在日常生活中的面目（故構成一種「變體」）。

第四節　對「隱含作者」的新近抨擊

　　2011年美國《文體》期刊第1期集中探討「隱含作者」這一概念。該刊共發表十篇論文，前面四篇對這一概念進行抨擊，後面六篇則對這一概念加以捍衛。後面六篇論文的撰寫者分別為申丹、彼得・拉比諾維茨、威廉・內爾斯、詹姆斯・費倫、伊薩貝爾・克萊貝和蘇珊・蘭瑟。在此，我們不妨看看新近抨擊「隱含作者」的那四篇論文，借此可以進一步幫助看清這一概念如何被誤解，從而更好地把握這一概念。

　　第一篇論文由呂克・赫爾曼和巴爾特・費爾韋克撰寫，[31]他們認為「隱含作者不是作者」[32]，而是由讀者在閱讀時推導出來的作者形象，而不同的讀者會推導出大相徑庭的作者形象。他們開篇即問：「《尤利西斯》的隱含作者究竟為何樣？什麼是他或她的突出特徵？」由於他們認為「隱含作者」不是寫作作品的人，而只是讀者閱讀時建構出來的各不相同的文本形象，因此認為隱含作者不可捉摸，連性別都無法確定。然而，只要我們能正確理解「隱含作者」這一概念，他們提出的問題就不難回答：《尤利西斯》的隱含作者就是以特定立場來寫作這一小說的喬伊絲（有別於日常生活中的喬伊絲），他在寫作中做出的所有選擇（即文本）隱含了他的形象，我們需要仔細考察這些創作選擇來爭取較好地瞭解他的特徵──他在寫作過程中的

---

[31] Luc Herman and Bart Vervaeck, "The Implied Author: A Secular Excommunication," *Style* 45.1 (2011), pp.11-28.

[32] Herman and Vervaeck,「The Implied Author,」p.14.

特定立場、信念、態度等等。

　　另一篇論文出自湯姆・金特和漢斯-哈拉爾德・米勒之手，[33]他們總結了三種看待「隱含作者」的方式：一、隱含作者是讀者闡釋中的一種現象，二、隱含作者是敘事交流的參與者，三、隱含作者是我們假定存在於文本背後的主體。[34]這三種方式都以同樣的誤解為基礎，即誤認為隱含作者不是作品的寫作者。第一種方式的典型代表就是上文剛討論的赫爾曼和費爾韋克的論文。關於第二種方式，金特和米勒進行了這樣的說明：「其基本思想是：文學交流的任務由幾方面來分擔……『歷史作者寫作（the historical author writes）……隱含作者表達意思（the implied author means）……　敘述者說話』」[35]。金特和米勒完全贊同這種看法。由於他們認為隱含作者不是作品的寫作者，因此提出隱含作者只是文本內部的「一種語義關係」[36]。實際上，在布思眼裡，所謂「歷史作者」（「真實作者」）處於創作過程之外，只有「隱含作者」處於創作過程之中，而且既寫作又通過寫作表達意思。

　　第三篇論文的作者是瑪麗亞・斯蒂芬內斯庫，[37]該文贊同大衛・赫爾曼關於作者意圖的論述，認為赫爾曼建議摒棄隱含作者是有道理的。赫爾曼之所以會認為隱含作者應加以摒棄，正是因為他誤認為隱含作者不是作品的實際寫作者，而是由實際作者在寫作時創造出來的。赫爾曼的結論是：「在探討故事的創作意圖時，在實際作者和文本結構這兩者之間，沒有必要假設還存在一個充滿意圖的代理[隱含

---

[33] Tom Kindt and Hans-Harald Müller, "Six Ways Not to Save the Implied Author," *Style* 45.1 (2011), pp.67-79.

[34] Kindt and Müller, "Six Ways Not to Save the Implied Author," pp.68-73.

[35] Kindt and Müller, "Six Ways Not to Save the Implied Author," p.68.

[36] Kindt and Müller, 「Six Ways Not to Save the Implied Author,」p.69.

[37] Maria Stefanescu, 「Revisiting the Implied Author Yet Again: Why (Still) Bother?」*Style* 45.1 (2011), pp.48-66.

作者]。」[38]其實，布思的隱含作者就是赫爾曼所說的作品的實際寫作者，在探討故事的創作意圖時，隱含作者是不可或缺的。

還有一篇論文出自瑪麗－勞雷・里安之手，[39]她也誤認為布思的隱含作者不是作品的寫作者。她問道：「如果說真實作者寫下的文字創造出了隱含作者，而隱含作者又創造了敘述者，那麼，隱含作者又在哪裡存在呢？」[40]在這種誤解的基礎上，里安也認為應該擯棄隱含作者。有趣的是，我們可以從里安自己的論述中，看出「隱含作者」這一概念的用處：

> 在讀蘭波的詩歌時，我覺得很難不去想歷史作者，但在讀馬拉美的詩歌時，我更傾向於採取僅看文本的立場。理查森說隱含作者和真實作者之間的距離有近有遠。他沿著這一思路，憑藉印象來設想兩者之間的距離：就伏爾泰的作品而言，幾乎為零；就蘭波的作品而言，有一些距離；就福樓拜而言，距離很寬；就馬拉美而言，距離則寬得無邊。我覺得這種說法不無道理，但這樣來看，就有的時候需要隱含作者[當存在距離時]，有的時候又不需要[當距離為零時]，這就給修辭理論製造了困難，因為該理論認為隱含作者是文學交流的一個組成成分。我們可以換一種不用提隱含作者的表達法：作者在他們的文本裡或多或少地顯示他們自己。[41]

如前所述，之所以需要「隱含作者」這一概念，就是因為在寫作時，作者可能會戴著面具，以不同於日常的面貌出現。這在馬拉美的

---

[38] David Herman,「Narrative Theory and the Intentional Stance,」*Partial Answers* 6.2 (2008), p.257.

[39] Marie-Laure Ryan,「Meaning, Intent, and the Implied Author,」*Style* 45.1 (2011), pp.29-47.

[40] Ryan,「Meaning, Intent, and the Implied Author,」p.35.

[41] Ryan, "Meaning, Intent, and the Implied Author," p.42.

詩歌創作中比較突出。「隱含作者」這一概念可以幫助我們把日常的馬拉美（即所謂「歷史作者」或「真實作者」）和創作過程中的馬拉美（即「隱含作者」）區分開來。里安和理查森都誤以為隱含作者是歷史作者或真實作者寫作時創造出來的，因此當兩者之間不存在距離時，就不需要這一概念。實際上，隱含作者就是作品的寫作者（作品「隱含」這一寫作者的形象），每一個作品都有寫作者，因此每一個作品都有隱含作者，只是有的隱含作者採取跟日常生活中迥然相異的立場；有的隱含作者則採取跟日常生活中大致相同的立場。但即便就伏爾泰而言，處於創作過程中的伏爾泰跟日常生活中的伏爾泰也可能還是有所差別，探討這種差別對文學闡釋很有幫助。

　　我們從里安的描述可以間接地看出「隱含作者」這一概念的用處。里安自己說的「作者」主要指日常生活中的這個人。當馬拉美這樣的作者在創作中戴上面具，以跟日常生活中十分不同的面貌出現時，里安只能拋開「作者」，而僅談文本（「a purely textualist attitude」）。這樣一來，我們就難以探討作者與讀者之間的交流。由於作者在創作中戴面具的程度不一樣，而里安的作者又指的是日常生活中的人，所以她只能說「作者在他們的文本裡或多或少地顯示他們自己」。如果我們採用「隱含作者」這一概念來區分創作中的人和日常生活中的人，我們就可以說「隱含作者」總是通過自己特定的文本選擇來顯示其特定作者形象；由於戴面具的程度不同，隱含作者的形象與生活中該人的形象也會具有不同程度的差異。這樣的描述無疑更勝一籌。此外，里安的理論無法區分同一人在創作不同作品時所採取的不同作者立場，因此她只能泛泛地談馬拉美的詩歌或蘭波的詩歌。而正如布思所指出的，就像給不同的交流對象寫信時的情形一樣，一個人在創作不同作品時，可能會以各種面貌出現，「隱含作者」這一概念使我們能很好地描述這些差異：同一人名下的不同作品有不同的隱含作者，這些隱含作者的創作立場往往不盡相同。

第五節　布思對「隱含作者」的捍衛與拓展

　　布思在2005年面世的《隱含作者的復活：為何要操心？》這一近作中[42]，重點論述了隱含作者與真實作者的不同，並將考慮範圍從小說拓展到詩歌，以及日常生活中表達自我的方式：

> 數十年前，索爾·貝婁精彩而生動地證明了作者戴面具的重要性。我問他：「你近來在幹什麼？」他回答說：「哦，我每天花四個小時修改一部小說，它將被命名為『赫索格』。」「為何要這麼做，每天花四個小時修改一部小說？」「哦，我只是在抹去我不喜歡的我的自我中的那些部分。」我們說話時，幾乎總是在有意無意地模仿貝婁，尤其是在有時間加以修改時，我們抹去我們不喜歡或至少不合時宜的自我的痕跡。假如我們不加修飾，不假思索地傾倒出「真誠的」情感和想法，生活難道不會變得難以忍受嗎？假如餐館老闆讓服務員在真的想微笑的時候才微笑，你會想去這樣的餐館嗎？假如你的行政領導不允許你以更為愉快、更有知識的面貌在課堂上出現，而要求你以走向教室的那種平常狀態來教課，你還想繼續教下去嗎？假如葉芝的詩僅僅是對他充滿煩擾的生活的原始記錄，你還會想讀他的詩嗎？[43]

「作者戴面具」指作者以不同於日常生活中的狀態做出特定的創作選擇。值得注意的是，《赫索格》是第三人稱虛構小說，而不是自傳，

---

[42] Wayne C. Booth, "Resurrection of the Implied Author: Why Bother?" *A Companion to Narrative Theory*, ed. James Phelan & Peter Rabinowitz (Oxford: Blackwell, 2005), pp.75-88.

[43] Booth, "Resurrection of the Implied Author: Why Bother?" p.77.

裡面沒有出現對貝婁自己的描述。聯繫下文對餐館服務和課堂教學的討論，若能透過表層字面意思看事物的本質，不難發現貝婁所說的「抹去」不喜歡的自我，其實指的是採取特定寫作立場的作者（即「隱含作者」）修正自己的創作選擇，從而讓作品具有自己更為滿意的作者形象（正如布思所言，這一形象是隱含作者「自己選擇的總和」）。然而，布思對貝婁這種實例的表述，至少在表層不夠清晰，很容易讓人把「隱含作者」誤解為「真實作者」寫作時在作品中創造的客體。值得注意的是，就布思給出的日常生活中角色扮演的例子而言，「隱含」一詞失去了意義。在文學交流中，讀者無法直接看到創作時的作者形象，只能通過作品「隱含」的形象來認識作者；而在日常生活中，交流是面對面的，不存在作品這樣的「隱含」仲介。布思意在拓展「隱含作者」的應用範疇，但無意中解構了「隱含」一詞的文本含義，破壞了隱含作者既「外」又「內」的有機統一。此外，在涉及葉芝（W. B. Yeats）的詩歌時，布思又將「隱含作者」與描述對象混為一談，將其文本化和客體化。誠然，「生活的原始記錄」可突出日常生活與藝術創作的不同，但它僅涉及創作對象，不能直接用於說明「隱含作者」這一創作主體。其實，布思應該談葉芝如何擺脫生活煩擾，以一種理想的狀態來進行創作。讓我們再看看布思另一段不無含混的論述：

> 這種立場經常導致貶低約瑟夫·菲爾丁（Joseph Fielding）[44]、簡·奧斯丁和喬治·艾略特這樣的天才作家的超凡敘事技藝，當然遭到貶低的還有很多偉大的歐洲和俄國小說家。……倘若不是篇幅有限，我會引出「喬治·艾略特」（這是女性天才瑪麗安·埃文斯創造出來的男性隱含作者）發表的長段作者

---

[44] 應為亨利·菲爾丁（Henry Fielding）。八十多歲的布思先生將 Henry Fielding 和 Joseph Conrad 記混了。——引者注

評論。她的／他的積極有力的「介入」不僅對我閱讀其作品提供了說明，而且還令我讚賞，甚至愛上了隱含作者本人。假如我與瑪麗安・埃文斯相識，我會愛上她嗎？這要看我是在什麼情況下遇到這位有血有肉的人。但她的以多種形式的自覺「介入」為特點的隱含作者真是妙不可言。[45]

在第一句話中，布思將「喬治・艾略特」稱為「天才作家」，顯然是把這位隱含作者看成作品的實際寫作者，因為「喬治・艾略特」指代的就是寫作過程中的瑪麗安・埃文斯。像採用真名的情況一樣，這裡的「真實作者」和「隱含作者」之分，就是日常生活中「有血有肉的」瑪麗安・埃文斯與被稱為「喬治・艾略特」的寫作過程中的瑪麗安・埃文斯之分。所謂「『喬治・艾略特』……是女性天才瑪麗安・埃文斯創造出來的男性隱含作者」實際上指的是被稱為「喬治・艾略特」的瑪麗安・埃文斯採取了某種男性的方法進行了創作。正如布思所言，是（創作中的）「喬治・艾略特」而不是（日常生活中的）埃文斯「發表長段作者評論」，「積極有力的『介入』」作品，在寫作過程中做出各種選擇。就讀者的解碼而言，作品「隱含」的作者形象是以「喬治・艾略特」為筆名的作品寫作者「自己選擇的總和」。

布思詳細論述了羅伯特・弗羅斯特和西維亞・普拉斯這兩位美國詩人在創作時如何超越他們在日常生活中的自我。他有時像上面討論葉芝的詩那樣，把隱含作者與創作對象相混淆，但有時又避免了這樣的混亂：

當我得知弗羅斯特、普拉斯和其他善於戴面具的人生活中的一些醜陋細節時，我對其作品反而更加欣賞了。這些帶有這般缺陷、遭受如此痛苦的人怎麼能寫出如此美妙動人的作品

---

[45] Booth, "Resurrection of the Implied Author," p.76.

呢？嗯，顯而易見的是，他們能成功，是因為他們不僅追求看
上去更好，而且真的變得更好，超越他們感到遺憾的日常自我
的某些部分……優秀的隱含作者通過修改手頭的詩歌或小說或
劇本，戰勝了此人日常生活中較為低劣的自我（the superior IA
conquers the other versions of FBP by polishing the poem or novel
or play）：「我其實是這樣的，我能夠展現這些價值，寫出如
此精彩的文字。」[46]

在這裡，我們可以清楚地看到「隱含作者」的雙重含義（寫作時的作
者＋作品隱含的這一寫作者的形象，它不同於日常生活中這個人的形
象）。布思在評論弗羅斯特《一段聊天的時間》這首詩時，將其「隱
含作者」明確表述為這樣的寫作者：「忠誠於詩歌形式，數小時甚至
好幾天都努力寫作，以求創作出符合自己的規則的有效的押韻……他
還努力創作出理想的格律和行長，這樣他就可以用最後惟一的短行給
我們帶來一種意外。」[47]與此同時，布思將「真實作者」也明確表述
為「傳記中描繪的弗羅斯特」，被有的傳記作家稱為「可怕的人，心
眼很小，報復心強，是位糟透了的丈夫和父親」。儘管有的傳記作家
沒有把日常生活中的弗羅斯特描寫得那麼壞，但布思說：「沒有任何
傳記揭示出一個足夠好的弗羅斯特，讓我樂意成為他的近鄰或親戚，
或午餐伴侶。」[48]在這篇新作中，布思之所以採用這樣明晰的文字來
區分隱含作者和真實作者，很有可能是為了糾正西方學界對所謂作者
寫作時「創造了」隱含作者這一隱喻的錯誤理解（實際上指的就是該
人進入了某種創作狀態，採用了某種寫作方式）。但那種字面理解已
在學者們的頭腦中深深紮根，布思的這種明晰表述未能起到消除誤解
的作用。

---

[46]　Booth, "Resurrection of the Implied Author," pp.85-86，著重號為引者所加。

[47]　Booth, "Resurrection of the Implied Author," p.80.

[48]　Booth, "Resurrection of the Implied Author," p.80

在這篇新作中，布思還回應了上文提到的批評家的這種看法：
「隱含作者」是讀者的建構物，不同讀者會建構出不同的隱含作者。
布思承認不同時期、不同文化中的讀者會從同一作品中推導出不同的
隱含作者，但他強調指出「這些變體是作者創作文本時根本沒有想到
的」，[49]同時他堅持認為應該以原作者為標準：

> 我現在閱讀文本時重新建構的隱含作者，不會同於我在40年或
> 20年前閱讀同一文本時重新建構的隱含作者。但我要說的是：
> 我現在閱讀時，相信從字裡行間看到的是當年作者所進行的選
> 擇，這些選擇反過來隱含做出選擇的人。[50]

布思多年來堅持認為讀者應尊重隱含作者的意圖，儘管其意圖難以把
握，讀者也應盡力去闡釋，爭取進入跟隱含作者理想交流的狀態。他
在這一新作中強調了隱含作者能夠產生的倫理效果。他得出的一個結
論是：讀者若能通過人物與隱含作者建立情感聯繫，按其意圖來充分
體驗作品，分享其成就和自我淨化，就會發現與隱含作者的融洽交流
「如何能改變自己的生活」。[51]

第六節　「隱含作者」的歷史價值與現實意義

布思的《小說修辭學》面世之際，正值研究作者生平、社會語境
等因素的「外在批評」衰落，而關注文本的「內在批評」極盛之時，
在這樣的氛圍中，若對文本外的作者加以強調，無疑是逆歷史潮流而
動。然而，布思旨在研究小說家影響控制讀者的修辭技巧和手段，需
要探討作者和讀者的交流，於是提出了「隱含作者」這一概念。「隱

---

[49] Booth, "Resurrection of the Implied Author," p.86.
[50] Booth, "Resurrection of the Implied Author," p.86.
[51] Booth, "Resurrection of the Implied Author," p.86.

含」一詞指向文本本身：我們根據各種史料來瞭解「真實作者」或「歷史作者」（指日常生活中的這個人），但只能根據文本中的成分，即「隱含作者」在寫作時做出的選擇，來瞭解文本「隱含」的作者形象（寫作過程中的這個人）。也許是為了順應當時以文本為中心的學術氛圍，布思在保持對作者的關注時，採用了隱喻式障眼法。我們在上面引文中可以看到「創造」一詞，布思反覆強調真實作者「創造了」隱含作者。這實際上指的是進入了某種創作狀態，發現自己在以某種方式來寫作——布思將「創造」和「發現」視為同義詞（「發現或創造」）。遺憾的是，布思的隱喻式表達導致了學界的普遍誤解，誤認為「真實作者」是寫作者，在寫作時創造了「隱含作者」這一客體，因此將「隱含作者」囿於文本之內，認為只有讀者才能從文中推導建構出被「創造」出來的隱含作者。與此同時，又因為布思強調了文中成分是隱含作者所選擇的，從而認為沒有寫作文本的、被創造出來的「隱含作者」做出了文中的各種選擇。這造成了矛盾，而這種矛盾又導致了對「隱含作者」這一概念的各種抨擊。

　　布思在《隱含作者的復活》中，重申了當初提出這一概念的三種原因：一是對當時普遍追求小說的所謂「客觀性」或作者隱退感到不滿；二是對他的學生往往把（第一人稱）敘述者和作者本人相混淆感到憂慮；三是為批評家忽略修辭倫理效果這一作者與讀者之間的紐帶而感到「道德上的」苦惱。[52]不難看出，就這三種情況而言，談「作者」就可解決問題，沒有必要提出「隱含作者」這一概念。布思補充了第四種原因：無論是在文學創作還是日常生活中，人們在寫作或說話時，往往進行「角色扮演」，不同於通常自然放鬆的面貌。[53]從這一角度看文學創作，提出這一概念確有必要。但布思回避了一個最根本的社會歷史原因：20世紀中葉形式主義思潮盛行，作者遭到排斥，

---

[52]　Booth, "Resurrection of the Implied Author," pp.75-76.
[53]　Booth, "Resurrection of the Implied Author," p.77.

這一概念中的「隱含」指向文本，強調以文本為依據推導出來的作者形象，故符合內在批評的要求，同時又使修辭批評家得以在文本的掩護下，探討作品如何表達了「作者」的預期效果。[54] 令人費解的是，布思對此一直避而不提。2003年在美國哥倫布舉行的「當代敘事理論」研討會上，當布思宣讀完《隱含作者的復活》的初稿時，筆者向他發問，提出了這一「漏掉」的原因，布思當眾表示完全認可，但會後卻未將這一原因收入該文終稿。其實，就20世紀中葉的學術氛圍而言，這是這一概念的最大歷史貢獻：以重視文本為掩護，暗暗糾正了批評界對作者的排斥。即便不少學者把隱含作者囿於文本之內，那也有利於糾正僅談「敘述者」的錯誤做法。毋庸置疑，在當時的情況下，只有巧妙地恢復對作者的重視，才有可能看到作者修辭的審美和倫理重要性，也才有可能看清第一人稱敘述的「不可靠性」（詳見下一章）。布思在《小說修辭學》中，重點論述了在敘述者不可靠的文本中，隱含作者如何跟與其相對應的隱含讀者進行祕密交流，從而產生反諷敘述者的效果。

半個世紀後的今天，「作者」早已在西方復活，那麼，「隱含作者」這一概念又有什麼現實意義呢？布思強調指出，一個人在創作時往往會處於跟日常生活中不同的狀態，一個作品隱含的作者形象是作者在創作這一作品時所做出的選擇的總和。這種看法有利於區分總的作者形象和某一作品的特定作者形象。作者在寫作時可能會採取與日常生活中不盡相同的立場觀點。譬如，就種族歧視而言，威廉・福克納的《聲音與瘋狂》中的隱含作者比歷史上的福克納更為進步，更加有平等的思想。後者對黑人持較為明顯的恩賜態度，也較為保守，正如在對待黑人的基本公民權這一問題上，他的那句聲名狼藉的「慢慢來」所表明的立場。[55] 我們根據各種史料來瞭解作者的生平，構成一

---

[54] 其實，布思論述中表層意思的某些含混也很可能是在當時的學術氛圍中有意採取的障眼法。

[55] 參見 Brian Richardson, *Unnatural Voices* (Columbus: Ohio State UP, 2006), p.116。Richardson

個總的作者形象，但若要瞭解某一作品的隱含作者，就需要全面仔細地考察這一作品本身，從隱含作者自己的文本選擇中推導出其形象。布思當初提出「隱含作者」這一概念時，正是形式主義盛行的時期，批評家聚焦於文本，忽略作者生平和社會歷史語境，「隱含」一詞對文本的強調在當時並無實際意義，只不過是為保持對「作者」的關注提供了掩護。但20世紀80年代以來，越來越多的西方學者將注意力從文本轉向了社會歷史語境，有的學者不仔細考察作品本身，而是根據作者的生平和其他史料來解讀作品，造成對作品的誤讀。中國的學術傳統強調「文如其人」，這也容易導致忽略作品的特定立場與作者通常的立場之間的差異。在這種情況下，「隱含作者」這一概念有利於引導讀者擺脫定見的束縛，重視文本本身，從作者的文本選擇中推導出作者在創作這一作品時所持的特定立場。

　　的確，「隱含作者」這一概念有利於看清作品本身與「真實作者」的某些表述之間的差異。且以美國當代黑人作家蘭斯頓‧休斯的《在路上》為例。若仔細考察這一作品的語言，會發現作者在遣詞造句上頗具匠心，編織了一個具有豐富象徵意義的文體網路。[56]然而，休斯在回憶這一作品的創作時，沒有提及任何形式技巧，說自己「當時一心想的是」黑人主人公的艱難境遇。[57]或許回顧往事的休斯（「真實作者」）想遮掩自己創作時（「隱含作者」）在形式技巧上的良苦用心？或許他現在一心想突出作品的意識形態內容？不少西方學者解讀這一作品時，聚焦於主人公的境遇，在不同程度上忽略了文

在這一著作中對隱含作者展開了較多探討，提供了較為豐富的資訊（pp.114-33）。但令人遺憾的是，Richardson 跟其他西方學者一樣，也從字面上理解布思的「創造」隱喻，認為作品的寫作者是真實作者，隱含作者是真實作者寫作時創造出來的。由於這一前提錯了，因此他的探討中也出現了矛盾和混亂。

[56] Dan Shen, "Internal Contrast and Double Decoding: Transitivity in Hughes's 'On the Road.'" *JLS: Journal of Literary Semantics* 36.1 (2007), pp.53-70.

[57] Faith Berry, *Langston Hughes: Before and Beyond Harlem* (Westport, Connecticut: Lawrence Hill, 1983), p.224.

中獨具匠心的文體選擇，這很可能與真實作者的回憶不無關聯。很多批評家以真實作者的傳記、自傳、信件、日記、談話錄等為首要依據來判斷作品，而布思則強調要以文本為依據來判斷隱含作者的創作。若兩者之間能達到某種平衡，就有利於更全面細緻地解讀作品。

與此相聯，「隱含作者」這一概念有利於引導讀者關注同一人的不同作品所呈現的不同立場。如前所引，布思強調：「正如某人的私人信件會隱含該人的不同形象（這取決於跟通信對象的不同關係和每封信的不同目的），作者會根據具體作品的特定需要而以不同的面目出現。」中外學界都傾向於對某一作者的創作傾向形成某種固定的看法。其實，同一作者的不同作品可能會體現出大相徑庭的立場態度。布思的「隱含作者」有利於引導讀者拋開對某一作者的定見，對具體作品進行全面深入的分析，判斷不同作品中不同的隱含作者。值得注意的是，不同隱含作者的不同創作立場往往跟「真實作者」的個人經歷或社會環境密切相關。這毫不奇怪，因為隱含作者就是寫作時的同一個有血有肉的人，其創作難免會受到其經歷和環境的影響。筆者多年前在探討「隱含作者」時，就強調要關注「隱含作者」與「真實作者」的關聯。[58] 這種強調之所以有必要，不僅是因為布思一味強調隱含作者與真實作者的不同，而且也因為很多學者把「隱含作者」誤解為真實作者的建構物，囿於文本之內，割裂其與創作語境的關聯。

此外，布思的「隱含作者」反映了作品的規範和價值標準，因此「可以用作倫理批評的一把尺子，防止闡釋中潛在的無限相對性」。[59] 我們知道，解構主義理論既解放了思想，開闊了批評視野，又由於解構了語言符號的任何確定意義，[60] 從而為誤讀大開方便之

---

[58] 申丹：《究竟是否需要「隱含作者」？》，載《國外文學》2000 年第 3 期，第 12-13 頁。

[59] Nelles, "Historical and Implied Authors and Readers," p.92.

[60] 筆者在發表於美國《敘事理論雜誌》的一篇論文中（Dan Shen, "Why Contextual and Formal Narratologies Need Each Other," *JNT: Journal of Narrative Theory* 35 (2005), pp.144-45），指出了德里達解構主義語言理論中的一個關鍵性漏洞：在《立場》（*Positions*）及其他著述中探討索緒爾的語言理論時，德里達僅僅關注索緒爾在《普通語言學教程》

門。布思在《隱含作者的復活》中，批評了當今氾濫成災的誤讀，強調讀者應盡力按照隱含作者的立場來重新建構作品。[61]誠然，隱含作者的立場有時很成問題，[62]應加以批判，而不是接受。但關鍵是要較好地把握作品究竟表達了什麼。此外，以隱含作者為尺度，有利於發現和評價不可靠的第一人稱敘述。

在近年的討論中，西方批評家談及了「隱含作者」的一些其他作用，譬如費倫提到的可以借此較好地探討「一位女作家建構出一位男性隱含作者」的情況。[63]然而，我們必須清醒地認識到，「隱含作者」就是寫作時的女作家（與日常生活中的女作家相對照），她採取了與男性筆名相符的特定創作立場。也就是說，這位女作家戴上了男性的假面具，在進行一種男性角色的扮演。若採用男性筆名，而創作風格依然是女性化的，那麼，「隱含作者」就未必是「男性」。夏洛蒂・勃朗特在出版《簡・愛》（1847）時，採用了「柯勒・貝爾」（Currer Bell）這一男性筆名，但當時有的讀者通過創作風格辨認出

中對語言作為能指差異體系的強調，而忽略了索緒爾對能指和所指之間關係的強調。索緒爾在《普通語言學教程》中實際上區分了語言形成過程中的三種任意關係：（1）能指差異的任意體系；（2）所指差異的任意體系；（3）能指和所指之間約定俗成的關聯（Ferdinand de. Saussure, *Course in General Linguistics*, London: Philosophical Library Inc., 1960, p.15）。因為德里達忽略了（3），所以（1）與（2）之間就失去了聯繫，理由很簡單：（3）是聯繫（1）、（2）之間唯一且不可或缺的紐帶。沒有（3），語言就成了能指自身的一種嬉戲，無法與任何所指發生聯繫，意義自然也就變得無法確定。筆者指出，其實（3）是產生語言符號的一個必要條件，因為差異本身並不能產生語言符號。在英語裡，「sun」（/sʌn/）之所以能作為一個符號發揮功能，不僅在於它與其他符號在聲音或「聲音－意象」上的差異，而且在於該聲音－意象「sun」與其所指概念之間約定俗成的關聯。比如說，儘管以下這些聲音－意象「lun」（/lʌn/）、「sul」（/sʌl/）和「qun」（/kwʌn/）中的每一個都能與其他兩個區分開來，但沒有一個能作為語言符號發揮功能，這是因為它們缺乏索緒爾所說的「意義和聲音－意象之間的關聯」。

[61] Booth, "Resurrection of the Implied Author" p.86.

[62] 參見 Dan Shen, *Style and Rhetoric of Short Narrative Fiction* (New York and London: Routledge, 2014), pp.70-83.

[63] Phelan, *Living to Tell about It*, p.45.

作者是一位女士。[64]而有的讀者則認為作品充滿理性，必定出於男性作者之手。[65]無論是哪種情況，「隱含」作者與「真實」作者之分都有利於探討兩個相關主體之間的關係。

　　熱奈特提到了另一種情況：一位舞臺明星或政治名人為了經濟利益在匿名作者寫的書上簽上自己的大名，而讀者則被蒙在鼓裡。熱奈特認為在這樣的情況下，「隱含作者」（簽名的人）與真實作者（匿名寫作者）才能真正區分開來，這一概念才真正有用。[66]但筆者認為，這裡真正的隱含作者是那位創作時的匿名作者，而不是那位與創作無關的簽名人。書上的簽名指向後者的形象，而書中真正隱含的是前者的形象。讀者若被表面簽名所迷惑，那只是受了一種欺騙。誠然，倘若匿名作者刻意並較為成功地模仿了簽名人的某些寫作風格，那麼作品也就會在某種程度上隱含簽名人的形象，但可能仍然難以充分體現簽名人在創作具體作品時會採取的立場。

　　「隱含作者」這一概念也有利於探討一人署名（或採用一個筆名）但不止一人創作的作品，或集體創作的作品。在探討隱含作者時，有的西方學者十分關注這些特殊的創作現象，但他們把寫作作品的人視為真實作者，把作品的署名看成隱含作者。[67]實際上，書上的署名指代的就是寫作作品的人，即「這樣寫作的」隱含作者。這些隱含作者往往需要犧牲和壓抑很多個人興趣來服從「署名」或總體設計的要求，因此作品所隱含的作者形象（這些人實際創作的形象，也可能是一人主筆的結果）往往會與真實作者（日常狀態中的這些人）有較大不同。此外，一個人在創作過程中也許會改變立場、手法等，因此一人創作的作品也可能會有一個變化較大的隱含作者。與此相對

---

[64] Nelles, "Historical and Implied Authors and Readers," p.28.

[65] Nelles, "Historical and Implied Authors and Readers," p.28. 這種看法顯然帶有性別歧視，其潛臺詞是：女人缺乏理性。——本書作者注

[66] Genette, *Narrative Discourse Revisited*, pp.146-47.

[67] 參見 Phelan, *Living to Tell about It*, p.46; Richardson, *Unnatural Voices*, pp.116-21; Genette, *Narrative Discourse Revisited*, p.145-47.

照，若參加創作的人員較好地保持了立場和風格的一致，多人創作的
作品也有可能會隱含較為連貫的作者形象。

　　綜上所述，布思在形式主義盛行之時為了保持對作者意圖和評價
的關注，繼續探討作者和讀者的交流，而提出了「隱含作者」這一概
念，但這一概念遭遇了西方敘事研究界闡發中的不同變義和誤解。
多年來眾多學者從字面理解布思對「創造」一詞的隱喻用法，誤以
為隱含作者是真實作者寫作時的筆下產物，剝奪了隱含作者的創作
主體性，從而造成「作品隱含的作者形象並非寫作者的形象」的邏
輯錯誤，並切斷了隱含作者與讀者的交流以及與社會因素的關聯。像
查特曼那樣的學者則走了另一條路：在將隱含作者囿於文本之內的情
況下，又將之視為文本意思的來源，從而造成另一種邏輯矛盾。費倫
雖然把隱含作者從文本的禁錮中解放了出來，但由於他依然把隱含作
者視為真實作者的創造物，因此他挽救隱含作者主體性的努力令人遺
憾地導致了另一種混亂。數十年來，「隱含作者」這一概念就像一張
無形的大網，將眾多造詣高深、思辨力很強的學者套入其中，導致他
們犯下各種邏輯錯誤，相互之間爭論不休，並不時將自己的誤解轉化
為對布思的批評指責。其實，只要把握住「創作時」和「平時」的區
分，綜合考慮編碼（創作時的隱含作者）和解碼（作品隱含的這一作
者形象），就能既保持隱含作者的主體性，又保持隱含作者的文本
性。我們通過傳記、自傳、日記、信件、報紙、談話錄等史料來瞭解
「真實作者」，布思則強調要依據特定文本來推導出其「隱含作者」
（「這樣寫作的正式作者」）的形象，這不僅有利於打破對某一作家
固定印象的束縛，把握某一作品中特定的作者立場，而且有利於看到
該人的不同作品所隱含的不同作者立場。國內一般傾向於以各種史料
為依據，建構出一個較為統一的作者形象，並以對作者的印象為依據
來闡釋作品。然而，作者在某一作品中所持的立場觀點與其通常所持

的可能會有所不同，同一人不同作品中的作者形象也往往不盡相同，參加合作創作或集體創作的人在寫作過程中可能會呈現出十分不同於日常生活中的面貌，等等。正是由於這些差異的存在，「隱含作者」這一概念具有較大的實用價值。值得強調的是，「隱含作者」畢竟是「真實作者」的「第二自我」，兩者之間的關係不可割裂。我們應充分關注這兩個自我之間的關係，將內在批評與外在批評有機結合，以便更好、更全面地闡釋作品。

第三章

何為「不可靠敘述」？ *

　　與「隱含作者」相似，「不可靠敘述」也是當代西方敘事理論的
「一個中心話題」[1]，被廣為闡發應用，產生了很大影響。然而，這
一貌似簡單清晰的概念，實際上頗為複雜，引起了不少爭論和混亂，
出現了兩種互為對立的研究方法：修辭方法和認知（建構）方法。對
此，西方學界有兩種意見：一種認為認知方法優於修辭方法，應該用
前者取代後者；另一種認為兩種方法各有其片面性，應該將兩者相結
合，採用「認知—修辭」的綜合性方法。然而，筆者認為，兩種方法
各有其獨立存在的合理性和必要性。此外，兩者實際上涉及兩種難以
調和的閱讀位置，對「不可靠敘述」的界定實際上互為衝突。根據一
種方法衡量出來的「不可靠」敘述完全有可能依據另一種方法的標準
變成「可靠」敘述，反之亦然。由於兩者相互之間的排他性，不僅認
知（建構）方法難以取代修辭方法，而且任何綜合兩者的努力也註定

---

* 參見筆者的相關論述：Dan Shen, "Unreliability," the *Living Handbook of Narratology*, ed. Peter Huhn et. al. Hamburg: Hamburg Univeristy Press (http://wikis.sub.uni-hamburg.de/lhn/index.php/Unreliability, accessed December 21, 2013), 該文 2014 年會載於 *Handbook of Narratology* (2nd edition), ed. Peter Huhn et. al. (Berlin: Walter de Gruyter); Dan Shen and Dejin Xu, "Intratextuality, Extratextuality, Intertextuality: Unreliability in Autobiography vs. Fiction," *Poetics Today*, 28.1 (2007): pp.43-87。

[1] Ansgar Nünning, "Reconceptualizing Unreliable Narration: Synthesizing Cognitive and Rhetorical Approaches," *A Companion to Narrative Theory*, ed. James Phelan and Peter J. Rabinowitz (Oxford: Blackwell, 2005), p.92；也請參見 Ansgar Nünning, "Reliability," *Routledge Encyclopedia of Narrative Theory*, ed. David Herman et. al. (London: Routledge, 2005), pp.495-97.

會徒勞無功，都只能保留其中一種方法，而犧牲或壓制另一種。敘事理論界對此缺乏認識，因此產生了不少混亂，也為理解和運用這一概念帶來了困惑和困難。本章探討「修辭方法」和「認知（建構）方法」對「不可靠性」的不同界定，說明「認知（建構）方法」的實質性特徵，揭示其對「認知敘事學」之主流的偏離，同時揭示「修辭—認知方法」之理想與實際的脫節，還探討了為學術界所忽略的一種不可靠敘述。

第一節　修辭性研究方法

修辭方法由韋恩‧布思在《小說修辭學》（1961）中創立，追隨者甚眾。布思衡量不可靠敘述的標準是作品的規範（norms）。所謂「規範」，即作品中事件、人物、文體、語氣、技巧等各種成分體現出來的作品的倫理、信念、情感、藝術等各方面的標準。[2]這裡有兩點值得注意。一是布思認為作品的規範就是「隱含作者」的規範。通常我們認為作品的規範就是作者的規範。但如前所述，布思提出了「隱含作者」這一概念來特指創作作品時作者的「第二自我」。在創作不同作品時作者可能會採取不盡相同的思想藝術立場，因此該作者的不同作品就可能會「隱含」互為對照的作者形象。另一點值得注意的是，儘管布思一再強調作品意義的豐富性和闡釋的多元性，但受新批評有機統一論的影響，他認為作品是一個藝術整體，[3]由各種因素組成的隱含作者的規範也就構成一個總體統一的衡量標準。這種看法顯然難以解釋有的作品，尤其是現當代作品的內部差異。

在布思看來，倘若敘述者的敘述與隱含作者的規範保持一致，那麼敘述者就是可靠的，倘若不一致，則是不可靠的。[4]這種不一致的

---

[2]　Wayne Booth, *The Rhetoric of Fiction* (Chicago, U of Chicago P, 1961), pp.73-74.

[3]　Booth, *The Rhetoric of Fiction*, p.73.

[4]　Booth, *The Rhetoric of Fiction*, p.159.

情況往往出現在第一人稱敘述中。布思聚焦於兩種類型的不可靠敘述，一種涉及故事事實，另一種涉及價值判斷。敘述者對事實的詳述或概述都可能有誤，也可能在進行判斷時出現偏差。無論是哪種情況，讀者在閱讀時都需要進行「雙重解碼」（double-decoding）[5]：其一是解讀敘述者的話語，其二是脫開或超越敘述者的話語來推斷事情的本來面目，或推斷什麼才構成正確的判斷。這顯然有利於調動讀者的閱讀積極性。文學意義產生於讀者雙重解碼之間的差異。[6]這種差異是不可靠的敘述者與（讀者心目中）可靠的隱含作者之間的對照。它不僅服務於主題意義的表達，而且反映出敘述者的思維特徵，因此對揭示敘述者的性格和塑造敘述者的形象有著重要作用。布思指出，在讀者發現敘述者的事件敘述或價值判斷不可靠時，往往產生反諷的效果。隱含作者是效果的發出者，讀者是接受者，敘述者則是嘲諷的對象。也就是說作者和讀者會在敘述者背後進行隱秘交流，達成共謀，商定標準，據此發現敘述者話語中的缺陷，而讀者的發現會帶來閱讀快感。[7]

　　修辭方法當今的主要代表人物是布思的學生和朋友、美國敘事理論界權威詹姆斯・費倫。他至少在四個方面發展了布思的理論。一是他將不可靠敘述從兩大類型或兩大軸（「事實／事件軸」和「價值／判斷軸」）發展到了三大類型或三大軸（增加了「知識／感知軸」），並沿著這三大軸，相應區分了六種不可靠敘述的亞類型：事實／事件軸上的「錯誤報導」和「不充分報導」；價值／判斷軸上的「錯誤判斷」和「不充分判斷」；知識／感知軸上的「錯誤解讀」

---

[5]　這是筆者從文體學研究領域借用的一個詞語。參見 Dan Shen, "On the Aesthetic Function of Intentional 'Illogicality' in English-Chinese Translation of Fiction," *Style* 22 (1988), pp.628-35.

[6]　值得注意的是，儘管在導致讀者雙重解碼這一點上兩者相一致，不可靠的事實報導和不可靠的價值判斷往往會引起讀者性質不同的反應（參見 Greta Olson, "Reconsidering Unreliability: Fallible and Untrustworthy Narrators," *Narrative* 11.1 (2003), pp.93-109）。

[7]　Booth, *The Rhetoric of Fiction*, pp.300-9.

和「不充分解讀」。[8]就為何要增加「知識／感知軸」這點而言，費倫舉了石黑一雄的連載小說《長日將盡》的最後部分為例。第一人稱敘述者史蒂文斯這位老管家在談到他與以前的同事肯頓小姐的關係時，只是從工作角度看問題，未提及自己對這位舊情人的個人興趣和個人目的。這有可能是故意隱瞞導致的「不充分報導」（事實／事件軸），也有可能是由於他未意識到（至少是未能自我承認）自己的個人興趣而導致的「不充分解讀」（知識／感知軸）。[9]

應該指出，布思在《小說修辭學》中並非未涉及「知識／感知軸」上的不可靠敘述。他只是未對這種文本現象加以抽象概括。他提到敘述者可能認為自己具有某些品質，而（隱含）作者卻暗暗加以否定，例如在馬克·吐溫的《哈克貝利·費恩歷險記》中，敘述者聲稱自己天生邪惡，而作者卻在他背後暗暗讚揚他的美德。[10]這就是敘述者因為自身知識的局限而對自己的性格進行的「錯誤解讀」。當然，費倫對三個軸的明確界定和區分不僅引導批評家對不可靠敘述進行更為全面系統的探討，而且還將注意力引向了三個軸之間可能出現的對照或對立：一位敘述者可能在一個軸上可靠（譬如對事件進行如實報導），而在另一個軸上不可靠（譬如對事件加以錯誤的倫理判斷）。若從這一角度切入，往往能更好地揭示這一修辭策略的微妙複雜性，也能更好地把握敘述者性格的豐富多面性。但值得注意的是，費倫僅關注三個軸之間的平行關係，而筆者認為，這三個軸在有的情況下會構成因果關係。譬如上文提到的史蒂文斯對自己個人興趣的「不充分解讀」（知識／感知軸）必然導致他對此的「不充分報導」（事實／事件軸）。顯然這不是一個非此即彼的問題，而是兩個軸上的不可靠

---

[8] James Phelan, *Living to Tell about It* (Ithaca: Cornell UP, 2005), pp.49-53; James Phelan and Mary Patricia Martin, "The Lessons of 'Waymouth': Homodiegesis, Unreliability, Ethics and 'The Remains of the Day'," *Narratologies*, ed. David Herman (Columbus: Ohio State UP, 1999), pp.91-96.

[9] Phelan, *Living to Tell about It*, pp.33-34.

[10] Booth, *The Rhetoric of Fiction*, pp.158-59.

性在一個因果鏈中共同作用。

除了增加「知識／感知軸」，費倫還增加了一個區分——區分第一人稱敘述中，「我」作為人物的功能和作為敘述者的功能的不同作用。費倫指出布思對此未加區別：

> 布思的區分假定一種等同，或確切說，是敘述者與人物之間的一種連續，所以，批評家希望用人物的功能解釋敘述者的功能，反之亦然。即是說，敘述者的話語被認為相關於我們對他作為人物的理解，而人物的行動則相關於我們對他的話語的理解。[11]

也就是說，倘若「我」作為人物有性格缺陷和思想偏見，那批評家就傾向於認為「我」的敘述不可靠。針對這種情況，費倫指出，人物功能和敘述者功能實際上可以獨立運作，「我」作為人物的局限性未必會作用於其敘述話語。譬如，在《了不起的蓋茨比》中，尼克對在威爾森車庫裡發生的事的敘述就相當客觀可靠，未受到他的性格缺陷和思想偏見的影響。[12]在這樣的情況下，敘述者功能和人物功能是相互分離的。這種觀點有助於讀者更為準確地闡釋作品，更好地解讀「我」的複雜多面性。

費倫還在另一方面發展了布思的理論。費倫的研究注重敘事的動態進程，認為敘事在時間維度上的運動對於讀者的闡釋經驗有至關重要的影響，[13]因此他比布思更為關注敘述者的不可靠程度在敘事進程

---

[11] 詹姆斯 · 費倫：《作為修辭的敘事》，陳永國譯，北京大學出版社 2002 年版，第 82 頁。值得注意的是，「敘述者」和「人物」是第一人稱敘述中「我」的兩個不同身份，我們應該談「我」作為「敘述者」或「人物」，而不應像費倫那樣談「敘述者……作為人物」。

[12] 費倫：《作為修辭的敘事》，第 83 頁。

[13] 參見申丹：《多維 · 進程 · 互動：評詹姆斯 · 費倫的後經典修辭性敘事理論》，《國外文學》 2002 年第 2 期，第 3-11 頁；王傑紅：《作者、讀者與文本動力學——詹姆斯 · 費倫〈作為修辭的敘事〉的方法論詮釋》，《國外文學》 2004 年第 3 期，第 19-23 頁。

中的變化。他不僅注意分別觀察敘述者的不可靠性在「事實／事件軸」、「價值／判斷軸」、「知識／感知軸」上的動態變化，而且注意觀察在第一人稱敘述中，「我」作為「敘述者」和作為「人物」的雙重身分在敘事進程中何時重合，何時分離。這種對不可靠敘述的動態觀察有利於更好地把握這一話語表達策略的主題意義和修辭效果。但筆者認為，費倫的研究有一個盲點，即忽略了第一人稱敘述的回顧性質。他僅僅在共時層面探討「我」的敘述者功能和人物功能。而在第一人稱回顧性敘述中，「我」的人物功能往往是「我」過去經歷事件時的功能，這與「我」目前敘述往事的功能具有時間上的距離。我們不妨看看魯迅《傷逝》中的一個片斷：

> 這是真的，愛情必須時時更新、生長、創造。我和子君說起這，她也領會地點點頭。
>
> 唉唉，那是怎樣的寧靜而幸福的夜呵！
>
> 安寧和幸福是要凝固的，永久是這樣的安寧和幸福。我們在會館裡時，還偶爾有議論的衝突和意思的誤會，自從到吉兆胡同以來，連這一點也沒有了；我們只在燈下對坐的懷舊譚中，回味那時衝突以後的和解的重生一般的樂趣。

這段文字中的「永久是這樣的安寧和幸福」與兩人愛情的悲劇性結局直接衝突，可以說是不可靠的敘述。這是正在經歷事件的「我」或「我們」在幸福高潮時的看法或幻想，與作品開頭處「在吉兆胡同創立了滿懷希望的小小的家庭」相呼應。也就是說，作為敘述者的「我」很可能暫時放棄了自己目前的視角，暗暗借用了當年作為人物的「我」的視角來敘述。「我」是一位理想主義的青年知識份子，作品突出表現了其不切實際的幻想與現實中的幻滅之間的對照和衝突。這句以敘述評論的形式出現的當初的幻想對於加強這一對照起了較大作用。值得注意的是，「安寧和幸福是要凝固的」中的「凝固」

一詞與前文中的「更新、生長，創造」相衝突，帶有負面意思，體現出敘述自我的反思，也可以說是敘述自我對子君滿足現狀的一種間接責備。這種種轉換、衝突、對照和模棱兩可具有較強的修辭效果，對於刻畫人物性格，強化文本張力，增強文本的戲劇性和悲劇性具有重要作用。這裡有三點值得注意：（1）敘述者功能和人物功能的歷時性滲透或挪用——當今的敘述者「我」不露痕跡地借用了過去人物「我」的視角。（2）敘述者本人採用的策略。不可靠敘述往往僅構成作者的手法，敘述者並非有意為之。但此處的敘述者雖然知曉後來的發展，卻依然在敘述層上再現了當初不切實際的看法，這很可能是出於修辭目的而暫時有意誤導讀者的一種策略。誠然，還有一種可能性：在回味當初的幸福情景時，敘述者又暫時回到了當時「寧靜而幸福」的心理狀態。（3）這樣的不可靠敘述之理解有賴於敘事進程的作用——只有在讀到後面的悲劇性發展和結局時，才能充分領悟到此處文字的不可靠。

此外，在2007年面世的《疏遠型不可靠性、拉近型不可靠性與〈洛莉塔〉的倫理》一文中，[14]費倫又從一個新的角度發展了布思的理論。布思和其他修辭批評家一般僅關注不可靠敘述如何導致或擴大敘述者與隱含讀者或「作者的讀者」（authorial audience）[15]之間的距離，而費倫則提出：不可靠敘述不僅可以產生這種疏遠的修辭效果，在有的情況下，還可以讓「作者的讀者」跟敘述者相對較為接近，因此他對不可靠敘述進行了「疏遠型」（estranging）和「拉近型」（bounding）的二元區分。費倫舉了不少實例來說明不可靠敘述如何以各種方式「拉近」作者的讀者與敘述者的距離，包括以下幾種情況：（1）儘管敘述不甚可靠，但若以敘述者以前的行為為參照，能

---

[14] James Phelan, "Estranging Unreliability, Bonding Unreliability, and the Ethics of *Lolita*," *Narrative* 15.2 (2007), pp.222-38.

[15] 跟「隱含讀者」一樣，「作者的讀者」是假設的理想讀者，能完全理解作者為其建構的文本。

體現出敘述者的某種好的變化，因此能讓作者的讀者相對較為接近人物；（2）儘管敘述不可靠，但反映了某種真實，具有隱含作者贊同的某種倫理判斷（魯迅的《狂人日記》中的不可靠敘述可歸於這一類）。（3）敘述者真誠但並非正確地貶低自己（哈克貝利·費恩的敘述有時較為典型地出現這種情況），但透過他的自我貶低，讀者可以感受到隱含作者對人物相對較高的評價，從而更為接近人物。

　　值得一提的是，與布思、費倫和其他眾多學者眼中「隱含作者的規範」這一標準不同，有的學者將敘述者是否誠實作為衡量不可靠敘述的標準。在探討史蒂文斯由於未意識到自己對肯頓小姐的個人興趣而做出的不充分解讀時，丹尼爾·施瓦茨提出史蒂文斯只是一位「缺乏感知力」的敘述者，而非一位「不可靠」的敘述者，因為他「並非不誠實」。[16]筆者認為，把是否誠實作為衡量不可靠敘述的標準是站不住腳的。敘述者是否可靠在於是否能提供給讀者正確和準確的話語。一位缺乏資訊、智力低下、道德敗壞的人，無論如何誠實，也很可能會進行錯誤或不充分的報導，加以錯誤或不充分的判斷，得出錯誤或不充分的解讀。也就是說，無論如何誠實，其敘述也很可能是不可靠的。在此，我們需要認清「不可靠敘述」究竟涉及敘述者的哪種作用。紐寧認為石黑一雄《長日將盡》中的敘述者「歸根結底是完全可靠的」，因為儘管其敘述未能客觀再現故事事件，但真實反映出敘述者的幻覺和自我欺騙。[17]筆者對此難以苟同，應該看到，敘述者的「可靠性」問題涉及的是敘述者的仲介作用，故事事件是敘述對象，若因為敘述者的主觀性而影響了客觀再現這一對象，作為仲介的敘述就是不可靠的。的確，這種主觀敘述可以真實反映出敘述者本人的思

---

[16] Daniel Schwarz, "Performative Saying and the Ethics of Reading: Adam Zachary Newton's 'Narrative Ethics'," *Narrative* 5 (1997), p.197.

[17] Ansgar Nünning, "Unreliable, Compared to What? Towards a Cognitive Theory of Unreliable Narration: Prolegomena and Hypotheses," *Transcending Boundaries: Narratology in Context*, ed. Walter Grunzweig and Andreas Solbach (Tubingen: Gunther Narr Verlag, 1999), p.59.

維和性格特徵，但它恰恰說明了這一敘述仲介為何會不可靠。

第二節　認知（建構）方法

　　認知（建構）方法是以修辭方法之挑戰者的面目出現的，旨在取代後者。這一方法的創始人是塔瑪・雅克比，其奠基和成名之作是1981年在《今日詩學》上發表的《論交流中的虛構敘事可靠性問題》一文，[18]該文借鑒了邁爾・斯滕伯格將小說話語視為複雜交流行為的理論，[19]從讀者閱讀的角度來看不可靠性。多年來，雅克比一直致力於這方面的研究，並在2005年發表於權威性的《敘事理論指南》的一篇論文中，以列夫・托爾斯泰的《克萊采奏鳴曲》為例，總結和重申了自己的基本主張。[20]雅克比將不可靠性界定為一種「閱讀假設」或「協調整合機制」（integration mechanism），當遇到文本中的問題（包括難以解釋的細節或自相矛盾之處）時，讀者會採用某種閱讀假設或協調機制來加以解決。

　　雅克比系統提出了以下五種閱讀假設或協調機制。（1）關於存在的機制（the *existential* mechanism），這種機制將文中的不協調因素歸因於虛構世界，尤其是歸因於偏離現實的可然性原則，童話故事、科幻小說、卡夫卡的《變形記》等屬於極端的情況。在列夫・托爾斯

---

[18] Tamar Yacobi, "Fictional Reliability as a Communicative Problem," *Poetics Today* 2 (1981), pp.113-26. 也請參見 Tamar Yacobi, "Narrative and Normative Pattern: On Interpreting Fiction," *Journal of Literary Studies* 3 (1987), pp.18-41; Tamar Yacobi, "Interart Narrative: (Un) Reliability and Ekphrasis," *Poetics Today* 21 (2000), pp.708-47; Tamar Yacobi, "Pachage Deals in Fictional Narrative: The Case of the Narrator's (Un)Reliability," *Narrative* 9 (2001): pp.223-29.

[19] Meir Sternberg, *Expositional Modes and Temporal Ordering in Fiction* (Baltimore, MD: Johns Hopkins UP, 1978), pp.254-305.

[20] Tamar Yacobi, "Authorial Rhetoric, Narratorial (Un)Reliability, Divergent Readings: Tolstoy's 'Kreutzer Sonata'," *A Companion to Narrative Theory*, ed. James Phelan and Peter J. Rabinowitz (Oxford: Blackwell, 2005), pp.108-23.

泰的《克萊采奏鳴曲》中，敘述者一直斷言他的婚姻危機具有代表性。這一斷言倘若符合虛構現實，就是可靠的，否則就是不可靠的。筆者認為，這裡實際上涉及了兩種不同的情況。在談童話故事、科幻小說和《變形記》時，雅克比考慮的是虛構規約對現實世界的偏離，而在談托爾斯泰的作品時，她考慮的則是作品內部敘述者的話語是否與故事事實相符。前者與敘述者的可靠性無關，後者則直接相關。（2）功能機制，這一機制將文中的不協調因素歸因於作品的功能和目的。（3）文類原則，依據文類特點（如悲劇情節之嚴格規整或喜劇在因果關係上享有的自由）來解釋文本現象。（4）關於視角或不可靠性的原則（the *perspectival* or unreliability principle）。依據這一原則，「讀者將涉及事實、行動、邏輯、價值、審美等方面的各種不協調因素視為敘述者與作者之間的差異」。這種對敘述者不可靠性的闡釋「以假定的隱含作者的規範為前提」。（5）關於創作的機制，這一機制將文中矛盾或不協調的現象歸因於作者的疏忽、搖擺不定或意識形態問題等。[21]

　　另一位頗有影響的認知（建構）方法的代表人物是安斯加·紐寧，他受雅克比的影響，聚焦於讀者的闡釋框架，斷言「不可靠性與其說是敘述者的性格特徵，不如說是讀者的闡釋策略」。[22]他在1997年發表的一篇論文中對「隱含作者」這一概念進行了解構和重構，採用「總體結構」（the structural whole）來替代「隱含作者」。在紐寧看來，總體結構並非存在於作品之內，而是由讀者建構的，若面對同一作品，不同讀者很可能會會建構出大相徑庭的作品「總體結構」。[23]在1999年發表的《不可靠，與什麼相比？》一文中，紐寧對不可靠敘

---

[21] Yacobi,「Authorial Rhetoric, Narratorial (Un)Reliability, Divergent Readings,」pp.110-12.

[22] 紐寧新近從「認知方法」轉向了下文將討論的「認知—修辭方法」。此處的斷言是他對自己曾採納的「認知方法」的總結（Ansgar Nünning,「Reconceptualizing Unreliable Narration,」p.95.）。

[23] Ansgar Nünning,「Deconstructing and Reconceptualizing the Implied author,」*Anglistik. Organ des Verbandes Deutscher Anglisten* 8 (1997), pp.95-116.

述重新界定如下：

> 與查特曼和很多其他相信隱含作者的學者不同，我認為不可靠敘
> 述的結構可用戲劇反諷或意識差異來解釋。當出現不可靠敘述
> 時，敘述者的意圖和價值體系與讀者的預知（foreknowledge）
> 和規範之間的差異會產生戲劇反諷。對讀者而言，敘述者話語
> 的內部矛盾或者敘述者的視角與讀者自己的看法之間的衝突意
> 味著敘述者的不可靠。[24]

也就是說，紐寧用讀者的規範既替代了（隱含）作者的規範，也置換
了文本的規範。儘管紐寧依然一再提到文本的規範與讀者規範之間的
交互作用，但既然在他的理論框架中，文本的總體結構是由讀者決定
的，因此文本規範已經變成讀者規範。

第三節　「認知方法」難以取代「修辭方法」

　　雅克比和紐寧都認為自己的模式優於布思創立的修辭模式，因為
不僅可操作性強（確定讀者的假設遠比確定作者的規範容易），且
能說明讀者對同一文本現象的不同解讀。不少西方學者也認為以雅
克比和紐寧為代表的認知（建構）方法優於修辭方法，前者應取代
後者。[25]但筆者對此難以苟同。在筆者看來，這兩種方法實際上涉及
兩種並行共存、無法調和的閱讀位置。一種是「有血有肉的個體讀
者」的閱讀位置，另一種是「隱含讀者」或「作者的讀者」的閱讀位
置。[26]前者受制於讀者的身分、經歷和特定接受語境，後者則為文本

---

[24]　Nünning, "Unreliable, Compared to What?" p.58.

[25]　參見 Bruno Zerweck, "Historicizing Unreliable Narration: Unreliability and Cultural Discourse in Narrative Fiction," *Style* 35.1 (2001), p.151.

[26]　參見 Peter J. Rabinowitz, "Truth in Fiction: A Reexamination of Audiences," *Critical Inquiry*

所預設，與（隱含）作者相對應。修辭方法聚焦於後面這種理想化的閱讀位置。在修辭批評家看來，（隱含）作者創造出不可靠的敘述者，製造了作者規範與敘述者規範之間的差異，從而產生反諷等效果。「隱含讀者」或「作者的讀者」則對這一表達策略心領神會，加以接受。倘若修辭批評家考慮概念框架（conceptual schema），也是以作者創作時的概念框架為標準，讀者的任務則是「重構」同樣的概念框架，以便作出正確的闡釋。[27]值得注意的是，不可靠敘述者往往為第一人稱，現實中的讀者只能通過敘述者自己的話語來推斷（隱含）作者的規範和概念框架。可以說，這種推斷往往是讀者將自己眼中的可靠性或權威性投射到作者身上。面對同樣的文本現象，不同批評家很可能會推斷出不同的作者規範和作者框架。也就是說，真實讀者只能爭取進入「隱含讀者」或「作者的讀者」之閱讀位置，[28]這有可能成功，也有可能失敗。由於修辭批評家力求達到理想的闡釋境界，因此他們會儘量排除干擾，以便把握作者的規範，作出較為正確的闡釋。

　　與此相對照，以雅克比和紐寧為代表的認知（建構）方法聚焦於讀者的不同闡釋策略或闡釋框架之間的差異，並以讀者本身為衡量標準。既然以讀者本身為標準，讀者的闡釋也就無孰對孰錯之分。雅克比將自己2005年發表的那篇論文定題為「作者修辭、敘述者的（不）可靠性、大相徑庭的解讀：托爾斯泰的《克萊采奏鳴曲》」。托爾斯泰的作品爭議性很強，敘述者究竟是否可靠眾說紛紜。雅克比將大量篇幅用於述評互為衝突的解讀，論證這些衝突如何源於讀者的不同閱讀假設或協調機制。儘管她在標題中提到了「作者修辭」，且在研究中關注「隱含作者的規範」，但實際上她的這些概念與修辭學者的概念有本質差異。在修辭學者眼中，「隱含作者的規範」存在於文本之內，讀者的任務是儘量靠近這一規範，並據此進行闡釋。相比之下，

---

4 (1976), pp.121-41.

[27] Phelan, *Living to Tell about It*, p.105.

[28] Phelan, *Living to Tell about It*, p.49.

在雅克比眼中，任何原則都是讀者本人的閱讀假設，「隱含作者的規範」只是讀者本人的假定，也就是說，雅克比所說的「作者修辭」實際上是一種讀者建構。她強調任何閱讀假設都可以被「修正、顛倒，甚或被另一種假設所取代」，並斷言敘述者的不可靠性「並非固定在敘述者之（可然性）形象上的性格特徵，而是讀者依據相關關係臨時歸屬或提取的一種特徵，它取決於（具有同樣假定性質的）在語境中作用的規範。在某個語境（包括閱讀語境、作者框架、文類框架）中被視為『不可靠』的敘述，可能在另一語境中變得可靠，甚或在解釋時超出了敘述者的缺陷這一範疇」。[29]紐寧也強調相對於某位讀者的道德觀念而言，敘述者可能是完全可靠的，但相對於其他人的道德觀念來說，則可能極不可靠。他舉了納博科夫《洛麗塔》的敘述者亨伯特為例。倘若讀者自己是一個雞姦者，那麼在闡釋亨伯特這位虛構的幼女性騷擾者時，就不會覺得他不可靠。[30]

　　我們不妨從紐寧的例子切入，考察一下兩種方法之間不可調和又互為補充的關係。從修辭方法的角度來看，若雞姦者認為亨伯特姦污幼女的行為無可非議，他自我辯護的敘述正確可靠，那就偏離了隱含作者的規範，構成一種誤讀。這樣我們就能區分道德正常的讀者接近作者規範的闡釋與雞姦者這樣的讀者對作品的「誤讀」。與此相對照，就認知方法而言，讀者就是規範，闡釋無對錯之分。那麼雞姦者的闡釋就會和非雞姦者的闡釋同樣有理。一位敘述者的（不）可靠性也就會隨著不同讀者的不同闡釋框架而搖擺不定。讓我們再看看紐寧對不可靠敘述的界定：

　　　　當出現不可靠敘述時，敘述者的意圖和價值體系與讀者的預知（foreknowledge）和規範之間的差異會產生戲劇反諷。對讀者

29　Yacobi, "Authorial Rhetoric, Narratorial (Un)Reliability, Divergent Readings," p.110.

30　Nünning, "Unreliable, Compared to What?" p.61.

而言，敘述者話語的內部矛盾或者敘述者的視角與讀者自己的
看法之間的衝突意味著敘述者的不可靠。

　　儘管亨伯特的敘述很不可靠，但他的價值體系與雞姦者的價值體
系卻可能頗為一致，因此在雞姦者的闡釋過程中，就難以產生作者／
作品意在產生的戲劇反諷。而雞姦者在闡釋道德正常的敘述者時，倒
有可能與敘述者的價值體系發生衝突，加以誤讀。不難看出，若以讀
者為標準，就有可能會模糊，遮蔽，甚或顛倒作者或作品的規範。但
認知方法確有其長處，可揭示出不同讀者的不同闡釋框架或閱讀假
設，說明為何對同樣的文本現象會產生大相徑庭的闡釋。這正是修辭
批評的一個盲點，修辭批評家往往致力於自己進行儘量正確的闡釋，
不關注前人的閱讀，即便關注也只是說明前人的閱讀如何與作品事實
或作者規範不符，不去挖掘其闡釋框架。而像雅克比、紐寧這樣的認
知批評家則致力於分析前人大相徑庭的闡釋框架。倘若我們僅僅採用
修辭方法，就會忽略讀者不盡相同的闡釋原則和闡釋假定；而倘若我
們僅僅採用認知方法，就會停留在前人闡釋的水準上，難以前進。此
外，倘若我們以讀者規範取代作者／作品規範，就會喪失合理的衡量
標準。筆者認為，應該讓這兩種研究方法並行共存，但應摒棄認知方
法的讀者標準，堅持修辭方法的作者／作品標準（倘若隱含作者的
規範與正確道德觀相背離，則需要把衡量標準改為正確的社會道德規
範），這樣我們就可既保留對理想闡釋境界的追求，又看到不同讀者
的不同闡釋框架或閱讀假設的作用。

第四節　「認知（建構）方法」對主流的偏離

　　西方學界普遍認為，以雅克比和紐寧為代表的「認知方法」是
「認知敘事學」的重要組成部分。但若仔細考察，則不難發現，他們
的基本立場偏離了「認知敘事學」的主流。認知敘事學是與認知科學

相結合的交叉學科，主要旨在揭示讀者共有的敘事闡釋規律。認知敘
事學所關注的語境與西方學術大環境所強調的語境實際上有本質不
同。就敘事闡釋而言，我們不妨將「語境」分為兩大類：一是「敘事
語境」，一是「社會歷史語境」。後者主要涉及與種族、性別、階級
等社會身分相關的意識形態關係；前者涉及的則是超社會身分的「敘
事規約」或「文類規約」（「敘事」本身構成一個大的文類，不同類
型的敘事則構成其內部的次文類）。為了廓清畫面，讓我們先看看言
語行為理論所涉及的語境：教室、教堂、法庭、新聞報導、小說、先
鋒派小說、日常對話，等等。[31]這些語境中的發話者和受話者均為類
型化的社會角色：老師、學生、牧師、法官、先鋒派小說家，等等。
這樣的語境堪稱「非性別化」、「非歷史化」的語境。誠然，「先鋒
派小說」誕生於某一特定歷史時期，但言語行為理論關注的並非該歷
史時期的社會政治關係，而是該文類本身的創作和闡釋規約。與這兩
種語境相對應，有兩種不同的讀者。一種是作品主題意義的闡釋者，
涉及闡釋者的身分、經歷、時空位置等；另一種我們可稱為「文類讀
者」或「文類認知者」，其主要特徵在於享有同樣的文類規約，同樣
的文類認知假定、認知期待、認知模式、認知草案或認知框架。不難
看出，筆者所說的「文類認知者」排除了有血有肉的個體獨特性，突
出了同一文類的讀者所共用的認知規約。[32]我們不妨區分以下三種研
究方法：

　　1.探討讀者對於（某文類）敘事結構的闡釋過程之共性，聚焦
　　　於無性別、種族、階級、經歷、時空位置之分的「文類認知

---

[31]　Mary Louise Pratt, *Towards a Speech Act Theory of Literary Discourse* (Bloomington:
　　Indiana UP, 1977); Sandy Petrey, *Speech Acts and Literary Theory* (London: Routledge,
　　1990).

[32]　參見 Dan Shen, "Why Contextual and Formal Narratologies Need Each Other," *JNT:
　　Journal of Narrative Theory* 35 (2005), pp.155-57; 申丹、王麗亞、韓加明：《英美小說
　　敘事理論研究》，北京大學出版社 2005 年版，第 308-309 頁。

者」，或關注讀者特徵／時空變化如何妨礙個體讀者成為「文類認知者」。

2.探討不同讀者對同一種敘事結構的各種反應，需關注個體讀者的身分、經歷、閱讀假設等對於闡釋所造成的影響。

3.探討現實生活中的人對世界的體驗。（a）倘若目的是為了揭示共有的認知特徵，研究就會聚焦於共用的闡釋規約和闡釋框架，即將研究對象視為「敘事認知者」的代表。（b）但倘若目的是為了揭示個體的認知差異，則需考慮不同個體的身分、經歷、時空位置等對闡釋所造成的影響。

　　儘管這些研究方法都可出現在認知敘事學的範疇中，甚至共同出現在同一論著中，但大多數認知敘事學論著都屬於第一種研究，集中關注「規約性敘事語境」和「文類認知者」。也就是說，這些認知敘事學家往往通過個體讀者的闡釋來發現共用的敘事認知規律。與此相對照，雅克比和紐寧為代表的「認知」方法屬於第二種研究，聚焦於不同讀者認知過程之間的差異，發掘和解釋造成這些差異的原因，並以讀者的闡釋框架本身為衡量標準。有趣的是，有的「認知」研究從表面上看屬於第二種，實際上則屬於第一種。讓我們看看莫妮卡・弗盧德尼克的下面這段話：

> 此外，讀者的個人背景、文學熟悉程度、美學喜惡也會對文本的敘事化產生影響。譬如，對現代文學缺乏瞭解的讀者也許難以對維吉尼亞・伍爾夫的作品加以敘事化。這就像20世紀的讀者覺得有的15世紀或17世紀的作品無法閱讀，因為這些作品缺乏論證連貫性和目的論式的結構。[33]

---

[33] Monika Fludernik, "Natural Narratology and Cognitive Parameters," *Narrative Theory and the Cognitive Sciences*, ed. David Herman (Stanford: CSLI, 2003), p.262.

表面上看，弗盧德尼克考慮的是讀者特徵和閱讀語境，實際上她是以作品本身（如現代文學）為衡量標準，關注的是文類敘事規約對認知的影響──是否熟悉某一文類的敘事規約直接左右讀者的敘事認知能力。無論讀者屬於什麼性別、階級、種族、時代，只要同樣熟悉某一文類的敘事規約，就會具有同樣的敘事認知能力（智力低下者除外），就會對文本進行同樣的敘事化。而倘若不瞭解某一文類的敘事規約，在閱讀該文類的作品時，就無法對作品加以敘事化，閱讀就會失敗。這與雅克比和紐寧的立場形成了鮮明對照，因為後者是以個體讀者為標準的。

應該指出，認知敘事學的主流也關注一個語言現象如何會牽涉到不同的闡釋框架。請看曼弗雷德・雅恩給出的下面這一簡例：[34]

（1）屋裡很黑。約翰開門走了進去。

（2）約翰開門走進了屋。屋裡很黑。

讀者一般會把例（1）中的「屋裡很黑」看成敘述者的描述，而把例（2）中的「屋裡很黑」看成人物的感知。也就是說，面對同樣的文字，讀者會採用不同的認知框架。這就是認知敘事學中「普羅透斯原則」的一個實例。普羅透斯（Proteus）是希臘神話中能隨心所欲改變自己面貌的海神。認知敘事學家採用這一修飾詞是為了說明讀者面對同樣的語言現象可能會採用不同的闡釋框架。雅克比和紐寧都認為自己的理論與「普羅透斯原則」相吻合，但實際上兩者之間存在本質差異。「普羅透斯原則」強調的是作品本身的特徵（如上下文的改變，或語言形式本身的模棱兩可）如何要求讀者採取相應的認知框架，不涉及讀者個人身分、經歷和闡釋傾向的影響，而雅克比和紐寧則十分

---

[34] Manfred Jahn, "Frames, Preferences, and the Reading of Third-Person Narratives: Towards a Cognitive Narratology," *Poetics Today* 18.4 (1997), p.451.

強調讀者的個人特性和個人選擇如何導致不同的認知過程。

　　西方學界迄今沒有關注「認知（建構）方法」的獨特性，這導致了以下兩種後果：（1）雅克比、紐寧和其他相關學者一方面將敘述可靠性的決定權完全交給個體讀者，一方面又大談讀者共用的敘事規約，文中頻頻出現自相矛盾之處，這在紐寧的《不可靠，以什麼為標準？》一文中表現得尤為突出。（2）將「認知（建構）方法」與沿著修辭軌道走的「認知方法」混為一談。安斯加・紐寧的夫人薇拉・紐寧就是沿著修辭軌道走的一位「認知」學者。她在《不可靠敘述與歷史上價值與規約的多變性》（2004）一文中，集中探討了不同歷史時期的讀者所採取的不同闡釋策略。[35]但她的立場是修辭性的，以作者創作時的概念框架為標準，讀者的任務是重構與作者相同的概念框架。不同歷史語境中的不同社會文化因素會影響讀者的闡釋，形成闡釋陷阱，導致各種「誤讀」；讀者需要排除歷史變化中的各種闡釋陷阱，才能把握作者的規範，得出較為正確的闡釋。這是以作者為標準的認知研究，與安斯加・紐寧等以讀者為標準的認知研究在基本立場上形成了直接對立。西方學界對此缺乏認識，對這兩種認知研究不加區分，難免導致混亂。筆者的體會是，不能被標籤所迷惑，一個「認知」標籤至少涵蓋了三種研究方法：一是以敘事規約為標準的方法（認知敘事學的主流）；二是以讀者的闡釋框架為標準的方法（「建構」型方法）；三是以作者的概念框架為標準的方法（「修辭」型方法）。在研究中，我們應具體區分是哪種認知方法，並加以區別對待，才能避免混亂。

---

[35] Vera Nünning, "Unreliable Narration and the Historical Variability of Values and Norms: The 'Vicar of Wakefield' as a Test Case of a Cultural-Historical Narratology," *Style* 38 (2004), pp.236-52.

第五節　「認知（建構）－修辭」方法的不可能

由於沒有認識到「認知（建構）方法」對「認知敘事學」主流的偏離，以及與「修辭方法」的不可調和，近來西方學界出現了綜合性的「認知（建構）－修辭方法」，但在筆者看來，這種綜合的努力是徒勞的。

在2005年發表於《敘事理論指南》的一篇重新審視不可靠敘述的論文中，安斯加·紐寧對修辭方法和認知（建構）方法的片面性分別加以批評：修辭方法聚焦於敘述者和隱含作者之間的關係，無法解釋不可靠敘述在讀者身上產生的「語用效果」[36]；另一方面，認知方法僅僅考慮讀者的闡釋框架，忽略了作者的作用[37]。為了克服這些片面性，紐寧提出了綜合性的「認知－修辭方法」，這種「綜合」方法所關心的問題是：有何文本和語境因素向讀者暗示敘述者可能不可靠？隱含作者如何在敘述者的話語和文本裡留下線索，從而「允許」批評家辨認出不可靠的敘述者？[38]不難看出，這是以作者為標準的「修辭」型方法所關心的問題，沒有給「建構」型方法留下餘地，而紐寧恰恰是想將這兩種方法綜合為一體。建構型方法關心的主要問題是：讀者不同的闡釋框架如何導致不同的闡釋，或不同的解讀如何源於不同的閱讀假設。這種「讀者關懷」難以與「作者關懷」協調統一。紐寧不僅在理論上僅僅照顧到了修辭方法，而且在分析實踐中，也僅僅像修辭批評家那樣，聚焦於「作者的讀者」這一閱讀位置，沒有考慮不同讀者不盡相同的闡釋，完全忽略了讀者不同闡釋框架的作用。[39]

---

[36] Nünning, "Reconceptualizing Unreliable Narration," pp.94-95.

[37] Nünning, "Reconceptualizing Unreliable Narration," p.105.

[38] Nünning, "Reconceptualizing Unreliable Narration," p.101.

[39] Nünning, "Reconceptualizing Unreliable Narration," pp.100-103.

如前所述，這兩種方法在基本立場上難以調和。若要克服其片面性，只能讓其並行共存，各司其職。在分析作品時，若能同時採用這兩種方法，就能對不可靠敘述這一作者創造的表達策略和其產生的各種語用效果達到較為全面的瞭解。

第六節　人物－敘述的（不）可靠性

安斯加‧紐寧在《不可靠，與什麼相比？》（1999）一文中，提出應系統研究不可靠性與性格塑造之間的關聯。他說：「這一問題一直為學界所忽略。在迄今能看到的唯一一篇探討這一問題的論文中，申丹（1989：309）闡明了『在不靠性方面對規約的偏離對於揭示或加強敘述立場』有重要作用，也可對『塑造特定的主體意識』起重要作用」。[40]敘事學界通常將「不可靠性」僅僅用於敘述者，不用於人物。而筆者在紐寧提到的這篇發表於美國《文體》期刊上的論文中，[41]則聚焦於敘述層上不可靠的人物眼光對人物主體意識的塑造作用，但紐寧誤以為筆者是在談不可靠敘述對敘述者本人性格的塑造作用。[42]後者已引起了敘事研究界的充分關注，但前者依然未得到重視。筆者認為，無論在第一人稱還是在第三人稱敘述中，人物的眼光均可導致敘述話語的不可靠，而這種「不可靠敘述」又可對塑造人物起重要作用。讓我們看看《紅樓夢》第六回描述劉姥姥初進大觀園的一段文字：

> （劉姥姥只聽見咯當咯當的響聲，大有似乎打籮櫃篩面的一般，不免東瞧西望的。）忽見堂屋中柱子上掛著一個匣子，底下又墜著一個秤砣般一物，卻不住的亂晃。劉姥姥心中想著：「這是什麼愛物兒？有甚用呢？」

---

[40] Nünning, "Unreliable, Compared to What?" p.59.

[41] Dan Shen, "Unreliability and Characterization," *Style* 23 (1988), pp.300-311.

[42] Nünning, "Unreliable, Compared to What?" p.59.

請比較：

> （⋯⋯）忽見堂屋中柱子上掛著一個鐘，鐘擺在不停地擺動。劉姥姥在鄉下從未見過鐘，還以為它是個匣子，以為鐘擺是個亂晃的秤砣般的物件。劉姥姥心中想著：「這是什麼愛物兒？有甚用呢？」

　　《紅樓夢》的敘述者在此處轉用了劉姥姥的視角（比較版中視角則沒有發生轉換），讓讀者直接通過劉姥姥的眼睛來觀察鐘。由於劉姥姥的眼光在敘述層上運作，因此導致了敘述話語的不可靠──她的無知變成了敘述話語的無知（將「鐘」敘述成了「匣子」，「鐘擺」敘述成了「秤砣般的物件」）。然而，這裡不可靠的僅僅是劉姥姥這一人物，敘述者無疑知道那是鐘，而不是匣子。這就產生了一種張力：不可靠敘述的敘述者是可靠的，只是其借用的人物眼光不可靠。這種張力和由此產生的反諷效果可生動有力地刻畫人物特定的意識和知識結構。這種不可靠敘述在中外小說中都屢見不鮮。在有的第三人稱小說如威廉・戈爾丁的《繼承者》中，由人物的眼光造成的不可靠敘述構成了一種大範圍的敘述策略。《繼承者》的前大半部分在敘述層上都採用了原始人洛克的感知聚焦，讓讀者直接通過洛克不可靠的眼光來觀察事物。洛克不認識弓箭，當一個智人舉起弓箭，朝他射擊時，文中出現了這樣的敘述：「一根棍子豎了起來，棍子中間有一塊骨頭⋯⋯棍子的兩端變短了，然後又繃直了。洛克耳邊的死樹得到了一個聲音『嚓！』。」這樣一來，有目標、有因果關係的舉弓射箭的過程，就敘述成了「棍子」自發行動的無目標、無因果關係的過程，這十分生動地反映出這些原始人的認知特點，反映出他們在文化或者生物進程中的局限性。
　　值得注意的是，在有的作品中，這種人物眼光造成的不可靠敘述較為隱蔽，且難以當場發現，回過頭來才會發覺。讓我們看看曼斯費

爾德《唱歌課》中的一段：

> 梅多思小姐心窩裡正扎著絕望那把刀子，不由恨恨地瞪著理科
> 女教師。……對方甜得發膩地衝她一笑。「你看來凍——僵
> 了，」她說。那對藍眼睛睜得偌大；眼神裡有點嘲笑的味兒。
> （難道給她看出點什麼來了？）

　　曼斯費爾德在《唱歌課》的隱性進程中對社會性別歧視這把殺人
不見血的尖刀進行了帶有藝術誇張的揭露和諷刺。[43]梅多思小姐被未
婚夫拋棄後，一心擔心社會歧視會讓她沒有活路。在上引片段中，從
表面上看，括弧前面是全知敘述者的可靠敘述，但讀到後面，我們則
會發現這裡敘述者換用了梅多思小姐充滿猜疑的眼光來觀察理科女教
師。後者友好的招呼在前者看來成了針對自己的嘲弄。「眼神裡有點
嘲笑的味兒」是過於緊張敏感的梅多思小姐的主觀臆測，構成不可靠
的敘述（理科女教師其實跟本不知道梅小姐被男人拋棄一事）。這種
將人物不可靠的眼光「提升」至敘述層的做法不僅可生動有力地塑造
人物主體意識，而且可豐富和加強對主題意義的表達。
　　這種獨特的「不可靠敘述」迄今未引起學界的重視。這主要有以
下兩種原因：一是在探討不可靠敘述時，批評家一般僅關注第一人稱
敘述，而由人物眼光造成的不可靠敘述常常出現在第三人稱敘述中。
二是即便關注了《繼承者》這樣的第三人稱作品大規模採用人物眼光
聚焦的做法，也只是從人物的「思維風格」這一角度來看問題，沒有
從「不可靠敘述」這一角度來看問題。其實我們若能對這一方面加以
重視，就能從一個側面豐富對不可靠敘述的探討。

---

[43] 參見 Dan Shen, *Style and Rhetoric of Short Narrative Fiction* (New York: Routledge, 2014),
pp.111-24.

◇　　◇　　◇　　◇

　　不可靠敘述是一種重要的話語表達策略，對表達主題意義、產生審美效果有著不可低估的作用。這一表達策略在西方學界引起了十分熱烈的討論，也希望國內學界對其能予以進一步的關注，以此幫助推動國內敘事研究的發展。

敘述視角[*]

　　敘述視角指敘述時觀察故事的角度。自西方現代小說理論誕生以來，從什麼角度觀察故事一直是敘事研究界討論的一個熱點。學者們發現，視角是傳遞主題意義的一個十分重要的工具。無論是在文字敘事還是在電影敘事或其他媒介的敘事中，同一個故事，若敘述時觀察角度不同，會產生大相徑庭的效果。傳統上對視角的研究一般局限於小說範疇。敘事學誕生之後，雖然對電影等其他媒介中的視角有所關注，但依然聚焦於小說中的敘述視角。本章首先追溯視角研究的發展過程，然後討論「敘述者」與「感知者」之分，進而探討視角在敘事作品中所處的層次。在此基礎上，本章將評介不同視角模式的分類，並通過對一個實例的具體分析來說明小說中各種視角的不同作用和不同效果。最後，本章將探討視角越界的現象。

第一節　視角研究的發展過程

　　在19世紀末以前，西方學者一般僅關注小說的道德意義而忽略

---

[*]　參見筆者的相關論述：Dan Shen, "Mind-style," "Mood," "Narrating," *Routledge Encyclopedia of Narrative Theory*, ed. David Herman et. al. (London: Routledge, 2005), pp.311-12, p.322, pp.338-39; Dan Shen, "Difference Behind Similarity: Focalization in First-Person Narration and Third-Person Center of Consciousness," *Acts of Narrative*, ed. Carol Jacobs and Henry Sussman (Stanford: Stanford UP, 2003), pp.81-92; Dan Shen, "Breaking Conventional Barriers: Transgressions of Modes of Focalization," *New Perspectives on Narrative Perspective,* ed. Willie van Peer and Seymour Chatman (New York: SUNY, 2001), pp.159-72.

其形式技巧，即便注意到敘述視角，也傾向於從作品的道德目的出發來考慮其效果。哪怕有學者探討視角的藝術性，其聲音也被當時總的學術氛圍所淹沒。現代小說理論的奠基者福樓拜與詹姆斯將小說視為一種自足的藝術有機體，將注意力轉向了小說技巧，尤其是敘述視點（point of view）的運用。在《小說技巧》（1921）一書中，詹姆斯的追隨者珀西‧盧伯克認為小說複雜的表達方法歸根結底就是視點問題。[1]如果說盧伯克只是將視角看成戲劇化手段的話，那麼在馬克‧蕭勒的《作為發現的技巧》（1948）中，視角則躍升到了界定主題的地位。[2]隨著越來越多的作家在這方面的創新性實踐以及各種形式主義流派的興起，敘述視角引起了極為廣泛的興趣，成了一大熱門話題，也被賦予了各種名稱，如「angle of vision」（視覺角度）、「perspective」（眼光、透視）、「focus of narration」（敘述焦點）等。

　　法國學者熱奈特在其名篇《敘述話語》中提出了「focalisation」（聚焦）這一術語。他之所以提出這一術語，是因為他認為「vision」，「field」和「point of view」等是過於專門的視覺術語。其實，「聚焦」一詞涉及光學上的焦距調節，很難擺脫專門的視覺含義。「聚焦」一詞真正的優越性在於：「point of view」、「perspective」這樣的詞語也可指立場、觀點、態度等，不一定指觀察角度，具有潛在的模棱兩可性，而「聚焦」則可擺脫這樣的模棱兩可。[3]正如越來越多的敘事學家所注意到的，觀察並非一定是用「眼睛」，可以是用耳朵等其他感官，也經常涉及思維活動和情感，所以，無論採用什麼術語來指敘述時的觀察角度，都應能涵蓋各種感知。此外，值得注意的是，「聚焦」一詞指的是對觀察角度的限制，

---

[1]　Percy Lubbock, *The Craft of Fiction* (London: Jonathan Cape, 1921).

[2]　Mark Schorer, "Technique as Discovery," *20th Century Literary Criticism: A Reader*, ed. David Lodge (London: Longman, 1972), pp.387-402.

[3]　聚焦一詞的另一個長處是可用「focaliser」（focalizer，聚焦者）一詞很方便地指涉觀察者，用「focalised」（focalizer，聚焦對象）很方便地指涉被觀察的對象。

因此難以用它來描述全知模式（熱奈特在《敘述話語》中把全知模式界定為「無聚焦」或「零聚焦」[4]）。

熱奈特提出的「focalisation」（英文為focalization）這一術語被當今的西方敘事學家廣為採納，但仍有不少學者，尤其是文體學家、文學批評家依然沿用「point of view」、「narrative perspective」等更通俗易懂的術語。鑒於這一情況，不少敘事學家即便在圈內僅用「focalization」，在面對廣大讀者撰寫論著時，仍傾向於兩者並用──「focalization or point of view」，旨在用後者來解釋前者，同時用前者來限定後者。在《敘事學辭典》中，吉羅德・普林斯也採取了這樣的做法。[5]在2005年面世的《勞特利奇敘事理論百科全書》和2009年面世的《敘事學手冊》中，則有兩個詞條分別對「focalization」這一敘事學術語和「point of view」這一批評界廣為採用的術語加以介紹。[6]其實，只要明確其所指為感知或觀察故事的角度，這些術語是可以換用的。中文裡的「視角」一詞所指明確，涵蓋面也較廣，可用於指敘述時的各種觀察角度，包括全知的角度。

---

[4] Gerald Prince 在 *Narratology: The Form and Functioning of Narrative*（1982）一書中採用了「unlimited point of view」（無限制的視點）這一術語。熱奈特自己後來受巴爾的影響，將全知敘述描述為「變換聚焦，有時為零聚焦」（*Narrative Discourse Revisited*, p.74）。但我們難以從總體上把全知模式描述為「全知聚焦」，而把這一模式稱為「全知視角」則沒有任何問題。在西方相關學術論著中經常出現「omniscient point of view」這一術語，在 Prince 的 *A Dictionary of Narratology* 中，也有「Omniscient Point of View」這一詞條，但尚未見到「omniscient focalization」這樣的用法。

[5] Gerald Prince, *A Dictionary of Narratology*, revised edition (Lincoln: U of Nebraska P, 2003), p.75.

[6] Manfred Jahn, "Focalization," *Routledge Encyclopedia of Narrative Theory*, ed. David Herman et. al. (London & New York, Routledge, 2005), pp.173-77；Gerald Prince, "Point of View (Literary)," *Routledge Encyclopedia of Narrative Theory*, pp.442-43; Burkhard Niederhoff, "Focalization," *Handbook of Narratology*, ed. Peter Hühn et. al. (Belin & New York: Walter de Gruyter, 2009), pp.115-23; Burkhard Niederhoff, "Perspective/Point of View," *Handbook of Narratology*, ed. Peter Hühn et. al., pp.384-97. 然而，在 David Herman 主編的 *The Cambridge Companion to Narrative* (Cambridge: Cambridge UP, 2007) 裡，則僅用一章討論了「focalization」(written by Manfred Jahn, pp.94-108)。

在《後現代敘事理論》（1998）一書中，馬克・柯里略帶誇張地說：敘事批評界在20世紀的前50年，一心專注於對視角的分析。然而，我們若翻看一下近五十年來的有關著作和期刊，則不難發現西方的視角研究在20世紀70至80年代形成了前所未有的高潮。在北美，儘管視角的形式研究20世紀80年代中至90年代中後期曾受到解構主義和政治文化批評的夾攻，有的學者仍堅守陣地。1995年北美經典敘事學處於低谷之時，在荷蘭召開了以「敘述視角：認知與情感」為主題的國際研討會，到會的有一半是北美敘事學家。[7]進入新世紀以來，視角的形式研究在北美逐漸復興。值得注意的是，後經典敘事學家一直十分注重探討視角與意識形態或認知過程的關聯。可以說，近一個世紀以來，視角一直是小說敘事研究的一個中心問題。

至於戲劇，觀眾直接坐在劇院裡觀看演員在舞臺上表演，似乎視角問題不再相關。實際上，舞臺上的佈景尤其是燈光等因素依然能起到調節視角的作用，對觀眾的敘事認知予以一定的操控。比如，佈景可以從一個特定的角度來展示故事；燈光可以將觀眾的注意力引向舞臺的某一處，聚焦於某一位或某幾位演員，並可不斷轉換聚焦點；熄燈後的黑暗則可限制觀眾的視野，如此等等。[8]

如果舞臺空間使觀眾的視野受到一定的限制，電影則可通過各種技術處理，從某些方面超越舞臺甚或文字的局限，如蒙太奇手法可讓觀眾同時看到在不同地方、不同時間發生的事，特寫鏡頭和慢鏡頭等可以在話語層次上對故事進行藝術加工或變形，使其產生特定的視覺效果。此外，電影鏡頭可以呈現一個人物或一組人物的視角，可以直觀地反映醉眼朦朧、搖搖晃晃、驚恐不安、失去意識等各種狀態下的

---

[7]　會議論文集在紐約出版：Willie van Peer and Seymour Chatman, eds., *New Perspectives on Narrative Perspective*, (New York: SUNY, 2001).

[8]　H. Porter Abbot, *The Cambridge Introduction to Narrative* (Cambridge: Cambridge UP, 2002), p.117.

人物感知。[9]

　　近二、三十年來，電影中的視角相對於文字以外的其他媒介而言，受到了較多關注。學者們探討了電影鏡頭或遠或近、或上或下、或靜或動的各種聚焦方法。[10]由勞特利奇出版社出版的《勞特利奇敘事理論大百科全書》（2005）同時收入了「視點（文學）」和「視點（電影）」這兩個詞條。後一個詞條重點介紹了電影中的視點技巧，它一般採用兩個鏡頭，第一個鏡頭的作用是定位，拍一個人物往螢幕外的一個地方看；第二個鏡頭則是從這個人物的方位拍攝的其觀察的對象，後面這種鏡頭經常被稱為「視點鏡頭」（point of view shot，簡稱POV shot）。這兩種鏡頭之間的關係可以變動，比如定位鏡頭可以出現在視點鏡頭之後，或一個視點鏡頭可以夾在兩個定位鏡頭之間，如此等等。[11]視點技巧是更廣意義上的「視線匹配」（eyeline match）的一種。視線匹配經常涉及兩個人物，比如我們從一個遠鏡頭看到兩個人坐在桌邊交談，接著一個近鏡頭拍左邊這個人往右邊看，然後會出現右邊那個人的近鏡頭，沿著視線的軌跡，觀眾會知道這是左邊的人物觀察的對象。下一個鏡頭則是右邊那個人往左看，緊接著鏡頭切到左邊那個人物，觀眾也會知道這是右邊人物的觀察對象。鏡頭可以在兩人之間不斷切換。[12]值得注意的是，電影中沒有處於人物視覺和觀眾之間的敘述者的視覺這一仲介（畫外音也只是一種敘述聲音），這與小說形成了對照。在小說中，敘述者可以既是講故事的人又是聚焦者（觀察者）。當敘述者充當聚焦者時，人物的視覺活動僅僅構成其觀察對象（詳見下文）。而在電影裡，鏡頭表現出來的人物視覺都構成一種視角，因為不存在將人物視覺對象化的更高一

[9]　Abbot, *The Cambridge Introduction to Narrative*, p.117.

[10]　Jakob Lothe, *Narrative in Fiction and Film* (Oxford: Oxford UP, 2000), pp.43-45.

[11]　Patrick Keating, "Point of View (Cinema)," *Routledge Encyclopedia of Narrative Theory*, pp.440-41; Edward Branigan, *Point of View in the Cinema* (New York: Mouton, 1984).

[12]　David Bordwell and Kristin Thompson, *Film Art: An Introduction*, 6th ed. (New York: McGraw-Hill, 2001).

層的敘述者的視覺。

查特曼指出電影鏡頭的觀察角度可以獨立於人物而存在，僅客觀記錄人物的言行。觀眾有時會把客觀鏡頭與主人公的視覺相連，但這可能是因為主人公的出鏡頻率高於其他人物。此外，在看電影鏡頭時，有時很難判斷我們究竟是獨立於人物在看，還是通過人物的眼睛來看。[13]查特曼在探討電影中的視角時，還考慮了音響的作用。電影中的視覺往往以各種方式伴有說話的聲音、背景音樂或嘈雜聲。有時視覺和聲音分別出現，觀眾或僅聽到聲音而螢幕上沒有畫面，或僅看到畫面而聽不到聲音。跟小說中的視角一樣，電影中的視角操控和視角變化可以產生各種主題效果，引起觀眾不同的反應，但敘事學界研究最多的是小說中的視角，這是下文將集中探討的範疇。

第二節　敘述者與感知者

講故事要用聲音，而觀察故事則要用眼睛和意識。本書第一章第三節探討了「人物視角」，所謂「人物視角」，就是敘述者借用人物的眼睛和意識來感知事件。也就是說，雖然「敘述者」是講故事的人，但「感知者」則是觀察事件的人物。就第一章第三節所引哈代《德伯維爾家的苔絲》中的那段文字而言，敘述聲音來自全知敘述者，而感知或聚焦角度則來自苔絲。我們之所以開始不知道從帳篷裡出來的人是誰（「一個人影」、「高個子的年輕人」），就是因為苔絲這位「感知者」（聚焦者）在觀察辨認上暫時的局限性。

在20世紀70年代以前，「point of view」是最常用的指涉視角之詞。該詞具有多種含義，包括：（1）看待事物的觀點、立場和態度；（2）敘述者與所述故事之間的關係；（3）觀察事物的感知角度。亨利‧詹姆斯採用了第一種和第三種含義，前者指作者看待生活

---

[13]　Chatman, *Story and Discourse*, pp.158-61.

的立場和態度，不涉及作品中的敘述視角；後者則往往與「center」（中心意識）同時出現，指在第三人稱敘述中用人物的眼睛和頭腦來觀察過濾事件（從而將「感知者」與「敘述者」區分開來）。與此相對照，盧伯克在《小說技巧》中採用了後兩種含義，但強調的是第二種，認為視點問題就是「敘述者與故事之間的關係問題」。[14]

　　儘管詹姆斯對小說表達藝術展開了較為全面的探討，但他僅關注了兩種視角的區別：全知視角和人物有限視角（後者或為固定式，如《專使》；或為變換式，如《鴿翼》）。盧伯克對視角的探討遠比詹姆斯要全面和系統，但混淆了「感知者」和「敘述者」之間的界限。他對詹姆斯在《專使》中採用斯特雷澤的意識來聚焦的技巧進行了精彩的分析，可他斷言「作者沒有講述斯特雷澤頭腦裡的故事；而是讓其自我講述」。[15]他還對這一模式加以如下描述：「小說家向戲劇又邁進了一步，走到敘述者身後，將敘述者的頭腦作為一種行動再現出來。」[16]此處的「敘述者」指的就是斯特雷澤這種「中心意識」。盧伯克為何會將這樣的人物誤稱為敘述者呢？我們不妨看看他的推理過程：全知敘述中，作者講述自己看到的故事（作者充當「觀察之眼」），讀者「面對」作者，「傾聽」他講故事；而在第一人稱敘述中，作者被戲劇化，換了「一個新鮮的敘述者」向讀者報導他通過一扇窗戶看到的一幕幕往事（第一人稱敘述者充當「觀察之眼」）。[17]但倘若故事的主題為敘述者自己的意識活動，那麼就最好讓讀者直接看到敘述者的意識活動在舞臺上表演，而不是間接地接受敘述者的報導──由讀者充當「觀察之眼」。[18]最後一種模式，就是盧伯克筆下的「中心意識」。這裡有幾點值得注意：首先，小說與戲劇不同，

14　Lubbock, *The Craft of Fiction*, p.251.

15　Lubbock, *The Craft of Fiction*, p.147.

16　Lubbock, *The Craft of Fiction*, p.148.

17　Lubbock, *The Craft of Fiction*, p.251.

18　Lubbock, *The Craft of Fiction*, p.252-53; p.143; p.146.

小說中的視角需要通過文字表達。「中心意識」是第三人稱敘述中的「人物」，表達者為故事外的「敘述者」，盧伯克將「中心意識」稱為「敘述者」，混淆了「感知」和「敘述」之間的界限。其次，作品外的讀者無法對故事聚焦，只能接受由特定聚焦方式和敘述方式表達的故事。「中心意識」起的正是聚焦的「觀察之眼」的作用，敘述者通過這雙眼睛（頭腦）來觀察過濾、記錄反映一切，讀者只能讀到其所見、所思、所感。盧伯克將「觀察之眼」賦予讀者，不僅混淆了文本內外的界限，[19]且也掩蓋了「中心意識」最為重要的作用。再次，敘述距離與敘述視角不是一回事。這在全知敘述中可以看得很清楚。全知敘述者究竟是直接展示事件還是總結概述事件，在盧伯克眼裡屬於「視角的巨大變化」。[20]實際上「感知者」未變（僅有全知敘述者的眼睛在看），只是敘述距離發生了變化。正因為盧伯克沒有區分敘述距離和敘述視角，因此當敘述者將「中心意識」的所見所思直接展示給讀者時，就誤認為讀者成了「觀察之眼」。

　　如果說詹姆斯最大的貢獻在於「中心意識」這一將感知者與敘述者相分離的聚焦方式，那麼也可以說盧伯克最大的失誤就是將感知者與敘述者混為一談。遺憾的是，這點一直未被學界察覺。學界普遍認為《小說技巧》對視角的看法代表了詹姆斯的看法，即便有個別學者探討兩者之間的差異，也僅僅指出詹姆斯關注的是感知者，盧伯克則既關注感知者又關注說話者。[21]但在筆者看來，問題的癥結在於盧伯克數次將「感知者」稱為「敘述者」，誤認為感知者的頭腦在自我「講述」；並在強調「敘述者」時，在一定程度上遮掩了「中心意識」這種與「敘述者」相分離的「感知者」。

---

[19] 盧伯克還將「point of view」、「angle of vision」等術語用在了讀者身上。像這樣的術語均只應用於作品中的聚焦者。

[20] Lubbock, *The Craft of Fiction*, p.66.

[21] Sister Kristin Morrison, "James's and Lubbock's Differing Points of View," *Nineteenth-Century Fiction* 16.3 (1961): pp.245-55.

　　盧伯克這部誕生於20世紀20年代初的著作，很快引起往形式主義軌道上轉的西方學界的關注，產生了很大影響。盧伯克定未料到自己的失誤會導致眾多學者在探討視角時，一心關注敘述類型（是第一人稱還是第三人稱敘述）和敘述聲音（是否發表評論、是否概述事件），而在不同程度上忽略了「感知者」——尤其是與「敘述者」相分離的「感知者」。著名新批評家布魯克斯和沃倫對「point of view」界定如下：

> <u>在鬆散的意義上，該詞指涉作者的基本態度和觀點</u>……在更為嚴格的意義上，該詞指涉講故事的人——<u>指過濾故事材料的頭腦</u>。故事可用第一人稱或第三人稱講述，講故事的人也許僅僅是旁觀者，也許較多地參與了故事。（底線為引者所加）[22]

這一定義可謂詹姆斯和盧伯克之看法的混合體。底線標示的部分代表了詹姆斯論著中「point of view」的兩種不同含義，其餘部分則是盧伯克所強調的觀點。這一定義將敘述者（聲音）與感知者（頭腦）相等同。在這一等號的作用下，在對「講故事的人」之關注的衝擊下，與「講故事的人」相分離的「中心意識」難免被埋沒。布魯克斯和沃倫區分了四種「敘述焦點」（focus of narration）：（1）第一人稱主人公敘述，（2）第一人稱旁觀敘述，（3）作者-旁觀敘述，（4）全知敘述。這種敘述類型之分，未給「中心意識」留下立錐之地。在其名篇《小說的視角》中[23]，諾曼·弗里德曼（Norman Friedman）提出的首要問題也是：「誰在跟讀者說話？」誠然，弗氏在對視角進行分類時考慮了「中心意識」，但由於他以全知敘述者為出發點來界定這一

---

[22] Cleanth Brooks and Robert Penn Warren, *The Scope of Fiction* (New York: Crofts, 1960), pp.334-35；參見 *Understanding Fiction* (New York: Crofts, 1943), p.589.

[23] Norman Friedman, "Point of View in Fiction: The Development of a Critical Concept," *PMLA* 70 (1955): pp.1160-84.

模式，也導致了一定的混亂（詳見本章第四節）。此外，盧伯克所提出的中心意識「自我講述」之說也得到了後人的回應，宣稱這些「感知者」在「講述」自己的故事。[24]值得一提的是，布魯克斯和沃倫對「point of view」那一鬆散的界定與他們對「語氣」的界定十分相似：「語氣是故事所反映的作者對素材和聽眾的態度。」不少學者直接將「point of view」用於描述敘述者（作者）的語氣，或將「語氣」視為「point of view」的「文字化身」。[25]這無疑加重了對「眼睛」與「聲音」的混淆。

這種「感知者」與「敘述者」之間的混淆直到結構主義敘事學興起之後方得到清理。法國學者熱奈特在1972年出版的《敘述話語》一文中，明確提出了「誰看？」和「誰說？」的區分，並對前人對這一問題的混淆提出了批評（但未挑戰盧伯克這一始作俑者）。為了更好地區分兩者，熱奈特提出用「focalization」（聚焦、視角）來替代「point of view」。《敘述話語》的英文版1980年問世後，熱奈特的觀點被廣為接受。20世紀80年代以來，「視角與敘述」（focalization and narration）成了一個常用搭配，以示對感知者和敘述者的明確區分。這一區分使我們不僅能看清第三人稱敘述中敘述者的聲音與人物視角的關係，且能廓分第一人稱敘述中的兩種不同視角：一為敘述者「我」目前追憶往事的眼光，二為被追憶的「我」過去正在經歷事件時的眼光。倘若敘述者放棄前者而轉用後者，那麼就有必要區分「聲音」與「眼光」，因為兩者來自兩個不同時期的「我」。讓我們看看艾蜜莉·勃朗特（Emily Brontë）《呼嘯山莊》第17章中耐莉的一段敘述：

---

[24] 參見 Wayne Booth, "Distance and Point-of-View," *The Theory of the Novel*, ed. Philip Stevick (New York: The Free Press, 1967), p.91; Joseph Warren Beach, *The Twentieth Century Novel* (New York: The Century, 1932), p.15.

[25] 參見 Walter Allen, "Narrative Distance, Tone, and Character" *Theory of the Novel*, ed. John Halperin (New York: Oxford UP, 1974), p.329.

　　我獨自一人待在客廳裡，把客廳變成了育嬰室：我坐在那裡，懷裡抱著哼哼唧唧的小寶貝，來回搖晃著，一邊看著被狂風捲來的雪花在沒拉窗簾的窗臺上越積越厚。這時，門開了，一個人闖了進來，氣喘吁吁且發出笑聲！

　　一開始，我不僅驚訝，而且極其惱火，我以為是位女僕，於是大聲喊道：「別鬧了！怎麼敢跑到這裡來瘋瘋癲癲？如果林頓先生聽到了會怎麼說？」

　　「對不起！」一個熟悉的聲音答道；「可我知道愛德格已經睡了，我也沒法控制自己。」

　　那人一邊說，一邊走到了火爐旁，喘著粗氣，握著的手緊貼著身子。

　　「我是從呼嘯山莊一路跑過來的！」她頓了頓，接著說道；「除了我飛躍過去的地方，我數不清跌了多少跤。啊，我身上到處都疼！……」

　　闖進來的人是希斯克利夫太太。

　　（請比較：我獨自一人待在客廳裡，把客廳變成了育嬰室……門開了，希斯克利夫太太闖了進來，氣喘吁吁且發出笑聲！

　　一開始我沒有認出來人是希斯克利夫太太，還以為是位女僕，我不僅驚訝，而且極其惱火，於是大聲喊道：「別鬧了！怎麼敢跑到這裡來瘋瘋癲癲？如果林頓先生聽到了會怎麼說？」……）

　　這是回顧性敘述，耐莉早已知道闖進來的人是希斯克利夫太太，但在《呼嘯山莊》的原文中，耐莉放棄了目前的觀察角度，改為從自己當年體驗事件的角度來聚焦。讀者只能跟著當年的耐莉走，跟著她一起受驚嚇，一起去逐步發現來人究竟是誰，這就造成了懸念，產生了較強的戲劇性。此外，第一人稱敘述者也可借用其他人物的眼光來

觀察。讓我們看看康拉德《黑暗之心》第三章中的一段：

>（1）我給汽船加了點速，然後向下游駛去。岸上的兩千來雙眼睛注視著這個濺潑著水花、震搖著前行的兇猛的河怪的舉動。它用可怕的尾巴拍打著河水，向空中呼出濃濃的黑煙。

請對比：

>（2）我給汽船加了點速，然後向下游駛去。岸上的兩千來雙眼睛注視著我們，他們以為濺潑著水花、震搖著前行的船是一隻兇猛的河怪，以為它在用可怕的尾巴拍打河水，向空中呼出濃濃的黑煙。
>
>（3）我給汽船加了點速，然後向下游駛去。岸上的兩千來雙眼睛看著我們的船濺潑著水花、震搖著向前開，船尾拍打著河水，煙囪裡冒出濃濃的黑煙。

　　上面的兩種改寫形式反映了第一人稱敘述者馬婁的感知，而原文的後半部分體現的則是岸上非洲土著人的感知。土著人不認識汽船，還以為馬婁開的汽船是個河怪。在原文中，馬婁用土著人的眼睛暫時取代了自己的眼睛，讓讀者直接通過土著人的視角來看事物。值得注意的是，土著人的視角蘊涵著土著人獨特的思維風格以及對「河怪」的畏懼情感。也就是說，「視角」並非單純的感知問題，因為感知往往能體現出特定的情感、立場和認知程度。在《敘事虛構作品》一書中，里蒙－肯南系統探討了視角所涉及的感知、心理和意識形態等層面及其交互作用。[26]

---

[26] See Rimmon-Kenan, *Narrative Fiction*, pp.78-84.

　　與無敘述仲介、人物直接表演的戲劇不同，小說表達一般總是同時涉及「敘述者」和「感知者」，有時兩者合而為一（如自看自說的全知敘述），有時則相互分離（「中心意識」或其他種類的人物視角）。鑒於這種情況，有必要採用不同的術語來明確具體所指：用「視角」指涉感知角度，用「敘述」指敘述聲音。在描述作者（敘述者）的「立場」（stance）、觀點（view，opinion）、態度（attitude）或「語氣」（tone）時，直接用這些詞語，不再用「point of view」這一含混之詞。若需要同時考慮「感知者」和「敘述者」，則可用「視角與敘述」來同時指涉這兩個相輔相成的方面。

第三節　話語層還是故事層

　　自法國敘事學家托多羅夫於1966年率先提出「故事」與「話語」的區分之後（詳見第一章），敘事學界普遍採納了這一區分。由此出發我們可以看到兩條線：一條將視角置於故事層；另一條則將視角置於話語層。這兩條線均與熱奈特相關：

> 1.是哪位人物的視點決定了敘述視角？[27]
> 2.在我看來，不存在聚焦或被聚焦的人物：被聚焦的只能是故事本身；如果有聚焦者，那也只能是對故事聚焦的人，即敘述者……[28]

　　從表面上看，這兩種定義互為矛盾，第一種認為視角取決於故事中的人物，第二種則認為只有敘述者才能對故事聚焦。但若透過現象看本質，就能發現邏輯上的一致性：正如《黑暗之心》那一實例

---

[27]　Gérard Genette, *Narrative Discourse* (Ithaca: Cornell UP, 1980), p.186.

[28]　Gérard Genette, *Narrative Discourse Revisited* (Ithaca: Cornell UP), 1988, p.73.

所示，敘述者既可以自己對故事聚焦，也可以通過人物的感知來聚焦，前者的「說」與「看」統一於敘述者，後者則分別在於敘述者和人物。然而，無論是哪種情況，控制視角的都是敘述者本人。第一條定義是熱奈特在區分「誰看」和「誰說」時提出來的，故僅僅考慮了敘述者通過人物的眼睛來觀察的情況。這條「片面」的定義給不少敘事學家造成了錯覺：決定視角的只是人物的感知，因此視角屬於故事層。西摩‧查特曼對這種觀點予以了明確系統的表述：敘述者處於話語層，無法看到故事裡發生的事，只能「報導」人物的所見所思。鑒於不少學者用「focalization」或「point of view」同時指涉人物和敘述者的視角，為了廓分故事層的人物和話語層的敘述者，查特曼提出用「filter」和「slant」來分別指涉人物的感知和敘述者的態度。[29] 普林斯在2001年發表的一篇文章中重申了查特曼的觀點，但又將「focalization」撿了回來，只是將其指涉範圍囿於人物的感知，說明該詞與查特曼的「filter」基本同義。[30]

這一條線受到了詹姆斯‧費倫的挑戰，他認為這種看法沒有考慮讀者的閱讀經驗：讀者主要通過敘述者來接觸故事世界，倘若敘述者無法看到故事中發生的事，那麼讀者也無法看到，或只能盲目地跟隨聚焦人物去看。[31] 費倫的挑戰是有道理的，但沒有抓住要害。在筆者看來，這一條線最大問題在於混淆了聚焦者與聚焦對象之間的界限，從而模糊和埋沒了真正的視角。這一條線區分視角的依據是與感知有關的詞語。我們不妨看看普林斯舉的幾個簡例[32]：

（1）她聽到人們說一種奇怪的語言。（「她」的視角）

---

[29] Seymour Chatman, *Coming to Terms* (Ithaca: Cornell UP, 1990), pp.139-60.

[30] Prince, "A Point of View on Point of View or Refocusing Focalization," pp.43-50.

[31] James Phelan, "Why Narrators Can Be Focalizers," *New Perspectives on Narrative Perspective*, ed. Willie van Peer and Seymour Chatman (Albany: State U of New York P, 2001), pp.51-64.

[32] Prince, "A Point of View on Point of View or Refocusing Focalization," pp.44-45.

（2）天氣很好，農場的人吃飯比平時要快，吃完又回到了地裡。（沒有視角）

（3）約翰看著瑪麗，瑪麗也盯著他，希望他別再看。（從約翰的視角轉為瑪麗的視角）

（4）簡看到羅伯特，覺得他顯得疲勞：她不知道那是裝樣子。

　　普林斯認為第四例的前半句由簡來聚焦，後半句則沒有視角。其實簡在這裡根本不是聚焦者，而是聚焦對象：我們通過敘述者的眼睛觀察兩人——看到羅伯特在裝樣子，並看到簡對此無所察覺。混淆聚焦者和聚焦對象並將視角囿於故事層次，這種做法在不同的視角模式中有不同的後果。就全知敘述而言，這不僅會埋沒敘述者上帝般的「觀察之眼」，而且會埋沒該模式內部的視角轉換。正如筆者另文所述，[33]視角模式並非自然天成，而是依據規約形成。在全知模式中，會經常出現規約許可的內部視角轉換。讓我們再看看哈代《德伯維爾家的苔絲》第五章中的那一段：

> 這時，有個人影從帳篷黑黑的三角形門洞中走了出來。這是位高個子的年輕人，正抽著煙。他皮膚黝黑，嘴唇很厚……他的年齡頂多二十三四歲。儘管他的外表帶有一點粗野的味道，在他的臉上和他那毫無顧忌、滴溜溜亂轉的眼睛裡卻有著一種奇特的力量。

　　弗里德曼在《小說的視角》中提出，全知敘述者在這裡採用的仍然是自己的視角而非苔絲的視角。若想轉用苔絲的視角就必須明確說出：「她看到一個人影從帳篷……她注意到他皮膚黝黑……她覺察到在他的臉上和他那毫無顧忌、滴溜溜亂轉的眼睛裡卻有著一種奇特的

---

[33] Shen, "Breaking Conventional Barriers: Transgressions of Modes of Focalization."

力量。」[34]請對比下面這段描述：

> 這時，苔絲看到德伯維爾夫人的兒子從帳篷黑黑的三角形門洞
> 中走了出來，但苔絲不清楚他是誰。她注意到他的個頭較高，
> 皮膚黝黑，嘴唇很厚……

在這段文字中，儘管有「苔絲看到」、「她注意到」等詞語，但視角卻不是苔絲的，而依然是全知敘述者的，因為只有後者才能認出德伯維爾夫人的兒子。不難看出，苔絲的感知在這裡僅僅是敘述者的觀察對象。在哈代的原文中，雖然沒有這些詞語，實際上視角已換成了苔絲的。這種轉換可產生短暫的懸念，增加作品的戲劇性。當然，與弗里德曼不同，普林斯和查特曼認為故事外的敘述者根本沒有「看」的能力。這種看法混淆了現實生活與文學虛構之間的界限。就後者而言，文學規約可賦予故事外的敘述者超人的視覺，不僅能洞察故事中的一切，且能透視任何人物的內心。這裡有兩點值得強調：首先，不能簡單地將「看到」、「注意到」、「覺察到」等詞語當作判斷視角的依據，否則就容易產生兩種不良後果：一是在發生了視角轉換的地方看不到轉換（弗里德曼就未看出哈代原文中向苔絲視角的轉換），二是在未發生視角轉換的地方誤以為發生了轉換（上文中的比較版就構成這樣一個陷阱）。其次，必須區分「充當視角」的人物感知和作為「觀察對象」的人物感知。苔絲的感知在原文中充當視角，替代了敘述者的感知，在比較版中則是作為敘述者的「觀察對象」出現。在《黑暗之心》那一例中，土著人的眼光也是如此。

至於「中心意識」這種持續採用人物感知來聚焦的模式，則更容易混淆「充當視角」的人物感知和作為「觀察對象」的人物感知。讓

---

[34] Norman Friedman, "Point of View in Fiction: The Development of a Critical Concept," *PMLA* 70 (1955), pp.123-24.

我們看看取自詹姆斯（Henry James）《專使》第一章的兩個簡例：

　　1.她滿懷善意地看著他。
　　2.那位年輕女士看著他們，好像特意到門口等著他們似的。

　　倘若僅僅根據「看著」這樣的詞語來判斷視角，那麼就會說例1的視角是「她」的，例2的前半句則是「那位年輕女士」的。其實，這裡的視角全是「中心意識」斯特雷澤的。他的視角「過濾」、「反射」其他人物的感知。我們通過他的眼睛來觀察這兩位女士的視覺，跟著他揣摩她們的心思和動機。雖同為「視覺」，但只有斯特雷澤的構成「視角」，其他人物的只不過是其觀察對象而已。這是人物視角的本質所在——不是單純的感知，而是一種聚焦工具，一種敘述技巧。不區分作為聚焦工具的人物感知和作為聚焦對象的人物感知，就會在未發生視角轉換的地方誤以為發生了轉換，而且會埋沒人物視角這一敘述策略的特定性質和作用。
　　查特曼和普林斯等學者之所以在「視角」與「所有人物的感知」之間畫等號，主要有以下兩個原因：一是為了保持故事（人物的世界）與話語（敘述者的範疇）之間的界限。二是為了清理混亂，使畫面變得較為簡單清晰。然而，事與願違，這樣做反而製造了混亂，並混淆了「故事」與「話語」之分。視角為表達故事的方式之一，在這個意義上，它屬於話語範疇，而不是故事範疇。當敘述者借用人物感知來聚焦時，視角則會具有雙重性質：既是故事的一部分（人物感知）也是話語的一部分（敘述策略）。布萊克默在為詹姆斯的《小說藝術》寫的前言中，也提到了「中心意識」的雙重性：既是手段，又是目的。但他是從故事結構本身來考慮問題的：有了「中心意識」這一手段，故事就有了統一性，因為只有中心意識感知到的東西

才會成為故事內容。[35]也就是說，「手段」與「目的」均屬於故事這一層次。倘若我們從「敘述者感知的替代者」這一角度來看「中心意識」，則能看到它既屬於故事層又屬於話語層的雙重性。關於第一人稱敘述，查特曼對於「敘述者—我」和故事中的「人物—我」作了如下區分：

> 雖然第一人稱敘述者曾經目睹了故事中的事件和物體，但他的敘述是在事過之後，因此屬於記憶性質，而不屬於視覺性質……敘述者表達的是對自己在故事中的視覺和想法的回憶。[36]

至於回憶究竟是否具有視覺性質，我們從自身經驗就可得出結論。在回憶時，往事常常歷歷在目，一幅幅的情景呈現在腦海中。回憶的過程往往就是用現在的眼光來觀察往事的過程。如果說故事外的全知敘述者需依據敘事規約來觀察事件的話，第一人稱敘述者對往事的觀察則是自然而然的。這不僅構成一種觀察角度，而且構成常規視角。請看菲茨傑拉德《了不起的蓋茨比》第三章中的一段：

> 我們正坐在一張桌旁，同桌的還有一位年齡跟我差不多的男人……我又轉向了剛剛結識的那位：「這個晚會對我來說有點特別。我連主人的面都沒見過。我就住在那邊——」……他好像聽不懂我的話似的看了我一會，猛地說：「我就是蓋茨比。」「什麼！」我大叫了一聲，「哦，真對不起。」「我以為你知道我呢，老兄，恐怕我不是一個很好的主人。」……

請比較：

> 我們正坐在一張桌旁，同桌的還有蓋茨比。當時我根本不知道這個同桌的男人就是蓋茨比，只覺得他的年齡與我不相上下⋯⋯我又轉向了剛剛認識的蓋茨比，糊裡糊塗地跟他說：「這個晚會對我來說有點特別。我連主人的面都沒見過。我就住在那邊——」⋯⋯他好像聽不懂我的話似的看了我一會，猛地說：「我就是蓋茨比。」「什麼！」我大叫了一聲，「哦，真對不起。」我真沒想到他就是蓋茨比⋯⋯

這裡描述的是「我」與蓋茨比第一次見面時的情形。原文通過「我」當年的眼睛來觀察，比較版則是通過「我」現在的視角來看，看到桌旁坐的是早已認識的蓋茨比。比較版顯然構成聚焦常規。在原文中，「敘述者—我」放棄了目前的視角，改為從「人物—我」的角度來聚焦，讀者只能像當年的「我」那樣面對蓋茨比卻不知其為何人，這就造成了懸念，增強了戲劇性。不難看出，採用當年「我」的感知來聚焦是一種修辭手法，一種巧妙的視角轉換。倘若不承認「敘述者—我」的視角，不承認它構成聚焦常規，也就無法看到這一點。熱奈特在《敘述話語》中提到了「敘述者—我」的視角為聚焦常規，但他強調的是敘述者「有權以自己的名義說話」或發表「見解」。[37]有的學者認為熱奈特混淆了「誰看」和「誰說」之間的區分。面對這種批評，熱奈特在《新敘述話語》中改口說，在嚴格的意義上，「視角」只能用於正在經歷事件的「我」，至於敘述者「我」，則只能談其在事後獲得的資訊。[38]與熱奈特相對照，里蒙－肯南承認第一人稱敘述中「經驗自我」和「敘述自我」的雙重視角，但她認為前者構成聚焦常規。這樣也難以看到前者是一種戲劇性的修辭手法。[39]普林斯

---

[37] Genette, *Narrative Discourse*, p.198.

[38] Genette, *Narrative Discourse Revisited*, p.77.

[39] Rimmon-Kenan, *Narrative Fiction*, pp.75-77.

斷言在「視角」與「人物感知」之間畫等號有多利而無一害。[40]但如前所析,這種做法實際上有多害而無一利,既埋沒了敘述者的視角,又因不區分「聚焦者」和「聚焦對象」而模糊了「人物視角」。如果我們將注意力轉向將「視角」僅僅置於「話語」層次的另一條線,則會發現另一種走向:敘述者的視角(和聲音)得到充分強調,但「人物視角」則被埋沒。喬納森・卡勒曾對美國的視角研究作了如下總結:「在闡釋敘事作品時,我們必須辨認隱含敘述者和屬於他的視角,區分行動本身和觀察行動的敘述視角,因為每一個故事的中心主題之一就是隱含敘述者(他的知識、價值觀等)和他所述故事之間的關係。」[41]這一條線在「視角」與「敘述者的感知(和聲音)」之間畫了等號,將視角完全置於話語層,看不到敘述者通過人物的感知來聚焦的「人物視角」。從表面上看,本節開頭所引的熱奈特的第二條定義也為這條線提供了理論支持。

在這兩條線之間,我們可以看到另一條線:既承認敘述者的視角,又承認人物的視角。這一條線可分為3類:

第一類認為人物的視角與敘述者的視角之間可發生轉換,但不區分「作為聚焦者」的人物感知和「作為聚焦對象」的人物感知,將「看到」、「注意到」等詞語一律視為人物視角的標誌。這在當代敘事學界十分常見。這種看法不會埋沒敘述者的視角,但如上文所析,極易模糊和埋沒真正的「人物視角」,在全知敘述中尤其如此。

第二類在其他方面與第一類相同,但認為人物視角與敘述者的視角只能以相嵌的方式出現:敘述者的視角總是存在,若出現了人物視角,就只能算是下一層次的視角。奧尼爾(Patrick O'Neill)在《虛構的話語》中強調「敘述者總是聚焦者」。[42]他區分了三種視角類型:

---

[40] Prince, "A Point of View on Point of View or Refocusing Focalization," pp.47-48.

[41] Jonathan Culler, "Fabula and Sjuzhet in the Analysis of Narrative," *Narratology*, ed. Susana Onega and J. A. G. Landa (London: Longman, 1996), p.94.

[42] 參見Patrick O'Neill, *Fictions of Discourse: Reading Narrative Theory* (Toronto: U of Toronto P,

（1）單一視角，即僅僅由敘述者聚焦；（2）複合視角，即敘述者的視角裡包含了人物視角；（3）複雜視角，即視角含混不清。讓我們看看奧尼爾舉的一個例子：

> 約翰看著瑪麗，瑪麗卻希望他別再看。

在奧尼爾的分析中，故事外的敘述者是整句話的聚焦者，但約翰和瑪麗也是聚焦者（約翰觀察瑪麗，瑪麗觀察這一情景），只是他們的視角包含在敘述者的視角之內，構成複合視角。但如前所析，倘若敘述者是聚焦者，那麼約翰和瑪麗的感知就僅僅是其觀察對象。讓我們再看一個更為明顯的例子：「她看到他們在玩，就跑過去跟他們一起玩。」不難看出，「她」的視覺和行為都是敘述者的觀察對象，僅為故事內容的一部分。也就是說，這裡僅有敘述者的「單一視角」。我們必須把握一點：所謂「人物視角」實質上是敘述者用人物的眼睛來替代自己的眼睛。在上引《黑暗之心》那一例中，馬婁暫時用土著人的眼光替代了自己的眼光，正因為如此，汽船方變成了「兇猛的河怪」。這裡出現的決不是馬婁和土著人的「複合視角」，而是馬婁借用的土著人的「單一視角」。上文所分析的《苔絲》、《了不起的蓋茨比》和《專使》中的實例均可說明這一點。奧尼爾主要是受了米克·巴爾的影響。巴爾像很多敘事學家一樣，將「看」、「觀察」等表達感知的詞語統統視為判斷「人物視角」的依據，並提出了敘述者之視角位於最上層的視角層層相嵌之說。[43]對巴爾提出了挑戰的曼弗雷德·雅恩將人物視角描述為：敘述者觀察和記錄（sees and records）聚焦人物所看到的東西。[44]這種表述實際上也承認了雙重視角的存

1994), pp.83-95.

[43] Mieke Bal, *Narratology*, 2nd edition (Toronto: U of Toronto P, 1997), pp.142-60.

[44] Manfred Jahn, "Windows of Focalization: Deconstructing and Reconstructing a Narratological Concept," *Style* 30.2 (1996), p.262.

在。若要避免混亂，則應表述為：敘述者用人物的眼睛替代自己的眼睛來觀察。這才是人物視角的實質性內涵。

這條線的第三類區分「作為聚焦者」的人物感知和「作為聚焦對象」的人物感知，但將前者僅僅視為話語層次的技巧，[45]忽略其既屬於故事層又屬於話語層的雙重性。這一類問題不大，因為抓住了「聚焦者」和「聚焦對象」這一涉及人物感知的關鍵區分。但這一類屬於少數派。大多數、甚至可以說絕大多數關注人物視角的學者都盲目地將涉及感知的詞語作為判斷視角的標準，並傾向於將人物的任何心理或思維活動都視為「人物視角」。如果說在20世紀70年代以前，對「感知者」和「敘述者」的混淆是最大的混亂之源的話，在這一混亂得到清理之後，對人物感知的不加辨別，統統視為「視角」，則是近幾十年來混亂的主要癥結。筆者認為，要清理這些混亂需要把握以下三點：首先，敘述者是視角的控制者，視角是一種敘述技巧。其次，敘述者可通過自己的感知（包括佯裝旁觀或攝像機）來聚焦，也可借用人物的感知來聚焦。再次，在任何一個敘述層次，都必須區分作為「聚焦者」的人物感知和作為「聚焦對象」的人物感知。「視角」或「聚焦」這樣的術語只能用於描述前者，不能用於描述後者。前者具有既屬於話語層又屬於故事層的雙重性，而後者則僅僅屬於故事這一個層次。

第四節　敘述視角之分類

在探討了「視角」尤其是「人物視角」的實質性內涵之後，讓我們看看應如何對視角進行分類。20世紀初以來，出現了有關視角的各種分類。在結構主義敘事學興起之前，這些分類的主要問題是不區分

---

[45] Robyn Warhol, "The Look, the Body, and the Heroine of 'Persuasion'," *Ambiguous Discourse: Feminist Narratology and British Women Writers*, ed. Kathy Mezei (Chapel Hill: U of North Carolina P, 1996), pp.21-39.

「感知者」和「敘述者」，從而造成了兩種不良後果：其一，視角分類變成了單純敘述分類，如弗里德曼在《小說的視角》中對「編輯性的全知」和「中性的全知」之分，兩者均為「無所不知」的視角，差別僅僅在於敘述者是否發表議論。其二，僅僅根據人稱分類，埋沒了第三人稱敘述中的「中心意識」。前文提及，弗里德曼在分類時考慮了「中心意識」。他採用了「選擇性全知」這一術語來描述這一模式，認為這種模式與「全知敘述」之間的差別主要在於前者直接展示、後者則間接總結人物的意識活動。[46]然而，在普通全知敘述中，也經常有詳細展示的片段。更為關鍵的是，兩者之間的本質差別並不在於表達形式上的不同，而是在於究竟是用誰的感知來觀察：是全知敘述者的還是人物的？

筆者認為，應區分第三人稱敘述中兩種不同的「限知視角」：其一，全知敘述者「選擇」僅僅透視主人公的內心世界，對其他人物只是「外察」，構成對人物內心活動的一種「限知」。這種模式在短篇小說中較為常見，譬如蘭斯頓·休斯的《在路上》、凱特·蕭邦的《一小時的故事》和詹姆斯·喬伊絲（James Joyce）的《一個沉痛的案例》。其二，「中心意識」。這兩種「限知」有本質區別：在前一種中，全知敘述者為聚焦者，故事主人公的感知為聚焦對象；所謂「限知」，是敘述者選擇性地限制自己的「內省」範圍。在後一種中，人物的感知替代了敘述者的感知，聚焦人物的感知本身構成「視角」；所謂「限知」，是人物自己的視野有限。不難看出，前者應稱為「選擇性全知」，後者則應稱為「人物有限視角」。

弗里德曼採用了「多重選擇性全知」這一術語來描述伍爾夫（Virginia Woolf）的《到燈塔去》這種採用多個「中心意識」聚焦的作品，這一模式與普通全知敘述更易混淆。兩者都揭示多個人物的內心世界，但在觀察主體上有本質差別。在「全知敘述」中，故事外的

---

[46] Friedman, 「Point of View in Fiction: The Development of a Critical Concept,」pp.1176-77.

全知敘述者為觀察者，故事中不同人物的內心構成其觀察對象。與此相對照，在《到燈塔去》這樣的作品中，多個人物充當「聚焦者」，讀者直接通過人物的感知來觀察，「視角」從一個人物轉向另一個人物。這一模式的本質特點也是用人物的感知取代了全知敘述者的感知。此外，「多重」（multiple）這一形容詞也帶來問題，因為不同人物觀察的往往是不同的事件，而不是反覆觀察同一事件，因此「變換」（viable，shifting）這一修飾詞要強於「多重」。我們不妨將這種模式稱為「變換式人物有限視角」，並將詹姆斯的《專使》中的模式稱為「固定式人物有限視角」。

查特曼在《故事與話語》中提出了「變換式有限內心透視」（Shifting Limited Mental Access）這一術語來描述伍爾夫的《到燈塔去》這樣的聚焦模式。他雖然避開了「全知」一詞，但實際上並未意識到這種模式與全知敘述之間的區別，從根本上說是兩種「聚焦者」之間的區別。在他看來，兩者的不同在於敘述者「從一個人物的內心轉換到另一人物內心的出發點不一樣」：

> 變換式有限內心透視沒有目的性，不是為結局性情節服務的，它毫無目的地展示各色人物的想法，這想法本身就是「情節」；它變幻無常，根本不為外在事件服務。在「變換式有限內心透視」中，敘述者從一個人物的內心轉至另一人物的內心，但並不解決任何特定問題，也不展開一個因果鏈。[47]

然而，這種不同是情節上的不同，而非視角上的不同。在採用傳統全知敘述時，作者也可以讓人物的思想呈偶然性和無目的性。傳統作家之所以不這麼做，是因為傳統情節觀一貫強調因果關係。誠然，採用人物的感知聚焦能更自然地表達偶然性和無目的性，但它僅僅是

---

[47] Chatman, *Story and Discourse* (Ithaca: Cornell UP, 1978), p.216.

表達工具而已。值得注意的是，查特曼術語中的「有限」一詞指敘述者僅透視某些人物的內心。如前所述，《到燈塔去》這樣的作品與傳統全知敘述之間的本質區別並非敘述者僅透視部分人物的內心與透視所有人物的內心這樣一種範圍上的區別，而是敘述者究竟是用自己的感知還是轉用人物的感知來觀察故事這樣一種質的區別。如果我們要用「有限」一詞來描述這種現代視角，則應用於「（敘述者採納的）人物有限視角」這一含義。為了避免混亂，我們不妨也將查特曼的「變換式有限內心透視」改為「變換式人物有限視角」。

俄國學者伯里斯·烏斯賓斯基在《結構詩學》一書中提出視角涵蓋立場觀點、措辭用語、時空安排、對事件的觀察等諸方面。[48]此書在西方批評界產生了一定的積極影響，但也產生了某些副作用。英國學者羅傑·福勒在烏斯賓斯基的影響下，提出視角有三方面的含義：一是感知範疇的心理上的含義；二是意識形態方面的含義，指文中語言（包括人物所說的話）表達出來的價值或信仰體系；三是時間與空間上的含義：前者指讀者得到的有關事件發展快慢的印象，後者則指讀者對人物、建築等成分之空間關係的想像性建構，包括讀者感受到的自己所處的觀察位置。[49]第一種含義大致與熱奈特的「聚焦」相對應，但第二種含義混淆了「敘述者」（作者）與「感知者」以及「聚焦者」與「聚焦對象」之間的界限。第三種含義涉及的是文本外讀者的印象。文本內的時間安排如倒敘或預敘等均取決於敘述者；空間關係的建構則或取決於敘述者（自己觀察事物）或取決於聚焦人物（敘述者通過其感知來觀察）。讀者僅僅是敘述者或聚焦人物所建構的時空關係的接收者。福勒在探討「心理」與「意識形態」含義時論及的是作者、敘述者與人物，在探討「時空」含義時卻突然轉向了讀者，這顯然容易引起混亂。

---

[48] Boris Uspensky, *A Poetics of Composition* (Berkeley: U of California P, 1973).

[49] Roger Fowler, *Linguistic Criticism* (Oxford: Oxford UP, 1986), pp. 127ff.

　　熱奈特在《敘述話語》中，區分了三大類聚焦模式：第一，「零聚焦」或「無聚焦」，即無固定視角的全知敘述，其特點是敘述者說的比任何人物知道的都多，可用「敘述者＞人物」這一公式表示。第二，「內聚焦」，其特點為敘述者僅說出某個人物知道的情況，可用「敘述者＝人物」這一公式來指代。它有三個次類型：（1）固定式內聚焦（即上文所提及的「固定式人物有限視角」）；（2）變換式內聚焦（「變換式人物有限視角」）；（3）多重式內聚焦（採用不同人物的感知來觀察同一故事）。[50]熱奈特區分的第三大類為外聚焦，即僅從外部觀察人物的言行，不透視人物的內心，可用「敘述者＜人物」這一公式來表達。此處提到的「敘述者＞人物」、「敘述者＝人物」、「敘述者＜人物」這三個公式為托多洛夫首創，經熱奈特推廣之後，在敘事學界頗受歡迎。其實，用於表明內聚焦的「敘述者＝人物」這一公式難以成立，因為它僅適用於「固定式內聚焦」。在「變換式」或「多重式」內聚焦中，敘述者所說的肯定比任何人物所知的都要多，因為他／她敘述的是數個人物觀察到的情況。就敘述者說出的信息量而言，這兩種內聚焦與全知敘述都可用「敘述者＞人物」這一公式來表示。若要廓清兩者之間的差別，我們必須從「感知」的轉換這一關鍵角度切入：敘述者的感知轉換成了人物的感知。從這一角度來看，內聚焦可用「視角＝（一個或多個）故事內人物的感知」這一公式來表示，「外聚焦」可用「視角＝僅觀察人物的外部言行」來表達。至於「零聚焦」，我們也可用「視角＝任意變換的觀察角度」來指代。值得注意的是，全知敘述並非「無聚焦」或「無視

---

[50] 典型的例子是白朗寧（Robert Browning）的長篇敘事詩《指環與書》（1868--1869），該詩共有十二篇，隨著篇章的更換，聚焦者也在不斷更換，從不同的角度觀察和敘述同一個謀殺事件。與這一作品同期面世的威爾基・柯林斯（Wilkie Collins）的《月亮寶石》也從不同人物的角度觀察了寶石被盜的事件。就電影來說，黑澤明（Akira Kurosawa）導演的《羅生門》也採用了多重式人物有限視角來敘述同一個殺死武士的案件。電影從死者武士本人（借女巫之口）、武士的妻子、強盜、樵夫的不同觀察角度敘述了同一案件，給出了四個大相徑庭的案情版本。

角」，只是「視角」變化無常而已。普林斯在《敍事學》（1982）一書中採用了「無限制的視角」這一術語。[51]內爾斯建議用「自由聚焦」替代熱奈特的「零聚焦」。[52]熱奈特自己後來受巴爾的影響，也將全知敍述描述為「變換聚焦，有時為零聚焦」。[53]

　　如前所述，熱奈特的一大貢獻在於廓清了「敍述」（聲音）與「聚焦」（眼睛、感知）之間的界限，但他在對聚焦類型進行分類時，又用敍述者「說」出了多少資訊作為衡量標準，這樣就又混淆了兩者之間的界限，並導致變換式和多重式內聚焦與全知模式的難以區分。當我們用「感知」這一正確的標準取代敍述者的「聲音」這一錯誤標準之後，我們就會看到熱奈特區分標準的另一個問題：他對於「內聚焦」的區分是根據觀察者的位置做出的──人物處於故事之內，所以稱為「內聚焦」，而對「外聚焦」的區分依據的則是究竟是否對人物進行內心透視──「外」指的是僅對人物進行外部觀察。這樣的雙重標準涉及兩種不同性質的對立。其一為「聚焦者的觀察位置處於故事之內」與「聚焦者的觀察位置處於故事之外」；其二為「對人物內心活動的透視」與「對人物外在行為的觀察」。僅僅以第二種對立作為「聚焦」的分類標準站不住腳，因為這種對立涉及的是觀察對象上的不同，而不是觀察角度上的不同。請看取自《紅樓夢》第二十六回的這一段：

> 卻說那林黛玉聽見賈政叫了寶玉去了，一日不回來，心中也替他憂慮。至晚飯後，聞聽寶玉來了，心裡要找他問問是怎麼樣了。一步步行來，見寶釵進寶玉的院內去了，自己也便隨後走了來。

[51] Gerald Prince, *Narratology: The Form and Functioning of Narrative* (New York: Mouton, 1982).

[52] William Nelles, "Getting Focalization into Focus," *Poetics Today* 11.2 (1990), p.369.

[53] Genette, *Narrative Discourse Revisited*, p.74.

　　這裡的觀察對象從黛玉的心理活動轉換成了黛玉的外在行為，但觀察角度並沒有改變，都是全知敘述者在觀察。對「聚焦」的區分應該是對不同觀察角度（聚焦者）的區分：首先看聚焦者是處於故事之內還是故事之外，[54]然後再看聚焦者的具體性質、觀察位置和觀察範圍（比如是像攝像機一樣旁觀還是全知全能地從各種角度來觀察）。我們只有把握「聚焦者」與「聚焦對象」這一本質區分，才能避免混亂。

　　值得注意的是，在西方批評界，對於全知敘述的分類有兩派不同意見。一派將全知敘述與內聚焦區分開來，或將全知敘述視為無固定視角的「零聚焦」（以熱奈特為代表），或將之視為「外聚焦」或「外視角」的一種類型（以斯坦澤爾[F.K.Stanzel]和里蒙－肯南為代表）。與此相反，另一派學者將全知敘述視為「內焦點」或「內視角」的一種類型。較早的代表人物有布魯克斯和沃倫，福勒也屬於這一派。他區分了兩種視角：「內視角」與「外視角」，前者分兩類：（1）從人物意識的角度來敘述；（2）從全知敘述者的角度來敘述（同樣能透視人物的內心）。「外視角」也分兩類：（1）僅從人物的外部描寫人物的行為；（2）不單單僅從人物的外部描寫，且還強調敘述者之視野的局限性。[55]學界對於「全知敘述」的分類之所以會出現截然相反的看法，是因為存在兩種不同性質的對立。其一為「對內心活動的透視」（內省）與「對外在行為的觀察」（外察）；其二為「觀察位置處於故事之內」與「觀察位置處於故事之外」。福勒等人在區分時，依據的是第一種，而另一派學者依據的是第二種。在筆者看來，以第一種對立作為分類標準站不住腳，因為這種對立涉及的

---

[54] 這指的不是觀察距離的遠近，而要看觀察者究竟是否為故事內的人物或其他成分。在全知敘述的場景部分，敘述者常常會近距離觀察人物，但因為全知敘述者不是故事內的人物，所以這種近距離觀察依然為外視角。倘若敘述者提到故事內有一部攝像機，並讓讀者通過這部攝像機來觀察故事世界，這就是一種內視角。倘若故事外的敘述者自己像一部攝像機似地來觀察故事世界，則會構成一種外視角。

[55] Roger Fowler, *Linguistic Criticism* (Oxford: Oxford UP, 1986), pp.134-35.

是觀察對象上的不同，而不是觀察角度上的不同。對「視角」的區分是對不同觀察角度（聚焦者）的區分：旁觀還是全知，故事之內還是故事之外，是否有固定的觀察角度。若以是否涉及人物的內心作為衡量「內視角」的標準，就無法將全知敘述與《到燈塔去》這種採用「人物視角」的作品區分開來。我們只有把握「聚焦者」與「聚焦對象」這一本質區分，才能避免混亂。

　　熱奈特的三分法沒有考慮第一人稱敘述中的視角。斯坦澤爾依據觀察位置將「第一人稱見證人敘述」分成了兩類：見證人的觀察位置處於故事中心的為「內視角」，處於故事邊緣的則屬於「外視角」。[56]至於第一人稱主人公敘述，一般均為回顧性質。如前所述，這一類中潛存兩種視角：一是敘述者「我」的視角，二是被追憶的「我」的視角。敘事學家一般將前者視為「外視角」（現在的「我」處於被追憶的往事之外），而將後者視為「內視角」（被追憶的「我」處於往事之中）。「第一人稱見證人敘述」也往往是回顧性的，這種區分「外視角」與「內視角」的標準若能成立，對它也應同樣適用。

　　筆者認為，這樣區分第一人稱敘述中的視角模糊了「內視角」與「外視角」之間在情感態度、可靠性、觀察範圍等諸方面的界限。在第三人稱敘述中，「外視角」指的是故事外的敘述者用旁觀眼光來觀察，「內視角」指的是敘述者採用故事內人物的眼光來觀察。前者往往較為冷靜可靠，後者則往往較為主觀，帶有偏見和感情色彩。從這一角度來看，「內」與「外」的差別常常是「主觀」與「客觀」之間的差別。然而，在「第一人稱見證人敘述」中區分「內視角」與「外視角」，在這方面一般不會有明顯差別。無論是《黑暗之心》中的馬婁還是《吉姆爺》中的馬婁，均用自己的主觀眼光在看事物，因為他們都是人物而不是獨立於故事的第三人稱敘述者。《吉姆爺》中的馬

---

[56]　F. K. Stanzel, *A Theory of Narrative* (Cambridge: Cambridge UP, 1984).

婁與吉姆建立了深厚的友誼，極為關切吉姆的命運。誠然，有的第一人稱見證人與其所觀察的主人公無個人接觸，因此相對而言較為客觀。但作為故事中的人物，他／她往往不像第三人稱敘述者那樣客觀。同樣，在「第一人稱主人公敘述」中，敘述者在回顧往事時，儘管時常會反省自責，卻也很難做到像第三人稱敘述者那樣客觀，因為那畢竟是他／她自己的往事。用埃德米斯頓（William F. Edmiston）的話說，這種敘述者「可以比較超脫，但會同樣主觀」。[57]此外，無論是處於邊緣地位的見證人還是回顧往事的主人公，他們的「第一人稱」均將他們限定在自己所見所聞的範圍之內。誠然，在回顧性敘述中，「我」可能會瞭解一些過去不知道的事情，但並不像第三人稱敘述者那樣具備觀察自己不在場的事件的特權。[58]筆者認為，在第一人稱敘述中，處於邊緣地位的見證人和回顧往事的主人公的視角是處於「內視角」與「第三人稱外視角」之間的類型。

傳統文論在探討視角時，傾向於僅關注人稱差異，埋沒了「人物視角」；當代敘事學界則完全不考慮人稱的作用，這實際上矯枉過正了。「敘述者」與「感知者」有時是互為分離的兩個主體，有時則屬於同一主體。就前一種情況而言，在區分視角時，需脫開敘述類型來看感知者；但就後一種情況而言，則需結合敘述類型來看感知者，因為敘述類型不僅決定了敘述者的特性，而且也決定了感知者的特性。筆者認為，需要區分四大類視角：（1）無限制式視角（即全知敘述）；（2）內視角（包含熱奈特提及的三個分類，但固定式內視角不僅包括像詹姆斯的《專使》那樣的第三人稱「固定式人物有限視

---

[57] William F. Edmiston, *Hindsight and Insight* (Pennsylvania: The Pennsylvania State UP, 1991), p.xi.

[58] 當然，在第一人稱敘述中，視角越界的現象時有發生（參見 William F. Edmiston, *Hindsight and Insight,* Pennsylvania: The Pennsylvania State UP, 1991 和 Dan Shen, "Breaking Conventional Barriers: Transgressions of Modes of Focalization," *New Perspectives on Narrative Perspective*, ed. willie van Peer and Seymour Chatman, New York: SUNY Press, 2001, pp.159-72）。

角」，而且也包括第一人稱主人公敘述中的「我」正在經歷事件時的視角，以及第一人稱見證人敘述中觀察位置處於故事中心的「我」正在經歷事件時的視角）；（3）第一人稱外視角（即固定式內視角涉及的兩種第一人稱敘述中的「我」追憶往事的視角，以及見證人敘述中觀察位置處於故事邊緣的「我」的視角）；（4）第三人稱外視角（同熱奈特的「外聚焦」）。這一四分法既修正了傳統文論對「感知者」的埋沒，又糾正了當代敘事學界完全無視「敘述類型」的偏誤。

值得一提的是，視角分類可沿著不同的方向進行。曼弗雷德·雅恩沒有像其他學者那樣，依據聚焦者與故事的關係來分類，而是依據聚焦者自身的時空位置來分類：（1）嚴格聚焦（從一個確定的時空位置來觀察），（2）環繞聚焦（從一個以上的角度來進行變動性、總結性或群體性的觀察），（3）弱聚焦（從一個不確定的時空位置來觀察），（4）零聚焦（無固定觀察位置，這與熱奈特的零聚焦一致）。[59]雅恩認為自己的區分優於以往的區分，但實際上無法替代以往的區分。聚焦在很多情況下都有一個確定的時空位置，但這一位置可以在故事內也可以在故事外，可以處於故事的中心也可以處於故事的邊緣。雅恩的四分法無法區分這些聚焦位置，必須採用「內聚焦」、「外聚焦」等重要區分。此外，聚焦變動未必會形成一種「環繞」的效果。如前所述，敘事學家已經關注聚焦變動的情況，區分了「變換式」（從不同角度觀察不同的對象）和「多重式」（從不同角度觀察同一個對象）的變動聚焦。這些區分與雅恩的「環繞聚焦」構成一種互補關係，適用於描述不同種類的聚焦變動。雅恩提出的「弱聚焦」為敘事研究界所忽略，因此構成對聚焦分類的一種有益的補充，然而，「弱聚焦」通常不會以總體敘述策略的形式出現，而只會局部出現，還需要靠以往的區分來界定總體觀察模式，然後描述局部

---

[59]　Manfred Jahn, "The Mechanics of Focalization: Extending the Narratological Toolbox," *GRATT* 1999 (21): 85-110.

出現的「弱聚焦」。

第五節　從實例看不同視角的不同功能

本節擬通過細緻分析比較採用不同視角進行敘述的一個生活片段，來具體說明不同視角模式所具有的不同功能。

一、分析素材

在1981年出版的《文學導論》一書中，希勒（Dorothy Seyler）和威蘭（Richard Wilan）採用了以下幾種不同模式來敘述一個生活片段：[60]

1.第一人稱敘述

　　看著哈里大大咧咧地一頭扎進報上的體育新聞裡，我明白解脫自己的時刻已經到了。我必須說出來，我必須跟他說「再見」。他讓我把果醬遞給他，我機械地遞了過去。他注意到了我的手在顫抖嗎？他看到了我放在門廳裡的箱子正在向我招手嗎？我猛地把椅子往後一推，一邊吃著最後一口烤麵包，一邊從喉頭裡擠出了微弱的幾個字：「哈里，再見。」跌跌撞撞地奔過去，拿起我的箱子出了大門。當我開車離開圍欄時，最後看了房子一眼——恰好看到突如其來的一陣風把仍開著的門猛地給關上了。（I knew as I watched Harry mindlessly burrowing into the sports section of the News that the moment had come to make a break for freedom. I had to say it. I had to say "Good-bye." He asked me to pass the jam, and I mechanically obliged. Had he

---

[60] Dorothy Seyler and Richard Wilan, *Introduction to Literature* (California: Alfred, 1981), pp.159-60.

noticed that my hand was trembling? Had he noticed my suitcase packed and beckoning in the hallway? Suddenly I pushed back my chair，choked out a rather faint "So long, Harry" through a last mouthful of toast, stumbled to my suitcase and out the door. As I drove away from the curb, I gave the house one last glance--just in time to see a sudden gust of wind hurl the still-open door shut.）

2.有限全知敘述

哈里很快地瞥了一眼幼獸棒球隊的得分，卻失望地發現這次又輸了。他們已經寫道：「等到明年再說。」他本來就在為麥克威合同一事焦慮不安，這下真是雪上加霜。他想告訴愛麗絲自己有可能失去工作，但只有氣無力地說了句：「把果醬給我。」他沒有注意到愛麗絲的手在顫抖，也沒有聽到她用微弱的聲音說出的話。當門突然砰地一聲關上時，他納悶地抬起了頭，不知道誰會早上七點就來串門。「噯，那女人哪去了？」他一邊問自己，一邊步履沉重地走過去開門。但空虛已隨風闖了進來，不知不覺地飄過了他的身旁，進到了內屋深處。

（Harry glanced quickly at the Cubs score in the News only to be disappointed by another loss. They were already writing, "Wait till next year." It was just another bit of depression to add to his worries about the McVeigh contract. He wanted to tell Alice that his job was in danger, but all he could manage was a feeble "Pass me the jam." He didn't notice Alice's trembling hand or hear something faint she uttered. And when the door suddenly slammed he looked up,wondering who could be dropping by at seven in the morning. "Now where is that women," he thought, as he trudged over, annoyed, to open the door. But the emptiness had already entered, drifting by him unnoticed, into the further reaches of the house.）

3.客觀敘述

一位男人和一位女人面對面地坐在一張鉻黃塑膠餐桌旁。桌子中間擺著一壺咖啡、一盤烤麵包以及一點黃油和果醬。靠近門的地方放著一隻箱子。晨報的體育新聞將男人的臉遮去了一半。女人忐忑不安地坐在那裡，凝視著丈夫露出來的半張臉。他說：「把果醬遞過來。」她把果醬遞了過去，手在顫顫發抖。突然間，她把椅子往後一推，用幾乎聽不見的聲音說了句：「哈里，再見。」然後快步過去拿起箱子，走了出去，把門敞在那裡。一陣突如其來的風猛地把門給刮閉了，這時哈里抬起了頭，臉上露出疑惑不解的神情。（A man and a woman sat at opposite sides of a chrome and vinyl dinette table. In the center of the table was a pot of coffee, a plate of toast, some butter, and some jam. Near the door stood a suitcase. The man was half hidden by the sports section of the morning paper. The woman was sitting tensely, staring at what she could see of her husband. "Pass the jam," he said. She passed him the jam. Her hand trembled. Suddenly,she pushed back her chair, saying almost inaudibly, "So long, Harry." She walked quickly to the suitcase, picked it up, and went out the door, leaving it open. A sudden gust of wind slammed it shut as Harry looked up with a puzzled expression on his face.）

4.編輯性全知敘述

有時候，在一個看來不起眼的時刻，我們日常生活中累積起來的各種矛盾會突然爆發。對於哈里和愛麗絲來說，那天早晨他們坐在餐桌旁喝咖啡、吃烤麵包時，就出現了這樣的情形。這對夫婦看上去十分相配，但實際上，他們只是通過回避一切不愉快的事，才維持了表面上的和諧。哈里沒有告訴愛麗絲他面臨被解雇的危險，愛麗絲也沒跟哈里說，她覺得有必

要獨自離開一段時間，以尋求真正的自我。當哈里瞥見報上登的幼獸棒球隊的得分時，心想：「該死！連棒球也讓人心裡不痛快，他們又輸了。我真希望能夠告訴愛麗絲自己失去了麥克威合同——也許還會丟了飯碗！」然而，他僅僅說了句「把果醬遞過來。」愛麗絲遞果醬時，看到自己的手在顫抖。她不知哈里是否也注意到了。「不管怎樣，」她心想，「跟他說再見的時候到了，該自由了。」她站起來，低聲說了句：「哈里，再見。」然後過去拿起箱子，走了出去，把門敞在那裡。當風把門刮閉時，兩人都不知道，倘若那天早晨稍向對方敞開一點心房，他們的生活道路就會大不相同。

（Sometimes an apparently insignificant moment brings to a head all of those unresolved problems we face in our daily lives. Such was the case with Harry and Alice that morning as they sat at breakfast over their coffee and toast. They seemed perfectly matched, but in reality, they merely maintained marital harmony by avoiding bringing up anything unpleasant. Thus it was that Harry had not told Alice he was in danger of being fired, and Alice had not told Harry that she felt it necessary to go off on her own for a while to find out who she really was. As he glanced at the Cubs score in the News, Harry thought, "Damn! Even baseball's getting depressing. They lost again. I wish I could manage to tell Alice about my losing the McVeigh contract - and just maybe my job!" Instead, he simply said, "Pass the jam." As Alice complied, she saw that her hand was trembling. She wondered if Harry had noticed. "No matter," she thought, "This is it—the moment of good-bye, the break for freedom." She arose and, with a half-whispered "So long, Harry, " she walked to the suitcase, picked it up, and went out, leaving the door open. As the wind blew the door closed, neither knew that a few words from the heart that morning would have changed the course of their lives.）

　　不難看出，像希勒和威蘭這樣採取從不同角度敘述同一個故事的方式，可以使不同敘述視角處於直接對照之中，這無疑有利於襯托出每一種視角的性質、特點和功能。

二、希勒和威蘭的分類中存在的混亂

　　在進行分析之前，有必要指出希勒和威蘭分類中的一些混亂。他們在書的這一部分集中探討的是敘述視角，而改寫那一生活片段就是為了說明對不同視角的選擇會引起各種變化，造成不同效果。但從上面這些片段的小標題就可看出，他們對視角的分類實際上是對敘述者的分類。也就是說，他們將敘述聲音與敘述視角混為一談。這樣的分類至少在以下三個方面造成了混亂。首先，就第一人稱敘述而言，以人稱分類無法將「我」作為敘述者回顧往事的視角與「我」作為人物正在經歷事件時的視角區分開來。我們不妨比較一下下面這兩個例子：

（1）……我當時問自己，不知道哈里是否注意到了我的手在顫抖，也不知道他是否看到了我放在門廳裡的箱子在向我招手。

（2）……他注意到了我的手在顫抖嗎？他看到了我放在門廳裡的箱子正在向我招手嗎？

　　不難發現，在例一中出現的是「我」（故事外的「我」）從目前的角度回顧往事的外視角。但在例二中，出現的則是故事內的「我」正在經歷事件時的內視角，讀者直接接觸故事內的「我」的想法，而不是接受故事外的「我」對已往想法的回顧。雖然兩者同屬第一人稱敘述，在視角上卻迥然相異。也就是說，在探討視角時，我們不能簡單地根據敘述人稱分類，而應根據視角的性質分類。

　　此外，因為希勒和威蘭將敘述聲音與敘述視角混為一談，他們在「有限全知敘述」這一概念上也出現了混亂。他們給「有限全知敘述」下了這樣的定義：作者將全知範圍局限於透視一個人物的想法與經驗，「我們彷彿就站在這個人物的肩頭，通過這個人物的視覺、聽覺和想法來觀察事件和其他人物。」[61]但在被稱為「有限全知敘述」的第二片段裡，總體而言，我們並沒有通過哈里的視覺和聽覺來觀察他人，因為「他沒有注意到愛麗絲的手在顫抖，也沒有聽到她用微弱的聲音說出的話。……但空虛已隨風闖了進來，不知不覺地飄過了他的身旁」。不難看出，我們基本上是通過全知敘述者來觀察哈里和愛麗絲。「有限」一詞僅適於描述人物感知的局限性，不適於描述第二片段中的這種全知視角。此處的全知敘述者有意「選擇」僅僅透視某位主要人物的內心世界，因此應稱為「選擇性全知」。

　　希勒和威蘭理論上的混亂也體現在用於描寫第三片段的「客觀敘述」這一名稱上。第三片段的特點在於聚焦者處於故事之外，像攝像機一樣從旁觀的角度記錄下這個生活片段。僅用「客觀」一詞來描述這樣的視角顯然是不夠的，因為全知敘述者（甚至第一人稱敘述者）有時也可以「客觀」地進行敘述。希勒和威蘭之所以採用「客觀」一詞，很可能是因為他們考慮的是敘述者的聲音，而不是其特定的觀察角度。就後者而言，第三片段可以稱為「攝像式外視角」。

三、實例分析

1.對第一人稱體驗視角的分析

　　第一片段屬於第一人稱主人公敘述中的體驗視角，這種視角將讀者直接引入「我」正在經歷事件時的內心世界。它具有直接生動、

---

[61] Seyler and Wilan, *Introduction to Literature*, pp.157-58.

主觀片面、較易激發同情心和造成懸念等特點。這種模式一般能讓讀者直接接觸人物的想法。「我必須說出來，我必須跟他說『再見』。……他注意到了我的手在顫抖嗎？……」這裡採用的「自由間接引語」（見第八章第三節）是這種視角中一種表達人物內心想法的典型方式。由於沒有「我當時心想」這一類引導句，敘述語與人物想法之間不存在任何過渡，因此讀者可直接進入人物的內心。人物想法中體現情感因素的各種主觀性成分（如重複、疑問句式等）均能在自由間接引語中得到保留（在間接引語中則不然）。如果我們將第一與第四片段中愛麗絲的想法作一比較，不難發現第一段中的想法更好地反映了愛麗絲充滿矛盾的內心活動。她一方面密切關注丈夫的一舉一動，希望他能注意自己（也許潛意識中還希望他能阻止自己），另一方面又覺得整好的行李正在向自己「招手」，發出奔向自由的呼喚。誠然，全知敘述也能展示人物的內心活動，但在第一人稱體驗視角敘述中，由於我們通過人物正在經歷事件時的眼光來觀察體驗，因此可以更自然地直接接觸人物細緻、複雜的內心活動。

　　如果我們以旁觀者的眼光來冷靜地審視這一片段，不難發現愛麗絲的看法不乏主觀偏見。在一些西方國家的早餐桌旁，丈夫看報的情景屢見不鮮，妻子一般習以為常。然而在愛麗絲眼裡，哈里是「大大咧咧地一頭扎進」新聞裡，簡直令人難以忍受。與之相對照，在另外三種視角模式中，由故事外的敘述者觀察到的哈里看報一事顯得平常自然，沒有令人厭惡之感。在第一片段中，由於讀者通過愛麗絲的眼光來觀察一切，直接深切地感受到她內心的痛苦，因此容易對她產生同情，傾向於站在她的立場上去觀察她丈夫。已婚的女性讀者，若丈夫自我中心，對自己漠不關心，更是容易對哈里感到不滿。然而，已婚的男性讀者，若妻子敏感自私，總是要求關注和照顧，則有可能對愛麗絲的視角持審視和批評的態度。即便拋開這些個人因素，有的讀者也可能會敏銳地覺察到愛麗絲視角中的主觀性，意識到她不僅是受害者，而且也可能對這場婚姻危機負有責任。通過愛麗絲的主觀視

角，我們能窺見這一人物敏感、柔弱而又堅強的性格。事實上，人物視角與其說是觀察他人的手段，不如說是揭示聚焦人物自己性格的視窗。讀者在闡釋這種帶有一定偏見的視角時，需要積極投入闡釋過程，做出自己的判斷。

第一人稱體驗視角的一個顯著特點在於其局限性，讀者僅能看到聚焦人物視野之內的事物，這樣就容易產生懸念。讀者只能隨著愛麗絲來觀察哈里的外在言行，對他的內心想法和情感僅能進行種種猜測。這也要求讀者積極投入闡釋過程，盡量做出較為合理的推斷。

值得注意的是，「第一人稱體驗視角」和「第三人稱人物有限視角」在性質、特點和效果上有很多的相似之處。請比較：

> 看著哈里大大咧咧地一頭紮進報上的體育新聞裡，愛麗絲明白解脫自己的時刻已經到了。她必須說出來，她必須跟他說「再見」。哈里讓她把果醬遞給他，她機械地遞了過去。他注意到了她的手在顫抖嗎？他看到了她放在門廳裡的箱子正在向她招手嗎？……（She knew as she watched Harry mindlessly burrowing into the sports section of the News that the moment had come to make a break for freedom. She had to say it. She had to say "Good-bye." He asked her to pass the jam, and she mechanically obliged. Had he noticed that her hand was trembling? Had he noticed her suitcase packed and beckoning in the hallway?...）

儘管這是第三人稱敘述，但與採用第一人稱敘述的原文一樣，我們不是通過敘述者，而是通過愛麗絲的體驗視角來觀察事物。很多現當代小說都屬於這一類型。在這樣的文本裡，敘述聲音與觀察角度已不再統一於敘述者，而是分別存在於故事外的敘述者與故事內的聚焦人物這兩個不同主體之中，這就是上文中提到的「固定式人物有限視角」（「固定式內視角」、「固定式內聚焦」）。因為全知敘述者的

眼光已被故事中人物的眼光所替代，因此我們無法超越人物的視野，只能隨著人物來「體驗」發生的一切。

我們知道，傳統文論在探討視點時，一般僅關注人稱上的差異，即第一人稱敘述與第三人稱（全知）敘述之間的差異。20世紀初以來，隨著共同標準的消失、展示人物自我這一需要的增強、以及對逼真性的追求，傳統的全知敘述逐漸讓位於採用人物眼光聚焦的第三人稱有限視角敘述。敘事學界也逐步認識到了這種第三人稱敘述與第一人稱敘述在視角上的相似，但同時也走向了另一個極端，將這兩種視角完全等同起來。里蒙－肯南在《敘事性虛構作品》一書中說：「就視角而言，第三人稱人物意識中心[即人物有限視角]與第一人稱回顧性敘述是完全相同的。在這兩者中，聚焦者均為故事世界中的人物。它們之間的不同僅僅在於敘述者的不同。」[62]這樣的論斷未免過於絕對化了。儘管這兩種模式在視角上不乏相似之處，但它們之間依然存在一些本質差異。[63]比如，在第三人稱有限視角敘述中，人物的感知替代了敘述者的感知，因此僅有一種視角，即人物的體驗視角，而在第一人稱回顧性敘述中（無論「我」是主人公還是旁觀者），通常有兩種視角在交替作用：一為敘述者「我」追憶往事的眼光，另一為被追憶的「我」正在體驗事件時的眼光。我們在前面比較的《呼嘯山莊》的那段原文和改寫版就分別展現出「我」的體驗眼光和回顧眼光。從中不難看出，「我」回顧往事的視角為常規視角，體驗視角則構成一種修辭手段，用於短暫隱瞞特定資訊，以製造懸念，加強戲劇性。這與第三人稱有限視角模式中的單一體驗視角形成了對照。

---

[62] Rimmon-Kenan, *Narrative Fiction*, p.73.

[63] 參見 Dan Shen,「Difference Behind similarity: Focalization in First-Person Narration and Third-Person Center of Consciousness,」*Acts of Narrative*, ed. Carol Jacobs and Henry Sussman (Stanford: Stanford UP, 2003), pp.81-92；

2.對選擇性全知的分析

　　第二片段屬於選擇性全知模式。儘管全知敘述者可以洞察一切，但他限制自己的觀察範圍，僅揭示哈里的內心活動。與第四片段相對照，這裡的全知敘述者不對人物和事件發表評論，這與「第三人稱人物有限視角敘述」中的敘述者相似（試比較上面用第三人稱改寫後的第一片段），但相似之處僅局限於敘述聲音，在視角上兩者則形成鮮明對照。正如前面所提到的，在「第三人稱人物有限視角敘述」中，全知敘述者放棄自己的感知，轉為採用人物的感知來觀察，但在「選擇性全知敘述」中，視角依然是全知敘述者的。在這一片段中，我們隨著敘述者的眼光來觀察哈里，觀察視野超出了哈里本人視野的局限（「他沒有注意到愛麗絲的手在顫抖，也沒有聽到她用微弱的聲音說出的話」）。完全沉浸在個人世界中的哈里對妻子離家出走竟然毫無察覺，當門突然關閉時，還以為是有人一大早來串門，這無論在敘述者眼裡還是在讀者眼裡都顯得荒唐可笑，因此產生了一種戲劇性反諷的效果。由於故事外的全知敘述者高高在上，與哈里有一定的距離，因此讀者也傾向於同哈里這位對妻子麻木不仁、對外界反映遲鈍的人物保持一定的距離。

　　倘若我們將第一與第二片段的視角作一比較，不難發現它們之間的本質性差別不在於人稱，也不在於從以愛麗絲為中心轉到以哈里為中心，而在於從故事內的人物視角轉到了故事外的全知敘述者的視角。由於這位凌駕於哈里之上的全知敘述者的干預，故事的逼真性、自然性和生動性都在一定程度上被減弱。這在表達哈里內心活動的形式上也有所體現。這裡沒有像第一片段那樣採用自由間接引語的形式來直接展示人物的想法，而是採用了敘述者對人物的「內心分析」。讀者讀到的是「失望」、「焦慮不安」、「他想告訴」等被敘述者分析總結出來的籠統抽象的詞語，沒有直接接觸，也難以深切感受哈里的內心活動，這勢必減弱讀者對哈里的同情。誠然，由於全知敘述者

僅揭示哈里的內心活動，讀者得知他的麻煩和困境，而對愛麗絲的所思所想則一無所知，因此在同情的天平上仍會偏向於哈里一方。由於全知敘述者僅有選擇地告訴讀者一些資訊，讀者需要較積極投入闡釋過程，猜測事情的前因後果，比如愛麗絲的手為何會顫抖，她為何突然出走，這兩人之間到底發生了什麼，如此等等。

值得注意的是，全知敘述者在有的地方短暫地借用了哈里的視角。第二句話「他們已經寫道：『等到明年再說。』」顯得突如其來，很可能採用了哈里的觀察角度，並且模仿他的內在聲音（全知敘述者可能不會用「他們」這種含混的指稱），這樣就增添了一些生動性。用直接引語表達出來的哈里的內心想法「噯，那個女人哪去了？」也顯得較為生動。「那個女人」這一指稱使我們聯想到吉爾曼（Charlotte P · Gilman）的女性主義名篇《黃牆紙》（1892）。在那一作品的結尾，受到代表男權勢力的丈夫之控制和壓迫，最終精神崩潰的妻子這樣指稱自己的丈夫：「噯，為什麼那個男人昏倒了？」這兩個類似的指稱「那個女人」和「那個男人」都微妙地反映出夫妻間的社會與心理距離。在本片段中，夫妻間的距離還通過「當門突然砰地一聲關上時」前面的文本空白得到反映。哈里完全沉浸在自己的憂慮裡，對妻子的言行渾然不知，只是突然聽到「砰」的關門聲。敘述者在此顯然也短暫地借用了哈里的視角，略去了哈里未注意到的妻子的離家出走。這一文本空白需要讀者自己來填補。這與第四片段中傳統的全知敘述模式形成了對照。我們不妨緊接著作一番比較。

3.對全知模式的分析

第四片段屬於傳統的全知敘述。敘述者無所不知，對人物的過去、現在和未來均瞭若指掌，但敘述卻不是根據時間進程或空間變化安排的，而是一步一步地進行論證：從一個普遍真理到一個典型的（負面）例證，最後落實到一個道德教訓。全知敘述者不時發表居高臨下的評論，以權威的口吻建立了道德標準。從觀察角度來說，這一

片段最為全面，不偏不倚，敘述者交替透視哈里與愛麗絲兩人的內心世界。我們清楚地看到這對夫婦缺乏交流、缺乏暸解，他們之間表面的和諧與內在的矛盾衝突形成了鮮明對照，是非關係一目了然，兩人對這場婚姻危機都負有責任。由於敘述者將這些資訊毫無保留地直接傳遞給讀者，這一片段不存在任何懸念，讀者只需接受資訊，無需推測，閱讀過程顯得較為被動和乏味。這種模式難以被具有主動性、不相信敘述權威的現當代讀者所接受。

值得注意的是，雖然讀者可以看到哈里和愛麗絲的內心活動，但與他們的距離仍然相當明顯。這主要是因為敘述者居高臨下的說教和批評教訓式的眼光將這對夫婦擺到了某種「反面」教員的位置上，讀者自然難以在思想情感上與他們認同。最後愛麗絲離家出走時，讀者很可能不會感到心情沉痛，而只會為這一缺乏溝通造成的後果感到遺憾。

與第一人稱敘述者相比，全知敘述者較為客觀可靠。至於哈里讀報的行為，請比較「瞥見」與「大大咧咧地一頭扎進」，前者沒有批評的意味，不會引起讀者的反感。值得注意的是，這裡的全知敘述者不僅客觀，而且還頗有點冷漠。我們不妨比較一下下面這些詞語：

第一片段	第四片段
一邊從喉頭裡擠出了微弱的幾個字	低聲說了句
跌跌撞撞地奔過去	走過去

第二片段	第四片段
只有氣無力地說了句	僅僅說了句

在第四片段中，人物在敘述者的眼裡僅僅是用於道德說教的某種「反面」教員，因此在感情上兩者之間存在較大距離。敘述者僅注意人物做了什麼，採用了一些普通抽象的詞語來描寫人物的言行，對其

帶有的情感因素可謂視而不見，這勢必會加大讀者與人物在情感上的距離。這段文字中敘述者的冷漠還體現在「當風把門刮閉時」這一分句上。在第一片段中，我們通過愛麗絲的視角看到的是「突如其來的一陣風把仍開著的門猛地給關上了」。該處突出的是這陣風的出乎意料和關門動作的猛烈，它深深震撼著愛麗絲的心靈；隨著門的關閉，她對婚姻尚存的一線希望也最後破滅了。如果說在第一片段中，風把門刮閉具有象徵意義的話，在第四片段中，這一象徵意義在敘述者的說教中依然得到一定程度的保留，但其強烈的感情色彩已蕩然無存：「當風把門刮閉時」這一處於背景位置的環境分句既未表達出風的猛烈，也未體現出人物心靈上受到的震撼。這個句式給人的感覺是，「風把門刮閉」是意料之中的已知資訊。然而，在第一片段中，從愛麗絲的角度觀察到的關門這件事，卻在句中以新資訊的面目出現，並同時佔據了句尾焦點和整個片段尾部焦點的重要位置，這大大增強了其象徵意義。值得注意的是，在第二片段中，隨著視角的變換，這件事可謂完全失去了象徵意義。由於全知敘述者臨時換用了哈里的視角，我們讀到的是「當門突然砰地一聲關上時」，描述重點落到了「砰地」這一象聲詞上，全知敘述者緊接著對哈里進行了內心透視「他納悶地抬起了頭，不知道誰會早上七點就來串門」，這樣就把關門和串門連在了一起，完全埋沒了關門象徵的自我封閉、婚姻無望等意義。

從時間上來說，第四片段中敘述者／讀者與人物之間的距離在所有片段中是最大的。在其他三個片段中，我們均在不同程度上感受到被敘述的事情正在眼前發生，而這一片段中兩度出現的「那天早晨」這一時間狀語明確無誤地將故事推向了過去，使其失去了即時性和生動性。

4.對攝像式外視角的分析

與第四片段形成最鮮明對照的是第三片段，它採用的是僅僅旁觀

的攝像式外視角。一開始就出現了這麼一個畫面：「一位男人和一位女人面對面地坐在一張鉻黃塑膠餐桌旁」，它明確無誤地表明聚焦者完全是局外人，並僅起一部攝像機的作用。隨著「鏡頭」從中間向旁邊的移動，我們先看到桌上擺著的早餐，隨後又看到了門邊的箱子。對這些東西的描述頗有點像劇本裡對舞臺佈景的說明，讀者像是在觀看舞臺上的場景或像是在看電影中的鏡頭。我們看到報紙「將男人的臉遮去了一半」。與其他片段中對同一事情的描述相比，這種表達法強調了聚焦者的空間位置和視覺印象，試比較：「哈里大大咧咧地一頭桀進」（第一片段）；「哈里很快地瞥了一眼」（第二片段）；「哈里瞥見」（第四片段）。不難看出，「遮去」這個詞突出反映了聚焦者作為攝像鏡頭的本質（而後面修飾女人微弱聲音的「幾乎聽不見的」則突出了攝像機的錄音功能）。接著，我們跟著鏡頭觀察到了女人的表情以及兩人一連串具體的外在行為。

像這樣的攝像式外聚焦具有較強的逼真性和客觀性，並能引起很強的懸念。讀者一開始看到的就是一個不協調的畫面：畫面上出現的早餐使人想到家庭生活的舒適溫馨，男人看報也顯得自然放鬆，但女人卻「緊張不安」地坐在那裡，讓人覺得費解；她隨後的一連串舉動也讓讀者覺得難以理解。讀者腦海裡難免出現一連串的問號：這女人為何忐忑不安地坐在那裡？她的手為何顫抖？她為何要急匆匆地出門？那個男人在想什麼？這兩人之間究竟發生了什麼事情？對於這些問題，讀者不僅無法從人物的內心活動中找到答案，而且也難以從「把果醬遞過來」「哈里，再見」這兩句僅有的人物言語中找到任何線索。讀者有可能揣測女人之所以緊張不安是因為她在食物裡放了毒藥想害死丈夫，或者做了對丈夫難以啟齒的事，也有可能是因為她準備瞞著丈夫為他做出重大犧牲，如此等等。由於這些問號的存在和答案的不確定，讀者需要積極投入闡釋過程，不斷進行探索，以求形成較為合乎情理的闡釋。

在讀這一片段時，儘管讀者的在場感是所有片段中最強的，彷彿

一切都正在眼前發生，但讀者與人物之間的情感距離卻是最大的。這主要是因為人物對讀者來說始終是個謎，後者作為猜謎的旁觀者無法與前者認同。這種感情上的疏離恰恰與人物之間感情上的疏離相呼應，這位男人和女人之間謎一樣的關係也無疑增加了兩人之間的距離，這對體現人與人之間難以相互溝通的主題起了積極作用。

但這種模式的局限性也是顯而易見的。與電影和戲劇相比，小說的一大長處在於文字媒介使作者能自然揭示人物的內心世界（在電影中只能通過旁白，戲劇中則只能採用獨白這樣較為笨拙的外在形式）。這一片段的聚焦是電影、戲劇式的，完全放棄了小說在揭示人物內心活動這一方面的優越性。這對於表達這一片段的主題十分不利，因為它涉及的是夫妻間的關係這樣敏感的內在心理問題，難以僅僅通過人物的外在言行充分體現出來，況且因篇幅所限，該片段也不能像海明威的《白象似的山丘》那樣通過長段對話來間接反映人物心理。此處的讀者對很多問題感到費解，或許還會產生種種誤解。一般來說，這種攝像式外聚焦比較適用於戲劇性強，以不斷產生懸念為重要目的的情節小說，而不適合於心理問題小說。

以上四個片段僅從一個側面反映了四種不同視角的性質和功能。這四個片段的故事內容大致相同，但敘述視角則有較大差異，因此能引起讀者種種不同的反應，產生大相徑庭的閱讀理解。每一種視角都有其特定的側重面，有其特定的長處和局限性。

第六節　視角越界現象

在探研了不同視角類型所具有的不同性質和功能之後，本節集中討論視角越界這一問題。本世紀西方敘事理論界頗為注重對各種視角模式的區分和界定，但令人遺憾的是，敘事學家們對屢見不鮮的視角越界現象熟視無睹。當然，這也有例外，熱奈特在《敘述話語》中

就曾談及視角越界的現象。[64]但熱奈特的論述本身不乏理論上的混亂（見下文）。本節擬從一些實例入手，來較為深入地探討視角越界的本質和作用。首先，讓我們看看舍伍德‧安德森的短篇小說《雞蛋》中的視角越界現象。

一、從安德森的《雞蛋》看視角越界

《雞蛋》（「The Egg」）被公認為是安德森最成功的作品之一，它採用的是第一人稱回顧性視角。但與狄更斯的《遠大前程》等作品中的第一人稱回顧性視角形成對照，在《雞蛋》中，除了個別例外之處，敘述者的回顧性視角與他自己當初的經驗視角在視野的局限和情感的投入等方面並無多大差別，因此我們不妨仍然將《雞蛋》中的視角看成「內視角」。

《雞蛋》講述了一個被打破的美國夢。故事的主人公原為農場工人，結婚後在雄心勃勃的妻子的促動下，辦起了自己的養雞場，艱苦奮鬥了十年卻沒有成功，於是改行換業，在比德韋爾鎮附近開了一家日夜餐館。為了實現其美國夢，他決定為顧客提供娛樂性服務，以招徠客人，他尤其想討好從鎮上來的年輕人。在等候數日之後，一天夜裡果然有一位從鎮上來的名叫喬‧凱恩的年輕人光臨其餐館，他終於盼來了一個施展自己「表演才能」的機會。當他使出渾身解數在這位客人面前用雞蛋表演戲法時，卻接連受挫，直至濺了滿身蛋液，使喬‧凱恩忍俊不禁。這時他惱羞成怒，抓起一個雞蛋朝喬‧凱恩扔了過去，於是，他想討好客人的計畫以得罪客人而告終。

這戲劇性的一幕發生時，故事的第一人稱敘述者——主人公的兒子——正在樓上熟睡。他與他的母親被他父親的咆哮聲驚醒，幾分鐘後氣瘋了的父親爬上樓來，向他母親哭訴了在樓下發生的事。按常規而論，表達這一幕僅有一個途徑，即由敘述者轉述他旁聽到的他父親

---

[64] Genette, *Narrative Discourse*, pp.194-97.

的話。但安德森卻一反慣例，安排敘述者作了這麼一番陳述：

> 我已經忘了我母親對父親講了些什麼以及她是如何勸服父親說
> 出在樓下發生的事的。我也忘了父親所作的解釋……至於在樓
> 下發生了什麼事，出於無法解釋的原因，我居然像當時在場目
> 睹了父親的窘況一樣瞭若指掌。一個人早晚會知道很多莫名奇
> 妙的事情。

在進行了這樣的鋪墊之後，這位不在場的敘述者就搖身一變，堂而皇
之地以目擊者的身分對所發生的事開始了展示性的描述。以目擊者的
眼光來直接展示自己不在場的事件是全知視角（以及戲劇式或電影式
等第三人稱外視角）的「專利」。從某種意義上來說，《雞蛋》的敘
述者超越了內視角的邊界，侵入了全知視角（或第三人稱外視角）的
領域。誠然，他為這一轉換作了鋪墊，但這個以「忘了……也忘了」
等字眼為基礎的鋪墊是十分笨拙的。這位敘述者並非健忘之人，他對
當時的情景實際上仍記憶猶新，他對父親上樓時的神態作了如下描
寫：「他手上拿著一個雞蛋，他的手像打寒戰一樣顫抖著，他的眼光
半瘋半傻。當他站在那兒怒視著我們時，我想他一定會將雞蛋朝我或
母親扔過來。這時他小心地將雞蛋放到了桌上的燈旁，在母親的床邊
跪了下來……」。一位記憶如此清晰的人怎麼可能會將他父親的解釋
忘得一乾二淨呢？顯然這是作者特意進行的安排。此外，用「無法解
釋」、「莫名奇妙」等詞語來為敘述者冒充目睹者找根據也是較為牽
強的。值得注意的是，這位敘述者對其所冒充的目擊者的身分並不滿
足，他不時地像全知敘述者一樣對他所觀察的人物進行內心描述。對
於這一越界現象，文中未進行任何鋪墊。也許再聰明的作者也難以為
這種赤裸裸的侵權行為找出合適的理由。

《雞蛋》的敘述者為何不十分自然地轉述其父親的話，而要「非
法地」冒充全知敘述者來描述這一幕呢？在回答這一問題之前，我們

不妨先看看有關片段：

……火車晚點了三個小時，於是喬‧凱恩來到了我們的餐館，想在這兒閒逛著等火車。……餐館裡除了父親，僅剩下了喬‧凱恩一人。這位從比德韋爾來的年輕人肯定一進我們的餐館就對父親的舉動感到困惑不解。他認為父親對他在餐館裡閒待著頗為惱火。他察覺到這位餐館老闆對他的存在明顯地感到不安，因此他想出去。然而外面開始下雨了，他不願意走很長的路回城，然後再走回來。……他抱歉地對父親說：「我在等夜班車，它晚點了。」父親從未見過喬‧凱恩。他一言不發地盯著他的客人看了很長時間。他毫無疑問正在受到怯場心理的襲擊。就像經常在生活中發生的那樣，他曾經對這一場面日思夜想，現在身臨其境，則不免有些神經緊張。首先，他不知道自己的手該怎麼辦。他緊張地將一隻手伸過櫃檯去跟喬‧凱恩握手。「您好，」他說。喬‧凱恩將讀著的報紙放了下來，瞪著他。父親的眼光碰巧落在了放在櫃檯上的一籃雞蛋上，這下他找著了話頭。「嗯，」他猶猶豫豫地說道，「嗯，您聽說過哥倫布吧？」父親看上去頗為憤慨。他斷然宣稱：「那個哥倫布是個騙子。他說可以讓雞蛋立起來。他這麼說，他這麼做，可他竟然無恥地把雞蛋的一頭給打破了。」在這位客人看來，我父親說起哥倫布的奸詐時，簡直神經不正常。他又嘟噥又咒罵。……他一邊埋怨哥倫布，一邊從櫃檯上的籃子裡拿出一個雞蛋，然後開始來回走動。他在兩個手掌之間滾動著雞蛋，露出了友好的微笑。他開始嘰哩咕嚕地談論人身上發出的電會對雞蛋產生什麼效果。……他把雞蛋立在櫃檯上，那蛋卻倒在了一邊。他一遍又一遍地嘗試這個戲法，每次都把雞蛋在手掌之間滾來滾去，同時談論著萬有引力定律以及電可以帶來的奇跡。……由於他渾身燃燒著戲劇表演者的激情，同時也因為他

對於第一個把戲的失敗感到十分窘迫，父親現在從書架上把哪些裝著畸形家禽的瓶子拿了下來，請他的客人觀賞。「您喜歡象這個傢伙一樣長七條腿和兩個腦袋嗎？」他邊問邊展示著他的最出色的珍品。他的臉上露出了歡快的微笑。……他的客人看到浮在瓶子酒液中的異常畸形的幼禽屍體感到有些噁心，就起身往外走。父親從櫃檯後面走了過來，他抓住這位年輕人的手臂，將他領回了他的座位。父親有些生氣，他不得不把臉背過去一會兒，並強迫自己發出微笑。然後他把瓶子放回了書架上。……他表示要開始表演一種新的戲法。父親對著他的客人擠眉弄眼，咧著嘴笑。喬・凱恩斷定他面前的這個人有點精神失常，但還不至於傷人。他喝著父親免費供給他的咖啡，又開始讀他的報紙。……父親持續不斷地嘗試著，一種孤注一擲的決心完全佔據了他的心靈。當他認為把戲終於即將大功告成時，晚點的火車進站了，喬・凱恩開始冷漠地向門口走去。父親作了最後的拚死努力來征服雞蛋，想通過雞蛋的舉動為自己豎一塊很會招待他的客人的招牌。他反覆擺弄著雞蛋。他試圖對它更粗暴一些。他咒罵著，他的額頭上滲出了汗珠。雞蛋在他的手下破裂了。當蛋液噴了他一身時，停在了門口的喬・凱恩轉過身來，哈哈大笑。一聲憤怒的咆哮從我父親的喉頭髮出。他暴跳著，吼出來一串含糊不清的詞語。他從櫃檯上的籃子裡抓出另一個雞蛋朝喬・凱恩扔了過去，險些擊中這位躲出門去逃跑了的年輕人的腦袋。

這一幕是整個故事的高潮和表達主題的關鍵場景。這個故事在某種意義上是一個「有關人類失敗的寓言」，[65]其主題可概括為：一個頭腦簡單的小人物在雄心壯志的驅使下去幹自己力不能及之事，結果難免

---

[65] Irvine Howe, *Sherwood Anderson* (Stanford: Stanford UP, reprinted 1968), p.170.

慘遭失敗和精神痛苦。這一悲劇性主題主要是通過敘述者的父親（以下簡稱「父親」）在此幕中的滑稽喜劇式的失敗來表達的，這是蘊涵著喜劇因素的悲劇，我們權且稱之為「喜悲劇」。《雞蛋》這篇作品的成功在很大程度上來自於貫穿全篇的「喜悲劇」效果。這幕「喜悲劇」只有在深夜客人散盡、妻兒熟睡、父親單獨與喬·凱恩在一起時才可能發生。按照常規，只能由父親自己將此事說出來，然後由敘述者轉述給他的受述者。而父親本人絲毫沒有意識到自己的荒唐可笑，由他來「哭訴」這一幕，滑稽因素無疑會喪失殆盡。安德森沒有出此下策；為了表達出喜劇效果，他安排不在場的敘述者冒充目擊者來進行描述。可是僅僅如此還不能完全解決問題。作為兒子的敘述者對父親的深切同情難免會大大縮短對於表達喜劇效果必不可缺的敘事距離。此外，這一幕的滑稽喜劇性效果在很大程度上來自於喬·凱恩對父親舉動的種種誤解，要揭示這些誤解就必需瞭解喬·凱恩的內心活動，而這也是第一人稱敘述者所力不能及的。在此真正需要的是既能保持敘事距離又能洞察人物內心世界的全知視角。然而，按常規而論，第一人稱敘述者是無法採用全知視角的。因此，《雞蛋》這篇作品在此只好侵權越界、偷樑換柱，在內視角的外衣下，加進了全知視角的實質性因素。在下面這一簡表中，我們對此可窺見一斑：

內視角模式的特徵與全知視角的特徵

人稱方面

「我們的」、「我父親」　　　（內視角）

「這位餐館老闆」　　　　　（全知視角）

對人物內心觀察方面

「這位從比德韋爾來的年輕人肯定一進我們的餐館就對父親的舉動感到困惑不解」「父親看上去頗為憤慨」　　　（內視角）

「他認為父親對他在餐館裡閒待著頗為惱火。他察覺到這位餐館老闆對他的存在明顯地感到不安，因此他想出去」，「喬‧凱恩斷定他面前的這個人是有點精神失常，但不至於傷人」（全知視角）

在敘事距離方面

「正在受到怯場心理的襲擊」、「斷然宣稱」、「渾身燃燒著戲劇表演者的激情」、「畸形家禽」、「異常畸形的幼禽屍體」　　（全知視角）

也許有人要問，像「畸形家禽」（poultry monstrosities）這樣一個完全中性的詞語怎麼能體現出敘事距離上的特色呢？在此，我們需要對比一下敘述者在尚未侵入全知模式時，是如何看待同一物體的。在「父親」的眼裡，這些畸形小雞是藝術珍品，它們未能存活是生活的一大悲劇。作為兒子的敘述者多少受了父親的感染，在尚未侵權越界時，他稱它們為「可憐的小東西」、「小小的畸形的東西」，這些詞語飽含他對這些小雞的憐愛之情。他還三次重複使用容易引起藝術方面聯想的「the grotesques」（形狀怪誕的動物或人）一詞來描述它們。事實上，「the grotesque」是舍伍德‧安德森《俄亥俄州瓦恩斯堡鎮》等作品的重要主題之一。批評家大衛‧安德森曾就舍伍德‧安德森對此詞的特定用法作了如下評價：

通常用於指涉人時，「grotesque」一詞蘊含「厭惡」或「強烈反感」之義，但安德森對此詞的用法卻截然不同。在他的眼裡，怪人猶如畸形的蘋果，這些蘋果雖然因為有毛病而被遺忘在果園裡，卻是最為甘甜的。也許正是使它們遭遺棄的瑕疵增加了它們的美味。安德森像對待這樣的蘋果一樣來對待他故事中的怪人，因為他深知這些人物畸形的來源和本質與他們內在

的價值相比是微不足道的。作為人，他們需要也值得我們理解和同情。[66]

在《雞蛋》裡，小雞的畸形顯然象徵著父親精神上的畸形。在視角越界發生之前，富有象徵意義和感情色彩的「grotesque」一詞被連續三次用於描寫小雞的畸形，而缺乏象徵意義又冷冰冰的「monstrosity」（畸形）一詞卻被拒之門外。與此形成鮮明對照，在上引視角越界的那一片段中，「grotesque」一詞被「monstrosity」一詞所取代，我們讀到的均為「異常畸形的幼禽屍體」和「畸形家禽」這樣不帶任何藝術和感情色彩的詞語。在這樣的語境中，「他的最出色的珍品」這一短語顯露出嘲諷的口吻。而在視角越界之前，用於描寫同一物體的「他的最重要的珍品」這一短語則不具反諷色彩。這個變化從一個角度微妙地表明第一人稱敘述者的眼光在這裡實質上已經被更冷靜、超然的全知模式的眼光所替代。

如果說在敘事距離方面的侵權尚屬暗暗地移花接木的話，在對人物內心的觀察方面的侵權則是明目張膽、令人一目了然的。也許有人要問，安德森在這不到十頁的短篇作品中，為何不一直採用全知模式，而要先採用第一人稱敘述，然後再侵權越界呢？大凡讀過《雞蛋》這一作品的人都會感覺到，假如它未採用第一人稱敘述，它就不會獲得如此成功。這主要有以下三方面的原因：首先，第一人稱代詞「我」縮短了敘述者與讀者之間的距離，容易引起讀者的共鳴。開篇第一句話「我確信我父親是天生的好心腸的樂天派」一下就扣住了讀者的心弦。在視角尚未越界時，讀者的感情移入有效地加強了這個「喜悲劇」中的悲劇效果。此外，第一人稱敘述者的主觀眼光有利於在描寫平淡無奇的事件時產生出喜劇效果。在尚未越界時，喜劇效果

---

[66] David D. Anderson, "Sherwood Anderson's Moments of Insight," *Critical Essays on Sherwood Anderson* (Boston: Hall, 1981), pp.159-60.

主要是通過敘述者那既充滿稚氣又故作深沉的小大人眼光來表達的。
譬如，敘述者對於辦養雞場的艱辛發了這麼一番感慨：

> ……僅有少數幾隻命中註定要為上帝的神祕目的服務的母雞和
> 公雞可以掙扎著活到成年。母雞下蛋，從蛋裡又出來小雞，這
> 個糟透了的循環就完成了。整個過程複雜得令人難以置信。大
> 多數哲學家一定都是在養雞場被養大的。人們對小雞寄予如此
> 厚望，又感到如此幻滅。剛剛走上生活旅途的小雞看上去是那
> 麼聰明伶俐、活潑敏捷，實際上它們愚蠢之極。它們與人是那
> 樣的相似，簡直把人對生活的判斷都給弄糊塗了……

如果說這裡面蘊涵著深刻的人生哲理的話，這些哲理也是通過幼稚並
略帶偏激的眼光表達出來的。這種來自於「半哲學」、「半宗教」的
幽默顯然只能出自第一人稱敘述者之口，全知全能的敘述者是難以
變得如此幼稚可笑的。這種「小大人」眼光無疑也給讀者提供了觀
察生活的新視角和新感受。更重要的一點是，《雞蛋》裡的第一人稱
敘述成功地造成了四個結構層次之間的交互作用：（1）被敘述的事
件本身、（2）敘述者幼年體驗事件時的眼光、（3）敘述者追憶往事
時較為成熟的眼光、（4）敘述者未意識到但讀者在閱讀時卻領會到
了的更深一層的意義。這四個層次構成的「四重奏」是第一人稱回
顧性敘述特有的「專利」。既然第一人稱敘述長處頗多，安德森採用
它也就理所當然。可是每一種敘述模式或視角模式均不僅有其長，也
有其短。一般來說，作者選用一種模式也就同時選擇了其優劣利弊。
在《雞蛋》的那一片段裡，倘若安德森屈從於第一人稱內視角的局限
性，滑稽喜劇效果就會喪失殆盡。而要擺脫這種局限性，則只有一條
出路，即視角越界。

　　令人遺憾的是，在筆者所讀到的有關《雞蛋》的評論中，沒有任
何批評家從視角越界這一角度來闡釋這一較為典型的視角越界的片

段。在《諾頓短篇小說選：教師手冊》中，卡希爾僅從安德森強調想像力的作用這一角度來闡釋該片段。卡希爾顯然沒有看出來敘述者的一番表白：「至於在樓下發生了什麼事，出於無法解釋的原因，我居然像當時在場目睹了父親的窘況一樣瞭若指掌。一個人早晚會知道很多莫名奇妙的事情」實際上是敘述者為視角越界所作的鋪墊，卡希爾完全將此話當了真，因此他把一切效果都歸結於想像力的作用。他說：

> 與故事假設的真實現在（real present）比起來，這個想像出來的場景更為具體也更為客觀。其中的直接對話和父親與喬·凱恩之間的戲劇性交往，是故事中其他部分難以媲美的。這個被發明出來或想像出來的場景還具有較強的喜劇效果，為讀者接受後來的傷感做了鋪墊。[67]

筆者認為卡希爾的闡釋有以下幾方面的問題。首先，這一場景中由直接對話和人物的戲劇性行為體現出來的具體性，實際上主要跟熱奈特所說的「時距」有關，[68]與想像力並沒有直接的因果關係（我們應該記住整個故事都是作者想像力的產物）。《雞蛋》全文不足九頁，故事則歷時十多年之久。平均起來，故事中一年以上的時間所占篇幅僅為一頁。然而，上面這一段中的事僅持續了短短三小時，但它卻占去了整個文本四分之一的篇幅。這是因為在敘述故事的其他部分時，敘述者採用的基本上都是「總結概述」的方式，而在敘述上面這一段時，卻改用了詳細的「場景展示」的方式。這是意料之中的事，因為依據慣例，在敘述故事的高潮或關鍵事件時，一般都採用「場景展示」的方式，對人物的對話和行為進行戲劇式的直接展示。這樣來

---

[67] R. V. Cassill, *The Norton Anthology of Short Fiction: Instructor's Handbook* (New York: Norton, 1977), p.2.

[68] Genette, *Narrative Discourse*, pp.86ff..

看，上面的這一片段比其他部分更為具體，是不足為奇的，這種具體性是尤其特定的敘述方式決定的，而不是所謂想像力的作用。其次，把這一段中敘述者的客觀超脫歸結於想像力的作用也是站不住腳的，因為據此我們只能得出一個荒唐的結論：即這位敘述者在生活中對父親很有感情，但在想像中卻對父親漠然相看。其實，在用全知視角敘述出來的「真實」場景中，這樣的客觀超脫是屢見不鮮的（因此全知視角能較好地表達出喜劇效果）。在上面那段文字中，敘事距離之所以被拓寬，實際上是因為第一人稱敘述者的眼光實質上已經被全知敘述眼光所替代。只有從視角越界這個角度來看待這個問題，我們才能把握住問題的實質。再者，卡希爾對於第一人稱敘述者對喬·凱恩的內心透視，未能作出任何解釋。倘若他說「在想像出來的場景中，第一人稱敘述者可以看到他人的內心活動」，那難免會過於牽強。很顯然，《雞蛋》中的這段文字與其他段落之間的不同，從根本上來說，是由於視角越界造成的，而不是想像力的作用。

值得一提的是，在安德森的筆下，採用第一人稱敘述的作品中，敘述者傾向於以「想像力」為幌子，來克服視野上的局限性。在《雞蛋》中，這個幌子就用了不止一次。在文本的前一部分，敘述者在詳細講述了他父親招待客人的計畫之後，趕緊做了這樣的解釋：「我並不想給你們留下一個父親誇誇其談的印象。我曾經說過，他這人不善言辭。他一遍又一遍地說，『他們需要有地方去。我跟你說，他們需要有地方去。』他就說了這兩句話。我自己的想像力補上了他沒有表達出來的內容。」很顯然，敘述者在這裡不得不借助於「想像力」，否則要麼會扭曲父親的形象，要麼難以讓讀者瞭解父親的計畫。在全知敘述中，則不會存在這樣的問題，因為全知敘述者可以揭示父親的內心想法，只要進入父親的內心就能既讓讀者詳細瞭解父親的計畫，又不會使笨嘴笨舌的父親顯得誇誇其談。但在第一人稱敘述中，敘述者則不得不求助於「想像力」這個幌子。

另一位美國批評家歐文·豪在《舍伍德·安德森》一書中，對該

片段的敘述作了這樣的評價：「敘述者有意避免了直接的戲劇方式，平靜地講述了在樓下店鋪裡發生了的事情。」[69]從「平靜」這一詞語來看，歐文・豪覺察到了此片段在敘事距離上的變化，但他顯然未能悟出其原因。值得注意的是，敘述者的口吻在該場景中雖然更客觀超然，但卻充滿了幽默諷刺色彩。從這點上來說，是很有戲劇性的。歐文・豪的闡釋幾乎將該片段中的滑稽喜劇效果都給「一筆抹煞」了。這些批評家之所以抓不住要害，主要是因為西方敘事批評理論長期以來一直忽略視角越界的現象。

二、其他作品中的視角越界現象

前面曾提到每一種視角模式都有其長處和局限性，在採用了某種模式之後，如果不想受其局限性的束縛，往往只能侵權越界。在第一人稱敘述中（無論敘述者是故事的中心人物還是處於邊緣的旁觀者，也無論視角來自於敘述自我還是經驗自我），視角越界典型地表現為侵入全知模式。在普魯斯特的長篇巨著《追憶似水年華》中，出現了比《雞蛋》中更為醒目的這類越界現象，譬如：

> ……他吃了幾隻土豆，離開家門去參觀畫展。剛一踏上臺階，他就感到頭暈目眩。他從幾幅畫前面走過，感到如此虛假的藝術實在枯燥無味而且毫無用處，還比不上威尼斯的宮殿或者海邊簡樸的房屋的新鮮空氣和陽光。最後，他來到弗美爾的畫前，他記得這幅畫比他熟悉的其他畫更有光彩更不一般，然而，由於批評家的文章，他第一次注意到一些穿藍衣服的小人物，沙子是玫瑰紅的，最後是那一小塊黃色牆面的珍貴材料。他頭暈得更加厲害；他目不轉睛地緊盯住這一小塊珍貴的黃色牆面，猶如小孩盯住他想捉住的一隻黃蝴蝶看。「我也該這樣

---

[69] Howe, Sherwood Anderson, p.169.

寫，」他說，「我最後幾本書太枯燥了，應該塗上幾層色彩，好讓我的句子本身變得珍貴，就像這一小塊黃色的牆面。」這時，嚴重的暈眩並沒有過去。……他心想：「我可不願讓晚報把我當成這次畫展的雜聞來談。」他重複再三：「帶擋雨披簷的一小塊黃色牆面，一小塊黃色牆面。」與此同時，他跌坐在一張環形沙發上；剎那間他不再想他有生命危險，他重又樂觀起來，心想：「這僅僅是沒有熟透的那些土豆引起的消化不良，毫無關係。」又一陣暈眩向他襲來，他從沙發滾到地上，所有的參觀者和守衛都朝他跑去。他死了。……[70]

這是第一人稱敘述者馬塞爾對文學大師貝戈特之死的描述。實際上，貝戈特死時，馬塞爾根本不在場。與《雞蛋》中的那一例不同，馬塞爾沒有為自己冒充目擊者作任何鋪墊、找任何藉口。此外，這裡對全知模式的侵入也無疑更為赤裸裸，採用直接引語的形式詳細揭示了貝戈特臨終前的內心想法。毋庸置疑，能夠透視貝戈特複雜內心活動的全知模式，是這裡唯一理想的模式，只有採用這種「超凡」的視角，才能生動地展現出大師的藝術家的心境和臨死不變的脫俗、樂觀的心態。在這裡，普魯斯特顯然已經把「逼真性」完全拋在了腦後，否則是不會讓第一人稱敘述者這樣明目張膽地侵權越界的。讓我們再看看弗茨傑拉德《了不起的蓋茨比》第八章中的一段：

在這尋歡作樂的朦朧世界裡，黛茜重新開始隨波逐流。突然間，她又跟以前一樣，每天跟半打男人約會，黎明時分才暈暈沉沉地睡下，床邊的地上，晚禮服上的珠子和花邊與蔫了的散亂的蘭花混攪在一起。她當時心裡總湧出一種要作出決定的願望。她想現在就定下她的終身大事，馬上就定──但是需要有

---

[70]　普魯斯特《追憶似水年華》，李恒基等譯，南京：譯林出版社 1994，下冊第 106 頁。

某種力量來使她下決心──就手可得的愛情、金錢或者完善的
實際條件。

這一段是由第一人稱敘述者尼克轉述出來的蓋茨比的描述。在事件發
生時，蓋茨比和尼克均遠離黛茜，不可能知道她臥室中的情況，也難
以得知她內心的想法。當然，蓋茨比可以運用自己的想像力來進行推
測，但這段描述卻不是以推測的形式出現的，而是以全知的視角敘述
出來的故事事實。也就是說，發生了向全知模式的短暫越界。與這樣
明顯的越界現象相對照，有時作品中出現的越界現象多少有些模棱兩
可，譬如舍伍德・安德森《森林中的死亡》中的一段：

　　她怎樣才能餵飽所有的東西呢？──這就是她的麻煩事。狗得
　　餵。倉裡餵馬和牛的乾草已經不夠了。如果她不餵雞，那牠們
　　怎麼會下蛋呢？如果沒有雞蛋拿去賣，她又怎能在鎮上買回農
　　場裡必不可少的那些東西呢？……

《森林中的死亡》採用的是第一人稱旁觀敘述的模式，由一位男孩觀
察一位飽受生活磨難的農婦。上面這一段可以從兩個不同的角度來闡
釋：一方面我們可以將其視為（第一人稱敘述者）用自由間接引語表
達出來的農婦的內心想法；另一方面我們也可以將其視為第一人稱敘
述者以同情的語氣，對這位農婦發出的評論。就第一種闡釋而言，視
角發生了向全知模式的越界；但就第二種闡釋來說，則沒有發生越界
的現象。之所以產生這樣的模棱兩可，是因為在這一作品中，敘述者
有時在敘述層上也採用疑問句和驚歎句，因此這一段中的疑問句已失
去了區分人物話語和敘述話語的決定性作用。這種現象在第一人稱敘
述中較為常見。我們不妨再看看弗茨傑拉德《了不起的蓋茨比》中的
一段：

> 黛茜的眼光離開了我，轉向了燈火明亮的臺階頂端。一首名為
> 《清晨三點》的華爾滋樂曲從敞開的門中悠然飄出，這是那年
> 流行的一支很棒的傷感的小曲子。不管怎麼說，在蓋茨比家晚會
> 隨意的氛圍中，存在著她自己的圈子裡無處尋覓的浪漫機遇。
> 那支曲子中有什麼東西像是在召喚她回到屋裡去呢？在朦朧之
> 中現在又會發生什麼不可預料的事情呢？也許一位意想不到的
> 客人會突然降臨，這是一位極為出眾、令人讚歎、真正光彩照
> 人的年輕姑娘，她只需用清新的眼光看上蓋茨比一眼，他們倆
> 只需神祕地接觸一下，就足以消除蓋茨比五年來毫無動搖的忠
> 心耿耿。我那天在蓋茨比家待到很晚才走。……（第六章）

這一段的開頭採用的是第一人稱敘述者尼克的視角，但隨後出現的一
連串問句在視角上卻是模稜兩可的，這種模稜兩可直到第一人稱代詞
「我」出現之後方消除。我們可以將中間這一段看成是尼克用自由間
接引語表達出來的黛茜的內心想法，從中體會到黛茜對蓋茨比的生活
方式的依戀，對失去他的愛的擔心，對別的姑娘的戒心和嫉妒。但另
一方面我們也可以將之視為尼克自己針對黛茜發出的一番感慨，一番
猜測和評論。就第一種闡釋而言，視角發生了向全知模式的越界；然
而，就第二種闡釋來說，則沒有發生越界的現象。這種模稜兩可來自
於自由間接引語這一形式本身（參見第五章第三節）。自由間接引語
在人稱和時態上與敘述語保持一致，又無引號和引導句等標誌，因此
常常難以與敘述語區分開來。誠然，在第三人稱敘述中，倘若敘述者
屬於客觀超然一類，我們往往可以依據語氣、疑問句、驚歎句以及其
他表達主觀色彩的成分來區分人物話語和敘述話語。但在較為個性化
的第一人稱敘述中，則一般難以這樣區分。由於敘述話語與人物話語
的難以區分，文字的對話性得到增強，語義的蘊含量也更為深厚。

　　另一種較為常見的視角越界，是從第三人稱外視角侵入全知視
角。有趣的是，在海明威的《白象似的山丘》這一被敘事學家們奉為

外視角範例的短篇小說中，也存在著這種越界現象。熱奈特給第三人稱外視角模式下了這樣的定義：我們只能看到主人公在我們面前的表演，卻始終都無法知道主人公的思想和情感。[71]在《白象似的山丘》中，有這麼幾句話：「他在酒吧喝了一杯茴香酒，看了看周圍的人。他們都正在通情達理地等火車（They were all waiting reasonably for the train）。他穿過珠子門簾走了出去。」倘若是在別的作品中，「他們都正在通情達理地等火車」這樣的話語很可能是敘述者的評論。但在海明威的這篇作品中，敘述者卻僅僅充當答錄機和攝影機，拒絕發表任何評論。我們可以從上下文推斷出「他們都正在通情達理地等火車」是被自由間接引語式表達出來的男主人公「他」的內心想法。也就是說，在此短暫地發生了從外視角向全知視角的越界。在《經典短篇小說》一書中，博納針對這句話，提出了這麼一個問題：「當男主角在喝茴香酒時，心想，『他們都正在通情達理地等火車。』『通情達理』一詞究竟具有什麼效果？」[72]博納顯然將這裡出現人物內心想法看成是自然而然的事，根本沒有從視角越界的角度來考慮這一問題。但他著重點出「通情達理」一詞卻是不無道理的。《白象似的山丘》主要以對話的形式敘述了一對美國男女在等火車時的一個生活片段。從他們的對話和有關描述中，我們可以推斷出這是一對婚外情人，女的已懷孕，男的在竭力說服她做人工流產，但她不願意這麼做。出於自私，男的十分堅持自己的立場，把女的逼到近乎歇斯底里的地步。「他們都正在通情達理地等火車」是故事將要結束時，出現在男主角心中的想法。從表面上看，「通情達理」一詞似乎隱含著男方對女方的不滿，因為在他看來，女方不夠通情達理。但實際上，讀者這時已看清了他本人的自私自利和對女方的不理解、不尊重，因此很可能會將此詞視為對他本人自我中心的某種反諷。值得強調的是，

---

[71] Genette, *Narrative Discourse*, p.190.
[72] Charles H. Bohner, *Classic Short Fiction* (New Jersey: Prentice-hall, 1986), p.464.

由於這裡短暫地出現的人物的想法，是對整個文本視角模式的臨時偏離，因此顯得更為突出，更為重要，也更值得注意。

還有一種越界現象是從全知視角侵入內視角。在亨利·詹姆斯的《黛茜·米勒》的開頭部分，有這麼幾句話：

> 兩三年前，一位年輕的美國人坐在三冠旅館的花園裡，頗為悠閒地觀賞著我提到的那些優美的景物。至於他最注意的是它們與美國的礦泉或海濱勝地的相似還是相異之處，那我就不大清楚了。那是一個美麗的夏日清晨，無論這位年輕的美國人用什麼方式來看這些東西，它們都一定在他的眼裡顯得十分迷人。

這裡的「他」指的是故事的男主角溫特伯恩。這段中表示不瞭解情況的「我不大清楚」，以及表示猜測的「它們都一定」等詞語是（第一人稱）內視角模式的典型用語。然而這個聲稱不瞭解溫特伯恩內心活動的「我」並非故事之內的旁觀者，而是一位全知敘述者，他只是短暫地從全知視角侵入了內視角模式。

三、依據「是否違規」來區分視角越界

我們應該弄清楚「視角越界」與「（在某視角模式之內的）視點轉換」或「視角模式的轉換」之間的界限。他們之間的本質區別在於：前者是『違反常規的』或『違法的』，而後兩者是『合法的』。上面所引的《黛茜·米勒》中的那一段之所以被視為「視角越界」而不是「視點轉換」或「視角模式的轉換」，主要是因為全知敘述者一般無權採用或轉用（第一人稱）內視角。如果全知敘述者直言聲稱自己不知道人物的內心想法，就『違規』侵入了（第一人稱）內視角的範疇。應當指出的是，這樣的判斷標準並不是絕對的。我們知道，在菲爾丁的《湯姆·鍾斯》等早期英國小說和維多利亞時期的小說中，全知敘述者時而聲稱自己是不知情的旁觀者。倘若這已成為當時全知

敘述模式的一種慣例，它也就贏得了『合法的』地位。但至少在後來的小說中，這種情況並不常見，沒有構成一種常規。因此，我們可以將《黛茜‧米勒》中的那一段視為「視角越界」。

在《黛茜‧米勒》這一作品中，全知敘述者經常從故事之外的俯視或旁觀角度轉為採用男主角溫特伯恩的眼光來展示故事世界。在通常情況下，在全知視角模式裡短暫地採用人物的眼光僅屬於該模式內部的「視點轉換」，談不上是「視角越界」，也不能算是「視角模式的轉換」，因為無固定視點的全知敘述者有權採用任何人物的眼光。然而，像在《黛茜‧米勒》裡這樣大篇幅地採用人物的眼光已導致了視角模式的轉換。我們可以說此作品中的全知視角經常轉向（第三人稱固定）內視角模式，而且後者佔據了主導地位。不難看出，「視角模式的轉換」有別於「視角越界」。這兩種結構之間的區別也可以在《雞蛋》的那一段中從另一個角度來看清楚。在那一段中，假設包括人稱在內的所有特徵都變成了全知視角的特徵：「……這位從比德韋爾來的年輕人一進他們開的餐館就對餐館老闆的舉動感到困惑不解……」，那就構成了向全知視角模式的轉換。當然，這種轉換是不允許發生的（第一人稱敘述者無法變成第三人稱全知敘述者），因此只能在內視角模式中向全知視角模式侵權越界。值得一提的是，與鮮為人注意的「視角越界」相對照，「（在某視角模式之內的）視點轉換」或「視角模式之間的轉換」已引起了較為廣泛的興趣。令人遺憾的是，熱奈特在《敘事話語》一書中將這三種結構形式混為一談。我們不妨看看他下面這段話：

> 在敘事過程中產生的「視點」變化可以作為視角的變化來分析，譬如《包法利夫人》中的視角變化：我們可稱之為變換性視角，全知模式加上對視野的部分限制，等等。……但是視角變化，尤其當它孤立地出現於前後連貫的上下文中時，同樣可以作為一時越出支配該上下文的規範的現象來分析，但這個規

範的存在並不因此被動搖……[73]

不難看出，熱奈特要麼將「視角變化」與「視角越界」等同起來，要麼將視角變化的長短作為唯一的區分標準。實際上，區分「視角越界」與「視角變化」的最科學和最可靠的標準是前面提到的『合法性』，因為它涉及的是視角改變的性質而不是長短之量。在《雞蛋》那一例中，視角改變長達整個文本的四分之一，但因為第一人稱敘述者無權透視其他人物的內心，這一變化依然構成向全知模式的『違法』越界。而《黛茜・米勒》那段中的視角變化雖然很短暫，但假如全知敘述者沒有直言聲稱不知道溫特伯恩的內心想法，而只是採用了外在的旁觀角度來敘事（仍然稱溫特伯恩為「一位年輕的美國人」），它就只會構成向（第三人稱）外視角的合法轉換，而不會構成向（第一人稱）內視角的違法越界。實際上，在不少採用全知視角的小說中，為了製造懸念，全知敘述者一開始都通過外視角的方式，暫時隱瞞作品中人物的姓名和身分，這些都是『合法轉換』。雖然這種『合法轉換』和『違法越界』均會造成一定的懸念（譬如《黛茜・米勒》中那一段的讀者會想知道那位年輕的美國人究竟是誰？他最注意的是什麼？），但很可能『違法越界』造成的懸念更強。更重要的是，當讀者發現這個聲稱不知情的「我」實際上是全知敘述者時，有可能會對他的可靠性產生懷疑，而在合法轉換視角的情況下，則不會對敘述者的可靠性產生任何影響。

值得注意的是，雖然在全知視角與（第一人稱）內視角之間完全可以分清「非法越界」與「合法轉換」這兩種不同的結構特徵，但在全知視角與（第三人稱）外視角之間卻難以進行這種區分，因為我們可以從兩個不同的角度來理解這種外視角的規約性質。一方面我們可以將（第三人稱）外聚焦者看成真正無法透視人物內心的旁觀者。在

---

[73] Genette, *Narrative Discourse*, p.195.

這種理解下，倘若他／她揭示了人物的內心活動，我們就可將之視為
「非法越界」。但另一方面，我們也可以將（第三人稱）外視角看成
是全知敘述者對自己的視野進行的一種限制，也就是說聚焦者實質上
仍然是全知的。從這個角度看，如果外視角侵入了全知視角，我們就
可將之視為全知敘述者在自己權力範圍內進行的一種視角轉換。就目
前的情況來看，這兩種理解應該說都是合理的。

　　我們知道，視角模式並非自然天成，而是在敘事文學家的實踐中
產生的。我們只能依據他們的實踐或常規慣例來進行判斷。在採用所
謂「全知」模式的小說中，聚焦者一般並不對每個人物都進行內心觀
察，對於次要人物和反面人物更是如此。因為這種情況在全知模式中
屢見不鮮，因此我們可以將之視為該模式本身的特徵之一。更重要的
是，很多全知敘述者時常短暫地採用人物的眼光來敘事。其結果，短
暫的（第三人稱）內視角也就成了全知視角的內在特徵之一，僅構成
這種視角內部的「視點轉換」。然而，在採用全知視角的小說中，較
長篇幅的（第三人稱）內視角則不常見，它們也就難以成為全知視角
本身的特徵。在採用全知視角的作品中，如果出現了較長篇幅的（第
三人稱）內視角，我們應當將其視為這兩種模式之間的轉換。

　　值得一提的是，視角模式內部的「視點轉換」並非僅在全知模式
中發生。在我們討論過的「轉換式內視角」或「多重式內視角」中，
模式內部的「視點轉換」更是一種必然存在，因為這兩種模式的特徵
就是從一個人物的視點轉為另一人物的視點。與視角模式之間的轉換
一樣，模式內部的視點轉換是完全「合法」的，因此可以與「違法」
越界區分開來。

　　在熱奈特看來，視角越界可以分為兩大類。他將其中一類稱為
「省敘」（paralipsis），即敘述者故意對讀者隱瞞一些必要的資訊。
傳統的省敘是在「內視角模式中略去聚焦主人公的某個重要行動或想
法。無論是主人公還是敘述者都不可能不知道這個行動或想法，但

敘述者故意要對讀者隱瞞」[74]。熱奈特舉了幾個典型的例子。譬如，「斯丹達爾在《阿爾芒斯》中通過主人公多次的假獨白來掩飾顯然時時刻刻縈迴於他腦際的中心思想：他的陽萎。」[75]同樣，在愛葛莎・克利斯蒂的《羅傑・艾克羅伊德謀殺案》（*The Murder of Roger Ackroyd*）這樣的作品中，聚焦者為兇手本人，而敘述者在描述時，有意從兇手的「思想」中抹去對兇殺的記憶。

　　在筆者看來，熱奈特對「省敘」的討論混淆了敘述視角與敘述聲音之間的界限，因為「省敘」並沒有改變視角。在上面提到的這些偵探小說中，雖然兇手對兇殺的記憶被抹去，但文本中出現的依然是兇手的（其他）思想，視角的性質沒有任何改變。同樣，在《阿爾芒斯》中，雖然斯丹達爾略去了主人公有關自己陽萎的想法，但文本中出現的假獨白依然是主人公的想法，視角仍然為內視角。實際上，「省敘」與敘事視角無關，但與敘述聲音卻直接相關，因為它是敘述者在採用某種視角之後，在不改變視角的情況下，對該視角中出現的某些資訊的故意隱瞞。如果遇到這種情況，我們可以從語用學的角度來分析敘述者的敘述行為，指出這是敘述者為了製造懸念，有意違反了格萊斯提出的交流中有關信息量的行為準則，沒有給讀者提供足夠的資訊。[76]

　　熱奈特將另一類視角越界稱為「贅敘」（paralepsis），即提供的信息量比所採用的視角模式原則上許可的要多。它既可表現為在外視角模式中透視某個人物的內心想法；也可表現為在內視角模式中，由聚焦人物透視其他人物的內心活動或者觀察自己不在場的某個場景。這是名副其實的視角越界。前面所提到的海明威《白象似的山丘》中的那一例屬於外視角中的「贅敘」，而《雞蛋》中的第一人稱敘述者

---

[74] Genette, *Narrative Discourse*, p.196.

[75] 熱奈特《敘事話語・新敘事話語》，王文融譯，中國社會科學出版社1990年版第134頁。

[76] 參見 H. p.Grice, "Logic and Conversation," *Syntax and Semantics, Vol. 3: Speech Acts*, ed. Peter Cole and Jerry L. Morgan (New York: Academic Press, 1975), pp.45-46.

對喬・凱恩的內心透視和《追憶似水年華》中根本不在場的馬塞爾對貝戈特臨終前內心想法的透視，均可看成是內視角中的「贅敘」。

在敘事文學中出現的「贅敘」有可能是作者或敘述者為了取得某種效果故意採用的技巧，但也有可能是漫不經意間犯下的「錯誤」。無論屬於何種情況，由於「贅敘」一般「非法」超出了所採用的視角模式的範疇，形成了文本中偏離常規的突出現象，因此它常常在客觀上（一般並非作者的本意）暗暗地起到了某種「元小說」（metafiction）的作用，因為它促使讀者注意到作品的虛構本質和視角模式的局限性，並注意到視角模式的慣例性質，即各模式之間的界限都是依據慣例人為地造成的，並非不可逾越的天然障礙。實際上，任何一種「視角越界」都可能會在一定程度上促使讀者意識到視角模式的局限性或慣例性。我們可以將之視為視角越界現象的共同特點。

四、隱性越界

在敘事文學中，還時常出現「隱性越界」的現象。我們不妨將「隱性越界」定義為「敘述者採用了別的視角模式的典型敘述方法，但沒有超越本視角模式的極限」。這個定義看上去有一個明顯的「問題」，即混淆了視角（眼光）和敘述（聲音）這兩者之間的界限。其實這個問題在前文中就已經出現了。一般地說，應該十分注意這一區分，但在實踐中即使本書作者也發現有時難以將視角（眼光）和敘述（聲音）分開討論。譬如，在全知視角模式中，全知敘述者不僅能觀察到人物的內心活動，而且在語氣上通常也比（第一人稱）內視角中的敘述者更為客觀、超然。這兩個特徵，前者僅與視點有關，後者卻與敘述聲音直接相關。在探討《雞蛋》中的那一片段時，我們就同時討論了這兩個特徵。一般來說，僅僅在敘述語氣或敘述風格等方面發生的變化都不會構成「顯性越界」，而頂多只會構成「隱性越界」。

在《雞蛋》這篇作品的開頭部分，就有「隱性越界」的現象。第一人稱敘述者採用歷史現在時（historic present）和第二人稱代詞對受

述者（讀者）發表了一大段充滿「哲理」的評論（上面所引的敘述者對於辦養雞場的艱辛所發的感慨就是其中的一段）。這種直接對讀者而發的具有「普遍真理」的評論很少見於第一人稱敘述，而常見於全知敘述，屬於全知視角模式的典型特徵。由於全知敘述者的評論往往帶有客觀性和權威性，讀者在見到這種特屬於全知模式的評論方式時，會很自然地期待它具有這些性質。而《雞蛋》中的敘述者卻是個「小大人」，他的哲理是通過幼稚並略帶偏激的話語表達出來的。在這種帶有權威性的評論方式的反襯下，他的幼稚和偏激顯得格外突出，有效地加強了喜劇效果。不難看出，《雞蛋》的敘述者在此並未超出所採用的視角的極限，他僅僅是借用了全知模式的典型敘述手法，因此只能算是「隱性越界」。「隱性越界」的現象迄今尚未引起敘事理論界的注意，但筆者認為這是一個頗值得探討的領域。

　　視角越界現象迄今為止尚未引起批評界的重視。今後我們在闡釋敘事作品時，如果注意從視角越界的角度來觀察有關問題，也許會有一些新的發現，也許能夠對產生作品中有關效果的原因作出更確切的解釋。

　　一個世紀以來，西方學者對「視角」經久不衰的興趣大大促進了小說和電影等領域的敘述技巧研究。在研究視角時，我們需要把握幾種本質關係：感知者與敘述者，聚焦者與聚焦對象，聚焦者相對於故事的位置，聚焦者的性質與視野，故事內容與話語技巧等。理清了這些本質關係，畫面就會顯得較為清晰。敘述視角對於表達主題意義有很重要的作用，因此中外現當代小說家都注意對視角的操控，通過採用特定視角或變換視角模式來取得各種效果。「視角」在我國傳統批評中是較受忽略的一個方面，我們不妨借鑒西方敘事理論關於「視角」的論述，為作品分析和閱讀尋找新的切入點。

第五章

人物話語表達方式[*]

　　無論是戲劇、電影還是小說，人物話語都是敘事作品的重要組成部分。[1] 劇作家、小說家和電影製作者都注重用對話來塑造人物，推動情節發展。在戲劇和電影中，我們直接傾聽人物對話，而在小說中，由於通常有一位敘述者來講故事，我們聽到的往往是敘述者對處於另一時空的人物話語的轉述。敘述者可原原本本地引述人物言詞，也可概要總結人物話語的內容；可以用引號，也可省去引號；可以在人物話語前面加上引導（小）句（如「某某說」），也可省略引導句，如此等等。不僅就人物的口頭話語而言是如此，就人物的思想或內在話語而言也是如此。這種對人物語言進行「編輯」或「加工」的自由，無疑是小說家特有的。在傳統小說批評中，人們一般僅注意人物話語本身——看其是否符合人物身分，是否具有個性特徵，是否有力地刻畫了人物等等。隨著敘事學和文體學的興起，西方敘事研究界愈來愈關注表達人物話語的不同方式，這是敘事學和文體學在研究領

---

[*] 參見筆者的相關論述：Dan Shen, "The Stylistics of Narrative Fiction," *Language and Style*, ed. Dan McIntyre and Beatrix Busse (Hampshire and New York: Palgrave MacMillian, 2010), pp.225-49。

[1] 請注意「Discourse」（話語）一詞在西方研究界的多義。*Routledge Encyclopedia of Narrative Theory*（London: Routledge 2005）的主編接受了申丹的建議，分別給出了「Discourse Analysis (Foucault)」和「Discourse Analysis (Linguistic)」這兩個詞條。在西方敘事學界，「Discourse」也是多義詞，譬如在「故事與話語」之分中（詳見本書第 1 章），「話語」指整個表達層，涵蓋各種表達方式，但「人物話語」又指人物本身的言語和思想這一屬於故事的範疇。

域上的一個重要重合面（詳見第九章）。[2]

　　表達人物話語的方式與人物話語之間的關係是形式與內容的關係。同樣的人物話語採用不同的表達方式就會產生不同的效果。這些效果是「形式」賦予「內容」的新的意義。因此，變換人物話語的表達方式成為小說家控制敘述角度和距離，變換感情色彩及語氣等的有效工具。

第一節　人物話語表達形式的分類

　　人物話語的不同表達方式早在古希臘時期就開始有人注意。正如我們在第一章所提到的，在柏拉圖的《國家篇》第三卷中，蘇格拉底區分了「模仿」和「純敘述」這兩種方式：「模仿」即詩人假扮人物，說出人物的原話；「純敘述」則是詩人用自己的語言來間接表達人物的言詞。從轉述形式上說，這大致相當於後來的直接引語與間接引語之分。但這種兩分法遠遠不能滿足小說批評的需要。20世紀初中期，西方小說研究界陸續出現了一些評論其他表達方式的論文，但一般僅涉及一兩種形式。諾曼・佩奇1973年出版專著《英語小說中的人物話語》，對小說中人物話語的表達方式進行了細膩、系統的分類：[3]

　　（1）直接引語，如："There are some happy creeturs," Mrs Gamp observed, "as time runs back'ards with, and you are one, Mrs Mould…"

---

[2]　See Monika Fludernik, "Speech Presentation," *Routledge Encyclopedia of Narrative Theory*, ed. David Herman et. al. (London & New York, Routldege, 2005), pp.558-63; Alan Palmer, "Thought and Consciousness Representation (Literature)," *Routledge Encyclopedia of Narrative Theory*, pp.602-7；Brian McHale, "Speech Representation," *Handbook of Narratology*, ed. Peter Hühn et. al. (Belin & New York: Walter de Gruyter, 2009), pp.434-46.

[3]　Norman Page, *Speech in the English Novel* (London: Longman, 1973), pp.35-38。也請參見 Brian McHale, "Speech Representation," *The Cambridge Companion to Narrative*, ed. David Herman (Cambridge: Cambridge UP, 2007), pp.434-46。

（「有那麼些幸運的人兒」，甘朴太太說，「連時光都跟著他們往回溜，您就是這麼個人，莫爾德太太……」——引自狄更斯的《馬丁‧米述爾維特》）。這是甘朴太太的恭維話，說莫爾德太太顯得如何年輕。此例中的「creeturs」和「back'ards」均為非標準拼寫，句法也不規範。直接引語使用引號來「原原本本」地記錄人物話語，保留其各種語言特徵，也通常帶有「某人說」這類的引導句。

（２）被遮覆的引語（submerged speech），如：Mrs Gamp complimented Mrs Mould on her youthful appearance（甘朴太太恭維莫爾德太太顯得年輕）。在這一形式中，敘述者僅對人物話語的內容進行概述，人物的具體言詞往往被敘述者的編輯加工所「遮覆」。這一形式被英國文體學家利奇和蕭特稱為「言語行為的敘述體」（Narrative Report of Speech Act）。[4]

（３）間接引語，如：Mrs Gamp observed that some fortunate people, of whom Mrs Mould was one, seemed to be unaffected by time（甘朴太太說包括莫爾德太太在內的一些幸運的人似乎不受光陰流逝的影響）。在這一形式中，敘述者用引述動詞加從句來轉述人物話語的具體內容。它要求根據敘述者所處的時空變動人物話語的人稱（如將第一、第二人稱改為第三人稱）和時態（如從現在時改為過去時），以及指示代詞和時間、地點狀語等。此外，具有人物特點的語言成分，譬如非標準發音或語法，口語化或帶情緒色彩的詞語等，一般都被代之以敘述者冷靜客觀、標準正式的表達。

（４）「平行的」（parallel）間接引語，如：Mrs Gamp observed that there were some happy creatures that time ran backwards with, and that Mrs Mould was one of them（甘朴太太說有些幸運的人兒連時光都跟著他們倒流，莫爾德太太就是其中一位）。由於採用了兩個平行的從句，這一形式要比正規的間接引語接近人物的原話，但它要求詞句標

---

[4]　Geoffrey Leech and Mick Short, *Style in Fiction* (London: Longman, 1981), pp.323-24.

準化，不保留非規範的發音和語法結構。

（5）「帶特色的」（coloured）間接引語，如：Mrs Gamp observed that there were some happy creeturs as time ran back'ards with, and that Mrs Mould was one of them（甘朴太太說有那麼些幸運的人兒連時光都跟著他們往回溜，莫爾德太太就是其中一位）。所謂「帶特色」，即保留人物話語的色彩。在這種間接引語的轉述從句中，敘述者或多或少地放棄自己的干預權，在本該使用自己客觀規範的言詞的地方保留人物的一些獨特的語言成分（如獨特的發音、俚語、帶情緒色彩的用辭或標點等，時間和地點狀語也可能保留不變）。

（6）自由間接引語，如：There were some happy creatures that time ran backwards with, and Mrs Mould was one of them.（有些幸運的人兒連時光都跟著他們倒流，莫爾德太太就是其中一位。）這種形式在人稱和時態上與正規的間接引語一致，但它不帶引導句，轉述語（即轉述人物話語的部分）本身為獨立的句子。因擺脫了引導句，受敘述語語境的壓力較小，這一形式常常保留體現人物主體意識的語言成分，如疑問句式或感歎句式、不完整的句子、口語化或帶感情色彩的語言成分，以及原話中的時間、地點狀語等。令人遺憾的是，佩奇的例證未能明顯反映出自由間接引語的這一典型特徵（請比較：What a lovely day it was today! 今天天氣多好哇！[5]）。自由間接引語儘管在人稱和時態上形同間接引語，但在其他語言成分上往往跟直接引語十分相似。這是19世紀以來西方小說中極為常見、極為重要的引語形式。但這一形式並非一開始就引起了評論界的注意，英美評論界直至20世紀60年代才賦之以固定名稱。法語文體學家巴厘（Charles Bally）在1912年將之命名為「自由間接風格」（le style indirect libre）。這一命名影響甚

---

[5]　雖然英文為自由間接引語（時態從現在時變成了過去時），中文譯文則既有可能是自由間接引語，也有可能是自由直接引語。漢語中不僅無動詞時態，也常省略人稱，因此常出現直接式與間接式的「兩可型」或「混合型」（詳見申丹《敘述學與小說文體學研究》第3版，北京大學出版社，第 318-330 頁）。

大，英語評論界的「自由間接話語」（Free Indirect Discourse）、「自由間接引語」（Free Indirect Speech）或「間接自由引語」（Indirect Free Speech）等概念，都直接或間接地從中得到啟示。

（7）自由直接引語，如：There are some happy creeturs as time runs back'ards with, and you are one, Mrs Mould...（有那麼些幸運的人兒連時光都跟著他們往回溜，您就是這麼個人，莫爾德太太⋯⋯）。這一形式仍「原本」記錄人物話語，但它不帶引號也不帶引導句，故比直接引語「自由」。利奇和蕭特認為也可把僅省略引號或僅省略引導句的表達形式稱為「自由直接引語」。[6]

（8）從間接引語「滑入」（slipping into）直接引語，如 Mrs Gamp observed that there were some happy creatures that time ran backwards with, "and you are one, Mrs Mould"（甘朴太太說有些幸運的人兒連時光都隨著他們倒流，「您就是這麼一位，莫爾德太太」）。這句話從開始的間接引語突然轉入直接引語。值得一提的是，「滑入」並不局限於從間接引語轉入直接引語。我們可以把任何在一句話中間從一種形式出人意料地轉入另一形式的現象統稱為「滑入」。

佩奇的分類法有兩個問題：首先，對「間接引語」和「『平行的』間接引語」的區分並無必要。「間接引語」所指範圍較廣，若根據接近人物的原話的不同程度區分還可分出好幾類，「自由間接引語」也是如此。為了避免繁瑣，未「帶特色」的間接引語就可統稱為「間接引語」。此外，佩奇的引語形式排列不夠規則：從「直接引語」到最間接的「『被遮覆的』引語」，然後再到較為直接的「間接引語」。英國文體學家利奇和蕭特在《小說中的文體》（1981）中，根據敘述者介入的不同程度對引語形式進行了如下有規則的排列：[7]

---

[6]　更確切地說，這是處於直接引語和自由直接引語之間的「半自由」的形式，參見 Leech and Short, *Style in Fiction*, p.322。

[7]　Geoffrey N. Leech and Michael Short, *Style in Fiction* (London: Longman, 1981), pp.318-51. 在此之前，美國敘事學家 Brian McHale 在「Free Indirect Discourse: A

言語表達：

言語行為的敘述體　間接引語　自由間接引語　直接引語　自
由直接引語[8]

思想表達：

思想行為的敘述體　間接思想　自由間接思想　直接思想　自
由直接思想[9]

無論是言語還是思想，「敘述體」為敘述者對人物話語的總結
概述（譬如「她講了一個有趣的故事」；「他想了想那件事的後
果」），體現出最強的敘述干預。從左往右，敘述干預越來越輕，到
「自由直接」的形式時，敘述干預完全消失，人物話語被原原本本地
展現出來，不帶任何敘述加工的痕跡。

利奇和蕭特未列入「滑入」這一形式，因為「滑入」可由任一引
語形式突然轉入任何其他引語形式，故難以找到確定的位置。此外，
佩奇的「『帶特色的』間接引語」也未收入此表。這是因為利奇和蕭
特對佩奇的分類有異議。他們認為應該將「帶特色的」間接引語視為
自由間接引語。如：

（1）He said that the bloody train had been late.（他說那該死的
火車晚點了。）

（2）He told her to leave him alone!（他叫她離他遠點！）

Survey of Recent Accounts」（*Poetics and Theory of Literature* 3 [1978]: 249-87）中，
也根據敘述者的介入程度對引語形式進行了有規則的排列。

[8]　英文原文為：Narrative Report of Speech Act, Indirect Speech, Free Indirect Speech,
Direct Speech, Free Direct Speech.

[9]　英文原文為：Narrative Report of Thought Act, Indirect Thought, Free Indirect Thought,
Direct Thought, Free Direct Thought.

利奇和蕭特認為第一句中的「該死的」和第二句中的驚嘆號足以證明這些是自由間接引語。[10]這兩例從句法上說是間接引語，但詞彙或標點卻具有自由間接引語的特徵。利奇和蕭特將之視為自由間接引語，說明他們把詞彙和標點看得比句法更為重要。而佩奇則認為鑒別間接引語和自由間接引語的根本標準為句法：在引導句引出的從句中出現的引語必為間接引語。應該說，佩奇的標準更合乎情理。自由間接引語的「自由」歸根結底在於擺脫了從句的限制。[11]不少人物原話中的成分在轉述從句中均無法出現，而只能出現在自身為獨立句子的自由間接引語中，譬如：

> *He asked that was anybody looking after her?（他問有人照顧她嗎？）
>
> 請對比：Was anybody looking after her？ he said.[12]（Virginia Woolf, *To the Lighthouse*）

> *Clarissa insisted that absurd, she was - very absurd.（克拉麗莎堅持說荒唐，她就是——十分荒唐。）
>
> 請對比：Absurd, she was - very absurd.（Virginia Woolf, *Mrs Dalloway*）

> *He thought that but, but - he was almost the unnecessary party in the affair.（他想著但是，但是——他幾乎是個多餘的人。）
>
> 請對比：But, but - he was almost the unnecessary party in the affair.（D. H. Lawrence, "England, my England"）

10 Leech and Short, *Style in Fiction*, p.331.
11 See Ann Banfield, *Unspeakable Sentences* (London: Routledge, 1982).
12 此例雖然有「he said」，但因為出現在轉述語之後（由引導小句變成了評論小句），因此轉述語依然為主句，此例依然為自由間接引語。

　　*Miss Brill laughed out that no wonder!（布麗爾小姐笑著說難怪！）

　　請對比：No wonder! Miss Brill nearly laughed out loud.（Mansfield, "Miss Brill"）

　　以上幾例在英語及其他西方語言中是明顯違反語法慣例的，但譯成漢語倒還過得去，這是因為漢語中不存在引導從句的連接詞，無大小寫之分，因而作為從句的間接引語的轉述語與作為獨立句子的自由間接引語之間的差別，遠不像在西方語言中那麼明顯，人們的「從句意識」也相對較弱。在西語中，像這樣的疑問句式、表語主位化、感歎句式、重複結構等體現人物主體意識的語言成分只能出現在作為獨立句子的自由間接引語中。由於很多表現人物主體意識的語言成分在轉述從句中都無法出現（有違語法慣例），而且敘述者在轉述時通常都代之以自己的言詞，人物的主體意識在間接引語中一般被埋沒。但假若敘述者或多或少地放棄自己的干預權，保留某些可以在轉述從句中出現的人物獨特的言詞、發音、標點等，間接引語就會帶上特色。

　　除了間接引語之外，我們是否可用「帶特色」一詞來修飾其他引語形式呢？值得注意的是，這一修飾詞特指在本應出現敘述者言詞的地方出現了人物話語的色彩。在完全屬於人物話語領域的（自由）直接引語中自然不能使用此詞。在自由間接引語中，敘述者對人物話語的干預程度有輕有重。利奇和蕭特舉了如下例子：[13]

（1）He would return there to see her again the following day. （他第二天會回到那裡去看她。）

（2）He would come back here to see her again tomorrow. （他明天會回到這兒來看她。）

---

[13] Leech and Short, *Style in Fiction*, p.325.

例一的敘述干預較重，不帶人物話語的色彩；例二則保留了一些人物話語的色彩（處於另一時空的敘述者仍保留原話的時間、地點狀語等）。但我們不能稱之為「帶特色的自由間接引語」，因為保留人物話語的色彩為自由間接引語的基本特點之一，也是它與間接引語的不同之處。如果不帶人物話語特色的間接引語為常規的間接引語的話，像例二這種帶人物話語特色的自由間接引語才算得上是常規的自由間接引語。至於「『被遮覆的』引語」或「言語行為的敘述體」，則完全可用「帶特色的」一詞來修飾（譬如「他抱怨那該死的火車。」「這孩子說起他的姆媽」）。然而，在這一表達形式中，出現人物主體意識的可能性要比在間接引語中小，因為這一形式僅概要總結人物話語的內容。

西方敘事學家在討論引語形式時，一般未對人物的言語和思想進行區分，因為表達言語和思想的幾種引語形式完全相同。[14]他們或用「話語」、「引語」等詞囊括思想，或用「方式」、「風格」來統指兩者。讓我們看看熱奈特對人物話語的探討，他僅區分了三種表達人物（口頭或內心）話語的方式：[15]

（1）敘述化話語（narratized speech），如「我告訴了母親我要娶阿爾貝蒂娜的決定」（I informed my mother of my decision to marry Albertine）。它相當於利奇和蕭特的「言語行為的敘述體」，其特點是凝煉總結人物話語，很間接地轉述給讀者。這種形式顯然最能拉開敘述距離。

（2）間接形式的轉換話語，如「我告訴母親我必須要娶阿爾貝蒂娜」（I told my mother that I absolutely had to marry Albertine）。這就是通常所說的間接引語。熱奈特指出：與敘述化話語相比，「這種形

---

[14] 關於利奇和肖特為何要區分言語和思想，這種區分究竟是否有必要，參見申丹在《敘述學與小說文體學研究》第 10 章中的探討。

[15] Genette, *Narrative Discourse*, pp.171-74, 175-85; see also Genette, *Narrative Discourse Revisited*, pp.50-63.

式有較強的模仿力，而且原則上具有完整表達的能力，但它從不給讀者任何保證，尤其不能使讀者感到它一字不差地複述了人物『實際』講的話」；敘述者「不僅把人物話語轉換成從屬句，而且對它加以凝煉，並與自己的話語融為一體，從而用自己的風格進行解釋」。

（3）戲劇式轉述話語，如「我對母親說（或我想）：我無論如何要娶阿爾貝蒂娜」（I said to my mother [or: I thought]: it is absolutely necessary that I marry Albertine）。此處的轉述語是最有「模仿力」的形式，它體現出戲劇對敘述體裁的演變產生的影響。熱奈特說：

> 奇怪的是，現代小說求解放的康莊大道之一，是把話語模仿推向極限，抹掉敘述主體的最後標記，一上來就讓人物講話。設想一篇敘事作品是以這個句子開頭的（但無引號）：「我無論如何要娶阿爾貝蒂娜……」，然後依照主人公的思想、感覺、完成或承受的動作的順序，一直這樣寫到最後一頁。「讀者從一開卷就（可能）面對主要人物的思想，該思想不間斷的進程完全取代了慣用的敘事形式，它（可能）把人物的行動和遭遇告訴我們。」大家也許看出這段描述正是喬伊絲對愛德華・迪雅爾丹的《被砍倒的月桂樹》所作的描述，也是對「內心獨白」所下的最正確的定義。內心獨白這個名稱不夠貼切，最好稱為即時話語，因為喬伊絲也注意到，關鍵的問題不在於話語是內心的，而在於它一上來（「從一開卷」）就擺脫了一切敘述模式，一上場就佔據了前「台」。[16]

這種極端形式就是上文提到的「自由直接引語」。文體學家並不在乎這種形式是否一上來就佔據了前「台」，無論它在文本的什麼位置出現，只要它在語言特徵上符合「自由直接引語」的定義，在文體

學家的眼中，它就屬於這一類（倘若它是人物的長段內心話語，就可稱之為「內心獨白」）。在這裡，我們可以窺見敘事學家與文體學家在分類上的差異。敘事學家往往更為重視語境或話語形式在語境中所起的作用，重視敘述主體與人物主體之間的關係及由此體現出來的敘述距離。與此相對照，文體學家則更為重視不同表達形式具有的不同語言特徵。當然，敘事學家與文體學家並非完全不通聲氣。不少文體學家在敘事學的帶動下，對語境的作用予以了不同程度的關注。與此相應，有的敘事學家受文體學的影響，也將注意力放到了具體語言特徵上。在《敘事虛構作品》一書中，里蒙－肯南在探討人物話語的表達方式時，聚焦於本書第一章曾提到的「純敘述」和「模仿」的區分和其所涉及的敘述距離上的變化，這體現出敘事學探討的特點。但在探討自由間接引語時，她對其語言特徵和詩學中的地位都予以了關注。[17]

　　在《故事與話語》一書中，曾從事過文體學研究的西摩・查特曼對人物話語表達方式的語言特徵予以了詳細分析，但他的探討基本上沿著敘事學的軌道走，因此具有以下幾個特徵[18]：（1）聚焦於敘述干預和與之相應的敘述距離，因此將敘述干預程度基本相同的人物話語和其他所述對象一起探討。譬如，在探討「模仿」性敘述時，查特曼同時考慮了對人物話語的直接展示和對人物行動的直接報導，以及對環境不加任何判斷的直接描述。（2）關注不同直接報導方式在敘述干預上的細微差別。譬如，就所發現的人物信件和日記而言，敘述者不起作用；就戲劇獨白或人物對話的直接記錄而言，敘述者起「速記員」的作用；就對人物思維活動的直接報導而言，敘述者除了充當「速記員」，還起「頭腦閱讀者」（mind-reader）的作用。（3）因為關注了包括人物行動、環境在內的各種所述對象，對人物話語表達

---

[17]　Rimmon-Kenan, *Narrative Fiction*, pp.107-17.
[18]　Chatman, *Story and Discourse*, pp.166-208.

方式本身的探討不系統。就人物的內心活動而言，查特曼在探討了對人物思想的自由直接式報導之後，馬上轉向對意識流的平行討論，但意識流本身涉及自由直接式報導和自由間接式報導等，它們是表達意識流的引語方式，而不是與意識流平行的敘述形式。（4）查特曼將對（自由）間接引語的探討置於對隱蔽的敘述者的探討之下，認為對這種敘述者的探討需特別關注以下三個方面：其採用的（自由）間接引語的本質；為了達到隱蔽的敘述目的而對文本表面進行的操控；以及對人物有限視角的採用。也就是說，查特曼僅將（自由）間接引語用於說明隱蔽的敘述者與公開的敘述者之間的差別。

　　另一位美國敘事學家普林斯一方面把人物話語作為傳遞資訊的管道之一加以討論（另兩種管道為敘述者的話語或由他人生產的文本，如報紙上的文章），另一方面又把人物話語和人物行動同時作為所述資訊來加以探討。[19]普林斯對人物話語表達方式的研究呈現出以下特點：（1）由於他聚焦於故事資訊，因此他採用了一個括弧來限定人物話語：故事資訊來自於「非文字的情景事件和／或一系列人物的（有的）文字行為」。[20]也就是說，在普林斯看來，事件或情景總是帶有資訊，而人物「有的」文字行為卻不具備這種功能。的確，人物話語往往具有不同的作用，如推動情節發展，塑造人物性格，揭示人物心理，或維持人際關係。僅僅用於寒暄的人物言語往往不帶什麼實質性的資訊。（2）普林斯把有的人物話語表達方式與非文字的事件更為緊密地「綁」在了一起。請比較他給出的兩個例子：

（i）　我會下午五點到那裡，把他殺死
（ii）　他決定下午殺死他

---

[19] Gerald Prince, *Narratology: The Form and Functioning of Narrative* (New York: Mouton, 1982), pp.35-48.
[20] Prince, *Narratology*, p.47.

普林斯用例（ii）代表「敘述化話語」，他認為採用這種表達形式的敘述者「可能忘了報導人物的文字表述」，而似乎是在把文字事件作為非文字事件來加以敘述，因此他將「敘述化話語」界定為「關於文字的話語等於關於非文字的話語」（a discourse about words equivalent to a discourse not about words）。[21]筆者認為，這一定義比較狹窄和含混。其實，「敘述化話語」往往能讓讀者看出所涉及的是文字表述，如「他講了一個故事」，「他稱讚了她一番」，「他說了很多難聽的話」等。此外，非文字事件也可採用多種方式表達，譬如，或總結概述或直接詳細展示。就敘述距離而言，「敘述化話語」與「對事件的概述」大致相當，讀者都是間接接受敘述者的總結性報導。這與對事件的直接展示形成了對照。在敘述距離上，「（自由）直接引語」等才對應於對事件的直接展示——讀者直接觀看或傾聽所報導的事件或話語。也就是說，即便要將「敘述化話語」這種文字表達方式與對事件的表達方式加以類比，也應該是跟「對事件的概述」加以類比。（3）普林斯區分了「通常的」引語形式：[22]

自由直接引語　　通常的直接引語　　自由間接引語　　通常的間接引語

不難看出，普林斯的分類與其他學者的分類有所不同，因為他將「直接引語」和「間接引語」視為「通常的」表達方式。我們知道，在傳統小說中，「直接引語」和「間接引語」的出現頻率要大大高於「自由直接引語」和「自由間接引語」。然而，在現代派小說尤其是意識流小說中，情況則正好相反。既然在不同時期的不同文類中，不同表達形式的出現頻率不盡相同，我們不宜用「通常的」來修飾任何

---

[21]　Prince, *Narratology*, p.47; see also Gerald Prince, "Narrativized Discourse" in his *A Dictionary of Narratology*, revised ed. (Lincoln: U of Nebraska Press, 2003), p.65.

[22]　Prince, *Narratology*, pp.47-48.

表達形式。至於這些表達形式的效果，普林斯集中關注人物話語與敘述者、受述者（以及真實讀者）之間距離的變化：「敘述化話語」產生最大的敘述距離，而「自由直接引語」產生的敘述距離則是最小的。

荷蘭敘事學家米克‧巴爾將對人物引語形式的探討置於對敘事層次的探討之下。[23]巴爾詳細分析了不同引語形式所涉及的各種語言特徵，但她的研究目的只是為了說明：這些語言特徵究竟指向什麼敘事層次，以及兩個層次之間是否出現了某種形式的混合交叉。讓我們看看她對以下這些實例的分析：[24]

直接引語 伊莉莎白說：「我不願意再這樣過下去了。」
（Elizabeth said: "I refuse to go on living like this."）

間接引語 （a）伊莉莎白說她不願意再那樣生活下去。
（Elizabeth said that she refused to go on living like that.）

（b）伊莉莎白說她不會再那樣生活下去。
（Elizabeth said that she would not go on living like that.）

自由間接引語 （a）伊莉莎白絕不會再這樣過下去了。
（Elizabeth would be damned if she'd go on living like this.）

（b）伊莉莎白不會再這樣過下去了。
（Elizabeth would not go on living like this.）

敘述者文本 （a）伊莉莎白不想再按已描述的方式生活下去。
（Elizabeth did not want to go on living in the manner disclosed.）

---

23 Bal, *Narratology*, pp.43-52. See also Fludernik,「Speech Presentation,」p.559.

24 Bal, *Narratology*, pp.50-52.

（b）伊莉莎白無法再忍受。（Elizabeth had had it.）

　　巴爾逐例分析了這些引語形式中的詞語究竟是屬於人物文本層（人物言語本身）還是屬於敘述者文本層（敘述者的報導）。[25]她指出，就直接引語而言，我們可清楚地看到從敘述者文本（「伊莉莎白說」）向人物文本的轉換。在間接引語和自由間接引語中，由於人物言語由敘述者報導出來，因此人物文本和敘述者文本出現了不同方式、不同比例的交叉混合（譬如第三人稱和過去時屬於敘述者文本，而一些詞語和語氣則屬於人物文本）。與此相對照，在「敘述者文本」這一引語形式中，人物言語沒有作為文本表達出來，而是作為一種行為被報導，因此不再出現兩種文本的互相介入。令人遺憾的是，巴爾的探討中存在一些混亂：（1）她一方面用「敘述者文本」泛指敘述者報導的語言（從這一角度看，間接引語和自由間接引語中會出現一定比例的「敘述者文本」），另一方面她又用「敘述者文本」特指跟間接引語、自由間接引語等相對照的另一種引語形式，因而形成一種混亂。（2）就「間接引語」、「自由間接引語」和「敘述者的文本」這三種引語形式而言，巴爾認為「這一引語系列接近人物文本的程度越來越低；與此同時，人物言語作為行為（act）出現的程度越來越高」。[26]這顯然有誤，因為「自由間接引語」比「間接引語」要更為接近人物文本。前面已經提到，「自由間接引語」的所謂「自由」指的是更多地擺脫了敘述者的干預，因此可以更多地保留人物文本的特徵。由於自由間接引語的人物文本是出現在獨立的主句而不是「某某說」後面的從句中——不從屬於敘述者的報導，因此可以保留各種體現人物主體意識的語言成分，而這些成分在間接引語中往往被

---

[25]　巴爾用「行為者」（actor）來指代人物，為了表述上的一致，本書權且沿用「人物」這一詞語。

[26]　Bal, *Narratology*, p.52.

敘述者冷靜客觀的詞語所替代。[27]有趣的是，巴爾自己採用的口語化表達「would be damned if」和體現人物說話情景的指示詞「this」，也顯示出「自由間接引語」比「間接引語」更為接近人物文本。此外，由於自由間接引語既擺脫了「伊莉莎白說」這種敘述者進行的「行為」報導，又較好地保留了人物文本的特徵，因此「人物言語作為行為出現的程度」要低於而不是高於間接引語。巴爾在前文中曾斷言自由間接引語是比間接引語「更為間接」的表達方式[28]，而實際情況則正好相反：自由間接引語是處於直接引語和間接引語之間的引語形式，比間接引語要更為直接。（3）在將直接引語轉換成自由間接引語時，巴爾過於隨意。我們在前面曾提到，自由間接引語能較好地保留直接引語中人物文本的特徵。然而，巴爾給出的自由間接引語第一例中的人物文本卻在一定程度上偏離了直接引語的人物文本（請比較「refuse to」與「will be damned if」）。儘管存在這些問題，但巴爾的探討有助於廓清敘述者言語和人物言語之間的層次關係和相互作用，有值得借鑒之處。

在下一節中，筆者將以敘事學和文體學的語言、結構特徵分析為基礎，來探討不同引語形式的不同審美功能。

第二節　不同形式的不同審美功能

一、自由直接引語的直接性、生動性與可混合性

這是敘述干預最輕、敘述距離最近的一種形式。由於沒有敘述語

---

[27] 遺憾的是，由於沒有意識到間接引語中處於從句地位的人物主體性往往被敘述者的主體性所壓制，巴爾的間接引語第一例（在法文原文和英譯文中）太接近直接引語。誠然，她還是把「這樣」改成了「那樣」，但變動不夠。筆者有意把「go on living」在直接引語中翻成更符合人物語氣的「過下去了」，而在間接引語中則譯成更符合敘述者報導的「生活下去」。

[28] Bal, *Narratology*, p.49.

境的壓力，作者能完全保留人物話語的內涵、風格和語氣。當然直接引語也有同樣的優勢，但自由直接引語使讀者能在無任何準備的情況下，直接接觸人物的「原話」。如詹姆斯・喬伊絲的《尤利西斯》中的一段：

> （1）在門前的臺階上，他掏了掏褲子的後袋找碰簧鎖的鑰匙。（2）沒在裡面。在我脫下來的那條褲子裡。必須拿到它。我有錢。嘎吱作響的衣櫃。打擾她也不管用。上次她滿帶睡意地翻了個身。（3）他悄無聲響地將身後門廳的門拉上了……（數位標記為引者所加）

這部小說裡多次出現了像第（2）小段這樣不帶引導句也不帶引號的人物（內在）話語。與直接引語相比，這一形式使人物的話語能更自然巧妙地與敘述話語（1）與（3）小段交織在一起，使敘述流能更順暢地向前發展。此外，與直接引語相比，它的自我意識感減弱了，更適於表達潛意識的心理活動。以喬伊絲為首的一些現代派作家常採用自由直接引語來表達意識流。

接下來讓我們看看康拉德《黑暗的中心》第一章中的一段：

> 船行駛時，看著岸邊的景物悄然閃過，就像在解一個謎。眼前的海岸在微笑，皺著眉頭，令人神往，尊貴威嚴，枯燥無奇或荒涼崎嶇，在一如既往的緘默中又帶有某種低語的神態，來這裡探求吧（Come and find out）。這片海岸幾乎沒有什麼特徵……

這是第一人稱敘述者馬婁對自己駛向非洲腹地的航程的一段描寫。在馬婁的敘述語流中，出現了一句生動的自由直接引語「來這裡探求吧」。這是海岸發出的呼喚，但海岸卻是「一如既往的緘默」

（always mute）。倘若這裡採用帶引號的直接引語，引號帶來的音響效果和言語意識會跟「緘默」一詞產生明顯的衝突。而採用不帶引號的自由直接引語，則能較好地體現出這僅僅是沉寂的海岸的一種「低語的神態」，同時也使敘述語與海岸發出的資訊之間的轉換顯得較為自然。

二、直接引語的音響效果

在傳統小說中，直接引語是最常用的一種形式。它具有直接性與生動性，對通過人物的特定話語塑造人物性格起很重要的作用。由於它帶有引號和引導句，故不能像自由直接引語那樣自然地與敘述語相銜接，但它的引號所產生的音響效果有時卻不可或缺。在約翰・福爾斯（John Fowles）的《收藏家》（*The Collector*）中，身為普通職員的第一人稱敘述者綁架了他崇拜得五體投地的漂亮姑娘──一位出身高貴的藝術專業的學生。他在姑娘面前十分自卑、理虧。姑娘向他發出一連串咄咄逼人的問題，而他的回答卻「聽起來軟弱無力」。在對話中，作者給兩人配備的都是直接式，但第一人稱敘述者的話語沒有引號，而被綁架的姑娘的話語則都有引號。這是第一章中的一段對話：

> 我說，我希望你睡了個好覺。
> 「這是什麼地方？你是誰？為什麼把我弄到這裡來？」……
> 我不能告訴你。
> 她說，「我要求馬上放了我。簡直是豈有此理。」

這裡，有引號與無引號的對比，對於表現綁架者的自卑與被綁架者的居高臨下、理直氣壯起了很微妙的作用。

小說家常常利用直接式和間接式的對比來控制對話中的「明暗度」。在狄更斯《雙城記》的「失望」一章中，作者巧妙地運用了這種對比。此章開始幾頁，說話的均為反面人物和反面證人，所採用的

均為間接引語。當正面證人出場說話時，作者則完全採用直接引語。間接引語的第三人稱加上過去時產生了一種疏遠的效果，擴大了反面人物與讀者的距離。而基本無仲介、生動有力的直接引語則使讀者更為同情與支持正面證人。

　　一般來說，直接引語的音響效果需要在一定的上下文中體現出來。如果文本中的人物話語基本都以直接引語的形式出現，則沒什麼音響效果可言。在詹姆斯‧喬伊絲的短篇小說《一個慘痛的案例》中，在第一敘述層上通篇僅出現了下面這一例直接引語：

> 　　一個黃昏，他坐在蘿堂達劇院裡，旁邊有兩位女士。劇場裡觀眾零零落落、十分冷清，痛苦地預示著演出的失敗。緊挨著他的那位女士環顧了劇場一、兩次之後，說：
> 　　「今晚人這麼少真令人遺憾！不得不對著空椅子演唱太叫人難受了。」
> 　　他覺得這是邀他談話。她跟他說話時十分自然，令他感到驚訝。他們交談時，他努力把她的樣子牢牢地刻印在腦海裡。……

　　這段文字中出現的直接引語看起來十分平常，但在其特定的上下文中，卻具有非同凡響的效果。喬伊絲的這一作品敘述的是都柏林的一個銀行職員達非先生的故事。他過著封閉孤獨、機械沉悶的獨身生活，除了耶誕節訪親和參加親戚的葬禮之外，不與任何人交往。然而，劇場裡坐在他身旁的辛尼科太太的這句評論，打破了他完全封閉的世界，他們開始發展一種親密無間的友誼。可是，當這位已婚女士愛上他之後，他卻墨守成規，中斷了與她的交往，這不僅使他自己回到了孤獨苦悶的精神癱瘓之中，而且葬送了她的生命。該作品中，除了上面引的這一例直接引語之外，第一敘述層的人物言辭均以「言語行為的敘述體」、「間接引語」以及「自由直接引語」的形式出現。也就是說，這是第一敘述層唯一出現引號的地方。該作品的第二敘述

層由晚報對辛尼科太太死於非命的一篇報導構成。這篇報導也一反常規，基本上完全採用間接引語。在這一語境中，上引的那一例直接引語的音響效果顯得十分突出。此外，因為它單獨佔據了一個段落，所以看起來格外引人注目。辛尼科太太的這句評論，就像一記響鼓，震懾了達非先生的心靈，把他從精神癱瘓的狀態中喚醒。為了更好地理解喬伊絲突出這句話的音響效果的用意，我們不妨看看這篇作品的結尾幾句話：

> 他在黑暗中感受不到她在身旁，也聽不到她的聲音。他等了好幾分鐘，靜靜地聽著，卻什麼也聽不到：這是個十分沉寂的夜晚。他又聽了一聽：萬籟俱寂。他感到自己很孤單。

作品的結尾強調達非先生努力捕捉辛尼科太太的聲音，因捕捉不到而陷入孤單的絕望之中，從而反襯出了辛尼科太太那句「振聾發聵」的評論的作用。正是這句貌似平常的評論，當初使達非先生從精神麻痺、完全封閉的狀態中走了出來。不難看出，在第一敍述層上，喬伊絲單在這一處採用直接引語是獨具匠心的巧妙選擇。

三、間接引語的優勢

間接引語是小說特有的表達方式。但在中國古典小說中，間接引語極為少見，這是因為當時沒有標點符號，為了把人物話語與敍述語分開，需要頻繁使用「某某道」，還需儘量使用直接式，以便使兩者能在人稱和語氣上有所不同。此外，中國古典小說由話本發展而來，說書人一般喜好摹仿人物原話，這對古典小說的敍述特徵頗有影響。在《紅樓夢》中，曹雪芹採用的就幾乎全是直接引語。楊憲益、戴乃迭以及大衛‧霍克斯在翻譯《紅樓夢》時，[29]將原文中的一些直接引

---

[29] Yang Hsienyi and Gladys Yang, trans. *A Dream of Red Mansions*, by Cao Xueqin (Beijing: Foreign Languages Press, 1978), 3 vols; David Hawkes, trans. *The Story of*

語改成了間接引語。通過這些變動我們或許能更好地看到間接引語的一些優勢，請看下例：

> 黛玉便忖度著：「因他有玉，所以才問我的。」便答道：「我沒有玉。你那玉件也是件稀罕物兒，豈能人人皆有？」（第三章）
>
> （A）Imagining that he had his own jade in mind, she answered, "No, I haven't. I suppose it's too rare for everybody to have one". （Yang and Yang譯）
>
> （B）Dai-yu at once divined that he was asking her if she too had a jade like the one he was born with. "No," said Dai-yu. "That jade of yours …" （Hawkes譯）

　　原文中，黛玉的想法和言語均用直接引語表達，故顯得同樣響亮和突出。而在譯文中，通過用間接引語來表達黛玉的想法，形成了一種對比：本為暗自忖度的想法顯得平暗，襯托出直接講出的話語。這一「亮暗」分明的層次是較為理想的。此外，與直接引語相比，間接引語為敘述者提供了總結人物話語的機會，故具有一定的節儉性，可加快敘述速度（上引Yang and Yang譯在一定程度上體現了這一特點）。再次，與直接引語相比，人稱、時態跟敘述語完全一致的間接引語能使敘述流更為順暢地向前發展。這也是《紅樓夢》的譯者有時改用間接式的原因之一。翻譯與塑造人物性格有關的重要話語時，他們一般保留直接式。而翻譯主要人物的某些日常套話、次要人物無關緊要的回話時，則經常改用間接引語，以便使敘述更輕快地向前發展。

---

the Stone, by Cao Xueqin (Harmondsworth: Penguin, 1973-1980), 3 vols.

四、「言語行為的敘述體」的高度節儉和掩蓋作用

敘述者可以在間接引語的基礎上再向前走一步，行使更大的干預權，把人物話語作為言語行為來敘述。敘述者可以概略地報導人物之間的對話：

> 貝內特太太在五個女兒的協助下，一個勁地追問丈夫有關賓格利先生的情況，然而結果卻不盡人意。她們採用各種方式圍攻他，包括直截了當的提問、巧妙的推測、不著邊際的瞎猜，但他卻機智地回避了她們的所有伎倆。最後，她們不得不轉而接受了鄰居盧卡斯爵士夫人的第二手資訊……（簡·奧斯丁《傲慢與偏見》第一卷第三章）

若將貝內特太太和她的五個女兒的一連串問話都一一細細道來，不僅會顯得囉唆繁瑣，而且會顯得雜亂無章。由敘述者提綱挈領地進行總結性概述，則既簡略經濟，又讓讀者一目了然。這樣的節儉在電影和戲劇中均難以達到，它體現了小說這一敘事體裁的優勢。此外，敘述者還可以借助敘述體來巧妙地隱瞞他不願複述的人物話語，如：

> 她接著又說了句話。我從來沒有聽到過女人說這樣的話。我簡直給嚇著了……一會，她又說了一遍，是尖聲對著我喊出來的。（約翰·福爾斯，《收藏家》）

這位第一人稱敘述者顯然感到那女人的話難以啟齒，便以這種敘述方式巧妙遮掩了她的具體言詞。

在所有的人物話語表達形式中，自由間接引語是最值得注意、最為熱門的話題。下一節將集中探討這一表達形式。

第三節 自由間接引語面面觀

自由間接引語是現當代小說中極為常見，也極為重要的人物話語表達方式，瞭解它的獨特功能，對小說欣賞、批評或創作有重要意義。與其他話語表達形式相比，自由間接引語有多種表達優勢。[30]

一、加強反諷效果

任一引語形式本身都不可能產生反諷的效果，它只能呈現人物話語或相關語境中的反諷成分，但自由間接引語能比其他形式更有效地表達這一成分。請對比下面這兩種形式：

（1）He said/thought, "I'll become the greatest man in the world."

（他說／心想：「我會成為世界上最偉大的人。」）

（2）He would become the greatest man in the world.

（他會成為世界上最偉大的人。）

如果這話語出自書中一自高自大的小人物，無論採用哪種引語形式，都會產生嘲諷的效果，但自由間接引語所產生的譏諷效果相比之下要更為強烈。在這一形式中，沒有引導句，人稱和時態又形同敘述描寫，由敘述者「說出」他／她顯然認為荒唐的話，給引語增添了一種滑稽模仿的色彩或一種鄙薄的語氣，從而使譏諷的效果更為入木三分。在很多大量使用自由間接引語的小說中，敘述者是相當客觀可靠的（譬如簡・奧斯丁和福樓拜小說中的敘述者）。自由間接引語在人稱和時態上跟敘述描寫一致，因無引導句，它容易跟敘述描寫混合在

---

[30] See McHale, "Free Indirect Discourse: A Survey of Recent Accounts"; Dorrit Cohn, *Transparent Minds* (Princeton: Princeton UP, 1978).

一起，在客觀可靠的敘述描寫的反襯下，自由間接引語中的荒唐成分往往顯得格外不協調，從而增強了譏諷的效果（在「染了色的」間接引語中，如果「染色」成分恰恰是人物話語中的荒唐成分的話，也會因與客觀敘述的明顯反差使諷刺的效果得到加強）。

從讀者的角度來說，自由間接引語中的過去時和第三人稱在讀者和人物的話語之間拉開了一段距離。如果採用直接引語，第一人稱代詞「我」容易使讀者產生某種共鳴。而自由間接引語中的第三人稱與過去時則具有疏遠的效果，這樣使讀者能以旁觀者的眼光來充分品味人物話語中的荒唐成分以及敘述者的譏諷語氣。

在不少自由間接引語中，敘述者幽默嘲弄的口吻並非十分明顯，但往往頗為令人回味，如凱薩琳·曼斯費爾德的短篇小說《一杯茶》中的一例：

> She could have said, "Now I've got you," as she gazed at the little captive she had netted. **But of course she meant it kindly. Oh, more than kindly. She was going to prove to this girl that-wonderful things did happen in life, that-fairy godmothers were real,that-rich people had hearts, and that women were sisters.** （她盯著她捕獲的小俘虜，本想說：「我可把你抓到手了。」但自然她是出於好意。噢，比好意還要好意。她要對這個女孩證實——生活中的確會發生奇妙的事情，——天仙般的女監護人確實存在，——富人有副好心腸，女人都是好姐妹。）（黑體為引者所加）

《一杯茶》中的女主人公羅斯瑪麗是一位天真又略有些淺薄的富太太。一個流落街頭的姑娘向她乞討，這時她想起了小說和戲劇中的某些片段，猛然間有了一種冒險的衝動，想效法作品中的人物，把這個流浪女帶回家去。她覺得這樣做一定會很有刺激性，而且也可為日後在朋友面前表現自己提供話題。雖然她僅將這位流浪女當成滿足自己

的冒險心理和自我炫耀的工具，但她還是為自己找出了一些冠冕堂皇的理由，這些理由被敘述者用自由間接引語加以轉述。在直接引語中，僅有人物單一的聲音；在間接引語中，敘述者冷靜客觀的言辭又在一定程度上壓抑了人物的主體意識，減弱了人物話語中激動誇張的成分。與此相對照，在自由間接引語中，不僅人物的主體意識得到充分體現，而且敘述者的口吻也通過第三人稱和過去時得以施展。在這例自由間接引語中，我們可以感受到敘述者不乏幽默、略帶嘲弄的口吻：「但自然她是出於好意。噢，比好意還要好意……」。這例後半部分的三個破折號顯得較為突出。這些在間接引語中無法保留的破折號使這段想法顯得斷斷續續，較好地再現了羅斯瑪麗盡力為自己尋找堂皇理由的過程。

二、增強同情感

自由間接引語不僅能加強反諷的效果，也能增強對人物的同情感。我們不妨看看茅盾《林家鋪子》中的一段：

> （1）林先生心裡一跳，暫時回答不出來。（2）雖然[壽生]是[我／他]七八年的老夥計，一向沒有出過岔子，但誰能保到底呢！

漢語中不僅無動詞時態，也常省略人稱，因此常出現直接式與間接式的「兩可型」或「混合型」。[31]上面引的第（2）小段可看成是「自由直接引語」與「自由間接引語」的「混合型」。如果我們把它們「分解」開來，則可看到每一型的長處。「自由直接引語」（「雖然壽生是我七八年的老夥計……」）的優勢是使讀者能直接進入人物的內心，但這意味著敘述者的聲音在此不起作用。而在「自由間接引語」中，讀者聽到的是敘述者轉述人物話語的聲音。一位富有同情心

---

[31] 詳見申丹：《敘述學與小說文體學研究》第 10 章第 3 節，北京大學出版社 2007 年。

的敘述者在這種情況下，聲音會充滿對人物的同情，這必然會使讀者受到感染，從而增強讀者的共鳴。此例中的敘述者聽起來好像跟林先生一樣為壽生捏著一把汗，這也增強了懸念的效果。如果採用間接引語則達不到這樣的效果，試比較：「他心想雖然壽生是他七八年的老夥計……」。自由間接引語妙就妙在它在語法上往往形同敘述描寫（第三人稱、過去時，無引導句），敘述者的觀點態度也就容易使讀者領悟和接受。而「他心想」這樣的引導句則容易把敘述者的想法與人物的想法區分開來。

「反諷」與「同情」是兩種互為對照的敘述態度。無論敘述者持何種立場觀點，自由間接引語均能較好地反映出來，因為其長處在於不僅能保留人物的主體意識，而且能巧妙地表達出敘述者隱性評論的口吻。

三、含混的優勢

由於沒有引導句「某某說」，轉述語在人稱和時態上又和敘述語相一致，若人物語言沒有明顯的主體性特徵，在採用自由間接引語表達時，與敘述者的描述有時難以區分。在具體作品中，作者可以利用這種模棱兩可來達到各種目的。在簡·奧斯丁《勸導》的第一卷第10章中，出現了這麼一個句子：

He could not forgive her-but he could not be unfeeling.
（他不能原諒她──但他並非冷漠無情。）

請比較：

She thought: "He cannot forgive me -but he can not be unfeeling."
（她心想：「他不能原諒我──但他並非冷漠無情。」）

在比較版中，我們看到的是女主人公的內心想法。與此相對照，在原文中，這句話在某種程度上卻像是全知敘述者具有權威性的描述，這可能會讓讀者真的以為男主人公不能原諒女主人公。然而，情節發展呈現出不同的走向：男主人公最終原諒了女主人公，兩位有情人終成眷屬。實際上，原文中出現的是自由間接引語，表達的是女主人公自己的想法（全知敘述者則知道他能原諒她）。與（自由）直接引語或間接引語相比，原文中這句話在表達形式上的含混有利於暫時「誤導」讀者，這樣就會產生更強的戲劇性，當男主人公最終原諒女主人公時，讀者也會感到格外欣慰。

值得注意的是，這句話中的「—」可視為體現人物主體性的語言特徵，因此構成自由間接引語的一種微弱標識。而在有的情況下，句子中沒有任何關於人物主體性的語言標誌（若用逗號替代「—」，就會是那種情況），讀者可能始終難以斷定相關文字究竟是自由間接引語，還是敘述者的描述。即便能發現是自由間接引語，由於沒有「某某想」或「某某說」這樣的引導句，也可能會難以斷定究竟是對人物口頭話語還是內心思想的表達。作者也可利用這種獨特的含混來產生各種效果。

四、增加語意密度

自由間接引語中不僅有人物和敘述者這兩種聲音在起作用，[32]而且還有可能涉及受話者的聲音。若人物話語有直接受話者，「他將成為世界上最偉大的人」這樣的自由間接引語就可能會使讀者感受到有判斷力的受話者的譏諷態度，甚至使讀者覺得受話者在對發話者進行諷刺性的模仿或評論。[33]這樣就形成了多語共存的態勢，增強了話語

---

[32] 直接引語中僅有人物的聲音，間接引語中敘述者的聲音又常壓抑人物的聲音（除非轉述語帶上人物語言的色彩）。

[33] See Roy Pascal, *The Dual Voice* (Manchester: Manchester UP, 1977), p.55; Moshe Ron,「Free Indirect Discourse, Mimetic Language Games and the Subject of Fiction,」

的語意密度，從而取得其他話語形式難以達到的效果。同樣，在發話人物、敘述者以及讀者態度相似的情況下，語意密度也能得到有效的增強。在簡‧奧斯丁的《傲慢與偏見》第1卷第19章中，柯林斯向貝內特家的二女兒伊莉莎白求婚，他羅羅唆唆、荒唐可笑地講了一大堆淺薄自負、俗不可耐的求婚理由，這時文中出現了這麼一句話：

It was absolutely necessary to interrupt him now.（現在非得打斷他不可了。）

這時，無論作為直接聽眾的伊莉莎白和作為間接聽眾的讀者，還是高高在上的敘述者，都對柯林斯的蠢話感到難以再繼續忍受。上面引的這句話從語境來分析，應為用自由間接引語表達的伊莉莎白的內心想法。但由於它的語言形式同敘述語相似，因此也像是敘述者發出的評論，同時還道出了讀者的心聲，可以說是三種聲音的和聲。

五、兼間接引語與直接引語之長

自由間接引語不僅具有以上列舉的獨特優勢，而且還兼備間接引語與直接引語之長。間接引語可以跟敘述相融無間，但缺乏直接性和生動性。直接引語很生動，但由於人稱與時態截然不同，加上引導句和引號的累贅，與敘述語之間的轉換常較笨拙。自由間接引語卻能集兩者之長，同時避兩者之短。由於敘述者常常僅變動人稱與時態而保留包括標點符號在內的體現人物主體意識的多種語言成分，使這一表達形式既能與敘述語交織在一起（均為第三人稱、過去時），又具有生動性和較強的表現力。在轉述人物的對話時，如果完全採用自由間接引語，則可使它在這方面的優勢表現得更為明顯。在查理斯‧狄更斯《雙城記》第一卷的第三章中，有這麼一段：

Poetics Today 2 (1981), pp.17-39.

Had he ever been a spy himself? No, he scorned the base insinuation.
What did he live upon? His property. Where was his property? He
didn't precisely remember where it was. What was it? No business
of anybody's. Had he inherited it? Yes, he had. From Whom? Distant
relation. Very distant? Rather. Ever been in prison? Certainly not.
Never in a debtor's prison? Didn't see what that had to do with it.
Never in a debtor's prison? - Come, once again. Never? Yes. How
many times? Two or three times....

（他自己當過探子嗎？沒有，他鄙視這樣卑劣的含沙射
影。他靠什麼生活呢？他的財產。他的財產在什麼地方？他記
不太清楚了。是什麼樣的財產？這不關任何人的事。這財產是
他繼承的嗎？是的，是他繼承的。繼承了誰的？遠房親戚的。
很遠的親戚嗎？相當遠。進過監獄嗎？當然沒有。從未進過關
押欠債人的監獄嗎？不懂那跟這件事有什麼關係。從未進欠
債人的監獄嗎？──得了，又問這問題。從來沒有嗎？進過。
幾次？兩三次。……）

　　這段法庭上的對話若用直接引語來表達，不僅頻繁出現的引導句
和引號會讓人感到厭煩，而且問話者的第二人稱、答話者的第一人稱
與引導句中的第三人稱之間的反覆轉換也會顯得笨拙繁瑣。此外，引
導句中的過去時與引號中的現在時還得頻繁轉換。在一致採用自由間
接引語之後，文中僅出現第三人稱和過去時，免去了轉換人稱和時態
的麻煩，也避免了引導句的繁瑣，同時保留了包括疑問號和破折號在
內的體現人物主體意識的語言成分，使對話顯得直接生動。
　　自由間接引語具有上述多方面的優勢，因此我們也就不難理解為
何自由間接引語逐漸取代直接引語，成了現代小說中最常用的一種人
物話語表達方式。

◇　　◇　　◇　　◇

　　總體而言，就人物話語的不同表達形式來說，如何準確地把握它們的效果呢？建議從以下幾方面著手：（1）注意人物主體意識與敘述者主體意識之間的關係。比如，注意敘述者在何種程度上總結了人物的話語，是否用自己的視角取代了人物的視角，是否用自己冷靜客觀的言辭替代了具有人物個性特徵或情感特徵的語言成分，以及是否在轉述人物話語的同時流露了自己的態度。（2）注意敘述語境對人物話語的客觀壓力，譬如，人物話語是出現在主句中還是出現在從句中，有無引導句，其位置如何，引導詞為何種性質等。（3）注意敘述語流是否連貫、順暢、簡潔、緊湊。（4）注意人物話語與讀者之間的距離：第一人稱和現在時具有直接性、即時性，且第一人稱代詞「我」容易引起讀者的共鳴，而第三人稱和過去時則容易產生一種疏遠的效果。（5）注意人物話語之間的明暗度及不同的音響效果等。20世紀60年代以來，小說中人物話語的不同表達方式引起了西方敘事學界和文體學界的很大興趣，但在國內尚未引起足夠重視。這是一個頗值得探討的領域。從這一角度切入敘事作品分析，往往能得到富有新意的闡釋結果。

第六章

女性主義敘事學[*]

　　在探討了兩個理論概念和兩個分析範疇之後，讓我們把注意力轉向三個影響較大的後經典敘事學流派。首先進入視野的是女性主義敘事學，這一流派可謂後經典敘事學的開路先鋒。顧名思義，「女性主義敘事學」就是將女性主義文評與經典結構主義敘事學相結合的產物。兩者幾乎同時興起於20世紀60年代。但也許是因為結構主義敘事學屬於形式主義範疇，而女性主義文評屬於政治批評範疇的緣故，兩者在十多年的時間裡，各行其道，幾乎沒有發生什麼聯繫。20世紀80年代以來，兩者逐漸結合，構成了一個發展勢頭強勁的跨學科流派。[1]就研究對象來說，雖然有的女性主義敘事學家關注了包括電影和電視在內的通俗文化形式，[2]但女性主義敘事學所研究的主要是女作家筆下的小說。[3]

[*]　參見筆者的相關論述：Dan Shen, "Why Contextual and Formal Narratologies Need Each Other," *JNT: Journal of Narrative Theory* 35.2 (2005): 141-71 中「Feminist Narratology」一節。

[1]　See Robyn R. Warhol, "Feminist Narratology," *Routledge Encyclopedia of Narrative Theory*, ed. David Herman et. al. (London & New York, Routldege, 200), pp.161-63; Ruth Page, "Gender," *The Cambridge Companion to Narrative*, ed. David Herman (Cambridge: Cambridge UP, 2007), pp.189-202.

[2]　See Robyn R. Warhol, *Having a Good Cry: Effeminate Feelings and Narrative Forms* (Columbus: Ohio State UP, 2003)，其中第 5 章聚焦於肥皂劇；Mieke Bal, "Close Reading Today: From Narratology to Cultural Analysis," *Transcending Boundaries: Narratology in Context*, ed. Walter Grünzweig and Andreas Solbach (Tübingen: Gunter Narr Berlag Tubingen, 1999), pp.19-40.

[3]　當然也有例外，Alison A. Case 在 *Plotting Women* (Charlottesville: Virginia UP, 1999)

第一節　女性主義敘事學的發展過程

　　女性主義敘事學的開創人是美國學者蘇珊‧S‧蘭瑟。1981年普林斯頓大學出版社出版了她的《敘述行為：小說中的視角》，[4]該書率先將敘事作品的形式研究與女性主義批評相結合。蘭瑟是搞形式主義研究出身的，後又受到女性主義文評的影響。兩者之間的衝突和融合使蘭瑟擺脫了經典敘事學研究的桎梏，大膽探討敘事形式的（社會）性別意義。就將文本形式研究與社會歷史語境相結合而言，蘭瑟不僅受到女性主義文評的影響，而且受到戈德曼（Lucien Goldmann）、詹姆森和伊格爾頓等著名馬克思主義文論家的啟迪，以及將文學視為交流行為的言語行為理論的啟發。蘭瑟的《敘述行為》一書雖尚未採用「女性主義敘事學」這一名稱，但堪稱女性主義敘事學的開山之作，初步提出了其基本理論，並進行了具體的批評實踐。

　　稍後，陸續出現了一些將敘事學研究與女性主義研究相結合的論文。在《放開說話：從敘事經濟到女性寫作》（1984）一文中，瑪麗亞‧布魯爾借鑒女性主義文評，對結構主義敘事學忽略社會歷史語境的做法提出了質疑。布魯爾在文中考察了女性寫作的敘事性（narrativity），將對敘事性的研究與性別政治相結合。[5]兩年之後，羅賓‧沃霍爾發表了《建構有關吸引型敘述者的理論》一文，從女性主義的角度來探討敘述策略。[6]大家較為熟悉的荷蘭敘事學家米克‧

　　一書中，探討了女作家和男作家筆下的女性敘述者，聚焦於這些敘述者與以文學、社會規約為基礎的「女性敘述」的關係。

[4]　*The Narrative Act: Point of View in Prose Fiction*. (Princeton: Princeton UP, 1981).

[5]　Maria Minich Brewer, "A Loosening of Tongues: From Narrative Economy to Women Writing," *Modern Language Notes* 99 (1984): 1141-61.

[6]　Robyn R. Warhol, "Toward a Theory of the Engaging Narrator: Earnest Interventions in Gaskell, Stowe, and Eliot," *PMLA* 101 (1986): 811-18.

巴爾當時也將女性主義批評引入對敘事結構的研究，產生了一定的影響。[7]

　　這些女性主義敘事學的開創之作在20世紀80年代問世，有一定的必然性。我們知道，從新批評到結構主義，形式主義文論在西方文壇風行了數十年。但20世紀80年代，隨著各派政治文化批評和後結構主義的日漸強盛，形式主義文論遭到貶斥和排擠。在這種情況下，將女性主義引入敘事學研究，使其與政治批評相結合，也就成了「拯救」敘事學的一個途徑。同時，女性主義批評進入80年代以後，也需要尋找新的切入點，敘事學模式無疑為女性主義文本闡釋提供了新角度和新方法。

　　蘭瑟於1986年在美國的《文體》雜誌上發表了一篇宣言性質的論文《建構女性主義敘事學》。[8]這篇論文首次採用了「女性主義敘事學」這一名稱，並對該學派的研究目的和研究方法進行了較為系統的闡述。蘭瑟的論文遭到了以色列學者狄恩戈特（Nilli Diengott）的批評。兩位學者在《文體》雜誌1988年第1期上展開論戰，[9]這對女性主義敘事學的發展起了擴大影響的作用。80年代末和90年代初在美國出現了兩部重要的女性主義敘事學的著作。一為沃霍爾的《性別化的介入》，[10]另一為蘭瑟的《虛構的權威》。[11]這兩位美國女學者在書中

[7]　Mieke Bal, "Sexuality, Semiosis and Binarism: A Narratological Comment on Bergen and Arthur," *Arethusa* 16 (1983): 117-35; Mieke Bal, *Femmes imaginaries* (Paris: Nizet; Montreal: HMH, 1986).

[8]　Susan S. Lanser, "Toward a Feminist Narratology," *Style* 20 (1986): 341-63. 收入 *Feminisms* ed. Robyn R. Warhol and Diane Price Herndl (New Brunswick, N. J.: Rutgers UP, 1991), pp.610-29.

[9]　Nilli Diengott, "Narratology and Feminism," *Style* 22 (1988): 42-51; Lanser, "Shifting the Paradigm: Feminism and Narratology," *Style* 22 (1988): 52-60.

[10]　Robyn R. Warhol, *Gendered Interventions: Narrative Discourse in the Victorian Novel* (New Brunswick, N. J.: Rutgers UP, 1989).

[11]　Susan S. Lanser, *Fictions of Authority: Women Writers and Narrative Voice* (Ithaca: Cornell UP, 1992). Lanser 這本書的影響大於 Warhol 的那本，因此入選了北京大學出版社 2002 年推出的「新敘事理論譯叢」。

進一步闡述了女性主義敘事學的主要目標、基本立場和研究方法，並
進行了更為系統的批評實踐。20世紀90年代以來，女性主義敘事學成
了美國敘事研究領域的一門顯學，有關論著紛紛問世；在《敘事》、
《文體》、《PMLA》等雜誌上可不斷看到女性主義敘事學的論文。
在與美國毗鄰的加拿大，女性主義敘事學也得到了較快發展。1989年
加拿大的女性主義文評雜誌《特塞拉》（*Tessera*）發表了「建構女性
主義敘事學」的專刊，與美國學者的號召相呼應。1994年在國際敘事
文學研究協會的年會上，加拿大學者和美國學者聯手舉辦了一個專場
「為什麼要從事女性主義敘事學？」，相互交流了從事女性主義敘事
學的經驗。《特塞拉》雜誌的創辦者之一凱西・梅齊主編了《含混的
話語：女性主義敘事學與英國女作家》這一論文集，1996年在美國出
版。[12]論文集的作者以加拿大學者為主，同時也有蘭瑟、沃霍爾等幾
位美國學者加盟。英國學者魯絲・佩奇的《女性主義敘事學的文學與
語言學方法》於2006面世。[13]但值得注意的是，佩奇在很大程度上從
事的是借鑒了敘事學模式的文體學分析。[14]

　　女性主義敘事學目前仍保持著較為強勁的發展勢頭，在英國、歐
洲大陸和世界其他地方都有學者在展開研究。在國內也引起了越來越
多的學者和研究生的興趣，已有不少論著和研究生論文面世。它為敘
事研究提供了新的角度，開拓了新的途徑。

第二節　與女性主義文評的差異

　　女性主義文評有兩大流派，一是側重社會歷史研究的英美學派，

---

[12] Kathy Mezei, ed. *Ambiguous Discourse* (Chapel Hill: U of North Carolina P, 1996).
[13] Ruth Page, *Literary and Linguistic Approaches to Feminist Narratology* (New York: Palgrave MacMillan, 2006).
[14] 佩奇在讀了筆者在英美發表的相關論文後，對自己原來不區分文體學和敘事學的做法進行了反思，在後來的寫作中，注意了這一區分。

該派旨在揭示文本中性別歧視的事實；另一是以後結構主義為理論基礎的法國學派，認為性別問題是語言問題，因此著力於語言或寫作上的革命，借此抗拒乃至顛覆父權話語秩序。[15]從時間上說，20世紀60年代興起的當代婦女運動首先導致了對男性文學傳統的批判，提倡頌揚女性文化的女性美學。70年代中期開始了專門研究婦女作家、作品的「婦女批評」（gynocriticism）的新階段。80年代以來又以「性別理論」和對多種差異的考察為標誌。但無論是屬於何種流派，也無論是處於哪個發展階段，女性主義文評的基本政治目標保持不變。女性主義敘事學與女性主義文評享有共同的政治目標：揭示和改變女性被客體化、邊緣化的局面，爭取男女平等。興起於80年代的女性主義敘事學受「婦女批評」的影響，除了初期的少量論著，一般聚焦於女作家的作品，同時受到性別理論的影響，注重區分社會性別和生物性別。

　　然而，女性主義敘事學與女性主義文評在很多方面也不無差異。這些不同之處涉及研究框架、研究對象和基本概念。為了廓清兩者之間的差別，讓我們首先看看女性主義敘事學家對女性主義學者的批評

一、女性主義敘事學家對女性主義學者的批評

1.女性主義文評的片面性和印象性

　　女性主義學者在闡釋文學作品時，傾向於將作品視為社會文獻，將人物視為真人，往往憑藉閱讀印象來評論人物和事件的性質，很少關注作品的結構技巧。蘭瑟在《建構女性主義敘事學》一文中指出，女性主義只是從摹仿的角度來看作品，而敘事學則只是從符號學的角度來看作品。實際上，文學是兩種系統的交合之處，既可以從摹仿的

15　參見張京媛主編的《當代女性主義文學批評》的前言，1992 年北京大學出版社出版；以及楊俊蕾的《從權利、性別到整體的人——20 世紀歐美女權主義文論述要》一文，載《外國文學》2002 年第 5 期。

角度將文學視為生活的再現，也可以從符號學的角度將文學視為語言的建構。

女性主義批評注重研究女性寫作和女性傳統。那麼，女性寫作和男性寫作究竟有何差別？單憑閱讀印象很難回答這一問題。有的女性主義學者認為女作家的作品與男作家的作品之間的差異不在於所表達的內容，而在於表達內容的方式，而結構主義敘事學對作品的表達方式進行了深入系統的研究，提供了一套準確的術語來描述作品的特徵，可據此描述一個文本與其他文本之間的差異。女性主義敘事學家借助敘事學的術語和模式來探討女作家傾向於採用的敘事手法，有根有據地指出某一時期女作家的作品具有哪些結構上的特徵，採用了哪些技巧來敘述故事，而不是僅僅根據閱讀印象來探討女性寫作，使分析更為精確和系統。

女性主義批評一方面對現有秩序和現有理論持排斥態度，認為這些都是父權制的體現，另一方面又對心理分析學、社會學等現有理論加以利用。在女性主義學者的論著中，不時可以看到傳統文論的一些概念和方法。這些理論為女性主義批評提供了強有力的分析工具，從中可以看出「他山之石，可以攻玉」。關鍵不在於理論本身，而在於怎麼運用這些理論。敘事學可以被用於鞏固父權制，也可以被用於揭示性別差異、性別歧視，成為女性主義批評的有力工具，這已為女性主義敘事學的實踐所證實。

2.「女性語言」的規定性和泛歷史性

沃霍爾認為有的女性主義學者在探討女性語言時，像傳統的美學批評一樣具有規定性（prescriptive），因而繼續將有的女作家邊緣化。比如，約瑟芬‧多諾萬在《女性主義的文體批評》一文中，從維吉尼亞‧伍爾夫提出的「婦女的句子」這一角度出發來衡量女作家的作品，將喬治‧艾略特的文體視為「浮誇、令人難受，與其語境不協調」，同時稱讚簡‧奧斯丁、凱特‧蕭邦和伍爾夫等女作家的文體很

適合描寫女主人公的內心生活。[16]沃霍爾指出：「以男性為中心的批評家因為女作家的寫作過度偏離男性文體常規這一隱含標準而將之逐出經典作品的範疇，如果這樣做不合理，那麼，因為有的女作家的寫作形式不是像其他女作家的那樣『女性化』而對其非議，自然也同樣不合情理。」[17]

　　撇開法國女性主義學者對女性語言的刻意創造不談，女性主義學者在探討文本中的女性寫作時，關注的往往是一種超越歷史時空、與女性本質相聯的女性語言。但女性主義中的「性別理論」卻將生物上的男女差別與社會環境決定的性別差異區分了開來。女性主義敘事學家在探討女性寫作時，對性別理論注重社會歷史語境的做法表示贊同，對女性主義學者在研究女性語言時採用的「泛歷史」的角度提出了批評。她們認為女作家的寫作特徵不是由女性本質決定的，而是由社會歷史語境中錯綜複雜、不斷變化的社會規約決定的。[18]也就是說，女性主義敘事學家將敘事結構的「性別化」是與特定歷史語境密切相關的。她們將某一歷史時期女作家常用的技巧稱為「女性技巧」，儘管在另一歷史時期中，同一技巧未必為女作家常用。此外，她們並不認為「女性技巧」特屬於女作家的文本。比如，沃霍爾區分了19世紀現實主義小說中的兩種敘述干預（即敘述者的評論）：一種是「吸引型的」，旨在讓讀者更加投入故事，並認真對待敘述者的評論；另一種是「疏遠型的」，旨在讓讀者與故事保持一定距離。儘管沃霍爾根據這兩種干預在男女作家文本中出現的頻率將前者界定為「女性的」，而將後者界定為「男性的」，但她同時指出在那一時期的每一部現實主義小說中都可以找到這兩種技巧。也就是說，有時男作家會為特定目的採用「女性技巧」，或女作家為特定目的而採用

---

[16]　Josephine Donovan, "Feminist Style Criticism," *Images of Women in Fiction*, ed. Susan Koppelman Cornillon (Bowling Green: Bowling Green State UP, 1981), pp.348-52.

[17]　Warhol, *Gendered Interventions*, pp.8-9.

[18]　Lanser, *Fictions of Authority*, p.5.

「男性技巧」。[19]其實，「女性技巧」與「女性語言」與女性的生理和心理的聯繫不盡相同。就前者而言，在19世紀的英國說教性現實主義小說中，女作家更多地採用了「吸引型的」敘述方法，沃霍爾指出這是因為當時女作家很少有公開表達自己觀點的機會。倘若她們想改造社會，就得借助於小說這一舞臺，向讀者進行「吸引型的」評論。[20]可以說，這種所謂的「女性技巧」完全是社會因素的產物，與女性特有的生理和心理沒什麼關聯。然而，女性的語言特徵則很可能會更多地受制於女性的生理和心理特徵。換個角度說，不同社會、不同時期的女性語言很可能都有其自身特點，但女性語言之間也可能具有某些與女性的生理和心理相關的共性。

二、基本概念上的差異

接下來讓我們看看女性主義和敘事學在基本概念上的差異。女性主義文評的目的之一在於揭示、批判和顛覆父權「話語」。「話語」在此主要指作為符號系統的語言、寫作方式、思維體系、哲學體系、文學象徵體系等等。「話語」是一種隱性的權力運作方式。比如，西方文化思想中的一個顯著特徵是二元對立：太陽／月亮、文化／自然、日／夜、父／母、理智／情感等等，這些二元項隱含著等級制和性別歧視。女性主義學者對西方理論話語中的性別歧視展開了剖析和批判，並力求通過女性寫作來抵制和顛覆父權話語。與此相對照，在敘事學中，「話語」指的是敘事作品中的技巧層面，即表達故事事件的方式（詳見第一章）。女性主義敘事學採用了敘事學的「話語」概念，比如女性主義敘事學家所說的「話語中性別化的差異」，[21]指的就是某一時期的女作者和男作者傾向於採用的不同敘述技巧。誠然，「話語」也可以指小說中人物的言語和思想，這一用法在兩個流派的

---

[19] Warhol, *Gendered Interventions*, pp.17-18.
[20] Warhol, *Gendered Interventions*.
[21] Warhol, *Gendered Interventions*, p.17.

論著中都可以看到，但一般會說明是某某人物的話語。

在敘事學的「話語」層面，有一個重要的概念「聲音」（voice）。正如蘭瑟所指出的，這一概念與女性主義文評中的「聲音」概念相去甚遠。[22]女性主義文評中的「聲音」具有廣義性、摹仿性和政治性等特點，而敘事學中的「聲音」則具有特定性、符號性和技術性等特徵。前者指涉範圍較廣，「許多書的標題宣稱發出了『另外一種聲音』和『不同的聲音』，或者重新喊出了女性詩人和先驅者『失落的聲音』……對於那些一直被壓抑而寂然無聲的群體和個人來說，這個術語已經成為身分和權力的代稱。」[23]值得注意的是，女性主義學者所謂的「聲音」，可以指以女性為中心的觀點、見解，甚至行為，比如，「女性主義者可能去評價一個反抗男權壓迫的文學人物，說她『找到了一種聲音』，而不論這種聲音是否在文本中有所表達。」[24]相比之下，敘事學中的「聲音」特指各種類型的敘述者講述故事的聲音，這是一種重要的形式結構。敘事學家不僅注意將敘述者與作者加以區分，而且注意區分敘述者與人物，這種區分在第一人稱敘述中尤為重要。當一位老人以第一人稱講述自己年輕時的故事時，作為老人的「我」是敘述者，而年輕時的「我」則是故事中的人物。敘事學關注的是作為表達方式的老年的「我」敘述故事的聲音，而女性主義批評則往往聚焦於故事中人物的聲音或行為。女性主義敘事學家一方面採用了敘事學的「聲音」概念，借鑒了敘事學對於不同類型的敘述聲音進行的技術區分，另一方面將對敘述聲音的技術探討與女性主義的政治探討相結合，研究敘述聲音的社會性質和政治涵義，並考察導致作者選擇特定敘述聲音的歷史原因。

---

[22]　Lanser, *Fictions of Authority*, pp.3-5.

[23]　蘇珊‧S‧蘭瑟：《虛構的權威》，黃必康譯，北京：北京大學出版社 2002 年，第 3 頁。

[24]　同上，第 4 頁。

三、研究對象上的差異

在敘事作品的「故事」與「話語」這兩個層面上，女性主義敘事學與女性主義批評在研究對象上都有明顯差異。在故事層面，女性主義學者聚焦於故事事實（主要是人物的經歷和人物之間的關係）的性別政治。她們傾向於關注人物的性格、表現、心理，探討人物和事件的性質，揭示男作家對女性人物的歧視和扭曲，或女作家如何落入了男性中心的文學成規之圈套中，或女作家如何通過特定題材和意象對女性經驗進行了表述或對女性主體意識進行了重申。女性主義學者關注作品中女性作為從屬者、客體、他者的存在，女性的沉默、失語、壓抑、憤怒、瘋狂、（潛意識的）反抗，身分認同危機，女性特有的經驗，母女關係，同性關愛，女性主體在閱讀過程中的建構等等。

與此相對照，女性主義敘事學家關心的是故事事件的結構特徵和結構關係。女性主義敘事學在故事這一層面的探討，主要可分為以下兩種類型：（1）男作家創作的故事結構所反映的性別歧視；（2）女作家與男作者創作的故事在結構上的差異，以及造成這種差異的社會歷史原因。在研究故事結構時，女性主義敘事學家往往採用二元對立、敘事性等結構主義模式來進行探討。這種結構分析的特點是透過現象看本質，旨在挖掘表層事件下面的深層結構關係。

但除了部分早期論著，20世紀80年代中期以來，女性主義敘事學的研究基本都在話語層面展開。如前所述，在敘事學範疇，「話語」指的是故事的表達層。女性主義敘事學家之所以聚焦於這一層面，可能主要有以下兩個原因：一是女性主義批評聚焦於故事層，忽略了表達層。誠然，在探討女性寫作時，有的女性主義學者注意了作者的遣詞造句，但這只是故事表達層的一個方面。敘事學所關注的很多敘述技巧都超越了遣詞造句的範疇（參見第九章），因而沒有引起女性主義學者的關注。二是敘事學對「話語」層面的各種技巧（如敘述類型、敘述視角、敘述距離、人物話語表達方式等等）展開了系統研

究，進行了各種區分。女性主義敘事學家可以利用這些研究成果，並加以拓展，來對敘事作品的表達層進行較為深入的探討，以此填補女性主義批評留下的空白。

可以說，女性主義敘事學與女性主義文評在研究對像上呈一種互為補充的關係。

四、女性閱讀與修辭效果

很多女性主義學者認為敘事作品是以男性為中心的：男性主動，女性被動；男性為主體，女性被客體化。經典好萊塢電影被視為男性中心敘事的典型。有的女性主義學者認為，在觀看這種電影時女性觀眾面臨兩種選擇：一是與作為主動方的男性主體相認同；二是與被動無奈的女性客體相認同。針對這種悲觀的看法，薩莉・魯濱遜在《使主體性別化》一書中提出了「對抗式」閱讀的觀點。她認為，儘管男性霸權的話語體系或許僅僅提供男性主體與女性客體這兩種相對立的立場，但這並沒有窮盡敘事中的可能性。完全有可能「從這些體系中建構出，甚至可以說是強行拔出（wrenched）其他的立場」。[25]要建構出「其他的立場」，就必須抵制文本的誘惑，閱讀作品時採取對抗性的方式，從女性特有的角度來對抗男性中心的角度。魯濱遜採取這種方式對當代女作家的作品進行了闡釋。魯濱遜認為女作家一方面需要在男性中心的話語之中運作，處於這種話語秩序之內，另一方面又因為她們的主體位置在這種排擠女性的話語秩序中無法實現，而處於這種秩序之外，而正是這種邊緣的位置使女作家得以進行自我表述。這種既內在又外在的雙重創作位置使作品具有雙重性。魯濱遜分析了英國當代女作家桃莉絲・萊辛以「暴力的孩子們」命名的系列小說。從表面情節發展來看，這些以瑪莎為主人公的小說採用的是傳統的探求式的故事結構，這種故事總是將男性表達為探求者，而將女性表達

---

[25]　Sally Robinson, *Gender and Self-Representation in Contemporary Women's Fiction* (Albany: State U of New York P, 1991), p.18.

為被動和消極的一方。由於瑪莎為女性，她所佔據的主人公的位置與敘事線條的傳統意義相衝突，後者對她的探求造成很大的干擾。魯濱遜評論道：

> 瑪莎一直發現自己與男性認同，否定自己「成為」一個女人的經歷。這種干擾使瑪莎的探求不斷脫軌，實際上使她的探求永遠無法到達目的地。因此，與這些作品中由目的決定的表面情節運動相對照，我讀到了另一種運動──或更確切地說，是運動的缺乏，這突顯了一個女人想成為自身敘事以及歷史的主體時會遇到的問題。[26]

不難看出，在魯濱遜的眼裡，最值得信賴的是自己擺脫了父權制話語體系制約的「對抗式」閱讀方式。儘管很多女性主義學者不像深受後結構主義影響的魯濱遜那樣強調閱讀的建構作用，但她們對閱讀立場也相當重視。無論是揭示男作者文本中的性別歧視，還是考察女作家文本中對女性經驗的表述，女性主義批評家經常關注女性閱讀與男性閱讀之間的差異：男性中心的閱讀方式往往扭曲文本，掩蓋性別歧視的事實，也無法正確理解女作家對女性經驗的表述，只有擺脫男性中心的立場，從女性的角度才能正確理解文本。誠然，女性讀者既可能被男性中心的思維方式同化，接受文本的誘惑，參與對女性的客體化過程；也可以採取抵制和顛覆男性中心的立場來闡釋作品。

與女性主義學者相對照，女性主義敘事學家強調的是敘述技巧本身的修辭效果。沃霍爾在《性別化干預》一書中，[27]引用了黑人學者詹姆斯‧鮑德溫（James Baldwin）對於美國女作家斯托夫人（Harrier Beecher Stowe）所著《湯姆叔叔的小屋》的一段評價：「《湯姆叔叔

---

26 Robinson, *Gender and Self-Representation in Contemporary Women's Fiction*, p.20.
27 Warhol, *Gendered Interventions*, p.25.

的小屋》是一部很壞的小說。就其自以為是、自以為有德性的傷感而言，與《小女人》這部小說十分相似。多愁善感是對過多虛假情感的炫耀，是不誠實的標誌……因此，傷感總是構成殘忍的標記，是無人性的一種隱秘而強烈的信號。」《湯姆叔叔的小屋》是沃霍爾眼中採用「吸引型」敘述的代表作。然而，鮑德溫非但沒有受到小說敘述話語的吸引，反而表現出反感和憎惡。但與女性主義學者不同，作為女性主義敘事學家的沃霍爾看到的並非男性讀者與女性讀者對作品的不同反應，而是讀者如何對敘述策略應當具有的效果進行了抵制。她說：

> 正如鮑德溫評價斯托的《湯姆叔叔的小屋》的這篇雄辯的論文所揭示的，讀者的社會環境、政治信念和美學標準可以協同合作，建構出抵制敘述者策略的不可逾越的壁壘。……敘述者的手法與讀者的反應之間的這種差異是值得關注的：敘述策略是文本的修辭特徵，小說家在選擇技巧時顯然希望作品通過這些技巧來影響讀者的情感。但敘述策略並不一定成功，很可能會失敗。讀者的反應無法強加，預測，或者證實。在後結構主義批評的語境中，要確定文本對於一個閱讀主體所產生的效果就像要確定作者的意圖一樣是不可能成功的。[28]

　　沃霍爾強調她對「疏遠型」和「吸引型」敘述形式的區分涉及的並非文本或敘述者可以對讀者採取的行動，而是這些技巧所代表的修辭步驟。理解了這些技巧在小說中的作用就會對現實主義的敘述結構達到一種新的認識。如果說女性主義學者關注的是「作為婦女來閱讀」與「作為男人來閱讀」之間的區別，那麼女性主義敘事學家關注的則是敘述策略本身的修辭效果和作者如何利用這些效果。正如沃霍爾的引語所示，在女性主義敘事學家的心目中，對敘述技巧之修辭效

---

[28] Warhol, *Gendered Interventions*, pp.25-26.

果的應用和理解是一種文學能力，這種能力不受性別政治和其他因素的影響。倘若讀者未能把握這種修辭效果，則會被視為對作品的一種有意或無意的誤解；就作者和文本而言，則會被視為其敘述策略的失敗。不難看出，這是一種較為典型的結構主義立場。但結構主義敘事學家一般僅關注結構本身的美學效果，不考慮不同讀者的反應，也不考慮作品的創作語境，與此相對照，女性主義敘事學家十分關注作者選擇特定敘述技巧的社會歷史原因。

女性主義敘事學之所以會有別於女性主義文評是因為其對結構主義敘事學的借鑒。而女性主義敘事學家對女性主義文評的借鑒又導致了對結構主義敘事學的批評。

第三節　與結構主義敘事學的關係

女性主義敘事學對結構主義敘事學的批評集中在兩個方面：一是無視性別；二是不考慮社會歷史語境。首先，女性主義敘事學家認為結構主義敘事學的研究對象主要是男作家的作品，即便有少量女作家的作品，也「將其視為男作家的作品」，[29]不考慮源於性別的結構差異，難以解釋女作家採用的敘事結構和敘述策略及其意識形態含義。蘭瑟認為，要真正改變女性邊緣化的局面，就需要採取一種激進的立場：不僅僅既考慮男性作品也考慮女性作品，而是從婦女作品入手來進行敘事學研究。此外，女性主義敘事學家抨擊了經典敘事學將作品與創作和闡釋語境相隔離的做法，要求敘事學研究充分考慮社會歷史語境。

正如本書前言所述，敘事學研究可以分為敘事詩學（語法）和作品闡釋這兩個不同類別，這兩種類別對於社會語境的考慮有完全不同的要求，類似於語法與言語闡釋之間的不同。比如，在語法中區

---

[29] Lanser, "Toward a Feminist Narratology," p.612.

分「主語」、「謂語」、「賓語」這些成分時，我們可以將句子視為脫離語境的結構物，其不同結構成分具有不同的脫離語境的功能（「主語」在任何語境中都具有不同於「賓語」或「狀語」的句法功能）。但在探討「主語」、「謂語」、「賓語」等結構成分在一個作品中究竟起了什麼作用時，就需要關注作品的生產語境和闡釋語境。就敘事詩學（語法）而言，涉及的也是對敘事作品（或某一文類的敘事作品）之共有結構技巧的區分（如對不同敘述視角或敘述類型的區分），進行這些區分時也無需考慮社會歷史語境。像句法形式一樣，結構技巧是男女作家通用的，男女作家都可以採用第一人稱或第三人稱敘述，都可以採用全知敘述者的視角或人物的有限視角，都可以採用直接引語或自由間接引語，如此等等。蘭瑟在《虛構的權威》裡區分的「作者型」、「個人型」和「集體型」[30]這三種敘述模式和沃霍爾在《性別化的介入》裡區分的「疏遠型」和「吸引型」敘述形式都不是女作家作品中所特有的。女性主義敘事學家的這些結構區分起到了豐富敘事詩學的作用（「集體型」敘述、「疏遠型」敘述、「吸引型」敘述等均為新的結構區分）。我們應不斷通過考察敘事作品來充實和完善敘事詩學。蘭瑟認為「對女作家作品中敘事結構的探討可能會動搖敘事學的基本原理和結構區分」。[31]實際上，倘若女作家作品中的結構技巧已被收入敘事詩學（語法），那麼研究就不會得出新的結果；倘若某些結構技巧在以往的研究中被忽略，那麼將其收入敘事詩學也只不過是對經典敘事詩學的一種補充而已。[32]

西方敘事學家對這一點往往認識不清。在《劍橋敘事指南》中，露絲・佩奇斷言蘭瑟在《使敘事性別化》（Sexing the Narrative）裡的

---

[30] 蘭瑟是在考察女作家的作品時，注意到這一敘述類型的，但在男作家筆下，有時也會出現敘述者為「我們」的集體型敘述，我們比較熟悉的 William Faulkner 的「A Rose for Emily」就是一個例證。

[31] Lanser, *Fictions of Authority*, p.6.

[32] 詳見申丹等著《英美小說敘事理論研究》第 11 章第 3 節。

研究成功地修正了經典敘事詩學。[33] 佩奇給出的例證是蘭瑟對敘述者的性別的考慮，[34]認為這做到了將敘事理論性別化和語境化。筆者在美國《敘事理論期刊》上發表的《語境敘事學和形式敘事學緣何相互依存》一文中，[35]分析了蘭瑟的這一研究，指出其實質上是脫離語境的結構區分。讓我們看看蘭瑟的原文：

> 《身體寫作》使我意識到，只要我們把性別的缺席當作一個敘事學的變數，那麼，性別即便不是敘事的常量，也是一個普遍因數。這就使得我們可以對任一敘事做些非常簡單的、形式上的觀察：敘述者的性別有無標識，如果有標識，是男性的還是女性的，亦或是在兩者間的遷移⋯⋯大家不妨根據異故事和同故事敘述是否存在性別的標識，根據性別的不同標示方式——究竟是明確標示還是通過一些規約因素來隱蔽標示（暗示但不驗證）性別，來對異故事和同故事敘事進行分類。[36]

蘭瑟關注的是敘述者的性別是否有標識（即是否能看出敘述者究竟是男是女）；如果有標識，究竟是明確標示還是通過一些規約因素來隱蔽暗示。不難看出，這種對敘述者「性別」的理論區分就像經典的結構區分一樣形式化和脫離語境。對「異故事」（敘述者處於故事之外）和「同故事」（敘述者處於故事之內）的區分是經典的結構區分。與此相似，性別究竟是「有標識」還是「無標識」，若有標識，究竟是「明確標示」還是「隱蔽標示」也是抽象的、脫離語境的結構區分。其實，我們也可以把敘述者的種族、階級、宗教、民族、教育

[33] Ruth Page, "Gender," *The Cambridge Companion to Narrative*, p.197.
[34] Susan S. Lanser, "Sexing the Narrative: Propriety, Desire, and the Engendering of Narratology," *Narrative* 3 (1995), p.87.
[35] Dan Shen, "Why Contextual and Formal Narratologies Need Each Other," *JNT: Journal of Narrative Theory* 35.2 (2005): 141-71.
[36] Lanser, "Sexing the Narrative," p.87.

或婚姻狀況加以形式化。[37]所有這一切都可以是「有標識的」或「無標識的」，而且如果「有標識」，在文本中也可以是「隱蔽」或「公開」的。但我們必須清醒地認識到，敘事形式的理論劃分與語境化的要求相對立。我們一旦試圖將性別、種族、階級等非結構要素加以理論化，使之成為敘事詩學的形式類別，就必須把文本從相應的語境中分離出來，並從中提煉出相關的形式特徵。也就是說，除非將這樣的非結構要素轉換成脫離語境的形式要素，它們就無法進入敘事詩學——「性別」也不例外。

　　結構主義敘事學真正的問題是，在闡釋敘事作品的意義時，仍然將作品與包括性別、種族、階級等因素在內的社會歷史語境隔離開來。而作品的意義與其語境是不可分離的。如前所述，在19世紀的英國說教性現實主義小說中，女作家更多地採用了「吸引型的」敘述方法，這有其深刻的社會歷史原因。從女性主義批評的角度進行探討，可以走出結構主義敘事學純形式探討的誤區。蘭瑟在《虛構的權威》一書中，緊緊扣住女作者文本中的敘述聲音深入展開意識形態和權力關係的研究，很有特色，在當時令人耳目一新（詳見下文）。也就是說，女性主義敘事學的真正貢獻在於結合性別和語境來闡釋具體作品中結構技巧的社會政治意義。

　　可以說，女性主義敘事學給經典敘事語法或詩學帶來了一定的負面影響。由於經典語法和詩學不考慮（其實無需考慮）性別政治和歷史語境，女性主義敘事學對性別化和語境化的強調加重了對這方面研究的排斥。在80年代末至90年代末這段時間裡，在美國難以見到專門研究敘事語法和敘述詩學的論文。經典敘事學理論中存在一些混亂和

---

[37] 倘若在建構敘事詩學時，對這些因素統統加以考慮，也未免太繁瑣了；但若僅考慮性別，也未免太片面了。比較合理的做法是，在敘事詩學中僅僅區分第一、第二和第三人稱敘述，故事內和故事外敘述等等，但在作品闡釋時，則全面考慮敘述者各方面的特點。其實有很多敘述結構（如倒敘、預敘或直接引語、自由間接引語）是無法進行性別之分的。

問題，有的長期未得到重視和解決，這主要是因為對性別化和語境化的強調阻礙了這方面的工作。世紀之交，越來越多的美國學者意識到了一味進行政治文化研究的局限性，開始重新重視對敘事結構技巧的研究。經典語法或詩學畢竟構成女性主義敘事學之技術支撐。若經典語法或詩學能不斷發展和完善，就能推動女性主義敘事學的前進步伐；而後者的發展也能促使前者拓展研究範疇。這兩者構成一種相輔相成的關係。

　　女性主義敘事學是後經典敘事學最為重要、最具影響力的流派之一。但由於上文所提到的原因，女性主義敘事學想改造敘事詩學，使之性別化和語境化的努力收效甚微。然而，就作品闡釋而言，女性主義敘事學則有效地糾正了經典敘事學批評忽略社會歷史語境的偏誤，並在敘事批評中開闢了新的途徑，開拓了新的視野。梅齊在《含混的話語》中說：「1989年，女性主義敘事學進入了另一個重要的階段：從理論探討轉向了批評實踐。」[38] 20世紀90年代以來，大多數女性主義敘事學家將注意力轉向了文本闡釋——這才是需要考慮性別政治和社會語境的範疇。下面兩節將聚焦於女性主義敘事學的作品分析。如前所述，敘事作品一般被分為「故事」（內容）與「話語」（形式）這兩個不同層面。除了部分早期的論著，20世紀80年代後期以來，女性主義敘事學的作品分析基本都在「話語」這一層次展開。為了廓清「話語」這一範疇，我們將首先探討一下敘述結構與遣詞造句的關係。

第四節　敘述結構與遣詞造句

　　女性主義敘事學的主要創始者蘭瑟在1986年發表的《建構女性主義敘事學》中，對《埃特金森的匣子》中的一段文字進行了深入細緻

---

[38] Mezei, "Introduction," *Ambiguous Discourse*, p.8.

的分析。[39]六年之後，在《虛構的權威》一書中，蘭瑟又在緒論部分簡要分析了同一實例。這是《埃特金森的匣子》中一位年輕的新娘用詩體給知心姐妹寫的一封信：

> ……
> 我已經結婚七個禮拜，但是我
> 絲毫不覺得有任何的理由去
> 追悔我和他結合的那一天。我的丈夫
> 性格和人品都很好，根本不像
> 醜陋魯莽、老不中用、固執己見還愛吃醋
> 的怪物。怪物才想百般限制，穩住老婆；
> 他的信條是，應該把妻子當成
> 知心朋友和貼心人，而不應視之為
> 玩偶或下賤的僕人，他選作妻子的女人
> 也不完全是生活的伴侶。雙方都不該
> 只能一門心思想著服從；
> ……[40]

從表面上看，這封信是對婚姻和丈夫的讚揚，但若根據《埃特金森的匣子》中的有關說明，依次隔行往下讀，讀到的則是對丈夫缺陷的描述、對其男權思想的控訴和新娘的後悔。之所以會出現這兩個版本，是因為新娘需要向丈夫公開所有的書信。蘭瑟對這兩個版本進行了比較分析：表面文本以所謂「女性語言」或「太太語言」為特徵，在表面文本的掩護下，「隱含文本」以所謂「男性語言」對丈夫所代表的

[39] Susan S. Lanser, "Toward a Feminist Narratology," *Style* 20 (1986), pp.341-63; reprinted in *Feminism: An Anthology*, ed. Robyn R. Warhol and Diane Price Herndl (New Jersey: Rutgers UP) 610-29.
[40] 蘇珊 ·S. 蘭瑟，《虛構的權威》，黃必康譯，北京：北京大學出版社，第 9-10 頁。

男性權威發出了挑戰。但蘭瑟對形式的關注更進一層。她注意到連接
表面文本和隱含文本的是一組否定結構：

> 我〔絲毫不覺得有任何的理由去〕追悔
>
> 我的丈夫……〔根本不像〕醜陋魯莽、老不中用……
>
> 他的信條是，應該把妻子當成……〔而不應視之為〕玩偶
> 或下賤的僕人
>
> 〔雙方都不該〕只能一門心思想著服從

這組否定結構不僅起到了連接兩個文本的作用，且更重要的是，通過
這組否定結構，表面文本將敘述者宣稱避免了的那類婚姻描述為社會
常規。文中提到的自己的幸運之處都暗指社會上普遍存在著那種可怕
的婚姻關係，身處這些關係中的新娘都後悔不已，丈夫都是怪物，女
性都是「玩偶」或「奴僕」。從這一角度來看，表面文本和隱含文本
之間的關係就不是讚美丈夫和譴責丈夫的對立或對照的關係，而是譴
責社會婚姻制度與提供一個例證的互為加強、互為呼應的關係。也就
是說，「即使沒有隱含文本，表面文本已經有了雙重聲音。在一段語
篇之內，它表達了對一種婚姻的全盤接受，同時也表明對婚姻本身的
無情拒斥。」[41]蘭瑟緊扣表達形式，層層推進的分析很好地揭示了文
本的複雜內涵，令人叫絕。

　　蘭瑟旨在用這一實例來說明她區分的兩種敘述模式：「公開型敘
述」和「私下型敘述」。前者指的是敘述者對處於故事之外的敘述對
象（即廣大讀者）講故事。《紅樓夢》中敘述者對「看官」的敘述屬
於此類；第一人稱敘述者對未言明的故事外聽眾的敘述也屬於此類。
「私下型」敘述指的則是對故事內的某個人物進行敘述，倘若《紅樓
夢》的第三人稱敘述者直接對賈寶玉說話，就構成一種「私下型」敘

---

[41] 蘭瑟，《虛構的權威》，第 15 頁。

述，讀者只能間接地通過寶玉這一人物來接受敘述。第一人稱敘述者對故事中某個人物的敘述也屬於此類。這是根據受述者（敘述接受者、讀者）的結構位置作出的區分。蘭瑟寫道：「然而，相對於隱含文本而言，敘述者意在將表層敘述作為一個突出的公開型文本。隱含文本是一個私下型文本，敘述者十分不希望作為『公開』讀者的丈夫看到這一文本。就第一人稱敘述者的意圖而言，那一『公開』文本確實是為丈夫所作，而私下（祕密）的文本則是為女性朋友而作。就此看來，我們已不能滿足於公開敘述與私下敘述這一簡單的區分，而必須增加一個類別來涵蓋這樣一種現象：敘述是私下的，但除了其標示的受述者，還意在同時被另一個人閱讀。我將稱之為『半私下的敘述行為』。」[42]值得注意的是，「公開」與「私下」被蘭瑟賦予了兩種不同的意義：（1）結構位置上的意義，涉及受述者究竟是處於故事之內（私下型）還是處於故事之外（公開型）。（2）常識上的意義，涉及文本本身究竟是否是祕密的，與受述者的結構位置無關。既然第一種意義僅僅涉及結構位置，而第二種意義又與結構位置無關，兩者相混必然造成混亂。就結構位置而言，新娘的丈夫和知心姐妹都是故事中的人物，對他們進行的敘述均為「私下型」敘述，儘管給丈夫看的是表面文本，而給知心姐妹看的則是祕密文本。也就是說，面對這兩個不同的文本，蘭瑟對「公開型」與「私下型」敘述的結構區分沒有用武之地。此外，倘若「敘述是私下的，但除了其標示的受述者，還意在同時被另一個人閱讀」，只要那「另一個人」處於故事之內，敘述就依然是「私下的」，而不會成為「半私下的」。其實，就同一敘述層次而言，任何受述者都不可能既處於故事之內又處於故事之外，因此不可能存在結構上的「半私下」敘述。

這裡的混亂源自敘事學本身的局限性：僅能解釋結構上的差異。上引實例中給丈夫看的表面文本和給知心姐妹看的隱含文本之間的區

---

[42] Lanser, "Toward a Feminist Narratology," pp.620-21.

別在於是否隔行往下讀，這種詞句上的重新組合導致語義和語氣上的本質變化，但未改變受述者的結構位置。在這種情況下，我們應該走出敘事學的範疇，轉換到文體學的範疇之中。筆者十分強調敘事學的「話語」與文體學的「文體」各自的片面性和相互之間的互補性。[43] 蘭瑟試圖用敘事學來解釋一切，其實，就這封信中的不同文本而言，蘭瑟進行的主要是文體分析。在涉及連接表面文本和隱含文本的那組語法上的否定結構時，情況更是如此——如何看待這組否定結構是如何看待作者的遣詞造句的問題。2003年10月筆者與蘭瑟當面交換了意見，她表示贊同筆者的看法。敘事作品的表達層包含敘述結構和遣詞造句這兩個不同方面，敘事學的「話語」研究聚焦於前者，文體學的「文體」研究則聚焦於後者（詳見第九章）。當意義源於文字特徵而非結構特徵時，我們需要走出敘事學的「話語」結構模式，轉而採用文體學的方法來闡釋文本；反之亦然。

如前所述，換一個角度來看那組語法上的否定結構，就會將一個讚美丈夫的文本變成一個譴責男權社會中普遍存在的婚姻關係的文本。蘭瑟認為，在此受述者由新娘的丈夫變成了「身分不明的公開受述者」，因此敘述變成了「公開型」的。[44] 對此筆者難以苟同。與自然敘事不同，文學敘事有敘述者與作者、受述者與讀者之分。這一區分在第一人稱敘述中尤為重要。在第三人稱全知敘述中，敘述者與作者的距離往往十分接近，但在第一人稱敘述中，兩者之間的距離一般較為明顯。就敘述接受者而言，所謂「受述者」，即敘述者的直接交流對象。只有當故事世界中不存在敘述者的直接交流對象時，才能將故事外的讀者看成「受述者」。這封信的敘述者為新娘，她的表面文

---

[43] 參見 Dan Shen, "What Narratology and Stylistics Can Do for Each Other," *A Companion to Narrative Theory*, ed. James Phelan and Peter J. Rabinowitz（Oxford: Blackwell, 2005), pp.136-49; Dan Shen, "How Stylisticians Draw on Narratology: Approaches, Advantages, and Disadvantages," *Style* 39.4 (2005): 381-95.

[44] Lanser, "Toward a Feminist Narratology," p.619; Lanser, *Fictions of Authority*, p.13.

本就是寫給自己的丈夫看的，祕密文本也就是寫給那一位姐妹看的。但在這一敘述者與受述者的交流層次之上，還存在（隱含）作者與（隱含）讀者的交流。對男權社會婚姻的譴責是（隱含）讀者從表面文本讀出來的更深一層次的涵義。這種深層內涵不僅超出了丈夫的理解範疇，而且在某種意義上也超出了新娘的理解範疇（新娘關心的主要是自己的幸福）。值得注意的是，（隱含）讀者不僅審視寫給丈夫看的表面文本，且也審視寫給知心姐妹看的祕密文本。就前者而言，（隱含）讀者與受述者的理解形成截然對照：作為受述者的丈夫認為是對自己的讚美，（隱含）讀者看到的則是對社會婚姻關係的抨擊。就後者而言（隱含）讀者與受述者的理解也形成某種對照：那位知心姐妹看到的僅僅是新娘本人的不幸，（隱含）讀者則會將之視為婦女受壓迫的一個例證。也就是說，要把握這封信的多層次意義，我們需要看到這兩個不同交流層次的相互作用。

值得一提的是，在《虛構的權威》第7章，蘭瑟又轉而從種族的角度來看「私下型受述者」和「公開型受述者」。這一章探討的是美國黑人女作家托尼‧莫里森（Toni Morrison）的寫作。莫里森既要考慮黑人讀者，又要考慮白人讀者。蘭瑟認為莫里森的文本就像上引新娘的書信那樣具有雙重聲音和雙重受述者：黑人讀者是「私下型受述者」，白人讀者則是「公開型受述者」。在作這一區分時，蘭瑟顯然忘卻了莫里森的黑人讀者和白人讀者具有同樣的結構位置：均處於故事世界之外，均為（結構意義上的）公開型受述者。若要廓分兩者，只能依據讀者的種族和作者的意圖等非結構因素來進行。此外，為了避免混亂，應採用新的術語來加以區分。

總而言之，在分析文學敘事作品時，我們不僅要注意敘述結構（敘事學的「話語」）與遣詞造句（文體學的「文體」）和其他因素之間的關係，還需對敘述者與（隱含）作者之分、受述者與（隱含）讀者之分保持清醒的認識。在下一節中，我們將集中探討女性主義敘事學在「話語」層面上的批評實踐。

第五節 「話語」研究模式

一、敘述聲音

　　蘭瑟在《虛構的權威》一書的主體部分集中對三種敘述聲音展開了探討：作者型敘述聲音（傳統全知敘述）、個人型敘述聲音（故事主人公的第一人稱敘述）和集體型敘述聲音（如敘述者為「我們」）。這三種敘述模式都可依據受述者的結構位置分為「公開的」和「私下的」。蘭瑟以這種模式區分為基礎，對18世紀中葉至20世紀中葉英、美、法等國一些女作家作品中的敘述聲音進行了很有深度和新意的探討。與結構主義批評相比，蘭瑟的女性主義敘事學批評有以下幾個相互關聯的主要特點：

1.是性別權威而不是結構權威

　　蘭瑟的探討緊緊圍繞敘述權威展開。結構主義敘事學也關注不同敘述模式的不同權威性，譬如居於故事世界之上的全知敘述者要比處於故事之中的第一人稱敘述者更有權威性，這種結構上的權威性實際上構成蘭瑟所探討的意識形態權威性的一種基礎。結構主義學者在探討敘述權威時，一般僅關注模式本身的結構特點和美學效果。與此相對照，蘭瑟將敘述模式與社會身分相結合，關注性別化的作者權威，著力探討女作家如何套用、批判、抵制、顛覆男性權威，如何建構自我權威。蘭瑟認為女作家採用的「公開的作者型敘述」可以建構並公開表述女性主體性和重新定義女子氣質，而女作家採用的「個人型敘述」則可以建構某種以女性身體為形式的女性主體的權威。至於蘭瑟所關注的女性的「集體型敘述」，則是以女性社群或社區的存在為前提的。女性可以用集體型敘述制定出她們能藉以活躍在這種生活空間裡的「定率」的權威。蘭瑟指出，每一種權威敘述形式都編制出自己

的權威虛構話語，明確表達出某些意義而讓其他意義保持沉默。[45]

　　值得注意的是，蘭瑟的探討也有別於女性主義批評。後者質疑父權社會中產生權威的機制，強調女作家如何逃避和抵制權威。蘭瑟則敏銳地看到這些女作家「也不得不採用正統的敘述聲音規約，以便對權威進行具有權威性的批判，結果她們的文本使權威得以續存」。[46] 蘭瑟還仔細考察了偏離規約的小說中敘述權威得以生存的不同方式。比如，她在第七章中探討了托尼・莫里森的後現代敘述權威，指出莫里森的小說充分利用了主導的後現代意識與美國黑人政治合流而形成的空間，來重鑄敘述的權威性。

2.是政治工具而不是形式技巧

　　蘭瑟不像結構主義學者那樣，將敘述模式視為形式技巧，而是將其視為政治鬥爭的場所或政治鬥爭的工具。結構主義批評將敘述者、受述者和所述對象之間的關係僅僅視為結構形式關係，蘭瑟卻將之視為權力鬥爭關係。這在第二章對瑪麗埃－讓・里柯博尼的《朱麗埃特・蓋茲比》（簡稱）的分析中得到突出體現。小說中的男女主人公誰是敘述者，誰是受述者，誰是敘述對象成為一種權力之爭，這種人物之間的敘述權之爭又是男女社會鬥爭的體現。蘭瑟指出，「敘述聲音成了朱麗埃特為了免遭『送上[奧塞雷]門的女人』的厄運而必須爭奪的陣地，敘述權威成了女性不願淪為無個性身分的性工具而抵禦男性欲望的保護屏障」。[47] 由於故事情節也是體現性別政治的重要層面，因此蘭瑟十分關注敘述與情節之間的相互作用。她指出在有的小說中，以男權勝利為既定結局的婚姻情節限制了女性敘述聲音的作用，而敘述聲音又為情節造成開放自由的假像。「這種契約式的敘事把女性的沉默無聲表徵為女性自身慾望的結果，以此調和異性性關係

---

[45]　蘭瑟：《虛構的權威》，第 24 頁。

[46]　Lanser, *Fictions of Authority*, p.7.

[47]　蘭瑟：《虛構的權威》，第 34 頁。

中男權勢力與民主的個人主義之間的矛盾。」[48]

3.是語境制約的文本而不是獨立自足的文本

　　形式主義批評將文學文本視為獨立自足的藝術品，割斷了文本與社會歷史語境的關聯，只看敘述模式在文本中的結構特點和美學作用。誠然，結構主義也關注「互文性」，但這種關注僅限於文本之間的結構聯繫和文學規約的作用。相比之下，女性主義敘事學批評關注的是歷史語境中的文本。蘭瑟在《虛構的權威》一書的緒論中說：「我的友人，生物化學家艾倫・亨德森（Ellen Henderson）曾告訴我說，『怎樣？』（How？）提出的問題是科學問題，而『為什麼？』（Why？）提出的問題就不是科學問題。受此啟發，我在本書自始至終都努力論述這樣一個問題：具體的作家和文本是怎樣採用具體的敘事策略的。」[49]然而，在筆者看來，蘭瑟這本書的一個最重要的特點就是較好地回答了處於社會歷史語境中的女作家「為什麼？」選擇特定的敘述模式。形式主義批評家一般不探討「為什麼？」，因為他們對追尋作者意圖持懷疑態度，對歷史語境漠不關心；他們僅僅關注敘述模式在文本中是「怎樣？」運作的，這與他們對科學性的追求密切相關。但蘭瑟追求的並非科學性，而是結構技巧的社會意識形態意義，這勢必涉及「為什麼？」的問題。這一「為什麼？」牽涉面很廣，包括真實作者的個人經歷和家庭背景（階級、種族）。可以說，蘭瑟最為關注的是包括文學傳統在內的社會歷史文化語境對作者選擇的制約。蘭瑟以開闊的視野和廣博的學識對方方面面的語境制約因素進行了富有洞見的深入探討。正如蘭瑟在書中所揭示的，社會歷史文化環境不僅制約女作家對敘述模式的選擇，而且也影響女作家在作品中對敘述模式的運用。其實，蘭瑟的研究的一大長處就在於將對「為什麼？」和「怎樣？」的研究有機結合起來，既探討作者為何在特定

---

[48] 蘭瑟：《虛構的權威》，第 37 頁。
[49] 蘭瑟：《虛構的權威》，第 25 頁。

的歷史語境中選擇特定的敘述模式，又探討作者在文中怎樣運用選定的模式來達到特定的意識形態目的。

　　就這三種特點而言，後兩種較有代表性：女性主義敘事學家均將話語結構視為政治鬥爭的場所，也往往關注作者和文本所處的歷史環境。第一種特點也有一定的代表性，但並非所有女性主義敘事學家都關注敘述的權威性。比如沃霍爾在《性別化的介入》一書中對「吸引型敘述」和「疏遠型敘述」的對比著眼於作者與讀者之間的距離，揭示的是19世紀中期的現實主義女作家如何利用特定的敘述模式來拉近與讀者的距離，以圖藉此影響社會，改造現實。[50]瑪格麗特・霍曼斯在《女性主義小說與女性主義敘事理論》一文中對敘述的探討則聚焦於敘述是否能較好地表達女性經驗。[51]深受蘭瑟影響的謝拉德在探討敘述模式與性別政治之關聯時，也更偏重於敘述者的不可靠性這一問題。[52]值得一提的是，「權威」一詞在不同的批評語境中有不同的重點或不同的含義。在《「捕捉潛流」：小說中的權威、社會性別與敘述策略》一書中，特蕾西・謝拉德也探討了敘述模式的權威性問題，但由於她同時從精神分析學和女性主義的角度切入，因此比蘭瑟更為關注作者與讀者之間的交流。[53]進入新世紀以來，審美興趣在西方有所回歸，「敘述權威」的結構性研究也有所抬頭，即便在涉及女作家的作品時也是如此。美國《敘事》雜誌2004年第1期登載了一篇題為《〈愛瑪〉中的自由間接引語與敘述權威》的文章，[54]該文涉及的敘述權威是結構與審美性質的，與性別政治無關。

---

[50]　Warhol, *Gendered Interventions*.

[51]　Margaret Homans, "Feminist Fictions and Feminist Theories of Narrative," *Narrative* 2 (1994): 3-16.

[52]　Tracey Lynn Sherard, *Gender and Narrative Theory in the Twentieth-Century Novel*, unpublished Ph.D. dissertation (Washington State U, 1998).

[53]　Laura Tracy, *"Catching the Drift": Authority, Gender, and Narrative Strategy in Fiction* (New Brunswick, N. J.: Rutgers UP, 1988).

[54]　Daniel p.Gunn, "Free Indirect Discourse and Narrative Authority in *Emma*," *Narrative* 12 (2004): 35-54.

蘭瑟的研究也體現出女性主義敘事學的某些局限性。蘭瑟集中關注性別政治，聚焦於男女之間的權威之爭，主體性之爭，這難免以偏概全。文學作品畢竟不是政治、社會文獻，作者對敘述模式的選擇和應用受到多方面因素的制約，既有意識形態方面的考慮，也有美學效果方面的考慮，還有其他方面的考慮。形式主義批評僅僅關注美學原則和美學效果，女性主義敘事學則傾向於一味關注性別政治，兩者都有其片面性。要對文本做出較為全面的闡釋，必須綜合考察各方面的因素，關注這些因素之間互為制約、互為作用的關係。

二、「反常的」省敘

美國女性主義敘事學家愛麗森‧凱斯採用了詹姆斯‧費倫提出的「反常的」省敘（「paradoxical」 paralipsis）[55]這一概念來闡釋狄更斯的《荒涼山莊》中埃絲特‧薩默森的第一人稱敘述。[56]「省敘」是熱奈特在《敘述話語》中提出的經典敘事學概念，指的是敘述者（對相關事件）所講的比自己所知的要少。所謂「反常的」省敘就是第一人稱敘述者進行回顧性敘述時，略去或歪曲某些資訊，這看上去與敘述者目前的判斷不相吻合。如前所述，在第一人稱回顧性敘述中，有兩種不同的「我」的眼光，一是作為敘述者的「我」目前的眼光，另一是作為人物的「我」當年正在體驗事件時的眼光，前者往往較為成熟，具有較強的判斷力，而後者往往較為天真，缺乏判斷力。在反常的省敘中，這一差距被遮蔽，其結果，作為敘述者的「我」的感知和判斷看上去與當年作為人物的「我」的並無二致，比如，在回顧性敘述的前面階段，敘述者將曾經接觸過的一個人物描述為令人欽佩或值得信賴，儘管敘述者後來已經發現這個人物不可信賴、卑鄙無恥。也

---

[55] James Phelan, *Narrative as Rhetoric* (Columbus: Ohio State UP, 1996), pp.82-104.

[56] Alison Case, "Gender and History in Narrative Theory: The Problem of Retrospective Distance in David Copperfield and Bleak House," *A Companion to Narrative Theory*, ed. James Phelan and Peter J. Rabinowitz (Oxford: Blackwell, 2005), pp.312-21.

就是說，在反常的省敘中，敘述者自己似乎認可他或她明知有誤的判斷。敘事學家之所以認為這種敘述現象「反常」，是因為敘述聲音看上去違背了模仿邏輯。敘事學家往往從藝術效果的角度來看這種技巧：通過讓敘述聲音顯得像早先的「我」那樣天真無知，「反常的省敘」能讓讀者更為充分地體驗後面的揭示或醒悟帶來的震驚，從而增強作品的情感力量。但凱斯則旨在說明《荒涼山莊》中這一技巧的使用則有一個不同的目的，即通過那一時期的性別化的文學代碼，來加強埃絲特敘述聲音中的女性氣質。

在《荒涼山莊》中，「反常的省敘」一個最為清晰的實例出現於埃絲特敘述的首章，描述的是她跟教母一起度過的童年：

> 她是個非常善良的女人！每逢禮拜天上三次教堂，禮拜三和禮拜五去做早禱；只要有講道的，她就去聽，一次也不錯過。她長得挺漂亮，如果她肯笑一笑的話，她一定跟仙女一樣（我以前常常這樣想），可是她從來就沒有笑過。她總是很嚴肅，很嚴格。我想，她自己因為太善良了，所以看見別人的醜惡，就恨得一輩子都皺著眉頭。即便把小孩和大人之間的所有不同點撇開不算，我依然覺得我和她有很大的不同；我自己感到這樣卑微，這樣渺小，又這樣和她格格不入；所以我跟她在一起的時候，始終不能感到無拘無束——不，甚至於始終不能象我所希望的那樣愛她。一想到她這麼善良，而我又這麼不肖，我心裡便覺得很難過；我總是衷心希望自己能有一副比較好的心腸；我常常和心愛的小娃娃提起這件事；可是，儘管我應當愛我的教母，而且也覺得，如果自己是一個更好的女孩的話，就肯定會愛她，然而我始終沒有愛過她。（中譯本第24頁，黑體為引者所加）[57]

---

[57] 本節中《荒涼山莊》的引文出自黃邦傑等譯，上海譯文出版社 1979 年的版本，但對其

幾頁之後，出現了一個類似的例子，描述埃絲特與女管家告別：「雷徹爾大嫂這人太好了，臨別時居然能無動於衷；我卻不怎麼好，竟痛哭起來了。」埃絲特是在《荒涼山莊》所述事件結束七年之後才提筆寫作的。凱斯指出，假如我們把上面這些相關文字視為埃絲特這位敘述者的真誠評價，那顯然很荒謬。幼年的埃絲特遭到教母和雷徹爾大嫂的情感虐待，但她卻可憐巴巴地情願責備自己，而作為敘述者的埃絲特已經十分瞭解教母和雷徹爾大嫂，懂得了自己童年的不少事情，且得出了究竟什麼才構成善良的結論。在這一背景下，上面那些評價顯得滑稽可笑。

凱斯指出，這一章並沒有一直把埃絲特的敘述聲音與她幼年的天真看法相等同。該章的大部分文字採用了可稱為「模棱兩可的疏遠」（ambiguous distancing）的方法，即採用過去時態的附加語，如「我[當時]想」（I thought），「我[當時]所希望的」（I wished）。這些附加語標示出，所涉及的是先前的自我意識所進行的觀察和判斷。

凱斯指出，在狄更斯另一部第一人稱敘述的小說《大衛‧科波菲爾》中，我們看到一種迥然相異的再現幼年天真眼光的做法，這種差異多方面地體現了歷史和性別在敘述技巧中的作用。跟《荒涼山莊》相似，《大衛‧科波菲爾》主要採用了「模棱兩可的疏遠」這一方法來描述大衛幼年的眼光，比如「我當時不大明白佩戈蒂為什麼看上去那麼怪」[58]。然而，在《大衛‧科波菲爾》中，這樣的敘述中間有規則地穿插了一些陳述，明確提示敘述者的回顧性距離：

> 跟當初一樣，我還是不喜歡他，還是對他感到憂慮和嫉妒；但如果除了小孩的一種本能的不喜歡，以及一種泛泛的想法（有佩戈蒂和我疼愛母親就夠了，不需要別人說明），還有什麼別

中各別文字進行了改動。人物譯名均按此譯本。凱斯在引用時採用了斜體來強調某些文字，為了符合中文的慣例，特將之改為著重號。

[58] Charles Dickens, *David Copperfield* (Oxford: Oxford UP, 1989), p.18.

的原因的話，那肯定不是更為成熟的我有可能會發現的那種原因。我壓根就想不到那樣的原因。可以這麼說，我能夠點點滴滴地觀察，但用這些細節組成一張網，捕捉一個人的性格，這是我當時還無法做到的。[59]

不難看出，狄更斯在這裡強調了大衛後來獲得的判斷力，也強調了這種判斷力如何使大衛得以對其他人的性格、動機和相互關係進行更具自我意識、更為權威的描述。凱斯指出，這與19世紀小說所特有的一種敘述權威模式相關。19世紀的現實主義小說十分重視對社會畫面的準確描繪，與此相對應，採用的往往是在認識上具有獨特優勢的「全知」敘述者。《大衛・科波菲爾》的第一人稱敘述聲音實際上與狄更斯的全知敘述者的聲音在修辭上大同小異。在這部小說中，儘管敘述聲音是一個人物的，但追求的是狄更斯的全知敘述者所具有的觀察判斷的廣度和清晰度。既然第一人稱敘述者渴望達到全知敘述者的地位，那麼，「反常的省敘」就會帶來一個截然不同的問題，因為它打破的與其說是敘述的模仿邏輯，倒不如說是對敘述的掌控狀態，即賦予敘述者權威的觀察的連貫性和完整性。這樣看來，在《大衛・科波菲爾》中，敘述者不斷提及自己回顧性的闡釋優勢，就不僅沒有因其擴大了讀者與人物的感知距離而減弱模仿效果，而且還通過讓讀者確信敘述者對所述對象十分瞭解而增強了模仿效果。

凱斯指出，就埃絲特而言，情況顯然迥然相異。在《荒涼山莊》中，具有敘述權威的全面觀察主要是與埃絲特攜手講述故事的「全知」敘述者的特徵。這位敘述者廣闊的權威視角與埃絲特卑微有限的視角形成了一種對照。若考慮到18和19世紀英國小說這麼廣闊的語境，可以說狄更斯筆下的《荒涼山莊》和《大衛・科波菲爾》例示了一個較大的性別模式：具有自我意識的敘述掌控是規約性的男性

---

[59] Dickens, *David Copperfield*, p.24。此處的著重號原為斜體——譯注。

特徵，而女性敘述者的可信性則往往在於對社會現實的一種不帶自我意識的體現或反映。[60]譬如，這一時期的女性敘述聲音更有可能在書信體或日記體中出現，這種體裁的敘述效果往往有賴於敘述者的無知：不知道自己逐漸展開的故事會如何發展，會有何意義——理查遜（Samuel Richardson）的《帕美勒》和科林斯（Wilkie Collins）的《白衣女人》中的敘述者正是如此。

　　凱斯指出，維多利亞時期的評論家意識到了埃絲特與這種敘述者的聯繫，將埃絲特與帕美勒相提並論，或將她的敘事稱為「日記」。埃絲特的敘述與那一性別模式相吻合，不時插入其「模棱兩可的距離」這一敘述基調的，不是《大衛‧科波菲爾》中的那種對回顧性敘述者認知優勢的毫不含糊的提醒，而是明確的「反常的省敘」，以及其他形式的文字上的猶豫不決和自我更正。這些因素給讀者這麼一種印象——這種敘述者幾乎不加思考地沉浸於自己所敘述的情感和經歷之中，這是因為這一時期的女性敘述者若要可信，就不能具備回顧性的角度能夠享有的修辭上的自我意識和評判上的距離。

　　凱斯通過比較《荒涼山莊》和《大衛‧科波菲爾》這兩部小說，較好地說明了採用截然不同的方法來再現先前幼稚的意識這一問題與性別問題密切相關。對狄更斯而言，有兩件事同樣重要：一是表明儘管埃絲特佔據了回顧性的敘述位置，但依然缺乏掌控敘事的能力，二是表明大衛則具有這種能力。凱斯指出，倘若脫離歷史語境，僅僅將「反常的省敘」視為有效的修辭手段，那就難以充分解釋狄更斯在《荒涼山莊》中對這一技巧的應用，也難以說明他在《大衛‧科波菲爾》中對這一技巧的回避，因為這種理解忽略了特定歷史文化環境中的文學規約，這些規約不僅建構了小說的模仿權威，而且也使之性別化。[61]

---

[60] See Alison A. Case, *Plotting Women: Gender and Narration in the Eighteenth-and Nineteenth-Century British Novel* (Charlottesville: Virginia UP, 1999), pp.4-34.

[61] Case 在 *Plotting Women* 一書中，對文學、文化規約與敘述的性別化之關聯展開了更為

三、敘述視角

　　敘述視角與性別政治的關聯也是女性主義敘事學涉足較多的一個範疇。男作家與女作家為何在某一歷史時期選擇特定的視角模式構成一個關注焦點。敘述視角（聚焦者）與觀察對象（聚焦對象）之間的關係也往往被視為一種意識形態關係。若聚焦者為男性，批評家一般會關注其眼光如何遮掩了性別政治，如何將女性客體化或加以扭曲。若聚焦者為女性，批評家則通常著眼於其觀察過程如何體現女性經驗和重申女性主體意識，或如何體現出父權制社會的影響。這種女性主義敘事學批評既有別於結構主義批評，又有別於女性主義批評。結構主義批評注重不同敘述視角的結構特點和美學效果，比如從一個特定的視角觀察故事是否產生了懸念、逼真性和戲劇性。女性主義批評則往往聚焦於故事之中人物之間的關係，尤其是女性人物如何成為周圍男性的觀察客體，對於敘述視角這一「話語」技巧關注不多。女性主義敘事學關注敘述視角所體現的性別政治，同時注意考察聚焦者的眼光與故事中人物的眼光之間互為加強或互為對照的關係。

　　就這方面的研究而言，作為女性主義敘事學領軍人物之一的沃霍爾的一篇論文較有代表性。[62]該文題為《眼光、身體與〈勸導〉中的女主人公》。簡・奧斯丁的《勸導》是以一位女性為主要人物的所謂「女主人公」文本。女性主義批評家認為這一時期的「女主人公」文本總是以女主人公的婚姻或死亡作為結局，落入了父權社會文學成規的圈套，《勸導》也不例外。沃霍爾對這一看法提出了挑戰。她認為若從女性主義敘事學的立場出發，不是將人物視為真人，而是視為「文本功能」，著重探討作為敘述策略或敘述技巧的聚焦人物的意識形態作用，就可以將《勸導》讀作一部女性主義的小說。沃霍爾首先

全面的探討。
[62]　Robin Warhol, "The Look, the Body, and the Heroine of *Persuasion*: A Feminist-Narratological View of Jane Austen," *Ambiguous Discourse*, ed. Kathy Mezei, pp.21-39.

區分了《勸導》中「故事」與「話語」這兩個層次，指出儘管在「故事」層次，女主人公只是最終成為一個男人的妻子，但「話語」層次則具有顛覆傳統權力關係的作用。奧斯丁在《勸導》中選擇了女主人公安妮作為小說的「聚焦人物」，敘述者和讀者都通過安妮這一「視角」來觀察故事世界。沃霍爾對安妮「視角」的作用進行了詳細深入的分析。作為敘事的「中心意識」，安妮的眼光對於敘事進程起著至關重要的作用。在安妮所處的社會階層，各種禮儀規矩對語言表達形成了種種限制，在這種情況下，視覺觀察和對他人眼光的闡釋「成為安妮的另一種語言，一種不用文字的交流手段」。[63]

沃霍爾指出，由於觀察是一種身體器官的行為，因此對安妮觀察的表述不斷將注意力吸引到安妮的身體上來。安妮的身體不僅是觀察工具，而且是其他人物的觀察對象，尤其是男性人物的觀察客體。[64]文本逐漸展示了安妮觀察的能量：作為其他人物的觀察者和其他眼光的篩檢程式，安妮具有穿透力的眼光洞察出外在表像的內在含義，體現出在公共領域中對知識的佔有和控制。同時，文本也展示了安妮對自己的身體及其私下意義越來越多的欣賞。這樣一來，文本解構了以下三種父權制的雙重對立：外在表像與內在價值，看與被看，公共現實與私下現實。

沃霍爾仔細考察了作為「話語」技巧的安妮的「視角」與小說中其他人物眼光之間的區別，指出在《勸導》中，只有安妮這樣的女性人物能夠通過對身體外表的觀察來闡釋內在意義，解讀男性人物的動機、反應和慾望。女性眼光構成一種恰當而有效的交流手段。與此相對照，男性人物或僅看外表（並將觀察對象客體化）或對其他人物的身體視而不見。沃霍爾指出，作為敘述「視角」，安妮的眼光與故事

---

[63] Warhol, "The Look, the Body, and the Heroine of *Persuasion*," p.27.

[64] Warhol 在 *Having a Good Cry* 一書中，聚焦於通俗敘事作品的讀者或觀眾的身體反應（如痛哭、心跳、顫抖等），探討這些身體反應如何體現了由英美主流文化界定的女性化和男性化的性別身份。

外讀者的凝視（gaze）往往合而為一，讀者也通過安妮的眼光來觀察故事，這是對英國18世紀感傷小說男權敘事傳統的一種顛覆。

沃霍爾還探討了《勸導》中視覺權力的階級性——安妮這一階層的人對於下層階級的人「視而不見」，不加區分，儘管後者可以「仰視」前者。這從一個側面體現出女性主義敘事學對階級、種族等相關問題的關注。此外，通過揭示在《勸導》中，具有舉足輕重的主體性的人物也是身體成為敘事凝視對象的人物，沃霍爾的探討挑戰了女性主義批評的一個基本論點：成為凝視對象是受壓迫的標誌。的確，在很多文本中，作為凝視對象的女性人物受到壓迫和客體化，但正如沃霍爾的探討所揭示的，文本中的其他因素，尤其是敘述話語的作用，可能會改變凝視對象的權力位置。

總而言之，沃霍爾通過將注意力從女性主義批評集中關注的「故事」層轉向結構主義批評較為關注的「話語」層，同時通過將注意力從後者關注的美學效果轉向前者關注的性別政治，較好地揭示了《勸導》中的話語結構如何顛覆了故事層面的權利關係。

四、自由間接引語

「自由間接引語」是19世紀以來西方小說中十分重要的引語形式，也是近幾十年西方敘事學界和文體學界的一大熱門話題。本書第五章詳細介紹了這種引語形式的語言特徵和表達優勢。在女性主義敘事學興起之前，批評家聚焦於這種表達方式的美學效果，但女性主義敘事學家則轉而關注其意識形態意義。

在《誰在這裡說話？〈愛瑪〉、〈霍華德別業〉和〈黛洛維夫人〉中的自由間接話語、社會性別與權威》一文中，凱西·梅齊認為在她所探討的小說裡，「自由間接引語」構成作者、敘述者和聚焦人物以及固定和變動的性別角色之間文本鬥爭的場所。[65]梅齊所探討的

---

[65] Kathy Mezei, "Who is Speaking Here? Free Indirect Discourse, Gender, and Authority in *Emma, Howards End,* and *Mrs. Dalloway,*" *Ambiguous Discourse*, ed. Kathy Mezei, pp.66-92.

三部小說均屬於蘭瑟區分的第三人稱「作者型」敘述，敘述者處於故事之外。梅齊十分關注敘述權威，但她對這一問題的探討與蘭瑟的探討相去甚遠。蘭瑟關注的是女作家如何在挑戰男性權威的同時建構女性的自我權威，而梅齊關注的則僅僅是對敘述權威的削弱和抵制。也就是說，梅齊將（傳統）敘述權威僅僅視為父權制社會壓迫婦女的手段，沒有將之視為女作家在建構自我權威時可加以利用的工具。從這一角度出發，梅齊聚焦於女性人物與敘述者的「文本鬥爭」。無論敘述者是男是女，這一鬥爭均被視為女性人物與（顯性或隱性）男性權威之間的鬥爭。梅齊將簡・奧斯丁筆下的愛瑪與福樓拜筆下的愛瑪相提並論：兩位女主人公都敢於說出「她者」的聲音，挑戰敘述者的權威。這樣的人物既可能在敘述者的控制下變得沉默，也可能通過「自由間接引語」繼續作為顛覆性「她者」的聲音而存在。

此外，與蘭瑟的研究相對照，梅齊十分關注作者的自然性別與第三人稱敘述者體現出來的社會性別之間的區分。處於故事外的第三人稱敘述者往往無自然性別之分，其性別立場只能根據話語特徵來加以建構。《愛瑪》的作者簡・奧斯丁為女性，但其第三人稱敘述者在梅齊和霍夫（Graham Hough）等學者的眼裡，則在男性和女性這兩種社會性別之間搖擺不定。《霍華德別業》出自福斯特（E・M・Forster）這位身為同性戀者的男作家之手，但其敘述者往往體現出異性戀中的男性立場。《黛洛維夫人》出自伍爾夫這位女作家之手，梅齊認為其敘述者的社會性別比《愛瑪》中的更不確定，更為複雜。這位敘述者有時「披上男性話語的外衣，只是為了隨後將其剝去，換上女性話語的外衣」。[66]那麼，同為女性主義敘事學家，梅齊和蘭瑟為何會在這一方面出現差別呢？這很可能與她們對敘述權威的不同看法密切相關。與第一人稱敘述者相比，第三人稱敘述者在結構位置和結構功能上都與作者較為接近，但若仔細考察第三人稱敘述者的意識形

---

[66] Mezei, "Who is Speaking Here?" p.83.

態立場，則有可能從一個特定角度發現其有別於作者之處。梅齊將敘述權威視為父權制權威的一種體現，因此十分注重考察女作家筆下的敘述者如何在敘述話語中體現出男權立場，或同性戀作者筆下的敘述者如何體現出異性戀中的男權立場。相比之下，蘭瑟十分關注女作家對女性權威的建構，這一建構需要通過敘述者來進行。因此在考察女作家筆下的第三人稱敘述者時，蘭瑟聚焦於其在結構和功能上與作者的近似，將其視為作者的代言人。這裡有以下五點值得注意：（1）即便屬於同一學派，不同的研究目的也可以影響對某些話語結構的基本看法。（2）結構和功能上的相似不等於意識形態立場上的相似。（3）隨著敘事的進程，同一文本中的同一敘述者可能會在社會性別立場上不斷發生轉換。（4）儘管結構主義敘事學注意區分作者、隱含作者和敘述者，但沒有關注敘述者社會性別立場的變化。（5）不管作者的自然性別是什麼，敘述者的社會性別立場是否在某種程度上反映了作者自己的社會性別立場？

正如第五章所介紹的，與「間接引語」相比，「自由間接引語」可以保留體現人物主體意識的語言成分，使人物享有更多的自主權。在梅齊看來，這一同時展示人物和敘述者聲音的模式打破了敘述者「控制」人物話語的「等級制」。她認為「自由間接引語」構成以下雙方爭奪控制權的場所：敘述者和尋求獨立的人物，統治者和被統治者（白人和黑人的聲音），異性戀和同性戀，男人和女人，以及口頭話語（方言）和正式寫作。在奧斯丁的《愛瑪》裡，敘述者開始時居高臨下地對女主人公進行了不乏反諷意味的評論，但文中後來不斷出現的自由間接引語較好地保留了愛瑪的主體意識。梅齊認為這削弱了代表父權制的敘述控制，增強了女主人公的力量。但筆者認為，梅齊有時走得太遠。她寫道：「奧斯丁顯然鼓勵愛瑪抵制敘述者的話語和權威。」[67]然而，愛瑪與其敘述者屬於兩個不同的層次，愛瑪處於故

---

[67] Mezei, "Who is Speaking Here?" p.74.

事世界之中，而敘述者則在故事之外的話語層面上運作，超出了愛瑪的感知範疇。當然，梅齊的文字也有可能是一種隱喻，意在表達奧斯丁賦予了愛瑪與敘述者相左的想法，當敘述者用自由間接引語來表達這些想法時，也就構成了對自己權威的一種挑戰。這裡有兩點值得注意：（1）敘述者可以選擇用任何引語方式來表達人物話語，採用自由間接引語是敘述者自己的選擇。（2）即便我們從更高的層次觀察，將敘述者和愛瑪都視為奧斯丁的創造物，也應該看到敘述者的態度對自由間接引語的影響。自由間接引語是敘述者之聲和人物之聲的雙聲語。當敘述者與人物的態度相左時，敘述者的聲音往往體現出對人物的反諷，也就是說，自由間接引語成了敘述者對人物話語進行戲仿的場所。這種戲仿往往增強敘述者的權威，削弱人物的權威。在《愛瑪》中，不斷用自由間接引語來表達愛瑪的話語確實起到了增強其權威的作用，但這與愛瑪的立場跟敘述者的立場越來越接近不無關聯。

在《霍華德別業》這樣的作品中，敘述者具有男性的社會性別，梅齊關心的問題是：敘述者「是否發出權威性或諷刺性的話語，從而使女性聚焦人物淪為男性敘述凝視的客體？這些女性聚焦人物是否有可能擺脫敘述控制，成為真正的說話主體，獲得自主性？」[68]梅齊剖析了文中的自由間接引語和敘述視角體現出來的性別鬥爭關係，並對作者的態度進行了推斷。福斯特一方面採用馬格雷特的眼光進行敘述聚焦，間接地表達了對這位「新女性」的同情，另一方面又通過敘述者的責備之聲，用「社會上」的眼光來看這位女主人公。這種矛盾立場很可能體現的是作為同性戀者的福斯特對於社會性別角色的不確定態度。至於伍爾夫這位女作家，梅齊認為其主要敘述策略是通過採用多位聚焦者和自由間接引語來解構主體的中心和父權制的單聲。

如前所述，與「直接引語」和「自由直接引語」相對照，「自由間接引語」具有結構上的不確定性，在敘述者的聲音和人物的聲音之

---

[68] Mezei, "Who is Speaking Here?" p.71.

間搖擺不定。梅齊認為這種結構上的不確定性可遮掩和強調性別上不確定的形式，並同時指出，由於「自由間接引語」在敘述者和人物話語之間的不確定性和含混性，這一模式既突出了雙重對立，又混淆和打破了兩者之間的界限。

　　女性主義批評一般不關注「自由間接引語」這一話語技巧，十分關注這一話語技巧的形式主義批評又不考慮意識形態。女性主義敘事學聚焦於「自由間接引語」的性別政治意義，構成觀察問題的一種新角度。但僅從這一立場出發，則難免以偏概全。我們不禁要問：敘述權威究竟是否總是代表父權制的權威？敘述者與人物的關係是否總是構成父權制的等級關係？兩者之間是否總是存在著有關社會權利的文本鬥爭？如何看待敘述者與男性人物之間的關係？敘述者與人物的聲音之間的含混是否總是涉及性別政治？既然「自由間接引語」從美學角度來說，兼「直接引語」與「間接引語」之長，[69] 作者選擇這一話語技巧究竟是出於美學上的考慮，還是政治上的考慮，還是兩者兼而有之？總之，我們一方面不要忽略話語結構的意識形態意義，另一方面也要避免走極端，避免視野的僵化和片面。

　　本章通過與女性主義批評和結構主義批評的雙向比較，廓清了女性主義敘事學的本質特徵，說明了這一研究流派的長處和局限性。在長期的批評實踐中，女性主義敘事學家各顯其能，從不同角度切入作品，積累了較為豐富的文本分析方法。本章集中介紹了女性主義敘事學話語研究的幾個方面，旨在簡要說明經典敘事詩學可為女性主義批評提供有力的分析工具，而從女性主義的角度分析話語結構也可取得富有新意的豐碩成果。對女性主義敘事學的借鑒應能有助於豐富國內的外國文學和中國文學批評。

69　有關對「自由間接引語」之美學效果的探討，詳見本書第 8 章。

第七章

修辭性敘事學[*]

　　說起修辭學，很多讀者馬上會想到修辭格，但我們也知道亞里斯多德的《修辭學》涉及的並非修辭格，而是勸服的藝術。傳統上的修辭學可分為對修辭格（文字藝術）的研究和對話語之說服力（作者如何勸服聽眾或讀者）的研究這兩個分支。[1]本書第九章將詳細說明文字敘事作品的藝術形式有兩個不同層面：一為結構技巧，二為遣詞造句。敘事學和文體學各聚焦於其中的一個層面：敘事學聚焦於結構技巧，而文體學則聚焦於遣詞造句，兩者構成一種對照和互補的關係。研究修辭格的修辭學構成現代文體學的一個源頭，而研究話語勸服力的修辭學與敘事學相結合，就產生了「修辭性敘事學」。這是20世紀90年代以來發展較快、影響較大的後經典敘事學流派。「修辭性敘事學」將研究「敘事是什麼」的敘事學的研究成果用於修辭性地探討「敘事如何運作」，主要涉及作者、敘述者與讀者之間的交流關係。跟女性主義敘事學相比，修辭性敘事學在意識形態立場上較為溫和；跟認知敘事學相比，修辭性敘事學又在作者、文本與讀者之間保持了

---

[*]　參見筆者的相關論述：Dan Shen, "Neo-Aristotelian Rhetorical Narrative Study: Need for Integrating Style, Context and Intertext," *Style* 45.4 (2011): 576-97; Dan Shen, "Implied Author, Authorial Audience, and Context: Form and History in Neo-Aristotelian Rhetorical Theory," *Narrative* 21. 2 (2013): 140-58; Dan Shen, *Style and Rhetoric of Short Narrative Fiction: Covert Progressions Behind Overt Plots* (New York and London: Routledge), pp.16-26.

[1]　當然，我們可以把前者看成後者的一部分，因為探討修辭格也是為了說明如何能更有效、更生動地表達思想。但兩者之間的界限依然可辨，後者往往不考慮修辭格，前者則聚焦於修辭格。

某種平衡，而不是側重於讀者。

第一節　布思從經典到後經典的小說修辭學

　　韋恩・布思的《小說修辭學》為修辭性敘事學的發展作了重要鋪墊。[2]該書1961年的初版是經典修辭理論的代表作，但該書1983年第二版的長篇後記則體現出向後經典立場的（有限）轉向。布思的小說修辭學與敘事學的詩學研究既相異又相通，從中可以看出「修辭學」這條線和「敘事學」這條線在某種程度上的交匯。本節從作者、文本與讀者這三個因素入手，結合社會歷史語境，來探討《小說修辭學》兩個版本的基本特點，以及布思的小說修辭學與敘事學的詩學之間的本質性異同。

一、布思的經典小說修辭學

　　首先，讓我們考察一下在《小說修辭學》第一版中，布思是如何看待「作者」的。布思在書中提出了「隱含作者」這一概念。正如我們在第二章中所看到的，「隱含作者」就「編碼」而言，就是處於特定創作狀態、採取特定方式來寫作作品的人（僅涉及創作過程，不同於日常生活中的這個人）；就「解碼」而言，「隱含作者」就是讀者從整個文本中推導建構出來的作者的形象。也就是說，「隱含作者」不以作者的經歷或者史料為依據，而是以文本為依託。「隱含作者」這一概念的出臺，有著深刻的社會歷史原因。傳統批評強調作者的寫作意圖，學者們往往不遺餘力地進行各種形式的史料考證，以發掘和把握作者意圖。英美新批評興起之後，強調批評的客觀性，將注意力從作者轉向了作品自身，視作品為獨立自足的文字藝術品，不考慮作

---

[2]　Wayne C. Booth, *The Rhetoric of Fiction* (Chicago: U of Chicago P, 1961); 2nd ed. (Harmondsworth: Penguin Books, 1983).

者的寫作意圖和歷史語境。在頗有影響的《實用批評》（1929）一書中，[3] I・A・理查茲詳細記載了一個實驗：讓學生在不知作者和詩名的情況下，對詩歌進行闡釋。20多年後，W・K・韋姆薩特和門羅・比爾茲利發表了一篇頗有影響的論文《意圖謬誤》，認為對作者意圖的研究與對作品藝術性的判斷沒有關聯，一首詩是否成功完全取決於其文字的實際表達。[4] 這種重作品輕作者的傾向在持結構主義立場的羅蘭・巴特那裡得到了毫不含糊的表述。在《作者之死》一文中，巴特明確提出，由於語言的社會化、規約化的作用，作品一旦寫成，就完全脫離了作者。[5]

　　布思所屬的芝加哥學派與新批評幾乎同步發展，關係密切。它們都以文本為中心，強調批評的客觀性，但兩者之間也存在重大分歧。芝加哥學派屬於「新亞里斯多德派」，繼承了亞里斯多德摹仿學說中對作者的重視。與該學派早期的詩學研究相比，布思的小說修辭學更為關注作者和讀者，旨在系統研究作者影響控制讀者的種種技巧和手段。布思的《小說修辭學》誕生於1961年，當時正值研究作者生平、社會語境等因素的「外在批評」衰極，而關注文本自身的「內在批評」盛極之時，[6]在這樣的氛圍中，若對文本外的作者加以強調，無疑是逆歷史潮流而動。於是，「隱含作者」這一概念就應運而生了（詳見第二章）。從解碼或閱讀的角度來看，「隱含作者」完全以作品為依據（作品隱含的作者形象），不考慮作者的身世、經歷和社會環境，故符合內在批評的要求，同時，它又暗指創作過程中的作者，使修辭批評家得以探討作品如何表達了作者的預期效果。這在當時起到了在文學批評中拯救和保留「作者」的作用。

---

[3]　I. A. Richards, *Practical Criticism* (New York: Harcourt, Brace and Company, 1929).

[4]　收入 W. K. Wimsatt and Monroe C. Beardsley, *The Verbal Icon* (Lexington, Kentucky: U of Kentucky P, 1954).

[5]　Roland Barthes, "The Death of the Author," *Image-Music-Text* (London: Fontana, 1977).

[6]　當時新批評已經衰退，結構主義和形式文體學等其他「內在批評」則正在勃興之中。

　　接下來，讓我們看看布思是如何看待文本的。布思感興趣的是作者（通過敘述者、人物）與讀者交流的種種技巧，影響控制讀者的種種手段。無論作者是否有意為之，只要作品成功地對讀者施加了影響，作品在修辭方面就是成功的。布思對小說的修辭探討與敘事學的詩學研究有以下相似或相通之處：（1）布思關心的不是對文本意義的闡釋，而是對修辭結構技巧的探索，作品只是用於說明修辭手段的例證。與此相類似，在進行敘事詩學研究時，作品在敘事學家眼裡也只是說明結構技巧的例證。（2）布思認為文學語言的作用從屬於作品的整體結構，注重人物與情節，反對新批評僅僅關注語言中的比喻和反諷的做法。布思的小說修辭學與敘事學均聚焦於各種結構技巧，而非遣詞造句本身。在《小說修辭學》1983年版的後記中，布思重申小說是由「行動中的人物」構成，由語言敘述出來而非由語言構成的。[7]這與聚焦於語言的新批評派小說研究[8]和文體學研究均形成了鮮明對照（參見本書第九章）。（3）布思注重對不同敘事類型和敘述技巧的系統分類，並系統探討各個類別的功能。正因為這些本質上的相通，布思在《小說修辭學》中提出的一些概念和分類被敘事學家廣為接受，包括隱含作者、敘述者的不可靠性、各種類型的敘事距離等。

　　但布思的小說修辭學與敘事學之間也存在一些本質差異：（1）在建構敘事詩學時，經典敘事學家像語法學家那樣，旨在探討敘事作品中普遍存在的結構、規律、手法及其功能，而布思則旨在探討修辭效果，因此反對片面追求形式，反對一些教條式的抽象原則和標準。布思認為有必要區分不同的小說種類，各有其適用的修辭方法。當然，有的後經典敘事學家也注重探討特定文類的敘事作品的結構特

---

[7]　Wayne C. Booth, *The Rhetoric of Fiction*, 2nd ed. (Harmondsworth: Penguin Books, 1983), p.409.

[8]　See David Lodge, *Language of Fiction* (New York: Columbia UP, 1966).

徵。[9]（2）布思不僅更為注重小說家的具體實踐，而且注重追溯小說修辭技巧的源流和演變。這與以共時研究為特點的經典敘事學形成了對照，而與關注歷史語境的後經典敘事學具有相通之處。（3）雖然布思將純粹說教性的作品排除在研究範圍之外，但他受傳統批評的影響甚深，十分注重作品的倫理意義和效果，主張從如何讓讀者做出正確的倫理判斷這一角度來看修辭技巧的選擇。在《小說修辭學》1983年版的後記中，布思對追求科學性、不關注倫理效果的結構主義方法提出了批評。[10]（4）布思的《小說修辭學》與前文一再提及的熱奈特的《敘述話語》在對敘述規約、敘述方法的研究上有相通之處，但兩者在研究目的和研究對象上則有較大差異。除了上文已經提到的那些差異，我們不妨比較一下兩本書的基本研究對象。熱奈特的《敘述話語》共有五章，前三章探討的都是時間結構，即敘述者在話語層次上對故事時間的重新安排。後兩章則以「語式」和「語態」為題，探討敘述距離、敘述視角和敘述類型。由於布思關注的是敘述交流和倫理修辭效果，因此沒有探討文本的時間結構，而是聚焦於敘述者的聲音和立場、各種敘事距離（包括隱含作者與人物之間、隱含作者與讀者之間的距離）、敘述視點和敘述類型等範疇。熱奈特在探討敘述距離時，關心的是戲劇性的直接「展示」與各種形式的「講述」（概述）等對所述資訊進行調節的結構形態，布思除了關心這一範疇，還十分重視敘述者與隱含作者／人物／讀者，或隱含作者與讀者／人物等之間在價值、理智、倫理、情感等方面的距離。值得一提的是，受布思的影響，吉羅德·普林斯等敘事學家也對這些方面的距離予以了關注。[11]

---

[9] See, for instance, David Herman, *Story Logic* (Lincoln: U of Nebraska P, 2002), especially chapter 9.

[10] 布思對倫理問題的關注在他的另一本書中得到了更為集中的體現：Wayne C. Booth, *The Company We Keep: An Ethics of Fiction* (Berkeley: U of California Press, 1988).

[11] See Gerald Prince, *Narratology: The Form and Functioning of Narrative* (New York: Mouton, 1982), pp.12-13.

布思對「展示」（showing）與「講述」（telling）的探討，也表現出與敘事學的較大差異。這一差異在一定程度上來自他對現代小說理論的一種反叛。20世紀初以來，越來越多的批評家和小說家認為只有戲劇性地直接展示事件和人物才符合逼真性、客觀性和戲劇化的藝術標準，而傳統全知敘述者權威性的概述事件、發表評論則說教味太濃，缺乏藝術性。可是，隱含作者通過全知敘述者發表的議論構成重要的修辭手段，若運用得當，能產生很強的修辭效果，尤其是倫理方面的效果。因此布思用了相當多的篇幅來說明恰當的作者議論如何有必要，它能起什麼作用。與此相對照，敘事學家只是把全知敘述者的議論看成一種傳統的敘述手法，往往只是一帶而過。[12]

布思對讀者十分關注，不僅考慮隱含作者的修辭手段對隱含讀者產生的效果，也考慮讀者的闡釋期待和反應方式。修辭方法與經典敘事學方法的一個本質不同在於：修辭方法聚焦於作者如何通過文本作用於讀者，因此不僅旨在闡明文本的結構和形式，而且旨在闡明閱讀經驗。但布思對讀者的看法相當傳統。在布思眼裡，讀者多少只是被動接受作者的控制誘導，而不是主動地對作品做出評判。與「隱含作者」相對應，布思的讀者（「隱含讀者」）是脫離了特定社會歷史語境的讀者。在《小說修辭學》第一版的序言中，布思毫不含糊地聲明，自己「武斷地把技巧同所有影響作者和讀者的社會、心理力量隔開了」，而且通常不考慮「不同時代的不同讀者的不同要求」。布思認為只有這樣做，才能「充分探討修辭是否與藝術協調這一較為狹窄的問題」。事實上，儘管布思聲稱自己考慮的是作品的隱含讀者，但這也是與有血有肉的讀者相混合的「有經驗的讀者」。與此相對照，結構主義敘事學家關心的是「受述者」（參見第一章第三節）。受述者是敘述者的發話對象，是與敘述者相對應的結構因素，與社會歷史

---

[12] 當然也有例外，比如 Seymour Chatman 在其敘事學著作 *Story and Discourse* 中，就用了較多篇幅來對作者的議論進行分類探討。這很可能與布思的影響不無關聯。

語境無關，也有別於有血有肉的讀者。

二、布思向後經典敘事理論的有限邁進

　　《小說修辭學》第一版和第二版相隔22年，在這一時期，美國的文學批評發生了根本變化，從重視文本形式逐漸轉向了重視社會文化環境和政治意識形態。時至80年代初，文本的內在形式研究已從高峰跌入低谷，盛行的是各種政治文化批評和解構主義批評等。《小說修辭學》出版後，受到廣泛關注，其深厚廣博的文學素養、對小說修辭技巧開創性的系統探討倍受讚賞。同時，其保守的基本立場也遭到不少批評與責難。在第二版長達57頁的後記中，布思在兩種立場之間搖擺不定，一是對《小說修辭學》之經典立場的捍衛，另一是對經典立場的反思，向後經典立場的邁進。

　　弗雷德里克・詹姆遜在《馬克思主義與形式》一書中，對《小說修辭學》不關注社會歷史語境的做法進行了強烈抨擊。[13]在第二版的後記中，布思首先捍衛了自己的立場，提出自己不是反歷史，而是有意超越歷史，認為小說修辭研究與小說政治史研究是兩碼事，與小說闡釋也相去甚遠。但在冷靜反思後，布思對某些文化研究表示了贊同（儘管對大部分文化研究仍持保留態度）。他提出可以探討為何一個特定歷史時期會孕育某種技巧或形式上的變革，並將俄國學者米哈伊爾・巴赫金視為將文化語境與形式研究有機結合的範例。布思對巴赫金的讚賞有其自身的內在原因。布思認為形式與意義或價值不可分離。因此他既反對意識形態批評對形式的忽略，又反對不探討價值的純形式研究。巴赫金將對形式的關注與對意識形態的關注有機結合起來，從前者入手來研究後者，得到布思的讚賞也就在情理之中。[14]但巴赫金所關注的社會意識形態與布思所關注的作品的倫理意義不盡相同。

---

[13]　Fredric Jameson, *Marxism and Form* (Princeton: Princeton UP, 1971), pp.357-58.

[14]　See Wayne C. Booth, "Introduction" to *Problems of Dostoevsky's Poetics* by Mikhail Bakhtin, ed. & trans. Caryl Emerson (Minneapolis : U of Minnesota P, 1984), pp.xiii-xxvii.

　　就作者而言，在《小說修辭學》第二版中，布思一方面承認作者無法控制各種各樣的實際讀者，一方面仍然十分強調作者對讀者的引導作用。他依然認為小說修辭學的任務就是說明作者做了什麼（或者能做什麼）來引導讀者充分體驗作品。誠然，在巴赫金的啟發下，布思認為應對真實作者加以考慮，不應在隱含作者和真實作者之間劃過於清晰的界限。

　　就讀者而言，布思的立場也有所變化。布思採用了彼得·拉比諾維茲對「作者的讀者」（隱含作者心目中的理想讀者，與布思的「隱含讀者」基本同義）、「敘述讀者」（對應於敘述者，相信故事事件是真實的）和「實際讀者」等不同閱讀位置的區分。[15]他一方面認為不應將自己對文本的反應當成所有讀者的反應，而應考慮到不同性別、不同階層、不同文化、不同時代的「實際讀者」的不同反應，還特別提到女性主義批評對文本進行的精彩解讀。但另一方面他又強調各種讀者「共同的體驗」和「闡釋的規約」，為自己在第一版中的立場進行辯護。他說：「幸運的是，該書所說的『我們』的反應，大多可簡單地解釋為是在談論隱含作者所假定的相對穩定的讀者，即文本要求我們充當的[作者的]讀者。在這麼解釋時，現在我會強調我們在閱讀時固有的、不可避免的創造性作用。」[16]從「幸運的是」這一開頭語可以看出，布思是能守就守，守不了才做出讓步。說讀者的創造性作用是「固有的、不可避免的」，也就是說並無必要提及。實際上，強調「文本要求我們充當的[作者的]讀者」，就必然壓抑讀者的創造性閱讀（因為只需做出文本要求的反應），而且必然壓抑不同性別、不同階層的讀者的不同反應。傳統上「文本的要求」往往是受父權制制約的，女性主義者會進行抵制性的閱讀。受壓迫的黑人面對

---

[15] Peter J. Rabinowitz, "Truth in Fiction: A Reexamination of Audiences," *Critical Inquiry* 4 (1977): pp.121-41; Peter J. Rabinowitz, *Before Reading*, Ithaca: Cornell UP, 1987.

[16] Booth, *The Rhetoric of Fiction*, 2ⁿᵈ edition, pp.432-33. 本書中的方括號均標示這是筆者添加的解釋性詞語。

以白人為中心的作品，也會進行抵制性閱讀，而不會服從隱含作者或文本的要求。布思批評那些僅注重讀者的差異而忽略讀者共有反應的批評流派，但未意識到自己並非在兩者之間達到了平衡。布思還試圖用不同種類的作品之間的差異來替代不同讀者之間的差異，[17]這也是試圖用「文本要求我們充當的讀者」來涵蓋實際讀者。誠然，布思的「隱含讀者」比敘事學的「受述者」要接近實際讀者。布思提到了敘事學家普林斯對「受述者」的探討，認為這種探討太抽象，與讀者的實際閱讀相分離。

　　就文本而言，布思檢討說，第一版有時讓人感到自己選擇的分析素材似乎是上帝賦予的，似乎惟有自己的闡釋是正確的，而實際上選材有其任意性，閱讀也可能走偏。他認為當初不該將書名定為「小說修辭學」，而應定為「一種小說修辭學」，甚或應該定為「對於敘事的多種修辭維度之一的一種也許可行的看法的簡介的一些隨筆——尤為關注有限的幾種虛構作品」。從這一詳盡到十分笨拙的標題，我們一方面可以看出布思對問題的充分認識，另一方面也可感受到一種無可奈何的口吻和不無反諷的語氣。這種語氣在涉及非小說文類時更為明顯。時至20世紀80年代初，文學與非文學之間的界限遭到了方方面面的解構。不少人指責《小說修辭學》分析範圍太窄。布思則不無反諷地回應說：自己本可以分析那麼「一兩個」笑話，談那麼「一點點」歷史。同時明確指出，自己將研究範圍局限於幾種小說不無道理，因為這些小說有其特殊的修辭問題。在《小說修辭學》第二版的後記中，我們無疑可以看到布思向後經典立場的邁進，但這一邁進從本質上說是頗為被動，也是頗為有限的。可以說，布思的《小說修辭學》是美國當代修辭性敘事學的一塊重要基石。該書第二版向後經典立場的有限邁進，也為後經典敘事學的發展作了一定的鋪墊。

---

[17]　Booth, *The Rhetoric of Fiction*, 2nd edition, pp.441-42.

第二節　查特曼的敘事修辭學

西摩‧查特曼是美國伯克利加州大學修辭學教授、著名敘事學家。他的「敘事修辭學」（1990）是修辭性敘事學發展過程中的一個重要環節。本節旨在從作者、文本與讀者這三個因素入手，探討查特曼的敘事修辭學。查特曼的「敘事修辭學」與「敘事學」之間呈一種既等同又區分的複雜關係，造成了某些範疇上的混亂。通過清理這些混亂，我們能更好地把握修辭學與敘事學的本質。在研究立場上，查特曼的敘事修辭學與布思《小說修辭學》第二版一樣，在經典立場與後經典立場之間搖擺不定，既有創新和發展，又有固守和倒退。這樣的現象在同一時期的不少美國資深學者中，似乎頗有代表性。

一、修辭學與敘事學：等同還是區分？

美國康奈爾大學出版社1990年出版了查特曼的《敘事術語評論[18]：小說和電影的敘事修辭學》。[19]這部將「敘事修辭學」置於副標題中的書，涉及的主要是敘事學的詩學研究。可以說，查特曼在「敘事學」與「修辭學」之間劃了等號。這一點從該書主標題（屬於敘事學的範疇）與副標題之間的關係就可見出。該書引言第一段僅提到了敘事學，第二段則進一步聲明：「本書關注的是敘事學和通常的語篇理論的術語。」全書共有11章，前10章基本屬於敘事學的詩學研究的範疇，只有最後一章才直接探討修辭學的問題。這一章以「『小說』『的』『修辭學』」[20]為題，在源流、方法和研究對象上均與前

---

[18]　該書的正標題為一雙關語「Coming to Terms」，意指敘事術語評論，同時與習慣用法「come to terms」（妥協）相呼應，以期吸引讀者的注意力，但在漢語中難以譯出其雙關涵義。在徵求查特曼本人的意見後，採取了這一非雙關的譯法。

[19]　Seymour Chatman, *Coming to Terms: The Rhetoric of Narrative in Fiction and Film* (Ithaca: Cornell UP, 1990).

[20]　「The 'Rhetoric' 'of' 'Fiction'.」值得注意的是，「Fiction」一詞既可狹義地指稱「小

面10章表現出明顯差異。前10章的主要參照對象是熱奈特、普林斯和華萊士・馬丁等敘事學家，而第11章則是與布思這位小說修辭學家的直接對話。誠然，如前所述，敘事學和修辭學有不少相通之處，但兩者之間仍有本質上的差異，其主要不同在於：敘事學以文本為中心，旨在研究敘事作品中普遍存在的結構、規律、手法及其功能，而修辭學則旨在探討作品的修辭目的和修辭效果，因此注重作者、敘述者、人物與讀者之間的修辭交流關係。查特曼在前10章探討的並非修辭交流關係，而是文學和電影中的語篇類型和敘事手法。前四章採用了一種外在的眼光，集中探討（虛構性）「敘事」與「論證」和「描寫」這兩種語篇類型的關係，它們之間如何互相搭配，一種語篇類型如何為其他語篇類型服務。後面六章則以一種內在的眼光來探討敘事學的一些仍有爭議的重要概念，如「隱含作者」，「敘述者的本質」（包括文學敘述者與電影敘述者之間的差異），「人物視點」或「視角」，以及敘述者的「不可靠敘述」與人物「易出錯的過濾」（fallible filter）[21]之間的區別。誠然，「隱含作者」、「不可靠敘述」等是布思提出來的修辭學的概念，但查特曼主要是對這些概念進行結構探討，而非關注其修辭效果。

　　在最後一章中，查特曼提出了「修辭」一詞的幾種不同涵義，其中有兩種與本文相關：一種為廣義上的「修辭」，它等同於「文字（或其他媒體符號）的交流」；另一種為狹義的「修辭」，即採用交流手段來勸服（suade），即通常人們理解的「修辭」的涵義。依據這兩種定義，查特曼對敘事學和小說修辭學（rhetoric of fiction）進行了區分。在查特曼看來，敘事學屬於廣義上的修辭學範疇，其特點為僅僅對文本中的交流手段進行分類和描述，不關注文本的交流目的。而小說修辭學則屬於狹義上的修辭學，研究文本如何採用交流手段來

說」，又可廣義地指稱「虛構作品」。在查特曼這本書的副標題中，該詞與「電影」一詞並置，特指「小說」。為了在書中保持一致，在此也譯為「小說」。

[21]　指人物在觀察或感知故事世界時容易出錯的視點或意識。

達到特定目的，研究這些手段對隱含讀者產生了什麼效果。[22]這樣一來，查特曼就通過「廣義修辭學」將敘事學納入了修辭學的範疇，無意中掩蓋了敘事學與修辭學這兩種不同學科之間的區別。有趣的是，書中範疇上的混亂起到了促進「修辭性敘事學」形成的作用。將敘事學和修辭學裝到一本書中，又用書名將兩者混為一體，無疑有助於兩者的結合。書中最後一章用修辭方法來探討敘述技巧，也可以說對「修辭性敘事學」起了某種實踐和示範的作用。然而，若要將線條清晰化，我們則需將該書的題目改為「敘事術語評論：小說和電影的敘事學研究」，同時將最後一章獨立出來，單獨冠以「敘事修辭學」或「修辭性敘事學」的名稱。本節下面的探討將聚焦於這最後一章。

查特曼的這部著作出版於1990年，當時經典理論已受到讀者反應批評和各種文化、意識形態研究學派的強烈衝擊。查特曼對經典立場進行了捍衛，同時也受時代影響，不時表現出向後經典立場的轉向，兩種立場之間有時呈一種互為矛盾的勢態。我們不妨從文本、讀者與作者這三個方面入手，來考察一下查特曼的研究立場。

二、文本研究：在經典與後經典之間搖擺不定

就文本而言，查特曼的結論是：「在我看來，有兩種敘事修辭，一種旨在勸服我接受作品的形式；另一種則旨在勸服我接受對於現實世界裡發生的事情的某種看法。我認為，文學與電影研究者的一個重大任務就是探討這兩種修辭和它們之間的互動作用。」[23]對現實世界的關注和對這兩種修辭之間互動作用的強調體現出一種後經典的立場。查特曼區分了出於美學目的的修辭和出於意識形態目的的修辭。他指出，布思的小說修辭學聚焦於美學目的，這正是布思不考慮說教性小說或者寓言的根本原因。他認為這樣做「符合形式主義的要求，

---

[22] Seymour Chatman, *Coming to Terms: The Rhetoric of Narrative in Fiction and Film* (Ithaca: Cornell UP, 1990), p.186.

[23] Chatman, *Coming to Terms*, p.203.

但不符合近來語篇理論發展的新潮流。」[24] 查特曼顯然是在時代的促動下，將視野擴展到意識形態修辭的。值得注意的是，查特曼自己對意識形態修辭的探討體現出傳統的和新時代的兩種立場。前者表現在查特曼對寓言和說教性小說的探討中。查特曼認為，對寓言和說教性小說的關注本身就是對意識形態修辭的關注。在這樣的作品中，作者用虛構敘事來說服讀者接受有關真實世界的某些明確的倫理主張，美學修辭僅僅是為傳遞這些倫理主張服務的。然而，查特曼對這些作品中倫理主張的探討，手法相當傳統。如果說這些倫理主張與「真實世界中的行為」有聯繫的話，布思所探討的倫理價值也並非沒有聯繫。布思之所以囿於形式主義的範疇，是因為他沒有結合社會歷史語境，而僅僅是在作品的語境中探討有關倫理價值。查特曼在探討寓言等作品中明確提出的倫理主張時，也是在作品的語境內進行的，並沒有與「近來語篇理論發展的新潮流」接軌，仍然體現出一種經典的研究立場。

　　與此同時，查特曼受時代影響，將注意力擴展到了非說教性作品中的意識形態修辭。他指出小說中的一個敘述技巧可同時服務於美學修辭和意識形態修辭。他探討了維吉尼亞・伍爾夫《雅各的房間》所採用的「對人物內心的轉換性有限透視」[25]的修辭效果。這一敘述技巧的特點是從一個人物的內心突然轉向另一人物的內心，但並不存在一個全知敘述者，轉換看上去是偶然發生的。[26]查特曼認為這一技巧的美學修辭效果在於勸服我們接受伍爾夫的虛構世界。在這一世界中，經驗呈流動狀態，不同人物的生活不知不覺地相互滲透。「至於

---

[24]　Chatman, *Coming to Terms*, p.197.

[25]　參見申丹的《敘述學與小說文體學研究》第九章。

[26]　這就是本書第四章所提到的「變換式人物有限視角」（可簡稱為「變換式內視角」或「變換式內聚焦」），即輪換著用不同人物的意識來觀察感知事件。查特曼採用的「對人物內心的轉換性有限透視」這一名稱容易引起歧義，讓人誤解為是全知敘述者輪換著透視不同人物的內心，而實際上在這種模式裡，人物的有限視角替代了全知視角，我們直接通過人物的眼睛和意識來觀察感知故事世界（參見第四章）。

真實世界是否的確如此，在此不必討論」[27]。就意識形態修辭而言，則需要將注意力轉向真實世界，看到人物意識之間的突然轉換反映出現代生活的一個側面，即充滿空洞的忙碌，心神煩亂，缺乏信念和責任感。查特曼認為，人物意識之間（尤其是涉及相隔遙遠的人物時）的快速轉換與現代生活中電話、收音機等帶來的快速人際交流相呼應。同時也讓我們看到，儘管交流的速度和方便程度大大提高，交流的品質似乎並沒有得到改善。此外，這一技巧還有一種社會政治方面的涵義：雖然來自不同的社會階層，在涉及情感時，人們的處境大同小異，都會體驗沒有安全感，興高采烈，鎮靜自若等不同情感。

為了說明美學修辭和意識形態修辭之間的區別，查特曼還設想了這麼一種情形：假如一部描寫中世紀生活的小說採用了「對人物內心的轉換性有限透視」，那麼在故事的虛構世界裡，這一技巧依然具有表達「經驗呈流動狀態，不同人的生活不知不覺地相互滲透」這一美學修辭效果，因為這一效果與真實世界的變化無關。但該技巧意識形態方面的修辭效果則會與《雅各的房間》中的有所不同，因為中世紀的生活與現代生活相去甚遠。值得注意的是，查特曼在提出這一假設時，呈現出一種經典與後經典互為矛盾的立場。涉及意識形態修辭效果的評論關注社會歷史語境，符合時代潮流，是一種後經典的立場。但是，將「對人物內心的轉換性有限透視」視為一種獨立於歷史變遷的技巧，則體現出一種忽略社會歷史語境的結構主義共時研究立場。在進行抽象的結構區分（比如區分「全知敘述」與「對人物內心的轉換性有限透視」這兩種敘述模式）時，確實無需考慮語境，但我們必須認識到敘述技巧的產生和運用往往與社會歷史語境密切相關。伍爾夫之所以採用「對人物內心的轉換性有限透視」來替代傳統的全知敘述（即用人物的眼光來替代全知敘述者的眼光）有其深刻的社會歷史

---

[27] Chatman, *Coming to Terms*, p.198.

原因，與一次大戰以來不再迷信權威、不再有共同標準、需要展示人物自我、追求客觀性等諸種因素密切相關。用這樣打上了現代烙印的敘述技巧來描述中世紀的生活，恐怕會顯得很不協調。

　　查特曼在文中用較長篇幅專門探討了出於美學目的的修辭。他以布思的《小說修辭學》為參照和批評對象，梳理了美學修辭的相關理論概念，論述了美學修辭旨在達到的幾種效果，包括如何創造、保持和加強作品的逼真性，如何向讀者傳遞並勸服讀者接受作者的眼光。他還分析了什麼樣的美學修辭是不盡人意的。這樣的修辭在試圖達到某種敘事目的時，對敘事技巧選用不當。他舉了D. H. 勞倫斯的《草垛間的愛》為例。在試圖表達英格蘭中部農村的人物缺乏教育時，敘述者著意模仿當地的方言。但在（採用人物的眼光）對人物進行描述和評論時，敘述者又換用了勞倫斯式典雅的文學語彙。這兩種不同的語言混雜在一起，顯得很不協調。此外，有的人物用方言對話，有的卻用標準英語，文中卻未說明為何要這樣做。這種不協調破壞了作品的逼真性。查特曼集敘事學家、修辭學家和文體學家為一體，在探討修辭效果時，對敘事技巧和文體風格均十分關注。總體而言，他對文本這一層次的探討，在傳統和新潮、經典和後經典立場之間搖擺不定，但前者似乎仍然占了上風。

三、隱含讀者與真實讀者

　　就讀者而言，查特曼的立場也在經典與後經典之間搖擺不定。在理論上，他堅持「隱含聽眾」或「隱含讀者」這一經典概念，並贊同亞里斯多德的看法，認為修辭涉及的是文本具有的勸服力，「而不是文本究竟是否最終成功地勸服了真實聽眾」[28]。但在實際分析時，查特曼有時又會考慮真實讀者的反應。在評論上文所提及的勞倫斯《草垛間的愛》中語言的不協調時，查特曼先是表達了自己的看法，對這

---

[28]　Chatman, *Coming to Terms*, p.186.

一文本現象提出了批評。但接下去又說究竟如何看待這一不協調，取決於讀者是否喜歡勞倫斯。崇拜勞倫斯的人不會認為這有什麼問題，而只會將典雅的文學語彙視為對淳樸的鄉下人高尚情操的一種襯托。不喜歡勞倫斯的人則會持迥然相異的看法：儘管勞倫斯的本意是歌頌這些淳樸高尚、富有情感的鄉下人，準確記錄他們的對話，但實際上卻無意之中以屈尊俯就的態度，居高臨下地對待他們——敘述者典雅的文學語彙體現出他在知識、智力和藝術性等方面的優越，有違小說的本意。在經典修辭學中，批評家往往將自己與隱含讀者相等同，將自己的反應當成隱含讀者的共同反應。查特曼儘管在理論上堅持隱含讀者這一經典概念，但在這種實際分析中，卻只是將自己視為某一類真實讀者的代表，同時考慮到其他種類的真實讀者的不同反應，體現出一種後經典的立場。

四、「隱含作者」之捍衛和修正

就作者而言，查特曼是「隱含作者」這一概念的擁護者和宣導者。查特曼在1978年出版的《故事與話語》和1990年出版的這本書中，均採用了這一概念，但在這本書中，他對待這一概念的立場出現了某些變化。20世紀70年代末期，「隱含作者」這一概念尚未受到多少質疑，因此查特曼在《故事與話語》中，毫無顧慮地闡發和使用這一概念。然而，隨著越來越多的學者將注意力從文本轉向社會歷史語境，「隱含作者」這一以文本為立足點的概念受到了衝擊，學界要求回歸真實的、歷史的作者的呼聲日益增強。面對這種形勢，查特曼在1990年出版的書中辟專章（第5章）對「隱含作者」進行了捍衛，同時也試圖對這一概念進行修正。他的修正受到斯坦利・費什等人的讀者反應批評的影響。查特曼提出：「文本的意思是什麼（而不僅僅是文本『說了』什麼）因不同讀者、不同闡釋團體而迥然相異。的確，我們最好是說[由讀者]『推導出來的』作者，而不是[文本]『隱

含的』作者。」[29]有趣的是，查特曼雖然採納了費什對不同讀者和闡釋團體的重視，但遠遠沒有費什走得遠。費什提出的二元區分是：「文本（對讀者）做了什麼」與「文本的意思是什麼」。費什認為批評家只應關注文本的線性文字在閱讀過程中「（對讀者）做了什麼」，即在讀者的頭腦中引起了一系列什麼樣的瞬間原始反應（包括對將要出現的詞語和句法結構的種種推測，以及這些推測的被證實或被修正等各種形式的思維活動），而不應關注「文本的意思是什麼」（即經過邏輯思考而得出的意思）。[30]查特曼沒有採納費什的激進立場，依然提出應關注「文本的意思是什麼」。也就是說，查特曼關注的恰恰是費什認為不應關注的傳統關注對象。不難看出，查特曼持的是一種後經典而非後結構的立場。他仍然相信文本的形式結構（「文本的意思是什麼」），但贊同考慮不同讀者和不同闡釋團體所起的作用。

為了捍衛「隱含作者」這一概念，查特曼以文學交流與日常對話之間的區別為出發點，從不同角度論述了有必要區分以文本為依據的「隱含作者」和生活中的真實作者，論證了在文學批評中採用這一概念的種種長處和必要性。[31]他的論證體現出一種一切以文本為重的經典立場。在查特曼眼裡，發表了的文本實際上是「獨自存在的文本藝術品」，「文本本身就是隱含作者」[32]，只有從文本中推導出來的東西才具有相關性。他認為可以用「文本內涵」和「文本意圖」來替代「隱含作者」這一概念。查特曼說：「在我看來，可以說每一個敘事虛構作品都有一個施動者。它自己不講述也不展示，但將講述或展示

---

[29] Chatman, *Coming to Terms*, p.77.

[30] Stanley Fish, "Literature in the Reader: Affective Stylistics," *New Literary History* 2 (1970), pp.123-62。

[31] 令人遺憾的是，他認為「真實作者」是作品的寫作者，「隱含作者」是真實作者寫作時創造出來的，同時又認為隱含作者是施動者，從而陷入自我矛盾之中。正因為如此，他對隱含作者的捍衛不僅沒有達到目的，而且還導致了對「隱含作者」這一概念的更多抨擊。

[32] Chatman, *Coming to Terms*, p.81.

的語言放入敘述者的口中。……我的立場處於有的後結構主義者的立場和布思的立場之間。後結構主義者否認存在任何施動者，只承認讀到的文字，而布思則將隱含作者稱為『朋友和嚮導』。在我眼裡，隱含作者不屬於其中任何一類。它就是具有創造性的文本自身。」[33]布思之所以稱隱含作者為「朋友和嚮導」，是因為隱含作者就是創作過程中的寫作者，而查特曼之所以把隱含作者看作「文本自身」，是因為他像很多其他學者一樣誤解了布思的觀點，以為「真實作者」是作品的寫作者，「隱含作者」是真實作者寫作時創造出來的（詳見第二章）。

查特曼在捍衛隱含作者這一概念時，與韋姆薩特和比爾茲利等反「意圖謬誤」的新批評家的觀點相當一致。查特曼說：「在這個時代，懷疑主義盛行，甚至懷疑知識、交流和闡釋本身的可能性。看樣子很值得回顧比爾茲利這類哲學家合乎情理的觀點。」[34]從中不難看出查特曼的經典立場。值得注意的是，1980年代的批評家倘若呼籲回歸真實作者，往往不（僅僅）是強調作者意圖，而（且也）是強調社會歷史語境，試圖通過歷史上的真實作者，找回文本創作與歷史語境的關聯。查特曼對此似乎有些回避，始終圍繞作者的意圖展開討論。誠然，查特曼在文中也提到：「反意圖主義者並非認為在藝術家的時代盛行的規約和意義不值得研究，並非認為批評家不應去探尋這些東西。要很好地闡釋巴赫的作品，就應該儘量瞭解他那一時代的音樂。要很好地闡釋彌爾頓的作品，就應該儘量瞭解17世紀的基督教。」然而，若要充分考慮社會歷史語境，就不能像查特曼那樣用「隱含作者」、「文本內涵」和「文本意圖」來取代（supersede）真實作者，而是需要同時考慮文本中的隱含作者和歷史上的真實作者（參見第二章）。

---

[33] Chatman, *Coming to Terms*, pp.85-86.
[34] Chatman, *Coming to Terms*, p.80.

可以說，在文本、讀者與作者這三個方面，查特曼的研究立場都在經典與後經典之間遊移。正如前面所提到的，這種不確定也可在布思的《小說修辭學》第2版的後記中看到。但布思向後經典立場的轉向更多的是對批評和攻擊的一種被動回應。查特曼向後經典立場的轉向也是一種回應，但並非是由於自己的著述本身受到了批評，而是由於自己所從事的形式主義研究受到了衝擊，承受的壓力相對較小，因此被動回應的成分也相對較少，主動回應時代召喚的成分相對較多。但無論究竟有多被動，兩者都是在經典與後經典立場之間搖擺不定。這種搖擺在20世紀80年代至90年代中期，在一些美國資深學者中頗有代表性。這些學者的學術生涯始於形式主義逐漸興盛的時期，然後多年從事新批評、文學文體學、經典敘事學和經典修辭學等形式主義範疇的研究，但自己的著述或所屬的流派70年代末以來受到了解構主義、讀者反應批評和各種文化、意識形態研究的衝擊。這些形式主義批評出身的學者對解構主義一般持抵制態度，仍然堅持對形式結構的探討，但在敘事批評（包括有關敘事批評的理論建構）中，逐漸將注意力轉向了作品與社會歷史語境的關係，考慮不同實際讀者在闡釋中所起的作用。然而，這些學者以文本為中心（或為整個世界）的形式主義經典立場是根深蒂固的，在論著中會不知不覺地在經典與後經典立場之間遊移。

第三節　費倫的修辭性敘事理論

詹姆斯・費倫是最有影響力的後經典修辭性敘事理論家。他在芝加哥大學獲得碩士和博士學位，受布思和謝爾登・薩克斯等芝加哥學派第二代學者的影響甚深，[35]自己則成為芝加哥學派第三代學者的代

---

[35] 芝加哥學派第一代學者的代表人物是 R. S. 克萊恩（R. S. Crane），參見 James Phelan, 「The Chicago School,」*Routledge Encyclopedia of Narrative Theory*, ed. David Herman et. al. (London & New York, Routledge, 2005), pp.57-59.

259

表人物。1996年詹姆斯・費倫的《作為修辭的敘事》出版,該書發展了費倫在《解讀人物、解讀情節》(1989)中提出的理論框架,成為修辭性敘事理論的一個亮點,在之後的論著中,費倫又進一步發展了自己的理論,成為修辭性敘事學沒有爭議的首要代表。[36]

一、「三維度」人物觀

費倫的研究聚焦於人物和情節進程。他建構了一個由「模仿性」(人物像真人)、「主題性」(人物為表達主題服務)和「虛構性」(人物是人工建構物)這三種成分組成的人物模式。[37]以往,各派學者傾向於從單一的角度來看人物。經典敘事學以文本為關注對象,往往將人物視為情節中的功能、類型化的行動者,突出了人物的建構性,忽略了人物的模仿性。此外,經典敘事學關注具有普遍意義的敘事語法,忽略人物在具體語境中的主題性。有的經典敘事學家將人物視為一個人名 + 一連串代表人物性格特徵的謂語名詞或形容詞。儘管這些性格特徵是讀者在閱讀過程中推導出來的,與主題意義相關,但這種看法也仍然是將人物視為一種人工建構物。[38]與此相對照,不少傳統批評家僅僅注重人物的模仿性,有的甚至完全忽略了人物的虛構性,將作品中的人物看成真人。費倫的修辭性模式將作品視為作者與讀者之間的一種交流,注重作者的修辭目的和作品對讀者產生的修辭效果,因而注重讀者在闡釋作品的主題意義時對人物產生的各種情感,比如同情、厭惡、讚賞、期望等。而這些情感產生的根基就是作

---

[36] 費倫的 *Living to Tell about It*(Ithaca: Cornell UP, 2005)獲國際敘事文學研究協會「Perkins」最佳敘事研究著作獎。該書對由人物充當敘述者的各種「人物敘述」進行了精彩的探討,聚焦於作品的修辭性敘事方法與倫理效果的關聯。費倫的 *Experiencing Fiction*(Columbus: The Ohio State UP, 2007)則強調了讀者在作者修辭的作用下對於敘事作品的共同體驗。

[37] See James Phelan, *Reading People, Reading Plots* (Chicago: U of Chicago P, 1989) and his *Narrative as Rhetoric* (Columbus: Ohio State UP, 1996).

[38] 參見申丹的《敘述學與小說文體學研究》第二和第三章;Chatman, *Story and Discourse*, chapters 2 and 3。

品的模仿性：讀者之所以會對人物產生各種情感反應，就是因為在閱讀時將作品人物視為「真實的存在」。費倫的模式考慮人物的模仿性，但同時又考慮了「作者的讀者」（詳見下文）眼中看到的人物的虛構本質，避免了某些傳統批評家將人物完全真人化的偏誤。

　　費倫進一步區分了人物的「主題性特點」與「主題功能」；「模仿性特點」與「模仿功能」；「虛構性特點」與「虛構功能」。[39]所謂「特點」，即脫離作品語境而獨立存在的人物特徵，而「功能」則是在作品不斷向前發展的結構中對特點的運用。也就是說，「特點」只有在作品的進程中才會成為「功能」。在威廉・戈爾丁的《蠅王》中，傑克這一人物具有很多主題性特點：權力慾、兇殘、眼光短淺，如此等等。在情節進程中，這些特點被用於展示人類內在的邪惡力量，因此具有主題功能。在評論羅伯特・白朗寧的名篇《我最後的公爵夫人》中的敘述者-主人公費拉拉公爵時，費倫寫道：「每一個功能都有賴於一個特徵，但並不是每一個特徵都會對應於一個功能。公爵有很多主題性特點（即有很多看上去可以潛在地服務於主題論斷的特徵），但從本質上說沒有主題功能：這篇作品的進程並非旨在作出論斷，而是旨在揭示公爵的性格。」從公爵的敘述中，我們可以看出，他出身名門望族，有權有勢，對妻子毫不尊重，使她鬱鬱寡歡地死去。費倫認為，一方面可以說白朗寧通過創造公爵這一人物，暗示或者加強了一些主題論點，譬如權力具有腐蝕性；男人往往將女人看成私有財產，看成為自己提供快感的工具，如此等等。但另一方面，白朗寧寫這首詩時，並非旨在展示這些具有普遍社會意義的觀點，而是將這些觀點作為已知背景，只是借助於這一背景來加強作品的效果。正是出於對後面這一點的考慮，費倫認為公爵從本質上說沒有主題功能。至於白朗寧的創作目的究竟是什麼，暫且撇開不談。重要的是，從費倫的論述中，我們可以看到修辭批評的一個典型特徵，即十

---

[39]　James Phelan, *Reading People, Reading Plots* (Chicago: U of Chicago P, 1989), p.9-14.

分關注作者的修辭目的。

筆者認為，不應脫離「主題功能」來談「主題性特點」：只有在作品中具有「主題功能」的人物特徵方能稱作「主題性特點」。費倫從公爵的敘事進程中推導出了他的一些主要特徵，包括「傲慢專橫」、「具有權勢」、「虛榮」、「佔有欲強」等等。他提出可將這些特徵視為「主題性特點」，但這些特徵在費倫的闡釋中並不具備「主題功能」。在筆者看來，既然費倫認為白朗寧寫這首詩僅僅意在揭示公爵的性格，那麼就應將公爵的那些特徵視為「模仿性特點」（生活中確有這樣性格的人），而非「主題性特點」。我們在闡釋作品時，一旦看到一種常被用於表達主題意義的人物特徵，一般會馬上推測這可能是一個主題性特點。當推測在闡釋進程中被證實之後，就有了一個「主題性特點」；倘若推測被推翻，那一特徵則不成其為「主題性特點」。此外，我們可能起初僅僅將一個特徵視為「模仿性特點」，但隨著闡釋的推進，卻發現這一特徵在作品中具有主題功能，那麼該特徵也就構成一個「主題性特點」。譬如，若作者描述一個人物「年輕」，我們開始時只會將之視為一個模仿性特點，但倘若該作品的主題是「代溝」（而標題又沒有表明），那麼在闡釋進程中，這一特徵就會成為一個「主題性特點」。

就「模仿性特點」與「模仿功能」來說，費倫將「特點」定義為「被視為人物特性的人物特徵」（a character's attributes considered as traits），而對後者的定義則是「當這些特性被綜合用於創造一個貌似真實人物的幻覺時，就產生了模仿功能」[40]。也就是說，先有「特點」，然後才通過綜合利用各種特點產生「功能」。然而，費倫卻指出：「在閱讀時，我們並不是先看到人物特徵並將之視為人物特點，這些特點又令人驚訝地變成了功能。人物出現時，已經在轉換為功能，或者說，已經構成功能（就人物的模仿性來說更是如此）。當

---

[40] Phelan, *Reading People, Reading Plots*, p.11.

我們讀到『布魯克小姐長得漂亮，在她那身寒磣衣服的反襯下，看上去就更漂亮了』或『愛瑪‧伍德豪斯端莊秀美，既聰明又富有，似乎將生活中最幸運的東西都集於一身』時，我們看到的是已經在起模仿作用的人物。換句話說，我的人物修辭理論作出的區分只是分析性質的。這種區分使我們得以理解作品的建構原則，而並不是對實際閱讀過程進行確切的描述。」[41]在筆者看來，之所以會出現這種分析模式與閱讀實踐的脫節，原因之一在於未認清人物模仿性的本質。費倫給出的第一個例子僅僅描述了人物的一個特點「漂亮」，那麼為何這個單一（而非綜合）的特點會具有模仿功能呢？這無疑是作品的逼真性在起作用。逼真性就是模仿功能，這是小說的一種內在功能，它產生於文學虛構的規約。

費倫寫道：「在有的小說中，人物特點未能共同構成一個貌似真實的人物形象，譬如斯威夫特創造的格列佛，又如刻意破壞模仿幻覺的現代作品中的某些人物。這樣的人物具有模仿性特點，但沒有模仿功能。」[42]斯威夫特的《格列佛遊記》是寓言性的諷刺故事，格列佛所敘述的人僅六英寸的小人國或者高如鐵塔的大人國等都背離了現實生活。此外，正如費倫所言，「隨著斯威夫特變換新的諷刺對象，格列佛的特徵在每一個旅程中都發生了變化」，[43]這種性格上的不一致在某種意義上偏離了現實主義小說的創作原則。但與此同時，人物並沒有喪失模仿功能。我們彷彿身臨其境，隨著格列佛在造訪那個小人國或那個大人國（斯威夫特稱之為「遙遠的國度」）。在此，我們不妨看看《諾頓英國文學選集》中的一段評論：「敘述者萊繆‧格列佛是船上的外科大夫，受過良好教育，和藹可親，足智多謀，性格開朗。他遇事愛探個究竟，有愛國心，為人坦誠，也注重實際。總而言之，他是一個較為合適的人類的代表，我們願意與他

---

[41]　Phelan, *Reading People, Reading Plots*, p.10.

[42]　Phelan, *Reading People, Reading Plots*, p.11.

[43]　Phelan, *Narrative as Rhetoric*, p.29.

認同。」[44]這無疑是模仿功能在起作用。模仿功能是以文學規約為基礎的人物的內在功能。再看看卡夫卡的《變形記》這部現代作品,其主人公變成了一隻大甲蟲,這在真實生活中顯然不可能發生。在閱讀時,一方面我們強烈地感受到這個人物的虛構性,另一方面,我們會覺得這個人物在故事世界裡是真實的。上文已經提到的「敘述讀者」和「作者的讀者」的區分有利於我們看清這一問題。在閱讀時,我們同時充當這兩種讀者:作為「敘述讀者」,我們認為故事中的人物和事件是真實的;而作為「作者的讀者」,我們則對作品的虛構性有清醒的認識。可以說,人物虛構性的強弱完全取決於「作者的讀者」眼中的人物。但無論這一虛構性有多強,只要「敘述讀者」眼裡的人物是真的,人物就具有模仿功能,讀者就會關心人物的命運,並對人物作出各種情感反應。在《格列佛遊記》和《變形記》中,作者正是借助人物的模仿功能,來達到諷刺人類社會和現實生活的目的。誠然,在有的作品(片段)中,作者確實刻意破壞模仿幻覺,採用「元小說」的手法對真實寫作過程進行戲仿,讓敘述者直接評論自己對人物和事件的虛構;而在有的現代或後現代作品(的片段)中,則僅僅存在純粹的文字遊戲或敘述遊戲。但我們應該清醒地認識到,只有在這樣的作品(片段)中,人物才不具備模仿功能。可以說,只要作品本身具有逼真性,人物天生就有模仿功能(就有「貌似真實人物的幻覺」);而只要作品沒有逼真性,人物的任何特點都不會有模仿功能。

筆者認為,可以區分「顯性的模仿性特點」和「隱性的模仿性特點」。假如我們在一部小說的開篇之處讀到:「布魯克小姐站在院子裡」,儘管這句話沒有描述布魯克小姐的任何特徵,但我們的腦海中同樣會出現一個「貌似真實人物的」布魯克小姐「的幻覺」。我們會推斷她必然具有的一些特徵:女性,雙腿健全,上有父母,如此等

---

[44] M. H. Abrams, gen. ed. *The Norton Anthology of English Literature*, fifth edition (New York: Norton, 1986), vol. 1, p.2012.

等。這些特徵與「貌似真實人物的幻覺」相關，但沒有描述出來，因此可謂「隱性的模仿性特點」；反之，則是「顯性的」。在評論《我最後的公爵夫人》中的那位來自未來新娘家的使者時，費倫認為這位不知姓名的使者「僅僅具有一種功能，即當公爵[向未來的新娘]發出含蓄的警告時，充當他的合適的受話者這一虛構的結構功能。」[45]從創作的角度來看，白朗寧確實是人為地在作品中安插這麼一位使者來充當公爵的受話者，但我們必須牢記，作品中所有的人物都是虛構的建構物，都是作者人為的安排。在探討模仿功能時，我們需要關注的不是作品人物的建構本質，而是在「敘述讀者」的眼裡，人物是否具有虛構世界中的真實性。在閱讀《我最後的公爵夫人》時，「敘述讀者」不會認為（具有顯性的模仿性特點的）公爵是真的，而（僅有隱性的模仿性特點的）使者是虛構的：在「敘述讀者」的眼裡，兩個人物都是「真人」。

現在，我們不妨將注意力轉向人物的 「虛構性」這一範疇。「虛構性」是相對於「作者的讀者」而言的。作品中的人物在「作者的讀者」眼裡，具有或強或弱的「虛構性」。費倫說：「虛構性的根深蒂固使它有別於模仿性和主題性：在虛構性這一範疇，特點總是構成功能。虛構性特點總是會在作品的建構中起某種作用，因此本身就是虛構功能……然而，我們可以將費拉拉公爵這樣的人物與《天路歷程》裡的克裡斯琴（Christian）這樣的人物區分開來，前者的虛構性一直處於隱蔽狀態，而後者的虛構性則被凸現。」[46]值得注意的是，無論是隱蔽的還是凸現的虛構性，都只是人物的一種無法擺脫的特性。費拉拉公爵之所以具有隱性的虛構性，只不過是因為他是虛構作品中的人物。這種與生俱有的虛構性與人物特徵並無關聯。《天路歷程》是寓言性的作品，克里斯琴（Christian）代表基督徒，是一個

---

[45]　Phelan, *Reading People, Reading Plots*, p.14.

[46]　Phelan, *Reading People, Reading Plots*, p.14.

扁平的象徵性人物。但他的強烈的虛構性也只不過是其象徵性的「副產品」，即他的象徵性（在作者的讀者的眼裡）凸現了其虛構性。同樣，在卡夫卡的《變形記》中，主人公變成了一隻大甲蟲，但這一變形是為了表達人的異化這一主題，而非為了突出人物的虛構性。誠然，「元小說」的情況有所不同。元小說作者（通過敘述者）對自己創作人物之過程的戲仿，可以說是對人物「與生俱有」的虛構性的一種有意利用，利用其達到某種主題目的。

　　與逼真性形成對照，虛構性一般並非作品旨在傳遞的一種效果，而只是虛構作品中人物的一種內在特性，因此「功能」也就無從談起。但我們可以區分「虛構性特點」和「虛構性實質」。若人物的某些特徵偏離了現實生活，凸現了人物的「虛構性實質」，就可將之視為「虛構性特點」。但值得注意的是，若人物的虛構性是隱蔽的，則沒有「虛構性特點」可言，因為隱蔽的虛構性僅僅是虛構人物「與生俱有的」一種本性。與此相對照，主題性不是人物與生俱有的，也不是一種副產品，而是作者有意的藝術創造。

　　總而言之，人物的模仿性成分、主題性成分和虛構性成分在性質上不盡相同。費倫則建立了一個完全平行的由「主題性特點」發展到「主題功能」，由「模仿性特點」發展到「模仿功能」，由「虛構性特點」發展到「虛構功能」的分析模式，這自然難免造成理論模式與閱讀經驗的脫節。其實，從費倫的其他論述來看，他的邏輯思維很強，推理論證相當嚴密。他之所以會在這一模式上走偏，除了沒有看清「模仿」、「主題」和「虛構」成分之間的本質差異，也跟他的「進程關懷」不無關聯。他十分強調自己的研究關注的不是靜態結構，而是敘事進程。這種關注在闡釋具體作品時一般不會出問題，但在理論建構時則容易遇到麻煩。如前所述，人物的虛構性和模仿性都是以文學規約為基礎的人物內在特性。[47]費倫儘管已清楚地認識到

---

[47]　誠然，作者可以有意顛覆模仿性，如元小說或現代主義／後現代主義作品中的文字遊戲。

「人物出現時，已經在轉換為功能，或者說，已經構成功能（就人物的模仿性來說更是如此）」，但為了突出敘事的進程，他依然區分了靜態的模仿性「特點」（獨立存在的人物特徵）和動態的模仿性「功能」（在敘事進程中對特點的運用）。為了說明這一區分，費倫又說《格列佛遊記》中的主人公僅有模仿性「特點」，而沒有模仿「功能」，如此等等。其實，費倫提出的人物同時具有「模仿性、主題性和虛構性」這一模式，可成為一個很有用的靜態結構模式。筆者在發表於美國《敘事》雜誌上的一篇文章中，就成功地運用了這一靜態模式。[48]僅就「主題性」這一範疇而言，費倫對於靜態「特點」和進程中的「功能」的區分在經過上文那種修正之後，也十分適於敘事進程分析：由敘事進程來決定人物特徵究竟是否具有主題性，究竟是否具有主題功能。

二、「四維度」讀者觀

　　讀者在費倫的修辭性敘事理論中佔有重要地位。他借鑒和發展了拉比諾維茨的四維度讀者觀：（1）有血有肉的實際讀者，對作品的反應受自己的生活經歷和世界觀的影響；（2）作者的讀者，即作者心中的理想讀者，處於與作者相對應的接受位置，對作品人物的虛構性有清醒的認識；（3）敘述讀者，即敘述者為之敘述的想像中的讀者，充當故事世界裡的觀察者，認為人物和事件是真實的；（4）理想的敘述讀者，即敘述者心目中的理想讀者，完全相信敘述者的所有言辭。[49]不難看出，這是四種不同的閱讀心理位置，各有其側重的一面。第一種閱讀位置強調讀者的個人經驗，以及獨立於文本的那一面，即站在文本之外，對作者的價值觀作出評判（「作者的讀者」接

---

[48]　Dan Shen, "Defense and Challenge: Reflections on the Relation Between Story and Discourse," *Narrative* 10 (2002): pp.223-24.

[49]　Peter J. Rabinowitz, "Truth in Fiction: A Reexamination of Audiences," *Critical Inquiry* 4 (1976): pp.121-41; James Phelan, *Narrative as Rhetoric*, pp.139-41 & 215-18.

受作者的價值觀，但會對敘述者的價值觀作出評判；「敘述讀者」則只是接受敘述者的價值觀）。就第二種和第三種閱讀位置來說，作品的逼真性取決於第三種，而第二種則使讀者得以站在作者的立場上，對人物和不可靠敘述者進行評判。就全部四個維度來說，前三個維度的界限是較為清晰的，但第三與第四維度之間卻常常難以區分。布思在《小說修辭學》第二版的後記中，採用了拉比諾維茨的模式，但略去了第四個維度。拉比諾維茨本人後來也取消了這一維度。[50]費倫起初與布思一樣，也略去了這一維度，但在《作為修辭的敘事》一書中又提出有必要區分「敘述讀者」和「理想的敘述讀者」，至少對於第二人稱敘述來說是如此。費倫認為，在第二人稱敘述中，「理想的敘述讀者」就是敘述者所稱呼的「你」。敘述讀者有時會與「你」等同，有時又會從旁觀察「你」，在情感、倫理和心理等層面上都與「你」保持一定的距離。費倫認為在分析某些類型的作品時，還有必要借用敘事學的「受述者」這一概念。「受述者」就是敘述者的發話對象。在勞倫斯·斯特恩的《項狄傳》中，項狄有時糾正特定的「受述者」的反應。在這種情況下，處於正確位置的「理想的敘述讀者」就不同於「受述者」。而「敘述讀者」則可站在一旁，觀察項狄對「受述者」的糾正。[51]但在很多作品中，「敘述讀者」與「理想的敘述讀者」之間差別甚微，可以不加區分。

　　費倫十分關注作者的讀者與敘述讀者之間的差異。[52]他指出，在閱讀《簡·愛》時，作者的讀者看到的是一個虛構人物在敘述虛構的

---

[50] Peter J. Rabinowitz, *Before Reading*, Ithaca: Cornell UP, 1987.

[51] Phelan, *Narrative as Rhetoric*, pp.145-49.

[52] 應該指出的是，費倫對這兩種讀者的定義存在有待澄清之處。費倫對「作者的讀者」作了如下界定：「作者在建構文本時假定的理想讀者，能完全理解文本。與『敘述讀者』不同，作者的讀者在閱讀虛構作品時，心裡明白人物和事件是虛構的建構物，而非真人和史實。」（*Narrative as Rhetoric*, p.215）但在界定「敘述讀者」時，費倫卻提出「敘述讀者的位置跟受述者的位置一樣，均被包含在作者的讀者的位置之內」（同上，p.218）。若仔細考察一下費倫的定義，則不難看出，在「作者的讀者」的位置裡，並沒有「敘述讀者」的容身之地。這兩種讀者位置對應於實際讀者的閱讀意識中的兩個不同

事件，而敘述讀者看到的卻是一個歷史上的人在講述自己的自傳（作品的逼真性）。兩種讀者對事情的看法不盡相同，比如對作品中超自然事件的看法可能迥然而異。當簡·愛說自己聽到羅契斯特在遙遠的地方呼喚自己的名字時，作者的讀者會認為這種事情在虛構世界裡才可能發生，但敘述讀者會認為這是真實的。值得注意的是，這兩種讀者之間的區分對於不可靠敘述尤為重要。當敘述者由於觀察角度受限、幼稚無知、帶有偏見等各種原因而缺乏敘述的可靠性時，敘述讀者會跟著敘述者走，而作者的讀者則會努力分辨敘述者在哪些方面、哪些地方不可靠，並會努力排除那些不可靠因素，以求建構出一個合乎情理的故事。

　　從表面上看，這兩種讀者之間的區分相當簡單，但在實際運用中，有時情況卻並非如此。元小說就為這一區分的運用設置了一個陷阱。在約翰·福爾斯《法國中尉的女人》的第13章中，敘述者採用元小說的手法，進行了一番表白：「我正在寫的這個故事全是想像出來的。我創造的這些人物一直僅僅存在於我自己的腦海之中」。敘述者接下去大談作者不要作出任何計畫安排，應該給人物以自主權，讓人物自由發展，因為「世界是個有機體，而不是一部機器」。費倫對此評論道：「作者的讀者將敘述者的這番『表白』視為作者建構整個作品的一個步驟。因此，我們可以將這一章的聲音視為敘述者的，而不是福爾斯的。我們會意識到在作者和敘述者之間存在較大距離，這與作者的讀者跟敘述讀者之間的距離相對應。閱讀時，敘述讀者對作品的虛構性無所察覺，會相信敘述者的話，因此會期待著敘事繼續按照這種無計畫的有機方式向前發展。與此同時，作者的讀者則會力求發現這種所謂無計畫的發展究竟是為什麼虛構目的服務

部分，因此為並行性質，而非涵蓋性質的關係。這一混亂在某種程度上源於布思《小說修辭學》第2版的後記。在這一後記中，布思將拉比諾維茨所區分的「作者的讀者」、「敘述讀者」和「理想的敘述讀者」統統稱為「隱含讀者」（pp.422-23），而通常「隱含讀者」特指「作者的讀者」。

的。」[53]其實，在闡釋《法國中尉的女人》這種含有元小說成分的作品時，我們有必要區分兩種不同的敘述讀者。一種為通常的敘述讀者（非元小說部分），即故事世界裡的觀察者，認為人物和事件是真實的。這種敘述讀者在元小說部分就消失不見了，因為元小說部分涉及的是敘述者處於故事之外的所謂「寫作過程」。元小說部分打破了人物的模仿幻覺，卻建立了有關敘述者寫作過程的模仿幻覺。對應於這種新的模仿幻覺，我們應該提出另一種敘述讀者，其特點是處於人物的故事世界之外，敘述者的寫作世界之中，認為敘述者自己述說的寫作過程是真實的。然而，「作者的讀者」卻清楚敘述者的這一寫作過程是「假冒」的，是對福爾斯的真實寫作過程的虛構性戲仿。費倫明確說明了「敘述讀者」起的是故事內部觀察者的作用，因此，當敘述者站到故事之外，對自己的創作發表評論時，那種「敘述讀者」也就消失了。當敘述者重新開始敘述故事時，那種「敘述讀者」又重新在故事內部開始觀察，對一切都信以為真。若像費倫所說的那樣，那種「敘述讀者」也在接受敘述者的這番創作表白（「我正在寫的這個故事全是想像出來的。我創造的這些人物一直僅僅存在於我自己的腦海之中」），顯然就無法再把前後發生的事情視為真實的。從這一實例可以看出，我們在闡釋不同文類的作品時，有時需要根據實際情況調整所建立的理論模式，否則就有可能出現偏誤。

對「實際讀者」的考慮是後經典敘事學跟經典敘事學的一個明顯的不同之處。費倫之所以考慮這一維度，可以說有三方面的原因。一是他關注的是作者與讀者之間的修辭交流，而非文本本身的結構關係。二是受了讀者反應批評的影響，重視不同讀者因不同生活經歷而形成的不同闡釋框架。在闡釋海明威的《我的老爸》這一作品時，面對同樣的悲觀結局，一個遭受了生活重創的人可能會變得更為悲觀，完全喪失對生活的信心；而一個重新建立了生活信心的人，則可能會

---

[53] Phelan, *Reading People, Reading Plots*, p.93.

認為敘述者的悲觀結論具有很大的局限性。對於一位性格十分樂觀的讀者來說，則可能會一面抵制這個故事的消極氛圍，一面對自己的生活態度加以審視，如此等等。三是受文化研究和意識形態批評的影響。費倫於1977年獲芝加哥大學博士學位，在日益強烈的文化、意識形態關注中開始發展自己的學術事業。雖然他的博士論文顯示出較強的形式主義傾向，但與從事了多年形式主義批評的老一輩學者不同，他較快順應了時代潮流。費倫關注處於不同社會歷史語境中的讀者對作品蘊含的意識形態的各種反應，在分析中廣為借鑒了女性主義批評、巴赫金對話理論、馬克思主義批評、文化研究等批評方法，體現出明顯的後經典立場。

值得注意的是，費倫的探討可能會隨著學術氛圍的變化而有所變化。進入新世紀以來，不少西方學者反思了激進的學術立場，學術氛圍變得較為寬鬆。費倫對讀者的論述也出現了變化。在1996年面世的《作為修辭的敘事》中，費倫提出：具有不同信仰、希望、偏見和知識的實際讀者在閱讀作品時，會採取不同的「作者的讀者」和「敘述讀者」的立場；不同的讀者可以以文本為依據，交流自己的閱讀經驗，相互學習；並指出自己的闡釋只是多種可能的闡釋中的一種。然而，在2007年出版的《體驗虛構敘事》一書中，他轉而強調隱含作者對讀者的引導作用，強調讀者在隱含作者的引導下共用的閱讀經驗。[54]他主張在閱讀時，我們要力爭進入隱含作者心目中「作者的讀者」的閱讀位置，但我們的不同經歷和和立場可能會妨礙我們這麼做。他對「實際讀者」的分析則主要是為了說明進入「作者的讀者」這一閱讀位置可能會遇到的困難。

三、進程與互動

費倫的修辭性敘事學與結構主義敘事學的主要區別在於關注敘事

---

[54] Phelan, *Experiencing Fiction: Judgments, Progressions, and the Rhetorical Theory of Narrative* (Columbus: Ohio State UP), 2007.

策略與讀者闡釋經驗之間的關係。正如費倫所言，「活動」、「力量」和「經驗」是修辭模式中的關鍵字語，而結構主義敘事學則聚焦於文本自身的結構特徵、結構成分和結構框架。在費倫的眼裡，敘事是讀者參與的發展進程，是讀者的動態經驗。與上文提到的多層次讀者觀相對應，闡釋經驗是多層面的，同時涉及讀者的智力、情感、判斷和倫理。這些不同層次的經驗又統一在一個名稱之下：「進程」。費倫對「進程」作了如下界定：

> 進程指的是一個敘事建立其自身向前運動的邏輯的方式（因此涉及敘事作為動態經驗的第一種意思），而且指這一運動邀請讀者作出各種不同反應的方式（因此也涉及敘事作為動態經驗的第二種意思）。結構主義就故事和話語所作的區分有助於解釋敘事運動的邏輯得以發展的方式。進程可以通過故事中發生的事情產生，即通過引入不穩定因素（instabilities）——人物之間或內部的衝突關係，它們導致行動的複雜性，但有時衝突最終能得以解決。進程也可以由話語中的因素產生，即通過緊張因素（tensions）或者作者與讀者、敘述者與讀者之間的衝突關係——涉及價值、信仰或知識等方面重要分歧的關係。[55]

本書第一章介紹了結構主義就故事和話語所作的區分，這一區分確實有助於人們看清敘事運動在這兩個不同層次上的展開。但費倫在採用這一區分時，忽略了自己的修辭模式和結構主義模式的本質差異：前者關注的是闡釋經驗與作品之間的關係，而後者關注的只是作品自身。「故事」與「話語」涉及的是敘事作品自身的兩個不同層面。不難看出，對於「不穩定因素」的界定完全排斥了讀者的閱讀經驗，而在界定「緊張因素」時，又忽視了「話語」是敘事作品本身的一個層

---

[55] Phelan, *Narrative as Rhetoric*, p.90.

面，無法涵蓋敘事作品之外的作者與讀者。筆者曾就這一定義與費倫進行網上對話，建議他將話語層次上的「緊張因素」重新定義為「（不同層次的）敘述者之間或內部的衝突關係，以及敘述者與作者常規（authorial norms）之間的衝突關係——均為涉及價值、信仰或知識等方面重要分歧的關係。」筆者提出，費倫的模式關注的並非「不穩定因素」與「緊張因素」本身，而是讀者在闡釋過程中對於這些動態因素的動態反應。費倫對此表示了贊同，並指出自己之所以用「進程」一詞來取代「情節」一詞，就是為了突出對讀者闡釋經驗的關注。

　　與經典小說修辭學不同，費倫的後經典模式在研究闡釋經驗時，具有相當強的動態性。費倫認為敘事在時間維度上的運動對於讀者的闡釋經驗有至關重要的影響，因此他的分析往往是隨著閱讀過程逐步向前發展。費倫將這種忠實於闡釋過程的「線性」分析與綜合歸納有機結合，使研究既帶有很強的動態感，又具有統觀全域的整體感。

　　此外，費倫提出應把修辭看成作者、文本和讀者之間的互動。他在《作為修辭的敘事》（1996）一書的序言中說：「本書各章的進展的確表明了在把敘事作為修辭考慮的過程中，我的看法上的一些轉變。尤其值得一提的是，在我起初採用但逐漸脫離的那個模式中，修辭的含義是：一個作者通過敘事文本，邀請讀者作出多維度的（審美的、情感的、概念的、倫理的、政治的）反應。在我轉向的那一模式中，閱讀的多維度性依然存在，但作者、讀者和文本之間的界線則模糊了。在修改過的模式中，修辭是作者代理、文本現象和讀者反應之間的協同作用。」費倫強調，自己將注意力轉向了「在作者代理、文本現象和讀者反應之間循環往復的關係，轉向了我們對其中任何一個因素的關注是如何既影響其他兩個因素，同時又被這兩個因素所影響。」[56]經典小說修辭學強調作者是文本的建構者和闡釋的控制者，

---

[56]　Phelan, *Narrative as Rhetoric*, p.19.

強調作者意圖在決定文本意義方面的重要性。與此相對照，費倫在這本書中指出，作者意圖並非完全可以復原，作者也無法完全控制讀者的反應；他十分強調讀者的主觀能動性，強調讀者對闡釋的積極參與，認為不同的讀者會依據不同的經歷、不同的標準對文本作出不同的反應。然而，在《體驗虛構敘事》（2007）一書中，他又在很大程度上轉向了強調隱含作者如何邀請讀者進入特定的「作者的讀者」的閱讀位置，不同的讀者在隱含作者的引導下如何可以共用閱讀經驗。其實，費倫在《作為修辭的敘事》中，依然區分了文本本身和讀者眼中的文本。他一方面尋找讀者反應的文本來源（textual sources），另一方面又指出讀者的主觀性影響了對這些文本來源的解釋。也就是說，在作者通過文本建構讀者反應的同時，讀者反應也建構了（讀者眼中的）文本。由於採用了「讀者眼中的」這樣的限定，他暗暗堅持了以隱含作者為標準的修辭性立場。

我們在第三章中已經看到，對於讀者闡釋，需要持兩種互為補充的立場，一種是修辭性的，另一種是認知性的。修辭性的角度重視（隱含）作者的修辭目的，探討作者如何邀請和引導讀者對文本進行闡釋；認知性的則可以聚焦於不同讀者的不同闡釋框架和闡釋結果。真正後經典的修辭性敘事學立場並非要放棄「隱含作者」這一衡量標準，而是要充分認識到讀者只能爭取進入「作者的讀者」的閱讀位置，而讀者的個體經歷和社會身分可能會在不同程度上影響闡釋結果，與此同時，還需充分認識到隱含作者是在社會語境中創作，因此需要考慮作品的創作語境，以及「真實作者」的生活經歷對「隱含作者」創作的影響。此外，隱含作者並非聖人，其創作立場可能存在各種問題，對此讀者可以加以評判和抵制。

四、關於敘事判斷的六個命題以及實例分析

費倫的修辭性敘事模式十分重視敘事判斷的作用。他在《敘事判

斷與修辭性敘事理論》一文中，提出了關於敘事判斷的六個命題。[57]
第一個命題：從修辭性理解來說，敘事判斷對於敘事倫理、敘事形式
和敘事審美這三個方面都至關重要。為了充實這一命題，他重申了關
於敘事進程的概念，指出這種進程涉及兩種變化的交互作用：一種是
人物經歷的變化，另一種是讀者在對人物的變化做出動態反應時所經
歷的變化。第二個命題：讀者作出以下三種主要的敘事判斷，每一種
都可能會影響另兩種，或者與其相交融：對於事件或其他敘事因素之
性質的闡釋判斷；對於人物和事件之倫理價值的倫理判斷；對於該敘
事及其組成部分之藝術價值的審美判斷。第三個命題：具體的敘事文
本清晰或暗暗地建立自己的倫理標準，以便引導讀者作出特定的倫理
判斷。也就是說，就修辭性倫理而言，敘事判斷是從內向外，而非從
外向內作出的。正因為如此，倫理判斷與審美判斷密切相關。第四個
命題：敘事中的倫理判斷不僅包括我們對人物和人物行為的判斷，而
且也包括我們對敘述倫理的判斷，尤其是隱含作者、敘述者、人物和
讀者之間的關係所涉及的倫理。第五個命題：個體讀者需要評價具體
敘事作品的倫理標準，而他們的闡釋可能會不盡相同。第六個命題：
個體讀者的倫理判斷與他們的審美判斷密不可分。費倫採用了安布羅
斯・比爾斯（Ambrose Bierce）的《深紅色的蠟燭》來簡要說明這些命
題：[58]

　　一個在彌留之際的男人把妻子叫到床邊，對她說：

---

[57] James Phelan, "Narrative Judgments and the Rhetorical Theory of Narrative," *A Companion to Narrative Theory*, ed. James Phelan and Peter J. Rabinowitz (Oxford: Blackwell, 2005), pp.322-36. See also James Phelan, "Delayed Disclosure and the Problem of Other Minds: Ian McEwan's Atonement," in James Phelan, *Experiencing Fiction* (Columbus: The Ohio State UP, 2007), pp.109-132. 在 *Experiencing Fiction* 這本書中，費倫聚焦於敘事判斷和敘事進程在讀者可分享的敘事體驗中的作用。

[58] 在這一基礎上，費倫在文中對伊恩・麥克尤萬（Ian McEwan）的小說《贖罪》（*Atonement*）進行了更為複雜和富有深度的分析。

> 「我就要永遠離開你了；給我關於你的感情和忠誠的最後一個證據。根據我們神聖的宗教，一個已婚男人試圖進入天國之門時，必須發誓自己從未受到任何下賤女人的玷污。在我的書桌裡你會找到一根深紅色的蠟燭，這根蠟燭曾蒙受主教的祝禱而成為聖物，具有一種獨特的神祕意義。你向我發誓，只要蠟燭在世，你就不會再婚。」女人發了誓，男人也死了。在葬禮上，女人站在棺材前部，手上拿著一根點燃的蠟燭，直到它燃為灰燼。[59]

請比較費倫自己的改寫版：

> 一個在彌留之際的男人對長期守候在病床旁的妻子說了下面這番話。
>
> 「我就要永遠離開你了。希望你知道我非常愛你。在我的書桌裡你會找到一根深紅色的蠟燭，這根蠟燭曾蒙受主教的祝禱而成為聖物。無論你走到哪，也無論你做什麼，你若能一直帶著這根蠟燭作為我們愛情的見證，我就會感到十分欣慰。」妻子感謝他，並向他保證一定會那樣做，因為她也愛他。在他死後，她兌現了自己的承諾。

就第一個命題而言，費倫指出這兩個版本都有建立在不穩定性之上的敘事進程（丈夫都尋求妻子的承諾，妻子都作出承諾，並以自己的不同方式來履行承諾），且都有讀者的一系列不斷發展的反應。但相比之下，比爾斯的版本更勝一籌，因為它不僅引入了更具實質性的不穩定性，而且對其處理得更令人稱道。費倫指出，我們在比較這兩

---

[59] Ambrose Bierce, "The Crimson Candle," in *The Collected Writings of Ambrose Bierce* (New York: The Citadel Press, 1946), p.543.

個版本時，不能僅僅著眼於是否存在不穩定性造成的敘事進程，而且也應關注伴隨這一進程的各種敘事判斷，而這些判斷對於我們情感、倫理、美學方面的反應有很大影響，這就引向了第二個命題。

就第二個命題而言，費倫指出在《深紅色的蠟燭》中，丈夫和妻子對於妻子誓言的性質作出了不同的闡釋判斷，而這些判斷又與倫理判斷相交融。事實上，他們的闡釋判斷涉及的是妻子的誓言所帶來的倫理責任。丈夫認為妻子的承諾會讓她不再嫁人，而妻子卻鑽了語言的空子，這樣她既可以在葬禮上兌現承諾的字面意義，同時也擺脫了這一承諾。讀者則需要判斷妻子對其誓言的闡釋究竟是否合理。假如我們認為妻子合理地發現了承諾中的漏洞，那麼就可能會說妻子那樣做是對其承諾的一種正當履行。換個角度，假如我們認為妻子的闡釋判斷站不住腳，那麼則可能會說妻子違背了她的諾言。此外，我們也可以在某種程度上區分闡釋判斷和倫理判斷：我們可能會認為妻子的闡釋判斷站不住腳，因為她明白丈夫不會將她在葬禮上燃燒蠟燭的做法視為對她的承諾的履行。但與此同時，我們也有可能對她的行為作出肯定性的倫理判斷，因為我們覺得她丈夫堅持讓她做出那樣的承諾是不道德的，而妻子的行為是一種合理的回應。費倫進一步指出，我們對這些倫理問題的判斷會影響我們的審美判斷。費倫認為他自己的版本與比爾斯的版本在審美方面的差距，主要在於前者在倫理判斷上的相對蒼白無力。

就第三個命題而言，費倫首先指出，修辭性理論家在從事倫理批評時，不是將事先存在的倫理體系應用於某一作品，而是試圖重新建構作為該作品之基礎的倫理原則。從《深紅色的蠟燭》中的文體選擇可以看出那位丈夫違背了有關愛情、大度和正義的基本原則，他不是提出要求，而是發出命令：他把妻子「叫到」他的床邊，對他發出一連串指令：「給我……最後一個證據」，「你向我發誓……你不會再婚」。他的這番話的倫理潛文本（ethical subtext）是「因為我比你尊貴，且我的命運更重要，你應該遵從我的命令，無論這會給你的生活

帶來什麼後果」。這一潛文本在丈夫提到的父權制的宗教「原則」中也顯而易見。那根深紅色的蠟燭無疑具有男性性具的象徵意義，這加強了這些語言因素的父權制意味。因此，我們會自然而然地對丈夫作出否定性的倫理判斷。費倫進一步指出，比爾斯對敘事進程加以操縱，因此我們讀到最後一句時，才對那位妻子作出較為重要的闡釋或倫理判斷，以及對整個敘事作出審美判斷。當我們讀到「妻子站在棺材前部，手上拿著一根點燃的蠟燭，直到它燃為灰燼」這一意外結局時，我們同時看到和認可妻子對其承諾所作出的出乎意料的闡釋和倫理判斷。這些交互作用的反應，給故事結尾帶來了很強的衝擊力，這也是我們對這一故事作出肯定性審美判斷的重要原因。而比爾斯對敘事的操縱又將我們帶入第四個命題。

就第四個命題而言，費倫重點考察了比爾斯與敘述者的關係。敘述者一般起三種主要作用：報導、闡釋和評價[60]。然而，比爾斯只讓他的敘述者起一種報導作用，讓讀者自己通過敘事進程和文體選擇來推斷如何闡釋和如何評價。正如圍繞最後一句話所突然出現的豐富推斷所表明的，敘述技巧既直截了當（敘述者可靠和效率高），又十分含蓄（未為妻子的策略作鋪墊，也未揭示她的內心活動）。這種限制性的敘述直接影響比爾斯與人物以及讀者的倫理關係。比爾斯對人物的言行不加評論，假定讀者通過推理，會跟他站在同一立場上，對其敘事的闡釋和倫理維度感到滿意。這一推斷將我們引向第五個命題。

就第五個命題而言，費倫指出比爾斯的人物塑造和情節進程突出了丈夫的自私和妻子對諾言極其巧妙的處理，這可能會贏得有些讀者的完全贊同，但其他一些讀者則可能會對比爾斯描述丈夫的方式感到不安。就後一種讀者而言，問題並不是比爾斯對他創造的人物可能不公平，而是他對揭示丈夫最終的徒勞無功感到頗為得意。這種欣喜暗

---

[60] James Phelan, *Living to Tell about It* (Ithaca: Cornell UP, 2005).

示比爾斯在歡悅地利用死亡帶來的無能，令人感到不寒而慄，且覺得倫理上也難以服人，這就引向了第六個命題。

就第六個命題來說，費倫強調我們對作品進行的倫理判斷，會作用於我們的審美判斷，反之亦然，當然這兩種判斷各有其特點。就對《深紅色的蠟燭》的總體反應而言，如果我們在倫理上不滿意比爾斯對那位丈夫徒勞無功感到的歡欣，那就會降低我們對這一敘事作品審美方面的滿意度。同樣，審美判斷也會影響倫理判斷。比如，倘若比爾斯採用了一位對人物加以明確倫理判斷的介入型敘述者，那麼就不僅會構成一個審美方面的缺陷，使讀者難以享受自己推導這些判斷的閱讀快感，而且也會讓讀者對比爾斯的敘述倫理感到不滿，因為這種敘述技巧會暗示他不信任讀者的閱讀能力。

總的來說，費倫的修辭性敘事理論綜合吸取了經典敘事學、讀者反應批評和各種文化意識形態批評之長，又在很大程度上避免了其所短。他大量吸取了敘事學的研究成果，較好地把握了各種敘事技巧，對敘述聲音、敘述視角、經驗自我和敘述自我等不同範疇進行了深入探討；並借鑒了敘事學的區分或區分方法來建構一些理論模式，使研究呈現出較強的理論感、層次感和系統性。與此同時，又以多維的人物觀、動態的情節觀、全面的讀者觀和對意識形態的關注而避免了經典敘事學（批評）的一些局限性。就讀者反應批評而言，費倫的研究既借鑒了其對讀者闡釋之作用的關注，又通過區分文本本身和讀者眼中的文本而保持了某種平衡。就文化意識形態批評而言，不少西方學者將文學作品視為社會話語、政治現象、意識形態的作用物，表現出極端的政治傾向。而費倫堅持從敘事策略或敘述技巧切入作品，將形式審美研究與意識形態關注有機結合，達到了一種較好的平衡。可以說，費倫的修辭性敘事理論以其綜合性、動態性和開放性構成了西方後經典敘事學理論的一個亮點。

第四節　卡恩斯的語境、規約、話語

　　1999年，邁克爾‧卡恩斯的《修辭性敘事學》一書問世，該書旨在將修辭學的方法與敘事學的方法有機結合起來，而這種結合是以言語行為理論為根基的。由於卡恩斯將言語行為理論作為基礎，因此在修辭性敘事理論中自成一家、與眾不同，但書中的邏輯混亂恐怕也是最多的。卡恩斯的模式聚焦於敘事的三個方面：語境、基本規約和話語層次。本節將集中探討這三個方面的實質性內涵，清理有關混亂，以便更好地把握修辭性敘事學的特點和所長所短。

一、對語境的強調

　　卡恩斯十分重視語境的作用。他認為一個文本究竟是否構成敘事文關鍵在於語境，而不在於文本中的成分。他斷言：「恰當的語境幾乎可以讓讀者將任何文本都視為敘事文，而任何語言成分都無法保證讀者這樣接受文本」[61]。這種強調語境的後經典立場與經典敘事學形成了鮮明對照。經典敘事學認為一個文本究竟是否構成敘事文關鍵在於文本包含什麼成分，因此他們著意探討文本中的成分究竟是否具有敘事性，敘事性究竟有多強，完全不考慮語境的作用。卡恩斯則走向了另一個極端，在理論上單方面強調語境的「首要作用」和「決定性作用」，[62]忽略文本成分所起的作用。應該說，一個文本究竟是否構成敘事文取決於文本特徵、文類規約、作者意圖和讀者闡釋的交互作用（詳見下文）。卡恩斯對自己在理論上所走的極端似乎缺乏清醒的認識。他在導論中對查特曼的下述觀點表示贊同：「小說的敘事技巧勸服我們承認文本的一種權力：將其視為虛構性敘事，勸服我們將其

---

[61]　Micheal Kearns, *Rhetorical Narratology* (Lincoln and London: U of Nebraska P, 1999), p.2.

[62]　Kearns, *Rhetorical Narratology*, p.ix and p.2.

視為一種非任意、非偶然的話語。這種話語具有其自身的力量和自主性，有權要求我們認真地將其視為可辨認的『敘事虛構作品』這一文類的合法成員。」[63]不難看出，查特曼在此根本沒有考慮語境的作用。他考慮的是「小說的敘事技巧」本身所具有的修辭效果。這是一種脫離語境的效果（但這種效果以文類規約為根基）：在任何時代、任何語境中，只要存在「敘事虛構作品」這一文類，「小說的敘事技巧」都可以勸服我們承認文本的這種「權力」。[64]

卡恩斯從言語行為理論的角度來看文本，強調文本的「意思」取決於「社會過程」，而非文本中的「形式結構」。例如，一個小句「暫時取消憲法」（「the constitution is suspended」）倘若出現在不同的語境中，意思可能會大不相同。當出現在政府命令中時，這一小句具有「以言成事」（performative）的效果，導致憲法的暫時取消；而出現在新聞報導中時，同樣的文字則僅有描述的作用。又如，當書架上貼有「浪漫文學」的標籤時，這一標籤對於如何理解該書架上的書，對於書之「以言行事」（illocutionary）的力量具有決定作用。[65]筆者認為，我們的確不應忽略語境的作用，但與此同時，我們不應忽略語言結構本身的作用。當一本電話簿、廣告集、科學論著或缺乏浪漫色彩的現實主義作品出現在貼有「浪漫文學」標籤的書架上時，讀者很可能會認為這本書放錯了地方，會將它放到其同類作品中去。同樣，當「這部憲法是1980年制定的」這一小句出現在政府命令中時，它不會具有任何「以言成事」的效果。其實，言語行為理論家並非一味強調語境的作用。卡恩斯給出的「暫時取消憲法」這一實例是從桑

---

[63] Seymour Chatman, "The 'Rhetoric' 'of' 'Fiction'," *Reading Narrative*, ed. James Phelan (Columbus: Ohio State UP, 1989), p.46.

[64] 但如前所述，查特曼考慮了文本與現實世界的關係，他說：「在我看來，可以用兩種不同的方式來勸服讀者，或勸服讀者接受作品自身的形式，或勸服讀者調查對於現實世界裡發生的事情的某種看法」（Chatman, "The 'Rhetoric' 'of' 'Fiction'," p.55）。不難看出，查特曼在談到這兩種敘事修辭時，關心的只是文本的作用方式和作用效果。

[65] Kearnes, *Rhetorical Narratology*, p.11.

迪・佩特裡的《言語行為與文學理論》一書中轉引而來。佩特裡自己
的結論是：「意思相同的一樣的文字（同樣的以言指事）具有不同的
規約性力量。言語行為理論一個最為重要的信念是：在分析語言時，
這種力量上的不同至少與詞彙和語義上的相同一樣重要。」[66]佩特裡
採用那個實例是為了說明語言與社會實踐同樣重要，而卡恩斯卻借這
一實例來單方面說明語境的重要性，打破了原來的平衡。

　　卡恩斯認為言語行為理論為他的「強硬的語境立場提供了基
礎」。[67]但實際上，他往往於不覺之中偏離了言語行為理論的軌道。
如前所引，卡恩斯認為「適當的語境幾乎可以讓讀者將任何文本都視
為敘事文」。但倘若語境可以讓讀者將所有的文本都視為一類，那麼
文類之間的區分就會失去意義。而這種文類之分對於言語行為理論的
語境來說是至關重要的，因為言語行為理論的語境主要是由文類規約
所構成的。在此，我們不妨看看瑪麗・路易絲・普拉特對於小說和其
闡釋規則之關係的一段論述：

> 我想說的是，無論小說中的虛構話語以什麼形式出現，既然
> 讀者面對的文本是一部小說[而非其他文類]，就會自動將這些
> [與小說相關的]規則運用於對這一虛構言語行為的闡釋。我相
> 信這種分析與我們對現階段小說的直覺相吻合。第二章所探討
> 的文學敘事與自然敘事在形式上的對應也為這一假設提供了支
> 援。[68]

普拉特致力於將言語行為理論運用於文學話語的分析，並造成了相當
大的影響。她的《試論文學話語之言語行為理論》（1977）一書是卡

---

[66] Sandy Petrey, *Speech Acts and Literary Theory* (London: Routledge, 1990), p.12.

[67] Kearnes, *Rhetorical Narratology*, p.10.

[68] Mary Louise Pratt, *Towards a Speech Act Theory of Literary Discourse* (Bloomington: Indiana UP, 1977), p.206.

恩斯的主要參考書之一。卡恩斯對闡釋規則的強調與這本書的影響直接相關。但不難看出，普拉特將「小說」、「文學敘事」、「自然敘事」等文類視為既定存在，根本沒有考慮語境的決定作用。一位讀者面對不同的文本，一般可以區分何為散文、何為詩歌；何為抒情詩（抒發情感）、何為敘事詩（講述故事），如此等等。誠然，不同文類可以混合，譬如「抒情敘事」（lyric narrative）。一個文類的形式結構特徵也可能出現各種變化，譬如既有情節性強的小說，又有淡化情節、僅僅展示一個生活片段的小說；既有符合邏輯的小說，又有打破邏輯關係的小說。每當一種新的技巧、新的形式在一個文類中出現並得到認可，就會豐富這一文類，拓展其疆域，甚或會在某種程度上模糊該文類與其他文類之間的界限，但不同文類之間的區分依然存在。一篇全部用詩體寫成的東西在（目前的）任何語境中都不會成為小說。一個提供資訊的電話簿在任何語境中都不會真正成為敘事文。正是由於存在不同文類之分，才會存在各個文類自己的創作規則和闡釋規則；而正是由於這些規則之間的不同，語言文字在不同的文類中才會具有不同的規約性力量。不難看出，倘若語境可以讓讀者「將任何文本都視為敘事文」，那麼敘事文與非敘事文之間的區分就會失去意義，言語行為理論對敘事文（或非敘事文）之規約的強調也會失去其賴以生存的基礎。

　　另一位著名言語行為理論家約翰・塞爾提出在文學這樣的「展示性」（display）文本中，說話者不對自己話語的真實性負責。[69]在評論這一觀點時，卡恩斯提出文本究竟是否構成展示性的文本，說話者（作者）的態度「似乎並不相關」，因為文本的性質「取決於語境而非說話者的態度」，語境「會讓讀者以某種方式接受文本，而這一方式可能會有違作者的本意，譬如有人或許會拿到一本傳記，而這本傳記被錯放到了貼有『小說』標籤的書架上（mistakenly

---

[69]　John R. Searle, *Expression and Meaning* (Cambridge: Cambridge UP, 1979).

shelved）。」[70]卡恩斯的言下之意是傳記作者的意圖無關緊要，重要的是書架上的那一標籤。但值得注意的是，他在此承認了文本本身的文類屬性（一本傳記），當一本傳記被放到了貼有「小說」標籤的書架上時，則被視為「錯放」了地方。這實際上體現出較為合理的語境立場，不同於卡恩斯在下一句話中表現出來的強硬立場：「在貼有『浪漫文學』標籤的書架上看到一本書時，那一標籤基本決定了讀者會如何闡釋這一話語，決定了這本書會具有何種以言行事的力量。」[71]。卡恩斯的這句話意味著可以完全無視文本本身的文類屬性，重要的只是語境「如何讓讀者看待文本」[72]。這實在走得太遠。倘若一本傳記被放到了貼著「小說」標籤的書架上，或一本意識流小說被放到了貼著「日常敘事」的書架上，而重要的只是構成語境的標籤，讀者就會採用錯誤的闡釋規則來閱讀作品，得出錯誤的闡釋結果，譬如，可能會將意識流小說視為瘋人囈語之類。卡恩斯的強硬語境立場僅能起到為這種錯誤閱讀提供依據的作用。但卡恩斯並未意識到這一點，他在書中寫道：「言語行為理論實際上為我的強硬的語境立場提供了基礎，因此也為一個真正『修辭性的』敘事學提供了基礎。這一理論被界定為『解釋理解文本的條件，說明在一個社會裡意思如何被闡釋；說明要理解一個人的話，必須首先設立相關的程式』（Fish，1977：1024）」[73]。言語行為理論強調的恰恰是要採用與文本所屬文類相關的程式或規則來進行闡釋。譬如，要理解一部意識流小說，就必須採用與意識流小說相關的一套闡釋程式。只有這樣，才能理解作者藝術性地偏離傳統規約的寫法，理解「意識流」的美學價值和主題意義。倘若採用非藝術、非虛構的日常敘事的闡釋程式來閱

---

[70] Kearnes, *Rhetorical Narratology*, p.14.

[71] Kearnes, *Rhetorical Narratology*, p.11.

[72] Kearnes, *Rhetorical Narratology*, p.ix.

[73] Kearnes, *Rhetorical Narratology*, p.10. 文中提到的 Fish 的文章是："How to Do Things with Austin and Searle: Speech Act Theory and Literary Criticism," *Modern Language Notes* 91 (1977): 983-1025。

讀一本意識流小說，作品就顯然難以理解。與卡恩斯自己的信念相違，只要他持強硬的語境立場，他就與「真正『修辭性的』敘事學」無緣。這一立場允許語境將「任何」或所有作品變為同一類作品，因此使文類之間的區分失去意義。此外，這一立場允許讀者在語境的作用下採用錯誤的程式來闡釋作品，這樣顯然難以真正理解作品。

卡恩斯宣稱「在本書中我從頭到尾都會提倡這種強硬的語境立場」[74]，實際上他往往於不覺之中採用了通常那種較弱的語境立場，將文學敘事稱為「對語言的那種特定用法」[75]，提到「很多20世紀的先鋒派小說」[76]，如此等等。在書中，他經常談到先鋒派小說、傳統小說和日常敘事之間的區別，以此為基礎來探討文類規則在閱讀過程中所起的作用。但他沒有意識到這一合乎情理的立場與他自己所宣導的「強硬的語境立場」直接矛盾。前者尊重文本的文類屬性（由作者的意圖和以文類規則為基礎的創作所決定），後者則無視文本自己的文類屬性（無視作者的意圖和創作），僅僅關注語境（例如書架上的標籤）如何讓讀者看待文本。

卡恩斯對自己「強硬的語境立場」作了如下說明：「我之所以贊成這樣的立場，一方面是為了激發進一步的實際調查研究。或許這種研究會表明：如果一個文本具有某些種類或某種密度的『敘事』特徵，那就能保證讀者將其視為敘事文。但在這樣的研究出現之前，我會一直站在言語行為理論家一邊，他們看到的是語境的力量。我贊成強硬立場的另一個原因是我相信作者式閱讀——即讀者與作者共同認為敘事文存在的目的就是以某種方式打動讀者——決定敘事文與讀者之間的相互作用。」[77]卡恩斯給出的第一個理由是「為了激發進一步的實際調查研究」，這種注重實證的立場值得提倡。然而，我們不禁

---

[74] Kearnes, *Rhetorical Narratology*, p.3.

[75] Kearnes, *Rhetorical Narratology*, p.22.

[76] Kearnes, *Rhetorical Narratology*, p.23.

[77] Kearnes, *Rhetorical Narratology*, p.3.

要問，為何不先調查研究，然後再根據其結果作出判斷呢？卡恩斯提供的兩種選擇實際上是兩個極端：或者僅考慮語境，或者僅考慮文本特徵，兩種立場各有其片面性。當文本中的敘事特徵達到一定的密度或具有一定的豐富性時，也許「能保證讀者將其視為敘事文」，但這並不說明語境不起任何作用。敘事性較弱、淡化情節的小說之所以仍被接受為小說，就是作者的創作意圖與創作方式、文類規則的改變和接受語境的綜合作用。每一種因素在不同情況下作用會有大有小，但對這些因素應予以全面考慮。在探討「敘事性」時，我們應避免像經典敘事學家那樣單方面注重文本，也應避免像卡恩斯（這類重語境的學者）這樣單方面注重語境。卡恩斯在談第二個原因時提到的「作者式閱讀」是由拉比諾維茨率先提出來的，它是卡恩斯修辭性敘事學中的一個重要成分。卡恩斯在書中寫道：「作者式閱讀就是尋找作者意圖。然而這一意圖並非『個人心理』，而是『社會規約』。作者式閱讀就是接受『作者的邀請，按照特定社會程式來閱讀作品，這種閱讀方式是作者與讀者之間的默契。』」[78]有趣的是，「作者式閱讀」與「強硬的語境立場」實際上直接矛盾。尊重作者的意圖就是尊重文本自身的文類屬性。傳記作者會邀請讀者將作品讀作傳記。倘若一本自傳被錯放到了貼有「小說」或「浪漫文學」標籤的書架上，讀者又沒有發現這一錯誤，那麼作者式閱讀就無法進行。只有當作品恢復其本來面目時，讀者才有可能按照作者的邀請來閱讀作品。可以說，作者式閱讀完全排除了語境單方面的所謂決定作用。

---

[78] Kearnes, *Rhetorical Narratology*, p.52. 參見 Peter Rabinowitz, *Before Reading*, p.22。前文提到 Rabinnowitz 區分的四種閱讀位置：作者的讀者，敘述讀者，理想的敘述讀者，有血有肉的讀者。所謂「作者式閱讀」就是從「作者的讀者」這一位置或角度來閱讀。值得一提的是，Kearns 比 Rabinowitz 往前走了一步，承認作者的個人心理：「但我承認——相信拉比諾維茨也是如此——很多人就是這樣閱讀的 [即將作者意圖作為個人心理來推導]。可以說作者式閱讀是受到尊重的批評實踐。」（Kearns, *Rhetorical Narratology*, p.52）。

二、虛構性，敘事性，敘事化

卡恩斯之所以會單方面強調語境對敘事文的決定作用，與他將「虛構」與「敘事」同等對待不無關聯。他說：

> 正如我在上文中所強調的，採取作者式閱讀會意識到虛構敘事中的世界是人為建構的，但這種對虛構的區分並非以文本成分為依據。已有不少批評筆墨用於探討如何進行這一區分。言語行為理論通過僅僅考慮言語語境中的文本，解決了這一問題。蘭瑟（Susan S・Lanser）將虛構敘事中的言語視為「作為假設運作的」這一類言語行為中的一員。這類言語行為要求有一個「可以與其他類別相區分的言語語境」（1981：289）。在閱讀一部虛構敘事作品時，首先會確定這一語境，允許讀者將敘事文中的世界視為假設的。[79]

實際上，卡恩斯自己的話「在閱讀一部虛構敘事作品時」（In the process of reading a fictional narrative），依然是將「一部虛構敘事作品」視為既定存在，而非語境的產物。然而，假如涉及的不是敘事與非敘事之分，而是虛構與非虛構之分，語境往往可以單方面決定讀者的闡釋。譬如一本真實的書信集或電話簿，一個真實的契約或報導，若放到了貼有「虛構作品」標籤的書架上，（不明真相的）讀者就會將文本中的資訊視為虛構。在此，文本的形式特徵起不到任何區分的作用，因為虛構文本完全可以貌似真實。但重要的是，語境只能決定讀者的闡釋，而無法改變文本的性質。卡恩斯在書中寫道：

> 里安區分了有關虛構的兩種互為競爭的理論。一種為指稱性理

---

[79] Kearnes, *Rhetorical Narratology*, p.53. 文中引用的蘭瑟的話來自 Susan S. Lanser, *The Narrative Act* (Princeton UP, 1981), p.289.

> 論，它以本體論為基礎，認為「虛構是一種存在方式」。另一種
> 為意圖性理論，它以語內表現行為為基礎，認為「虛構是一種
> 說話方式」（1991：13）。修辭性敘事學站在後一種立場上，
> 並做以下補充：虛構不僅在於說話的方式，而且在於受話者如
> 何接受言語；任何「說話的方式」都按照關聯原則運作。[80]

假如僅僅從本體論的角度來區分虛構與真實，就無法將虛構作品與謊
言、錯誤言語等區分開來，因此需要考慮發話者的意圖和發話方式。
卡恩斯為了強調語境和讀者的作用，提出虛構也在於受話者如何接受
言語。但筆者認為，讀者的接受無法改變文本的性質。文本究竟是否
與現實相符、發話者究竟是否意在虛構均決定文本的性質，而讀者的
接受只能決定一時的闡釋效果。即便語境讓讀者將一本真實的書信集
視為虛構，文本本身依然是真實的，遲早會恢復其本來面目。

　　虛構與真實之分涉及的是文本與現實的關係。假若用詩體來報導
一個真實事件，儘管看上去是一首詩，但這一文本卻並非虛構，而是
真實的。同樣的語言成分，與現實相符的就是真實的，以想像為基
礎、「作為假設運作的」就是虛構的。值得一提的是，文本的虛構性
為偏離常規的語言特徵提供了廣闊的空間。現代或後現代小說中那種
純粹的文字遊戲或敘述遊戲恐怕只有在虛構的空間裡才成其為可能。
此外，只有在虛構的空間裡才有可能出現全知敘述，才有可能出現第
三人稱人物的內心透視。然而，就對人物言行進行常規描寫的文本而
言，虛構性與文本的形式特徵往往無關。但我們必須認識到，真正構
成虛構性之判斷標準的並不是獨立於文本的語境，而是說話者（作
者）的意圖和文本與現實之間的關係。

　　與虛構跟真實之分不同，敘事與非敘事之分涉及的不是文本與

---

[80] Kearns, *Rhetorical Narratology*, p.49. 文中引用的里安的話來自 Marie-Laure Ryne, *Possible Worlds, Artificial Intelligence, and Narrative Theory* (Bloomington: Indiana UP, 1991), p.13.

現實的關係，而是不同文類之間的區分，因此文本特徵必然會起不同程度的作用。卡恩斯自己的下面這段話就是明證：「利奇斷言故事的趣味可以與敘事性無關，而只是依賴於其他的組織形式，包括『戲劇性、反諷和離題方式』，這些都是『反敘事』的手法（1986：73）……但我依然認為進程是一個基本的規約：敘事可以缺乏其他特徵，但必須包含進程，否則讀者就不會將其視為敘事。」[81]在此，我們可以看到文本特徵（進程）與敘事性的直接因果關係。

　　卡恩斯在書中寫道：「我同意弗盧德尼克（1996：47）的看法，敘事性並非存在於文本之中，而是來自於讀者闡釋敘事文的語境，這一語境包含一個闡釋框架。」[82]。但弗盧德尼克在96年那本書的第47頁上並沒有探討「敘事性」（narrativity），而只是探討了「敘事化」（narrativization）。後者是「讀者通過敘事框架將文本自然化的一種閱讀策略」：

> 敘事化就是將敘事性這一特定的宏觀框架運用於閱讀。當遇到帶有敘事文這一文類標記，但看上去極不連貫、難以理解的敘事文本時，讀者會想方設法將其解讀成敘事文。他們會試圖按照自然講述、經歷或觀看敘事的方式來重新認識在文本裡發現的東西；將不連貫的東西組合成最低程度的行動和事件結構。[83]

這裡有幾點值得注意。首先，一個文本究竟是否構成敘事文不是由語境決定的，而是在於文本自身的文類標記。其次，「敘事化」這一概

---

[81] Kearns, *Rhetorical Narratology*, p.61. 文中引用的利奇的話來自 Thomas M. Leitch, *What Stories Are* (University Park: The Pennsylvania State UP, 1986)。

[82] Kearns, *Rhetorical Narratology*, p.41. 文中引用的弗盧德尼克的話來自 Monika Fludernik, *Towards a "Natural" Narratology* (London: Routledge, 1996).

[83] Fludernik, *Towards a "Natural" Narratology*, p.34.

念源於喬納森・卡勒的「自然化」[84]，它與偏離常規的敘事文相關。既然符合常規的敘事文具有敘事性，讀者就會根據「敘事文具有敘事性」這一框架來解讀偏離常規的文本。作者在創作打破常規的文本時，也會期待讀者以這種方式來解讀。再次，讀者的敘事化須以文本為基礎，並受到文本的制約。讀到極不連貫的文本時，讀者會想方設法從「在文本裡發現的東西」中組合出行動和事件結構，但只能是「最低程度」的組合。假如文本僅僅包含純粹的語言遊戲或敘述遊戲，這種組合的企圖恐怕會徒勞無功。

弗盧德尼克在她那本書的第47頁上提到了一種以文本的摹仿性為基礎的敘事化。我們知道小說是作者寫出來的，但它帶有一種模仿幻覺，讓人覺得是敘述者「講述」的記錄，甚至可以覺得敘述者正在講述。應該說，這一模仿幻覺與先前的口頭文學敘事相關，中國小說是從說書人的話本發展而來，作為西方小說鼻祖的古希臘史詩也是口頭吟誦的。此外，這一幻覺也源於作者在創作時對口頭敘述傳統的模仿，中國古典小說中出現的「請聽」、「且說」等詞語就是突出的例證。當然，相關的文學闡釋規約也有很重要的作用。弗盧德尼克說：「小說的講述者讓人聯想到現實生活中講述的情景和典型格局。譬如，倘若出現的是個人化的敘述者，讀者也許會認為敘述者具有某些認知、意識形態和語言方面的特徵，甚至包括特定的時空位置。敘述者被視為標準的交流框架中的『說話者』……讀者在閱讀時會堅持一種事先形成的概念，即故事是由某一個人講述的。這一概念似乎直接源於涉及講故事的認識框架，而非任何必不可少的文本證據。」其實，這裡的文本證據並非不存在。個人化的敘述者是第一人稱敘述者（或第三人稱敘述中用第一人稱指稱自己的敘述者）。第一人稱指稱「我」就是發話者存在的證據。讀者對敘述者的認知、意識形態、語

---

[84] Jonathan Culler, *Structuralist Poetics* (London: Routledge & Kegan Paul, 1975), pp.137-38.

言以及時空位置的判斷都必須以敘述者的話語為依據，而不能根據想像憑空猜測。倘若敘述者是非個人化的，那麼文本中自然不會出現對敘述者的直接指涉。在日常生活中，假如有人用第三人稱講述：「王凱去了一趟圖書館……」，對於不在場的聽眾來說，只能聽到錄下來的話語。正是由於一段錄音或一段記錄下來的話語「隱含著」一個發話者，因此才會出現自由直接引語或自由間接引語這些不提及說話人的引語形式。就非個人化敘述而言，敘述話語本身就隱含著發話者。敘事學界一般採用「他／她／它」來指涉非個人化敘述者。[85]既然故事不能自我講述，話語不能自我產生，那麼敘事話語本身就足以證明存在發出這一話語的人或者敘述工具。

　　弗盧德尼克還舉了兩個更為具體的例子來說明敘事化。一為法國作家阿蘭‧羅伯－格里耶的新小說《嫉妒》：通過敘事化，讀者將文本解讀為充滿妒意的丈夫透過百葉窗來觀察其妻子。另一為「攝像式」視角，這一名稱本身說明讀者「將文本與一個源於生活經驗的框架相聯」[86]。然而，在此我們不應忽略文本特徵所起的決定性作用。在讀《嫉妒》這部小說時，讀者常常感到所描述的情景是從某一扇百葉窗的後面看到的，這種感覺源於文本的暗示，也可以說源於作者的邀請，是作者創作的結果。至於「攝像式」視角，這一術語來自衣修午德（Christopher Isherwood）的小說《再見吧，柏林》中敘述者的開頭語：「我是一部打開了遮光器的攝相機，很被動，只是記錄，什麼也不想。」值得注意的是，「攝像式」視角這一術語僅僅適用於這麼一種文本：其目的是直接記錄「生活的一個片段」，既不選擇，也不加工。[87]也就是說，這一術語與文本特徵直接相關。

　　筆者認為，在探討敘事性和敘事化時，作者的創作、文本特徵、文類規約和讀者的闡釋框架都應加以考慮。這幾種因素往往交互作

---

[85]　Chatman, *Coming to Terms*, p.144.

[86]　Fludernik, *Towards a "Natural" Narratology*, p.46.

[87]　Norman Friedman, "Point of View in Fiction," *PMLA* 70 (1955), p.1179.

用，密切相聯。文本特徵源於作者特定的創作方式，而創作是以文類規約為基礎、以讀者的闡釋框架為對象的。至於文類規約，其形成不僅在於某一文類（或某一文類的形成過程）中作者們的創作方式，也在於該文類讀者採用的（為作者所期待的）闡釋策略。闡釋策略的基礎在於文類特定的文本特徵（譬如敘事文一般具有敘事性，在讀敘事性很弱的敘事文時，讀者就會採用「敘事化」的闡釋策略）和文類規約。假如僅僅關注其中的一個因素，忽略其他因素，或者忽略這幾種因素交互作用、相互依賴的關係，就很容易出現偏誤。

三、基本規約與言語行為理論

除了語境，卡恩斯的修辭性敘事學也十分強調基本規約（ur-conventions）。基本規約在閱讀過程中起作用。卡恩斯承認閱讀過程很難把握，但他認為探討讀者和作者帶入敘事交流的一些主要期待是大有裨益的。他在論述基本規約時，再次強調了言語行為理論：「若沒有合作原則，這些規約就無法存在」[88]。在他看來，言語行為理論不僅構成基本規約的生存基礎，而且是一種補救手段：「就我所知，沒有任何理論將敘事學與修辭學相結合（既採用敘事學之文本分析的工具，又採用修辭學分析文本與語境交互作用的工具），以便更好地瞭解讀者是如何閱讀敘事文的。為了填補這一空白，我在此提出一種以言語行為理論為基礎的修辭性敘事學。」[89]在卡恩斯的理論宣言中，言語行為理論有時似乎成了唯一有用的工具：「就修辭性敘事學而言，我旨在通過問這麼一個中心問題來有力地推動敘事學向修辭學轉向：『敘事文中的各種因素實際上是如何作用於讀者的？』並通過採用言語行為理論來解答這一問題。」[90]。此處有三點值得注意。首先，不少敘事理論家（包括查特曼和費倫）已經將敘事學與修辭學

---

[88] Kearnes, *Rhetorical Narratology*, p.113.

[89] Kearnes, *Rhetorical Narratology*, p.2.

[90] Kearnes, *Rhetorical Narratology*, p.9.

相結合，來研究讀者對文本的闡釋。第二，格賴斯的合作原則和會話含義理論確實提供了一種很好的模式，來描述基本交流規則，描述對這些規則的遵守和違背及其各種暗含意義。但值得注意的是，文學研究者早就在探討對文學交流常規的遵守和違背，探討偏離常規的文學現象，探討作者藝術性地打破常規具有何種文學含義或主題意義。此外，雖然文學研究者沒有採用「展示性」、「可述性」等術語，但一直在關注文學作品引人深思、再現現實和富於表現力等特徵。同樣，雖然文學研究者沒有採用「以言行事」、「以言成事」等術語，但一直在探討作品的感染力和各種效果。由此可見，卡恩斯只是採用了一種新的模式、一套新的術語來描述早已為文學界所關注、所描述的對象。第三，若要解答「敘事文中的各種因素實際上是如何作用於讀者的？」這一問題，言語行為理論作為一種工具還遠遠不夠。言語行為理論涉及的往往是基本的交流原則和期待。普拉特（1977）率先將合作原則和會話含義理論系統用於文學研究。[91]卡恩斯對其研究的要點進行了如下總結：（1）文學文本存在於[由文類規約構成的]語境中，[文類規約]決定讀者如何闡釋。（2）由於讀者分享這一語境，他們會將作品視為展示性的文本，這種文本旨在喚起讀者在想像、情感和價值判斷方面的參與。（3）讀者相信作者認為這一參與是值得花時間的。（4）一個文類中無標記的（通常的）文本構成常規，讀者可以據此判斷偏離常規的現象。（5）偏離常規的就是有標記的。（6）這些偏離受到超保護：當作品打破合作原則的任何準則時，讀者會認為這是作品的展示手段，而不是對作者和讀者之間合作的破壞。（7）閱讀小說時，讀者一開始總是認為其交流情景與現實世界中「敘事展示文本」的交流情景相同，相信發話者（敘述者）會遵循合作原則，認為作品是可以講述的文本。[92]不難看出，這些要點大多是讀者和批

---

[91] Mary Louise Pratt, *Towards a Speech Act Theory of Literary Discourse* (Bloomington: Indiana UP, 1977).
[92] Kearnes, *Rhetorical Narratology*, p.26.

評家視為理所當然的文學創作和闡釋規則。卡恩斯在研究中還借鑒了斯波和威爾遜的「關聯原則」[93]，涉及的也是很基本的交流規律。這一點從斯波伯和威爾遜所說的這段話就可以看清楚：「人們會自動追求最大的關聯性，即通過處理資訊的最小努力，達到最大的認知效果……關聯原則並不是人們為了進行有效交流而必須知道的，更不是人們必須學習的東西。也不是人們遵守或者可能不遵守的東西。它是人類交流行為沒有例外的普遍規律。」[94]這樣的基本規律已被讀者內在化，被文學研究者視為理所當然。不難看出，若囿於這些基本規律，就很難全面深入地進行文學批評研究。小說中的很多基本區分，如故事和話語的區分、場景和概述的區分、倒敘和預敘的區分、直接引語與間接引語的區分等等，都難以用言語行為理論來加以解釋，因為所區分的雙方在會話合作原則、關聯準則等方面沒有差異。[95]

儘管卡恩斯一再強調自己是將言語行為理論作為立足點，在導論中也集中介紹言語行為理論及其關注的基本交流原則，但他的分析模式所包含的四種基本規約卻沒有一種源於言語行為理論。這四種基本規約是：作者式閱讀（源於Rabinowitz 1977），自然化（主要借鑒於Lanser 1981），進程（主要借鑒於費倫 1989，1996），語言雜多（借鑒於Bakhtin 1981[96]）。可以說，在卡恩斯那本書的導論之後，這四種「基本規約」在一定程度上取代了言語行為理論所關注的規則。在

---

[93] Dan Sperber and Dierdre Wilson, *Relevance: Communication and Cognition* (Cambridge, Mass.: Harvard UP, 2nd edition, 1995).

[94] Dan Sperber and Dierdre Wilson, "Loose Talk," *Pragmatics: A Reader*, ed. Steven Davis (Oxford UP, 1991), p.544.

[95] 《外語與外語教學》2002 年第 8 期發表了朱小舟的「言語行為理論與《傲慢與偏見》中的反諷」一文，從該文中我們也可以看到言語行為理論的某些局限性。這篇論文旨在將言語行為理論運用於對《傲慢與偏見》中的反諷的分析。分析在宏觀與微觀兩個層次上展開。宏觀層次上的分析涉及「反諷性的敘述」與「作品情節安排上的反諷」這兩個不同方面。對後者的分析言之有理，但沒有涉及言語行為理論。這並不奇怪——情節安排不是語言問題，在這一範疇言語行為理論沒有用武之地。

[96] Mikhail Bakhtin, *Dialogic Imagination: Four Essays*, tr. Caryl Emerson and Michael Holquist (Austin: U of Texas P, 1981).

此，一方面我們應該看到，作者與讀者若不相互合作，文學交流就無法進行。另一方面我們也應清楚地認識到，這四種基本規約（尤其是作者式閱讀、進程和語言雜多）都與格賴斯的合作原則這一理論模式無關。這四種規約來自於不同的理論家，而除了蘭瑟之外，這些學者根本沒有涉及言語行為理論。應該說，卡恩斯對這些基本規約的借鑒在一定程度上彌補了言語行為理論作為一種批評框架的不足。我們不妨簡要探討一下這四種基本規約。

1.作者式閱讀

在探討「作者式閱讀」時，卡恩斯借鑒了拉比諾維茨的觀點，進行了如下區分：有血有肉的實際讀者、作者的讀者（作者的寫作對象，能夠重建作者的意圖，同意作者的看法，知道故事是虛構的）、敘述讀者（敘述者的敘述對象，認為故事世界裡發生的事情是真實的）。卡恩斯寫道：「拉比諾維茨說作者的讀者和敘述讀者是『文本的讀者可以同時充當的兩種角色』」（*Before Reading*, p.20）。或許他並不是說一位實際讀者可以同時充當這兩種角色，而是說讀者幾乎總是意識到這兩者的存在，並可以在這兩者之間不斷進行瞬間轉換。」[97]其實，拉比諾維茨是說一位實際讀者可以同時充當這兩種角色。「作者的讀者」和「敘述讀者」指的是讀者閱讀意識中的兩個不同部分。閱讀時，故事會在讀者心中產生一種真實感，這就是作為「敘述讀者」的那一部分閱讀意識在起作用。與此同時，讀者心中清楚故事實際上是虛構的，這就是作為「作者的讀者」的那一部分閱讀意識在起作用。這是兩種共時存在的閱讀位置或閱讀立場。誠然，假如讀者完全沉浸在作品中，忘卻了讀到的是虛構事件，那麼起作用的就暫時只是「敘述讀者」這一個閱讀位置，當讀者走出沉浸狀態，開始推導作者創作這一虛構故事的意圖時，「作者的讀者」方開始活

---

[97]　Kearnes, *Rhetorical Narratology*, p.51.

動。既然「作者的讀者」和「敘述讀者」是讀者採取的兩種不同閱讀位置，那麼兩者都應構成闡釋的基本規約，但卡恩斯為何只提到前者呢？這很可能是因為他無意之中混淆了兩者。卡恩斯在書中寫道：

> 在拉比諾維茨的模式中，「作者式」閱讀就是佯裝為敘述讀者的一員，即將虛構作品視為真實的（96）；這是闡釋過程必不可少的第一步（「Truth in Fiction，」p.133）。一個完全沉浸在作品世界中的讀者會暫時成為敘述讀者的一員，不再關注作者的意圖。然而，「佯裝」一詞意味著主動作出選擇，而且也太具體化：讀者當然可以決定佯裝，但他們也可能是不知不覺地進入了作品的世界。我認為里安更為寬泛的描述要確切一些，即將敘述讀者的閱讀方式描述為「沉浸」，與「超脫」的方式形成了對照（「Allegories」30-31）。我們將後者稱為「作者式」閱讀。……作者式閱讀就是尋找作者的意圖。[98]

這裡的混亂相當明顯。開始時，「作者式」閱讀是成為「敘述讀者的一員」，「不再關注作者的意圖」，但最後卻說「作者式閱讀就是尋找作者的意圖」。此外，在這段文字的後面，「作者式」閱讀被界定為「超脫」的閱讀方式（與敘述讀者「沉浸」的閱讀方式相反），知道故事世界並非真實，但在開始時，卻被界定為「將虛構作品視為真實的」。這種自相矛盾應該追溯到布思。當拉比諾維茨最初提出「作者的讀者」與「敘述讀者」之分時，[99] 兩者間的界限相當清楚。布思在《小說修辭學》第二版的後記中，提到了拉比諾維茨的區分，認為其「作者的讀者」相當於自己提出的「隱含讀者」（即能與

---

[98] Kearnes, *Rhetorical Narratology*, pp.51-52. 文中提到的里安的文章是：Marie-Laure Ryne, "Allegories of Immersion: Virtual Narration in Postmodern Fiction," *Style* 29 (1995): 262-87。

[99] Peter Rabinowitz, "Truth in Fiction: A Reexamination of Audiences," *Critical Inquiry* 4 (1977): 121-41.

隱含作者達成一致的理想的讀者）。但與此同時，布思又說拉比諾維
茨對於「作者的讀者」和「敘述讀者」的區分是對兩種「隱含讀者」
的區分。[100]這種對「隱含讀者」這一概念既窄又寬的用法，留下了隱
患，導致了費倫在這方面的混淆。[101]在卡恩斯的這本書中，這種混亂
則更為直接，更為突出。

　　卡恩斯「為了對作者式閱讀進行足夠寬泛的描述」，還進一步
提出拉比諾維茨（1987）和費倫（1996）等學者在探討「敘述讀
者」時，雖未明說但暗含了這麼一個觀點：「讀者視為真實的並不
一定是敘述聲音所描述的虛構世界（fictional *world*），而是虛構作品
（fictional *work*），即構成小說的敘述行為。充當敘述讀者這一角色
的實際讀者當然可能會將虛構世界看成是真實的，這是一個由敘述聲
音充分準確地描述出來的世界。但這並不是至關重要的。重要的是一
位讀者不可能在充當敘述讀者時不相信敘述聲音的真實性。在佯裝
《我最後的公爵夫人》一詩的敘述讀者時，讀者不用相信公爵所講述
的一切，但必須相信公爵確實是對那位使者說話。」[102]卡恩斯在此忽
略了一個重要的區分：虛構世界裡的敘述者與虛構世界外的作者之
分。《我最後的公爵夫人》為第一人稱現在時敘述，敘述者本身就是
人物，作為主要人物的公爵與未婚妻家的使者之間的交流本身構成虛
構世界的重要組成部分。《我最後的公爵夫人》作為虛構作品是由作
者白朗寧創作出來的，而不是由作為詩中人物的公爵敘述出來的。
「相信公爵確實是對那位使者說話」仍然是在相信虛構世界中的一個
交流行為，而非相信虛構作品是真實的。在拉比諾維茨和費倫的模式
中，「敘述讀者」不對敘述者的話加以判斷，進行判斷的是「作者的
讀者」。後者推導作者的意圖，站在與作者相對應的位置上，居高臨

---

[100] Booth, *The Rhetoric of Fiction* 2nd edition, 1983, pp.422-23.

[101] 見本章第三節第二小節的相關注釋。

[102] Kearnes, *Rhetorical Narratology*, pp.51-52。參見拙文 Dan Shen, "Narrative, Reality, and Narrator as Construct," *Narrative* 9 (2001), pp.123-29.

下地判斷敘述者的話語是否可信。

　　卡恩斯區分了無標記的（通常的）作者式閱讀與有標記的（偏離常規的）作者式閱讀。後者的特點是「讀者體驗到作者（而非敘述聲音）違背了合作原則：或許敘述出來的事件看上去缺乏可述性；或許作者看上去缺乏對文類或用法規約的控制。讀者因此無法建立關聯性，可能會認為作者沒有清晰的意圖（關聯性的認知原則的失敗），或認為作者沒有選擇表達其意圖的恰當手段（交流原則的失敗）。還有另一種可能性，即讀者可能會認為自己缺乏足夠的智力或必要的經驗來解讀文本。對於一位不能輕易轉換參照系的讀者來說，羅伯-格裡耶的《迷宮》就是有標記的。這樣的讀者可能會從頭到尾『走過』這本小說，但肯定不會真正閱讀。」[103]在這段話的前半部分，卡恩斯似乎一時忘卻了日常交流與文學交流之間的界限。在日常交流中，如果發話人的話語支離破碎、難以理解，那麼我們可以說發話人違背了合作原則，是不可取的。但在讀文學作品時，倘若小說中的話語支離破碎，難以理解，讀者會將之視為作者有意的藝術創新。這是對現實主義以模仿為基礎的創作規約的有意違背，是對文類或用法規約的有意偏離，而非「缺乏控制」。作者有清晰的創作意圖，也選擇了自認為能恰當表達其意圖的手段（往往是為了更好地反映當代生活的「真實」）。此外，文學作品中的事件都是作者創造出來的，若「看上去缺乏可述性」，那也往往是作者為了特定目的而有意製造的印象。總而言之，文學作者對交流合作原則的「違背」與日常生活中的有本質上的不同。在論述讀者對《迷宮》等作品的闡釋時，卡恩斯正確地指出讀者假定合作原則在這些文學交流情景中受到了「超保護」。小說中各種違背交流規則的現象具有藝術性或主題性的會話含義，需要讀者去挖掘。[104]

---

[103] Kearnes, *Rhetorical Narratology*, pp.52-53.
[104] Kearnes, *Rhetorical Narratology*, p.54, p.90.

2.自然化

　　卡恩斯認為，「就建立一個實際讀者可以充當的規約性角色來說，自然化是第二個至關重要的因素。」[105]上文提到，「自然化」是卡勒在《結構主義詩學》一書中率先提出來的，弗盧德尼克將其發展為「敘事化」。卡恩斯主要借鑒了蘭瑟對自然化的探討。蘭瑟將自然化界定為「文本允許[讀者]創造一個連貫的人類世界（儘管這個世界是假定的）」[106]。卡恩斯作了進一步說明：「讀者的作用實際上是創造這個假定的世界，賦予它特徵，使敘事顯得合乎情理。」[107]不難看出，卡恩斯僅注意到讀者的作用，忽略了文本的作用。正如蘭瑟所言，讀者的自然化必須得到文本的「允許」（permit）。讀者只能以文本為依據，借助於對虛構世界和現實世界的瞭解，推導出文本所隱含的東西。

　　卡恩斯區分了無標記的自然化和有標記的自然化。如果故事世界與讀者所在的世界十分接近，那麼讀者的自然化就會在一個潛意識的層次上不知不覺地進行。這屬於無標記的情況。倘若故事世界是荒誕的，偏離了讀者所處的世界，那麼讀者的自然化就會是一種有意識的努力。這屬於有標記的情況。不難看出，自然化也是一種內在化了的闡釋規約。它構成闡釋作品主題意義的基礎，但與主題意義的闡釋仍有一定距離。

3.進程

　　「進程」這一基本規約主要來自於費倫。本章第三節第三小節對費倫的「進程」觀進行了較為詳細的探討，在此不贅。卡恩斯對「進程」這一模式的借鑒，使他的分析能夠在一定程度上深入到文本的主

---

[105] Kearnes, *Rhetorical Narratology*, p.56.
[106] Lanser, *The Narrative Act*, p.113.
[107] Kearnes, *Rhetorical Narratology*, p.56.

題意義這一層次，而不是局限於一些很基礎的內在化了的闡釋規約。

4.語言雜多

「語言雜多」（heteroglossia）源於巴赫金的對話理論。卡恩斯借這一概念來描述敘事作品中各種語言共存的狀況：不同敘述者的聲音、不同聚焦者的「聲音」、故事外的聲音，如此等等；每一種聲音都可暗含其他的聲音（話語），不同聲音之間交互作用。筆者認為，將「語言雜多」和「進程」視為基本規約模糊了闡釋策略和文本特徵之間的界限。語言雜多是小說文本自身的一個重要特徵。誠然，卡恩斯提到了「讀者對於語言雜多的期待和體驗」；在探討各種聲音的共存時，對讀者也十分強調：「就聲音而言，在一位讀者體驗一個敘事文的過程中，敘述者和聚焦者的位置可以被不同數量的人物或者聲音所佔據」[108]（而通常我們會說：「就聲音而言，在一個敘事文中，敘述者和聚焦者的位置可以被不同數量的人物或者聲音所佔據」）。但在書中其他不少地方，卡恩斯都是將「語言雜多」本身稱為「基本規約」。倘若我們不將文本特徵與合作原則、關聯原則、「作者式閱讀」、「敘事化」或「自然化」等基本交流規則和闡釋策略區分開來，將文本特徵本身也視為「基本規約」，那麼就可以出現很多的基本規約。譬如，小說中的反諷隨處可見，是否也可以將「反諷」視為一種基本規約呢？在閱讀時，讀者會「期待和體驗」敘事文本中各種各樣的基本特徵，是否都可稱其為「基本規約」呢？

我們一方面對卡恩斯在這方面的不加區分感到遺憾，另一方面又十分讚賞他博採眾家之長的開放立場。卡恩斯的這本《修辭性敘事學》廣為借鑒了不同來源的各種理論模式和分析方法。「作者式閱讀」、「自然化」、「進程」和「語言雜多」只是他借鑒的眾多理論概念中的一部分。

---

[108] Kearnes, *Rhetorical Narratology*, p.88.

四、話語與「聲音」

敘事作品包含故事與話語這兩個層次。卡恩斯寫道：「修辭性敘事學承認故事成分，但因為由言語行為理論構成的理論基礎突出讀者與文本之間的交互作用，因此我更為強調話語成分。」[109]本書前言中曾提到，敘事學有三個分支，其一僅關注所述故事本身的結構，著力探討事件的功能、結構規律、發展邏輯等等。第二類以熱奈特為典型代表，聚焦於「敘述話語」層次上表達事件的各種方法。第三類則認為故事層和話語層均很重要，因此在研究中兼顧兩者。由於卡恩斯將敘事視為一種話語，因此他在論述敘事學時也難免以偏蓋全：「[熱奈特所著]《敘述話語》實際上一直是敘事學唯一最好的著作。這本書與韋恩・布思那本著名的《小說修辭學》相結合，構成整個領域的支點」[110]。在這樣的論述中，敘事學家對於故事層次的研究被排斥在考慮範圍之外。

儘管卡恩斯宣稱自己強調的是話語，但在分析中卻沒有過於忽略故事成分。這是因為他的基本規約中的「進程」這一因素主要來自於費倫。如前所述，費倫的「進程」同時考慮處於故事層次的「不穩定因素」和處於話語層次的「緊張因素」，探討讀者與這些因素的交互作用。在採納了費倫的模式之後，卡恩斯在分析時對故事層次上的不穩定因素也予以了關注。

然而，卡恩斯最為關注的還是「敘述聲音」或「敘述行為」。如前所述，熱奈特將「敘事」分為「敘述行為」、「話語」和「故事」這三個層次。「敘述行為」在卡恩斯的模式中佔據了前所未有的重要地位，有時被用於指代整個敘事，甚至直接用於指代故事成分：「[讀者]將文本視為一系列敘述行為，這些敘述行為未能構成一個連

---

[109] Kearnes, *Rhetorical Narratology*, p.2.
[110] Kearnes, *Rhetorical Narratology*, p.7.

貫的故事」[111]。我們知道，「敘述行為」指的是敘述者在敘述過程
中的行為，有別於所述故事中人物的行為和事件，兩者屬於兩個不同
的層次。卡恩斯在此將這兩個層次相混淆。卡恩斯說的另一段話卻分
清了兩者之間的界限：「為了強調文本與讀者之間相互作用的關係，
我將採用『敘述過程』（narrating）和『敘述』（narration）……在閱
讀時，讀者體驗的是『敘述過程』／『敘述』，儘管在回過頭來探討
作品主題的過程中，讀者會對故事和話語進行判斷。」[112]從這兩段引
語，我們可以看到「敘述」的範疇被沿著兩個不同的方向放大。一方
面，敘述行為被放大到涵蓋故事層面。另一方面，卡恩斯區分了閱讀
中的當下體驗過程和「回過頭來」（retrospectively）的體驗過程。就
前者而言，只需關注敘述行為，可將故事與話語排除在外。實際上，
閱讀的當下體驗過程就是讀者從話語中推導建構故事的過程，也是讀
者對話語層次上的各種敘述手法進行反應的過程。前文已經提到卡恩
斯對敘事進程的關注，讀者就是在當下體驗過程中不斷對故事層次的
「不穩定因素」和話語層次的「緊張因素」作出反應。其實，在閱讀
時，讀者僅能接觸到話語，從話語中推導出故事。正如本書第一章第
二節所述，敘述行為或敘述過程不可能為讀者所知——除非成為上一
層敘述的對象（譬如「他一邊講故事，一邊點著了一根煙」，「她講
故事的聲音很舒緩」）。而一旦成為上一層敘述的對象，就會成為所
述故事的一部分或者話語的一部分（相對於同一層敘述而言）。[113]

　　卡恩斯就所謂「敘述行為」提出了一系列問題：出現了多少敘述
聲音？這些聲音與故事是什麼關係？在將故事敘述給讀者時，什麼話
語因素起了重要作用？這些聲音涉及多少講故事的規約？聲音的特徵

---

[111] Kearnes, *Rhetorical Narratology*, p.53.

[112] Kearnes, *Rhetorical Narratology*, p.33.

[113] 筆者認為，卡恩斯對敘述過程的過度強調也與言語行為理論相違。言語行為理論關注的
是說出來的話（words）在特定語境中起了什麼作用，而非說話的過程。故其英文名稱
為「speech-act theory」，而非「speaking-act theory」。

為何？是否有特定的聽者或「受述者」？這些聲音與讀者是什麼關係？這些聲音邀請「作者的讀者」站到何種立場上？敘述聲音對於其讀者有何種假定（尤其是涉及讀者的價值觀和讀者對其他文本的體驗）？[114]不難看出，除了最後三個問題，其他都是經典敘事學家在研究話語層次時經常提出的問題。敘述聲音是敘述話語的一個重要組成部分。在對這一範疇展開研究時，卡恩斯大量借鑒了敘事學界現有的模式和方法，結合修辭學和言語行為理論對讀者的關注，進行了很有成效的實例分析。

在閱讀卡恩斯的《修辭性敘事學》時，我們猶如面對一座熔爐，它熔進了經典結構主義敘事學、修辭學、言語行為理論、女性主義敘事學、讀者反應批評，以及其他各種相關理論和批評方法。卡恩斯的修辭性敘事學的長處在於其兼收並蓄，博採眾家之長的包容性和全面性，在於其對修辭交流的強調，主要是對語境、讀者和闡釋規約的特別關注。但令人遺憾的是，卡恩斯在建自己的理論模式時，在語境上走極端，對言語行為理論的局限性認識不清，對於敘述話語（尤其是敘述行為）一邊倒，出現了不少偏誤和自相矛盾之處。通過分析這些偏誤和矛盾，我們對於語境與文本的關係，對於虛構性、敘事性和敘事化的關係，對於基本規約與言語行為理論的關係，對於敘述聲音在敘事文中的位置等重要問題達到了更為清晰、更為深刻的瞭解。總的來說，卡恩斯的《修辭性敘事學》構成美國修辭性敘事理論的一個很有特色的發展步驟。

後經典修辭性敘事學的一個主要長處在於對作者、文本、讀者和語境全盤考慮。在本書前言中，筆者為脫離語境的經典敘事詩學進行了辯護，說明它並沒有過時。強調修辭交流關係的修辭性敘事模式借

---

[114] Kearnes, *Rhetorical Narratology*, p.83.

鑒了經典敘事詩學的概念和方法，同時也形成了自己的特色，如費倫的「多維」、「進程」、「互動」的理論模式。就敘事批評而言，經典敘事學批評不關注歷史語境，傳統批評家往往聚焦於作者意圖，讀者反應批評以讀者為關注對象，社會文化研究則聚焦於社會歷史語境。後經典修辭性敘事批評關注作者意圖、文本的修辭效果、讀者反應與社會歷史語境的影響，關注這幾種因素的互動作用，達到了某種平衡。卡恩斯自己提出的模式破壞了這種平衡。但由於他在書中廣泛吸取了各種理論模式，因此可以說在宏觀層次上依然達到了某種綜合性質的平衡。

第八章

認知敘事學[*]

　　20世紀90年代以來，認知科學在西方引起了越來越廣泛的興趣。將敘事學與認知科學相結合的「認知敘事學」這一交叉學科應運而生。[1]儘管「認知敘事學」這一術語1997年才在德國敘事學家曼弗雷德・雅恩的論文中面世，[2]但此前已有一些學者在從事這方面的研究。[3]認知敘事學家探討敘事與思維或心理的關係，聚焦於認知過程在敘事理解中如何起作用，或讀者（觀者、聽者）如何在大腦中重構故事世界。從另一角度看，認知敘事學家探討敘事如何激發思維，或文本中有哪些認知提示來引導讀者的敘事理解，促使讀者採用特定的認知策略。認知敘事學家也關注敘事如何再現人物對事情的感知和體驗，如何直接或間接描述人物的內心世界，[4]同時關注讀者如何通過文本提示（包括人物行動）來推斷和理解這些心理活動。[5]本章旨在

---

[*]　參見筆者的相關論述：Dan Shen, "Why Contextual and Formal Narratologies Need Each Other," *JNT: Journal of Narrative Theory* 35.2 (2005): 141-171 中 "Cognitive Narratology" 和 "'Strong' Versus 'Weak' Contextualist Position" 這兩節。

[1]　See David Herman, "Cognitive Narratology," *Handbook of Narratology*, ed. Peter Hühn et. al. (Belin & New York: Walter de Gruyter, 2009), pp.30-43; Manfred Jahn, "Cognitive Narratology," *Routledge Encyclopedia of Narrative Theory*, ed. David Herman et. al. (London: Routledge, 2005), pp.67-71.

[2]　Manfred Jahn, "Frames, Preferences, and the Reading of Third-Person Narratives: Toward a Cognitive Narratology," *Poetics Today* 18 (1997): 441-68.

[3]　See David Herman, "Cognitive Narratology," pp.32-35.

[4]　「直接描述」：直接再現人物的思想感情；「間接描述」：通過人物的行為、表情等來間接反映人物的內心世界。

[5]　See David Herman, "Cognition, Emotion, and Consciousness," *The Cambridge*

探討認知敘事學的本質特徵和研究模式，主要回答以下問題：認知敘事學關注的是什麼「語境」和「讀者」？認知敘事學展開研究的主要依據是什麼？認知敘事學的不同研究模式各有何特點，有何長何短？

第一節　規約性語境與讀者

　　認知敘事學之所以能在經典敘事學處於低谷之時，在西方興起並蓬勃發展，固然與其作為交叉學科的新穎性有關，但更為重要的是，其對語境的強調順應了西方的語境化潮流。認知敘事學論著一般都以批判經典敘事學僅關注文本、不關注語境作為鋪墊。但值得注意的是，很多認知敘事學家所關注的語境與西方學術大環境所強調的語境實際上有本質不同。就敘事闡釋而言，「語境」可分為兩大類：一是「敘事語境」，二是「社會歷史語境」。後者主要涉及與種族、性別、階級等社會身分相關的意識形態關係；前者涉及的則是超社會身分的「敘事規約」或「文類規約」（「敘事」本身構成一個大的文類，不同類型的敘事則構成其內部的次文類）。為了廓清問題，讓我們先看看言語行為理論所涉及的語境：教室、教堂、法庭、新聞報導、小說、先鋒派小說、日常對話等等。[6]這些語境中的發話者和受話者均為類型化的社會角色：老師、學生、牧師、法官，先鋒派小說家等等。這樣的語境堪稱「非性別化」、「非歷史化」的語境。誠然，「先鋒派小說」誕生於某一特定歷史時期，但言語行為理論關注的並非該歷史時期的社會政治關係，而是該文類本身的創作和闡釋規約。

Companion to Narrative, ed. David Herman (Cambridge: Cambridge UP, 2007), pp.245-59; Alan Palmer, Fictional Minds (Lincoln and London: U of Nebraska P, 2004); Lisa Zunshine, Why We Read Fiction: Theory of Mind and the Novel (Columbus: Ohio State UP, 2006).

[6] See Pratt, Towards a Speech Act Theory of Literary Discourse; Sandy Petrey, Speech Acts and Literary Theory (London: Routledge, 1990).

　　與這兩種語境相對應，有兩種不同的讀者。一種可稱為「文類讀者」或「文類認知者」，其主要特徵在於享有同樣的文類規約，同樣的文類認知假定、認知期待、認知模式、認知草案（scripts）或認知框架（frames，schemata）。另一種讀者則是「文本主題意義的闡釋者」，包括上文提到的幾種不同的閱讀位置：（1）作者的讀者，（2）敘述讀者，（3）有血有肉的個體讀者。在闡釋作品時，這幾種閱讀位置同時作用。不難看出，「文類認知者」這一概念排除了有血有肉的個體獨特性，突出了同一文類的讀者所共用的認知規約和認知框架。

　　為了更清楚地看問題，我們不妨區分以下不同的研究方法：

（1）探討讀者對於（某文類）敘事結構的認知過程之共性，只需關注無性別、種族、階級、經歷、時空位置之分的「文類認知者」。

（2）探討故事中人物的思維或心理活動，需關注人物的特定身分、時空位置等對認知所造成的影響。但倘若分析目的在於說明敘事作品的共性，仍會通過無身分、經歷之分的「文類讀者」的規約性眼光來看人物。

（3）探討「有血有肉的」讀者對同一種敘事結構（可能出現）的各種反應，需關注讀者的身分、經歷、時空位置等對於認知所造成的影響。

（4）探討現實生活中的人對世界的觀察體驗。（a）倘若目的是為了揭示共有的認知規律，研究就會聚焦於共用的認知框架和認知規約，即將研究對象視為「敘事認知者」的代表。（b）但倘若目的是為了揭示個體的認知差異，則需考慮不同個體的身分、經歷、時空位置等對認知所造成的影響。

（5）探討某部敘事作品的主題意義，需考慮該作品的具體創作語境和闡釋語境，全面考慮包括「有血有肉的讀者」

在內的不同閱讀位置。

這些不同種類的研究方法各有所用，相互補充，構成一種多元共存的關係。儘管這些研究方法都可出現在認知敘事學的範疇中，甚至共同出現在同一論著中，[7]但大多數認知敘事學論著都聚焦於第一種研究，探討的是讀者對於（某文類）敘事結構的認知過程之共性，集中關注規約性敘事語境和規約性敘事認知者。也就是說，當認知敘事學家研究讀者對某部作品的認知過程時，他們往往是將之當作實例來說明敘事認知的共性。

在探討認知敘事學時，切忌望文生義，一看到「語境」，就聯想到有血有肉的讀者之不同經歷和社會意識形態。認知敘事學以認知科學為根基，聚焦於「敘事」或「某一類型的敘事」之認知規約，往往不考慮個體讀者的背景和立場。我們不妨看看弗盧德尼克的下面這段話：

> 此外，讀者的個人背景、文學熟悉程度、美學喜惡也會對文本的敘事化產生影響。例如，對現代文學缺乏瞭解的讀者也許難以對維吉尼亞·伍爾夫的作品加以敘事化。這就像20世紀的讀者覺得有的15或17世紀的作品無法閱讀，因為這些作品缺乏論證連貫性和目的論式的結構。[8]

從表面上看，弗盧德尼克既考慮了讀者的個人特點，又考慮了歷史語境，實際上她關注的僅僅是不同文類的不同敘事規約對認知的影響：是否熟悉某一文類的敘事規約直接左右讀者的敘事認知能力。這

---

[7] 第五種方法本身不是認知敘事學的方法，因此不會單獨出現，但認知敘事學家在談及作品的主題意義時，有可能會採納。

[8] Monika Fludernik, "Natural Narratology and Cognitive Parameters," *Narrative Theory and the Cognitive Sciences*, ed. David Herman (Stanford: CSLI, 2003), p.262.

種由「（文類）敘事規約」構成的所謂「歷史語境」與由社會權力關係構成的歷史語境有本質區別。無論讀者屬於什麼性別、階級、種族、時代，只要同樣熟悉某一文類的敘事規約，就會具有同樣的敘事認知能力（智力低下者除外），就會對文本進行同樣的敘事化。就創作而言，認知敘事學關注的往往也是「敘事」這一大文類或「不同類型的敘事」這些次文類的創作規約。當認知敘事學家探討狄更斯和喬伊絲的作品時，會傾向於將他們分別視為現實主義小說和意識流小說的代表，關注其作品如何體現了這兩個次文類不同的創作規約，而忽略兩位作家的個體差異。這與女性主義敘事學形成了鮮明對照。後者十分關注個體作者之社會身分和生活經歷如何導致了特定的意識形態立場，如何影響了作品的性別政治。我們知道，「後經典敘事學」也稱「語境主義敘事學」，雖然同為語境主義敘事學的分支，女性主義敘事學關注的是社會歷史語境，尤為關注作品的「政治性」生產過程，而認知敘事學關注的則往往是文類規約語境，聚焦於作品的「規約性」接受過程。

第二節　普適認知模式

與結構主義敘事學對普適（universal）敘事語法的建構相對應，弗盧德尼克在《建構「自然的」敘事學》（1996）中，[9] 提出了一個以自然敘事（即口頭敘事）為基礎的敘事認知模式，認為該模式適用於所有的敘事，包括大大拓展了口頭敘事框架的現當代虛構作品。該書出版後，在敘事學界引起了較大反響，有不少從事認知敘事學研究的學者借鑒了這一模式，《建構「自然的」敘事學》一書則被稱為「認知敘事學領域的奠基文本之一」。[10] 在《自然敘事學與認知參

---

[9] Monika Fludernik, *Towards a "Natural" Narratology* (London: Routledge, 1996). 該書1999年獲國際敘事文學研究協會的 Perkins 年度最佳敘事研究著作獎。
[10] Herman, *Narrative Theory and the Cognitive Sciences*, p.22

數》（2003）一文中，弗盧德尼克總結了先前的觀點，並進一步發展
了自己的模式。

　　弗盧德尼克認為敘事的深層結構有三個認知參數：體驗性、可講
述性和意旨。讀者的認知過程是敘事化的過程。這一過程以三個層次
的敘事交流為基礎：（1）（以現實生活為依據的）基本層次的認知
理解框架，比如讀者對什麼構成一個行動的理解。（2）五種不同的
「視角（perspectival）框架」，即「行動」、「講述」、「體驗」、
「目擊」和「思考評價」等框架，這些框架對敘事材料予以界定。
（3）文類和歷史框架，比如「諷刺作品」和「戲劇獨白」。[11]

　　弗盧德尼克的模式有以下新意：（1）將注意力轉向了日常口頭
敘事，將之視為一切敘事之基本形式，開拓了新的視野。（2）將注
意力從文本結構轉向了讀者認知，有利於揭示讀者和文本在意義產生
過程中的互動。（3）從讀者認知的角度來看敘事文類的發展（詳見
下文）。

　　然而，弗盧德尼克的模式也有以下幾方面的問題。首先，該模式
有以偏蓋全的傾向。口頭敘事通常涉及的是對敘述者影響深刻的親身
經歷，因此弗盧德尼克的模式將敘事的主題界定為「體驗性」：敘述
者生動地述說往事，根據自己體驗事件時的情感反應來評價往事，並
將其意義與目前的對話語境相聯。弗盧德尼克強調說：「正因為事件
對敘述者的情感產生了作用，因此才具有可述性。」[12]這一模式顯然
無法涵蓋第三人稱「歷史敘事」，也無法涵蓋像海明威的《殺人者》
那樣的攝像式敘事，甚至無法包括全知敘述，也難以包容後現代小說
這樣的敘事類型。然而，弗盧德尼克的探討實際上「兼容並包」，其

---

[11] Fludernik, "Natural Narratology and Cognitive Parameters," p.244。不難看出，這三個
　　層次的區分標準不一樣：第一個層次涉及讀者對事件的認知，第二個層次涉及的是敘事
　　文本自身的特點（主要是不同的視角類型），第三個層次涉及的則是文類區分。但第二
　　與第三層次構成讀者認知的框架或依據。

[12] Fludernik, "Natural Narratology and Cognitive Parameters," p.245.「可述性」就是「可
　　講述性」，原文為「tellability」。

途徑是引入上文提到的「五『視角』框架」：「行動框架」（歷史敘事）、「講述框架」（第一人稱敘述和全知敘述）、「體驗框架」（第三人稱敘述中採用人物的意識來聚焦，如意識流小說）、「目擊框架」（攝像式敘事）、「思考評價框架」（後現代和散文型作品）。

可以說，弗盧德尼克的「兼容並包」與其「體驗關懷」形成了多方面的衝突。首先，當弗盧德尼克依據口頭敘事將敘事主題界定為「體驗性」時，該詞指涉的是第一人稱敘述中的「我」在故事層次上對事件的情感體驗；但在「五『視角』框架」中，「體驗」指涉的則是在第三人稱敘述中採用人物意識來聚焦的視角模式（即上文所提到的人物有限視角）。這裡「體驗」一詞的變義源於弗盧德尼克借鑒了F. K.斯坦澤爾對「講述性人物」（第一人稱敘述者和全知敘述者）與「反映性人物」（第三人稱聚焦人物）之間的區分。[13] 以斯坦澤爾為參照的「體驗」框架不僅不包括第一人稱敘述，而且與之形成直接對照，因為第一人稱敘述屬於「講述」框架。當弗盧德尼克採用以口頭敘事為依據的「體驗」一詞時，從古到今的第一人稱主人公敘述都屬於「體驗性」敘事，而當她採用以斯坦澤爾為參照的「體驗」一詞時，我們看到的則是另一番景象：

> 18世紀以前，大多數敘事都採用「行動」和「講述」這兩種框架，而直到20世紀「體驗」和「反映」框架才姍姍來遲，受到重視。處於最邊緣位置的「目擊」框架僅在19世紀末、20世紀初短暫露面。[14]

---

[13] F. K. Stanzel, *A Theory of Narrative* (Cambridge: Cambridge UP, 1984)。值得注意的是，將全知敘述者稱為「講述性人物」（teller-character）是個概念錯誤，因為全知敘述者處於故事之外，不是人物。將第一人稱敘述者稱為「講述性人物」也混淆了作為敘述者的「我」和作為人物的「我」（過去體驗事件的「我」）之間的界限。

[14] Fludernik, "Natural Narratology and Cognitive Parameters," p.247.

　　這裡的「體驗」和「反映」均特指採用人物意識來聚焦的第三人稱敘述（如詹姆斯的《梅西所知道的》和伍爾夫的《黛洛維夫人》），這種第三人稱人物有限視角直至19世紀末、20世紀初方「姍姍來遲」。可以說，弗盧德尼克的這段文字直接解構了她以口頭敘事為基礎提出的「情感體驗」原型（即自從有口頭敘事開始，就有了基本的「體驗」框架）。為了保留這一原型，弗盧德尼克提出第一人稱敘述和第三人稱人物聚焦敘述均有「講述」和「體驗」這兩個框架，[15]這反過來又解構了她依據斯坦澤爾的模式對「講述」和「體驗」作為兩種敘事類型進行的區分，也解構了上引這段文字所勾勒的歷史線條。

　　其次，弗盧德尼克一方面將敘事的主題界定為敘述者對事件的情感體驗，另一方面又用「行動框架」來涵蓋歷史敘事這種「非體驗性敘事」，從而造成另一種衝突。再次，弗盧德尼克一方面將敘事的主題界定為敘述者對事件的情感體驗，[16]另一方面又用「目擊框架」來涵蓋「僅在19世紀末、20世紀初短暫露面」的第三人稱攝像式外視角，正如我們在第四章中所看到的，這種視角以冷靜旁觀為特徵。當然，這也有例外，弗盧德尼克舉了羅伯－格里耶的《嫉妒》為例，讀者可通過規約性的闡釋框架將文本解讀為充滿妒意的丈夫透過百葉窗來觀察妻子。但大多數第三人稱「攝像式」聚焦確實沒有情感介入。此外，弗盧德尼克一方面將敘事的主題界定為敘述者對事件的情感體驗，另一方面又用「思考評價框架」來涵蓋後現代作品和散文型作品，而這些作品中往往不存在「敘述者對事件的情感體驗」。

　　若要解決這些矛盾衝突，我們首先要認識到口頭敘述的情感體驗缺乏代表性。真正具有普適性的是「事件」這一層次。除了屬於「思考評價框架」的後現代和散文型作品，[17]其他四種敘事類型一般都是描述事件的模仿型敘事。在這四種中，「行動框架」（歷史敘事）和

---

[15]　Fludernik, "Natural Narratology and Cognitive Parameters," p.247.

[16]　Fludernik, "Natural Narratology and Cognitive Parameters," p.247.

[17]　Fludernik, "Natural Narratology and Cognitive Parameters," p.259.

「目擊框架」（攝像式敘事）一般不涉及情感體驗，只有其他兩種涉及情感體驗（第一人稱敘述中「我」自身的，或第三人稱敘述中人物的）。弗盧德尼克以口頭敘事為依據的「體驗性」僅跟後面這兩種敘事類型相關。若要在她的框架中對後者進行區分，最好採用「第一人稱體驗性敘事」（敘述自我體驗）和「第三人稱體驗性敘事」（敘述他人體驗），這樣既能保留對「體驗性」之界定的一致性，又能廓分兩者，還能劃清與「行動框架」和「目擊框架」這兩種「第三人稱非體驗性敘事」之間的界限。這四種描述事件的模仿型敘事又與屬於「思考評價框架」的後現代和散文型作品形成了對照。其實，弗盧德尼克的論點「自然敘事是所有敘事的原型」[18]並沒有錯，因為自然（口頭）敘事中也有情感不介入的目擊敘事（攝像式敘事的原型），也有「非體驗性的」歷史敘事，還有局部的「思考評價」。[19]但在界定「敘事的主題」和「敘事性」時，弗盧德尼克僅關注自然敘事的主體部分，即表達「我」對自身往事之情感體驗的敘事，將這一類型視為「所有敘事的原型」，故難免以偏蓋全。

筆者認為，自然敘事的結構模式在代表性上也有其局限性。弗盧德尼克以拉波夫和瓦爾茨基的結構框架為基礎，對口頭片段敘事的結構進行了以下圖示：[20]

$$簡要概述—定位—\left\{ \begin{array}{c} [片段1][片段2][……][片段n] \\ \uparrow \qquad\qquad\qquad\qquad \uparrow \\ 初始 \qquad\qquad\qquad 終結 \end{array} \right\} —評價—結尾$$

---

[18] Fludernik, "Natural Narratology and Cognitive Parameters," p.248.

[19] 但這種「思考評價」在口頭敘事中僅限於局部。散文型作品和後現代作品是筆頭寫作的「專利」。

[20] Fludernik, *Towards a 'Natural' Narratology*, p.65; Fludernik, "Natural Narratology and Cognitive Parameters," p.250。參見 William Labov and Joshua Waletzky, "Narrative Analysis: Oral Versions of Personal Experience," *Essays on the Verbal and Visual Arts*, ed. June Helm, Seattle: U of Washington P, 1967, pp.12-44.

弗盧德尼克認為這一結構圖示構成各種書面敘事的「結構原型」。就傳統全知敘述和第一人稱敘述而言，情況的確如此，但意識流小說、攝像式作品和後現代小說都脫離了這一原型，形成了截然不同的結構模式。這些現代和後現代作品往往既無「簡要概述」（abstract），也無「終結」（final solution），而僅僅展示生活的一個片斷，甚至是非摹仿性的文字遊戲或敘述遊戲。

儘管弗盧德尼克的探討有以偏蓋全的傾向，但她以口頭敘事為參照，以卡勒的「自然化」概念為基礎，對「敘事化」展開的探討，則頗有啟迪意義。如前所提，「敘事化」就是借助於規約性的敘事闡釋框架把文本加以「自然化」的一種閱讀策略。[21]具體而言，

> 敘事化就是將敘事性這一特定的宏觀框架運用於閱讀。當遇到帶有敘事文這一文類標記，但看上去極不連貫、難以理解的敘事文本時，讀者會想方設法將其解讀成敘事文。他們會試圖按照自然講述、體驗或目擊敘事的方式來重新認識在文本裡發現的東西；將不連貫的東西組合成最低程度的行動和事件結構。[22]

這揭示了讀者在閱讀有些現代或後現代試驗性作品時採取的一種認知策略，這是故事層次上的「敘事化」或「自然化」。弗盧德尼克指出：在閱讀時，讀者若發現第一人稱敘述者的話語前後矛盾，會採用「不可靠敘述」這一闡釋框架來予以解釋，對之加以「敘事化」，[23]這是話語層次上的一種「敘事化」。

「敘事化」（「自然化」）這一概念不僅為探討讀者如何認知偏離規約的文本現象提供了工具，而且使我們得以更好地理解讀者認知

---

[21] Fludernik, *Towards a "Natural" Narratology*, p.34.

[22] Fludernik, *Towards a "Natural" Narratology*, p.34.

[23] Fludernik, "Natural Narratology and Cognitive Parameters," p.251. 關於「不可靠敘述」，參見本書第 4 章。

與敘事文類發展之間的關係。弗盧德尼克追溯了英國敘事類型的發展歷程，[24]首先是歷史敘事與敘述他人體驗相結合，然後在18世紀的小說中，出現了較多對第三人稱虛構人物的心理描寫，儘管這種描寫在自然敘事中難以出現，但讀者已經熟知「我」對自己內心的敘述和第三人稱文本對他人體驗的敘述，因此不難對之加以「自然化」或「敘事化」。至於20世紀出現的非人格化攝像式聚焦，弗盧德尼克認為對之進行「自然化」要困難得多，因為讀者業已習慣對主人公的心理透視，因此當小說採用攝像式手段僅僅對人物進行外部觀察時，讀者難免感到「非常震驚」。[25]但在筆者看來，只要具有電影敘事的認知框架，讀者就可以很方便地借來對這一書面敘事類型加以「自然化」。至於採用第二人稱敘述的作品，讀者需要借鑑各種包含第二人稱指涉的話語（包括訊問話語、操作指南，含第二人稱指涉的內心獨白）之認知框架，以及「體驗框架」和「講述框架」來對之加以「自然化」。在此，我們仍應看到創作和闡釋的互動。作者依據這些框架創作出第二人稱敘述的作品，讀者也據之對作品進行認知。兩者互動，形成第二人稱敘述的「文類規約」。弗盧德尼克指出，當一種「非自然的」敘述類型（如全知敘述）被廣為採用後，就會從「習以為常」中獲得「第二層次的『自然性』」。[26]這言之有理，但單從採用範圍或出現頻率這一角度來看問題有失片面。採用攝像式聚焦的作品並不多，而這種敘述類型同樣獲得了「第二層次的『自然性』」。這是因為該文類已形成自身的規約，並已得到文學界的承認。

在《不可能的故事世界——如何加以解讀》一文中，楊‧阿爾貝特沿著弗盧德尼克關於敘事化的思路，探討了讀者面對後現代「反常」的虛構敘事作品時，如何通過各種閱讀策略將其自然化。[27]所謂

---

[24]　Fludernik, "Natural Narratology and Cognitive Parameters," pp.252-54.

[25]　Fludernik, "Natural Narratology and Cognitive Parameters," p.253.

[26]　Fludernik, "Natural Narratology and Cognitive Parameters," pp.255-56.

[27]　Jan Alber, "Impossible Storyworlds—and What to Do with Them," *Storyworlds: A*

「反常」的敘事，指的是有違現實世界可能性的敘事。這種對現實的違背有可能是存在層面的（比如會說話的螺絲錐），也有可能是邏輯層面的（比如對互不相容的事件的投射）。阿爾貝提出讀者可能會採用以下五種閱讀策略來對「反常」虛構作品加以敘事化或自然化：

(1)「把事件看成內心活動」，即用夢幻、幻覺等來解釋某些看上去不可能的敘事成分。

(2)「突出主題」，即從主題意義的角度來加以解釋，比如在哈樂德‧品特（Harold Pinter）的《地下室》裡，天氣和陳設違背現實的反常變化可從主題的角度理解成毫無意義但不可避免的權力之爭。

(3)「寓言性的解讀」，即讀者把反常敘事成分理解成寓言的組成部分，涉及的不是個體人物，而是普遍意義。例如，在馬丁‧克林普（Martin Crimp）的《關於她生活的企圖》中，女主人公身分的變動不居可以看成一種寓言性表達，暗喻女性的自我以各種方式受制於社會話語。

(4)「合成草案」，即將兩個不同的認知草案加以合成，以生成新的闡釋框架，據此來理解身為動物或屍體的敘述者這類反常敘事成分。

(5)「豐富框架」，即超出現實可能性，努力擴展現有的闡釋框架，使它能夠用於解釋相關反常現象。[28]

認知敘事學這種對「敘事化」或「自然化」的探討有助於說明讀者如何解讀後現代派作品，但這種「自然化」或「敘事化」在有的情況下有一種危險，即在某種程度上減少作品意在表達的荒誕性。就「把事

Journal of Narrative Studies 1 (2009): 79-96.
[28] Alber, "Impossible Storyworlds—and What to Do with Them," pp.82-83.

件看成內心活動」這一閱讀策略而言，阿爾貝舉了英國劇作家卡里爾・邱吉爾（Caryl Churchill）的《內心願望》為例。在該劇中，一對夫婦熱切期待著女兒從澳大利亞歸來。在劇的開頭，父親「一邊穿一件紅色的毛衣一邊走了進來」，這一開頭被重複了兩次，一再出現父親進屋時的情形，只是第二次進來時，往身上穿的是件粗花呢夾克衫，而第三次進來時，往身上穿的則是件舊的羊毛開衫，夫婦倆也基本上在重複他們所做的事。此間，門鈴響了好幾次，一些出乎意料的人（包括殺手）和動物（10英尺高的鳥）來造訪，劇接近結尾時，女兒連續三次進屋，最後，劇情回到開頭，以開始時父親進屋的情形結束。阿爾貝採用「把事件看成內心活動」這一策略來解讀這一劇作，認為事情都發生在追求完美的父親的內心，父親希望與女兒的重聚達到完美，因此一再在心裡預演一切，並排除可能出現的一些障礙。[29]這樣一來，劇中很多不合情理的成分就成了一種心理需求的正常產物，在很大程度上消解了該劇的荒誕性。如果我們把劇情視為在虛構現實中發生的事，看到的就會是另外一番情形。對父親進屋的一再重複可看成是對生活單調乏味和缺乏目的性的一種表達，而劇的最後又回到開頭則可看成是對生活缺乏意義的一種再現。後面這種解讀採取的是接受荒誕現實的態度，而不是設法將荒誕的敘事成分加以「自然化」。誠然，不同的讀者可能會採取不同的解讀策略，但有一點可以肯定，「自然化」並非唯一的閱讀方式，而且在有的情況下，把「反常」的敘事成分加以「自然化」可能會有損作品意在表達的主題意義。

第三節　作為認知風格的敘事

大衛・赫爾曼是認知敘事學的一位主要領軍人物。在他看來，敘事是一種「認知風格」，敘事理解就是建構和更新大腦中的認知

---

[29]　Alber, "Impossible Storyworlds—and What to Do with Them," pp.84-85.

模式的過程，文中微觀和宏觀的敘事設計均構成認知策略，是為建構認知模式服務的。若從這一角度來研究敘事，敘事理論和語言理論均應被視為「認知科學的組成成分」。[30]他的代表性專著是2002年面世的《故事邏輯》一書，該書第九章以「語境固定」（contextual anchoring）為題，探討了第二人稱敘述中「你」在不同「語境」中的不同作用。赫爾曼系統區分了第二人稱敘述中五種不同的「你」：

（1）具有普遍性的非人格化的「你」（如諺語、格言中的「你」）；

（2）虛構指涉（指涉第二人稱敘述者／主人公／敘述接受者——在第二人稱敘述中，這三者往往同為一個「你」）；

（3）「橫向」虛構稱呼（故事內人物之間的稱呼）；

（4）「縱向」現實稱呼（稱呼故事外的讀者）；

（5）雙重指示性的「你」（同時指涉故事裡的人物和故事外的讀者，這一般發生在讀者與人物具有類似經歷的時候。從表面上看「你」僅指故事中的人物，但故事外的讀者也覺得在說自己）。

不難看出，就前四種而言，赫爾曼所說的不同「語境」實際上是不同的「上下文」（比如「由直接引語構成的語境」[31]）。同樣的人稱代詞「你」在不同上下文中具有不同的指涉和功能（在直接引語中出現的一般是故事內人物之間的稱呼；在格言諺語中出現的則是具有普遍意義的指涉）。然而，第五種用法卻與讀者的經歷和感受相關。但赫爾曼關注的並非個體讀者的不同經歷，而是「任何人」帶有普遍性的經歷。[32]閱讀時，這五種「你」的不同指涉構成五種不同的認知

[30] David Herman, *Story Logic* (Lincoln: U of Nebraska P, 2002).

[31] Herman, *Story Logic*, p.360.

[32] Herman, *Story Logic*, p.342.

提示，邀請或要求讀者區別對待，採取相應的認知方式。

　　赫爾曼對奧布賴恩（Edna O'Brien）的小說《異教之地》進行了詳細分析，旨在說明「故事如何在特定的闡釋語境中將自己固定」。[33]在探討第二人稱敘述時，敘事理論家傾向於僅關注「你」的第二種用法，這是「你」在第二人稱敘述中的所謂「標準」用法。相比之下，赫爾曼從讀者如何逐步建構故事世界這一角度出發，密切觀察「你」在不同上下文中的變化。在探討《異教之地》的下面段文字時，赫爾曼提到了闡釋進程對認知的影響：[34]

> 　　這是要警告你。仔細閱讀以下文字。
> 　　你收到了兩封匿名信。一封說……。另一封懇求你，哀求你不要去[修道院]……。

　　乍一看前兩句話，讀者會認為「你」在稱呼自己。但接著往下讀，就會認識到「你」實際上指的是第二人稱主人公。其實，赫爾曼並非要借此證明闡釋進程所起的作用，他之所以給出這一實例，只是因為這是該小說中「唯一」能說明「你」的第四種用法（稱呼故事外的讀者）的例證，儘管這一說明只是相對於「初次閱讀」才有效。總的來說，赫爾曼在探討敘事的「認知風格」時，十分關注文本的語言、結構特徵。然而，像其他認知敘事學家一樣，他將這些風格特徵視為認知策略或認知「提示」。在赫爾曼看來，「敘事理解過程是以文本提示和這些提示引起的推斷為基礎的（重新）建構故事世界的過程」。[35]出現在括弧中的「重新」一詞體現了以文本為衡量標準的立場：故事世界被編碼於文本之內，等待讀者根據文本特徵來加以重新建構。這樣的讀者是「文類讀者」，涉及的闡釋語境是「文類闡釋語

---

[33] Herman, *Story Logic*, p.337.

[34] Herman, *Story Logic*, p.362.

[35] Herman, *Story Logic*, p.6.

境」，作為闡釋依據的也是「文類敘事規約」。不過，由於認知敘事學關注讀者的闡釋過程，因此關注同一文本特徵隨著上下文的變化而起的不同作用，關注文本特徵在讀者心中引起的共鳴，也注意同樣的文本特徵在不同文類中的不同功能和作用，這有利於豐富對語言特徵和結構特徵的理解。赫爾曼對「你」進行的五種區分，一方面說明了「你」在第二人稱敘述中具有不同於在第一人稱和第三人稱敘述中的功能和作用，因此對第二人稱敘述的「次文類詩學」做出了貢獻；另一方面，也在更廣的意義上拓展了對「你」這一敘事特徵的理解，對總體敘事詩學做出了貢獻。

在《超越聲音和視覺：認知語法與聚焦理論》一文中，[36]赫爾曼借鑒認知語言學尤其是R. W. 蘭加克（Langacker）的理論對敘述視角加以探討。認知語言學家認為一個事情或事件可以通過不同的語言選擇進行不同方式的概念化。請比較下面這些句子：[37]

（1）這一家子浣熊盯著這個池塘裡的金魚看。

（2）這個池塘裡的金魚被這一家子浣熊盯著看（The goldfish in the pond were stared at by the family of raccoons）。

（3）一家子浣熊盯著一個池塘裡有的金魚看。

（4）這一家子浣熊盯著那邊那個池塘裡的金魚看。

（5）那該死的一家子浣熊盯著這個池塘裡的金魚看。

（6）這一家子浣熊盯著這個池塘裡那些該死的金魚看。

這些不同的語言表達體現了人們如何可以用不同的方式來理解同一件事。赫爾曼指出，儘管認知語言學家僅僅分析句子層次的概念化，

---

[36] David Herman, "Beyond Voice and Vision: Cognitive Grammar and Focalization Theory," *Point of View, Perspective, and Focalization*, ed. Peter Huhn et. al. (Berlin: Walter de Gruyter, 2009), pp.119-42.

[37] Herman, "Beyond Voice and Vision," p.129.

但認知語言學的方法也可用於分析敘事作品話語層次的結構。赫爾曼介紹了蘭加克就視角如何影響對事件的概念化所提出的幾種參數[38]：

（1）選擇，即觀察到的多少東西被概念化；

（2）觀察角度，有四種成分：（a）圖形和背景的關係調節，即什麼被前景化，顯得較為突出，什麼則構成相應的背景；（b）觀察點，包括觀察的位置以及縱向和橫向軸上的定位；（c）定冠詞、指示代詞等的指示功能，涉及對背景和發話情景等因素的指涉；（d）概念化過程的主觀性和客觀性，在蘭加克看來，背景成分在語言表達中出現得越多，就越客觀；

（3）抽象程度，即概念化涵蓋了事情的多少細節。

認知語義學家塔爾米（Leonard Talmy）提出了與蘭加克的模式相並列的以下參數[39]：

（1）觀察點的位置；

（2）觀察點與所觀察的情景之間或遠或近的距離；

（3）觀察的方式，包括（a）運動性，即觀察點是處於靜止還是運動狀態；（b）是全域觀察還是依次連續觀察；

（4）觀察的方向，即從一個觀察點向特定的時空方向看

赫爾曼綜合借鑒了蘭加克和塔爾米的模式。[40] 他指出以認知語言

---

[38] Herman, "Beyond Voice and Vision," pp.129-30; Ronald W. Langacker, *Foundations of Cognitive Grammar*, Vol. 1 (Stanford: Stanford UP, 1987).

[39] Leonard Talmy, *Towards a Cognitive Semantics*, Vols. 1 and 2 (Cambridge, MA: MIT Press, 2000), pp.68-76; Herman, "Beyond Voice and Vision," p.130.

[40] Herman, "Beyond Voice and Vision," pp.130-31.

學關於概念化的理論為框架來探討視角，可以注意到經典敘事學家未加關注的一些因素。從這一角度，我們可探討敘事作品如何再現靜止觀察或動態觀察的場景或事件結構；概念化的場景是寬還是窄；所觀察的對象是較為突出還是處於背景位置；在縱向和橫向軸上有何方向性定位；客觀性程度如何。此外，還可探討如何從特定的時空方向來觀察場景；觀察點與觀察對象的距離是遠還是近；概念化的細節是多還是少（通常情況下，觀察距離越近，所再現的細節就越多）。赫爾曼採用這一認知語言學模式分析了喬伊絲《死者》中一段文字的視角[41]：

> 加布里埃爾看到弗雷迪・馬林斯走過來見他母親，他就起身把椅子讓了出來，自己退到了斜面窗洞裡。大多數客人已離開了客廳，裡屋傳來盤碟刀叉相撞擊的聲音。留在客廳的人好像跳舞跳累了，三三兩兩聚在一起小聲交談。加布里埃爾溫暖顫抖的手指敲打著冰冷的窗玻璃。外面該多麼涼爽呀！一個人出去走走該多麼愜意，開始沿著河邊走，然後從公園穿過去！樹枝上會滿是雪花，惠林頓紀念碑頂上的積雪也會像是一頂亮閃閃的帽子。在那裡不知要比在晚餐桌旁愉快多少！

雖然這是第三人稱敘述，但敘述者採用了加布里埃爾這一人物的意識來聚焦，我們通過他的有限視角來觀察一切。赫爾曼指出，加布里埃爾的視角構成一個概念化的結構系統，在這一系統中，馬林斯和

---

[41] Herman, "Beyond Voice and Vision," pp.124-35. Herman 在 "Cognition, Emotion, and Consciousness" 一文中，也分析了這一片段，切入的角度既有重合，又有所不同，比如那篇論文對「弗雷迪・馬林斯走過來見他母親」進行了如下分析：「見他母親」是加布裡埃爾對弗雷迪・馬林斯的行為動機的一種推斷。這種切入角度的不同源於此處採用了一個不同的理論框架，即 Alan Palmer（其代表作為 *Fictional Minds*）等學者對於如何從人物行動來推斷人物心理的探討，這種推斷以我們在日常生活中通過他人的行為對他人心理的推斷為基礎。

他母親為連續觀察的場景中的初始聚焦對象。動詞的過去時標示聚焦者是從事後的時間位置在觀察。從空間來說,觀察點與所察之事處於同一平面,而不是像在作品中有的地方,是從下往上看。此外,加布里埃爾開始時中等距離的觀察相應再現了中等程度的細節,當他退到窗洞後,他跟所視對象的距離增大了,結果視野拓展了,觀察也沒那麼細了,這時看到的不是單個的人,而是成組的人。也就是說,在概念化過程中,距離、範圍和細節系統性地同步變化。當加布里埃爾靠近窗戶後,我們看到的是近距離、窄範圍、高度細節化的一個畫面:他自己的手指敲打窗玻璃。接下來的自由間接引語「外面該多麼涼爽呀!」標誌著一個新的概念化過程的開始,涉及想像中的戶外場景,距離、範圍和細節再次同步變化:想像中的場景距離較遠,涵蓋範圍較大,開始時缺乏細節。但接下來加布里埃爾開始具體想像場景中的某些細節,這種對通常觀察距離與觀察到的細節之關係的偏離,顯現出想像力如何可以超越時空的局限。

不難看出,這種以認知語言學為基礎的視角分析與通常的視角分析(詳見第四章)構成一種互補關係。視角本身是一個心理問題(感知過程是一個心理過程),因此通常的視角分析在某種意義上說也是關於敘述者或人物認知的分析。以認知語言學為基礎的分析可以補充為通常的分析所忽略的一些方面,包括動詞時態,距離、範圍和細節的交互作用等,但難以考慮不同視角模式之間的分類,因為認知語言學的分析對象畢竟是句子,因此沒有關注各種視角模式之間的區別。若僅僅以認知語言學為模式,我們也會忽略敘述聲音與敘述視角之間的區分,以及第一人稱回顧性敘述中,作為敘述者的「我」的視角與作為人物的「我」的視角的區分,而正如我們在第四章中所看到的,這樣的區分在有的作品中十分重要。

在進行具體分析時,修辭性敘事學家和女性主義敘事學家通常會關注作品的主題意義,但以揭示認知規律和認知機制為己任的認知敘事學家則往往忽略作品的主題意義。赫爾曼在此沒有提及人物的概念

化與主題意義的關聯，但在《劍橋敘事指南》中，對同一段文字進行認知敘事學分析時，赫爾曼則關注了加布里埃爾對戶外場景的想像與他的思想狀態的關聯。[42]加布里埃爾晚飯後需要當眾講一番話，他感到緊張不安，擔心聽眾的反應，正因為如此，他希望能獨自一人在戶外行走，儘管窗外冰天雪地，但他覺得「在那裡不知要比在晚餐桌旁愉快多少！」，因為那能讓他從社會壓力中解脫出來。赫爾曼的這種分析從一個側面表明，對於人物心理再現的認知敘事學探討，可以為作品主題意義的探討做某種鋪墊。

值得注意的是，在探討認知過程時，我們不應忽略作者編碼的作用。赫爾曼的探討聚焦於文本特徵與讀者或人物認知之間的關係，但我們不能忘記，文本特徵是作者依據或參照文類規約和認知框架進行創作的產物。赫爾曼舉了這麼一個由讀者來填補文本空白的例子：如果敘述者提到一個蒙面人拿著一袋子錢從銀行裡跑出來，那麼讀者就會推測該人物很可能搶劫了這個銀行。赫爾曼認為，從這一角度來看，「使故事成其為故事的」是「文本或話語中明確的提示」與「讀者和聽眾藉以處理這些提示的認知草案」的交互作用。[43]然而，我們應認識到作者與讀者享有同樣的認知草案。作者依據「銀行搶劫」的規約性認知草案在文本中留下空白，讀者則根據同樣的認知草案來填補這些空白。艾倫・帕爾默曾向讀者提出了這樣的問題：如果小說中的一個場景或人物深深地打動了你，回過頭來看時，是否有時會驚奇地發現作品中對場景的描述實際上僅有寥寥數語，對人物的刻畫也著墨不多？是否會發現在首次闡釋時，是你自己的想像力充實了相關場景和人物形象？[44]的確，讀者想像力的作用不容忽略，但這些文本空白往往是作者有意留下的。不同讀者的不同經歷和背景等因素經常會

---

[42] Herman, "Cognition, Emotion, and Consciousness," p.247.

[43] David Herman, "Introduction," *Narrative Theory and the Cognitive Sciences*, ed. David Herman, pp.10-11.

[44] Palmer, *Fictional Minds*, p.3.

作用於填補空白的過程，但認知敘事學家關注的往往是規約性的解讀，作者也往往是依據規約性的認知框架來留下文本空白（在留下偏離規約的空白時，也是期待讀者對規約進行相應的偏離）。[45]也就是說，對這些文本空白的理解不僅體現了讀者認知的作用，而且也體現了作者的認知特點和認知期待。

第四節　認知地圖與敘事空間的建構

認知科學家十分關注「認知地圖」，即關注大腦對某地的路線或空間環境的記憶，以及對各種地圖的記憶。1981年理查・比約恩森將這一概念運用於文學認知，研究讀者對於包括空間關係在內的各種結構和意義的心理再現。[46]在《認知地圖與敘事空間的建構》（2003）中，[47]瑪麗-勞雷・里安研究了一組讀者根據閱讀記憶所畫出的認知地圖，探討了真實或虛構的空間關係之大腦模型，尤為關注閱讀時文字所喚起的讀者對敘事空間的建構。她的研究頗有特色，也較好地反映了認知敘事學的一些共性。我們不妨從以下多種對照關係入手，來考察她的研究特點：

1.「模範地圖」與「實際地圖」

里安選擇了瑪律克斯（Garcia Marquez）的擬偵探小說《一件事先張揚的兇殺案》[48]作為認知對象。她首先把自己放在「超級讀者」

---

[45] Lisa Zunshine 在探討小說如何進行認知實驗時，較好地考慮了作者的作用（*Why We Read Fiction: Theory of Mind and the Novel*, pp.22-27）。

[46] Richard Bjornson, "Cognitive Mapping and the Understanding of Literature," *SubStance* 30 (1981): 51-62.

[47] Marie-Laure Ryan, "Cognitive Maps and the Construction of Narrative Space," *Narrative Theory and the Cognitive Sciences*, ed. David Herman (Stanford: CSLI, 2003), pp.214-15.

[48] 這是大陸的譯法。但 Ryan 所用英文版的題目是「Chronicle of a Death Foretold」，這是對西班牙原文的忠實英譯。原文的題目採用的是「死亡」、「預告」、「記事」等中性詞語。

或「模範讀者」的位置上，反覆閱讀作品，根據文中的「空間提示」
繪製了一個從她的角度來說盡可能詳細準確的「模範地圖」（master
map）。然後，將這一地圖與一組接受實驗的高中生根據閱讀記憶畫
出的「實際地圖」進行比較。從中可看出刻意關注敘事空間與通常閱
讀時附帶關注敘事空間之間的不同。里安將自己的模範地圖作為衡量
標準，判斷中學生的地圖在再現空間關係時出現了哪些失誤，並探討
為何會出現這些失誤。

2.「書面地圖」與「認知地圖」

「書面地圖」不同於大腦中的「認知地圖」。畫圖時，必須將物
體在紙上具體定位，因此比大腦圖像要明確，同時也會發現文中更多
的含混和空白之處。此外，畫圖還受到「上北下南」等繪製規約的束
縛，畫出的「書面地圖」又作用於讀者頭腦中的「認知地圖」。

3.「認知地圖」與「文本提示」

里安的研究旨在回答的問題包括：認知地圖需要用何細節、在何
種程度上再現文中物體之間的空間關係？文本用何策略說明讀者形成
這些空間關係的概念？她指出，建構認知地圖的主要困難源於語言的
時間維度和地圖的空間性質之間的差別。文本一般採用「繪圖策略」
和「旅行策略」，前者居高臨下地觀察，將物體進行空間定位（專門
描寫背景）；後者則是像旅行者那樣在地面移動（描寫人物行動），
動態地再現有關空間。文本可以一開始就給出建構整個空間背景的資
訊，也可以一點一點地逐步給出。前者為聚焦於空間地圖的人提供了
方便，但對於關注情節的人來說，卻增加了記憶和注意力的負擔，何
況有的讀者傾向於跳過整段的背景描寫，因此很多作品都是在敘述情
節的過程中，通過各種「空間提示」逐步展示空間關係。

這一平淡的題目與令人震驚的兇殺內容形成了對照和張力，反映出作者特定的世界觀。
大陸的「渲染性」譯法抹去了這一對照和張力，但估計其目的是為了更好地吸引讀者。

4.「書面地圖」與「文本提示」

文中的空間提示有不同的清晰度。里安按照清晰度將瑪律克斯小說中的背景描寫分為了四個環帶：中心一環（謀殺發生之地）最為清晰完整，最外層的則最為遙遠和不確定（里安沒有畫出這一環帶）。由於書面地圖需要給物體定位，因此難以再現這種清晰度上的差別。就中學生畫的草圖而言，可以看出他們以情節為中心，以主人公的命運為線索來回憶一些突出的敘事空間關係。從圖中也能看出最初的印象最為強烈。文中的物體可根據觀察者的位置、另一物體的位置和東南西北的絕對方位來定位，為讀者的認知和畫圖提供依據。

5.「實際地圖」與「科學地圖」

里安對那組中學生展開的實驗不同於正式的心理實驗。後者讓實驗對象讀專門設計的較為簡單的文本，用嚴格的量化指標來科學測量其認知能力；而前者則讓讀者讀真正的敘事文本，考察讀者的實際認知功能。

6.「自上而下」與「自下而上」

認知敘事學關注認知框架與文本提示之間的互動。例如，文中出現「廣場」一詞時，讀者頭腦中會顯現通常的廣場圖像，用這一規約性框架來「自上而下」地幫助理解文中的廣場。當文本描述那一廣場的自身特點時，讀者又會自下而上地修正原來的圖像。從跨文化的角度來看，未見過西方廣場的中國讀者，在讀到西方小說中的「廣場」一詞時，腦子裡出現的很可能是有關中國廣場的規約性認知框架，文中對西方廣場的具體描寫則會促使讀者修正這一框架。里安的研究也涉及了這種雙向認知運動。敘事作品往往隨著情節的發展逐漸將敘事空間展示出來，讀者需要綜合考慮一系列的「微型地圖」和「微型旅行」，自下而上地建構整體空間圖像；與此同時，逐步充實修正的整

體空間圖像又提供了一個框架，幫助讀者自上而下地理解具體的空間關係。此外，在那組中學生畫的草圖中，鎮上的廣場有一個噴泉，但文中並未提及。里安推測這是因為他們頭腦中「標準的」南美廣場的圖像所起的作用，也可能是因為他們那個城鎮的廣場有一個噴泉。無論是哪種情況，這都是受到大腦中既定框架影響的自上而下的認知。

7.「敘事認知者」與「個體認知者」

里安的論文分為四大部分：（1）前言，（2）重建虛構世界的地圖，（3）實驗，（4）討論。她在「實驗」部分考慮了個體認知者：「這些地圖不僅再現了《一件事先張揚的兇殺案》的故事世界，而且也講述了它們自己的故事：讀者閱讀的故事。」[49]在比較不同中學生畫的草圖時，里安提到了他們的性別、經歷、宗教等因素的影響。然而，里安真正關心的並不是「讀者閱讀的故事」，而是對「故事世界」的規約性「再現」或者「形成大腦圖像的認知功能」[50]。因此她在整個「討論」部分都聚焦於「敘事認知者」。這一部分的「讀者」（the reader，readers）、「我們」、「他們」成了可以互換的同義詞，可以用「敘事認知者」來統一替代。即便提到那些中學生所畫草圖的差異，也是為了說明閱讀敘事作品時，讀者認知的一般規律，比如認知的多層次性、長期記憶與短期記憶的交互作用等等。里安認為學生畫出的草圖之所以不同於她自己畫出的模範地圖「主要在於短期記憶瞬間即逝的性質」。[51]

與赫爾曼所研究的第二人稱「你」不同，里安所探討的敘事空間是一個留有各種空白和含混之處的範疇。正因為如此，里安的研究涉及了讀者的個人想像力。但她依然聚焦於小說敘事的普遍認知規律，以及作者的創作如何受到讀者認知的制約。

---

[49] Ryan, "Cognitive Maps and the Construction of Narrative Space," p.228.
[50] Ryan, "Cognitive Maps and the Construction of Narrative Space," p.224.
[51] Ryan, "Cognitive Maps and the Construction of Narrative Space," p.235.

第五節　三種方法並用

英國劍橋大學出版社2003年出版了加拿大學者瑪麗莎・博托盧西和彼得・狄克遜的《心理敘事學》一書，該書被廣為引用，產生了較大影響。該書對以往的認知敘事學研究提出了挑戰，認為這些研究沒有以客觀證據為基礎，而只是推測性地描述讀者的敘事認知。他們提倡要研究「實際的、真實的讀者」，要對讀者的敘事認知展開心理實驗。[52]我們可以區分三種不同的敘事研究方法：（1）對文本結構特徵的研究；（2）以敘事規約為基礎對讀者的敘事認知展開的推測性探討；（3）對讀者的敘事認知進行的心理實驗。博托盧西和狄克遜在理論上質疑和摒除了前兩種方法，認為只有第三種方法才行之有效。但實際上，他們三種方法並用：「我們首先為理解相關文本特徵提供一個框架；然後探討與讀者建構有關的一些假設；最後，我們報導支援這些假設的實驗證據。」[53]博托盧西和狄克遜為何會在實踐中違背自己的理論宣言呢？我們不妨看看他們對心理敘事學的界定：「研究與敘事文本的結構和特徵相對應的思維再現過程」。[54]既然與文本的結構特徵密切相關，那麼第一種方法也就必不可缺；同樣，既然涉及的是與文本特徵「相對應的」思維再現過程，那麼關注的也就是規約性的認知過程，因此可以採用第二種方法，依據敘事規約提出相關認知假設。有趣的是，博托盧西和狄克遜展開心理實驗，只是為了提供「支援這些假設的實驗證據」。也就是說，他們唯一承認的第三種方法只是為了支撐被他們在理論上摒除的第二種方法。這種理論與實踐的脫節在很大程度上源於未意識到每一種方法都有其特定的作

---

[52] Marisa Bortolussi and Peter Dixon, *Psychonarratology* (Cambridge: Cambridge UP, 2003), pp.168-69.
[53] Bortolussi and Dixon, *Psychonarratology*, pp.184-85.
[54] Bortolussi and Dixon, *Psychonarratology*, p.24.

用，相互之間無法取代。

在談到著名經典敘事學家熱奈特對於「誰看？」（感知者）和「誰說？」（敘述者）之間的區分時，博托盧西和狄克遜提出了這樣的挑戰：「不能說所有的讀者都區分誰看和誰說，因為顯然在有的情況下，有的讀者（甚至包括很有文學素養的讀者）對此不加區分。」從這一角度出發，他們要求在探討結構特徵時，考慮讀者類型、文本性質和閱讀語境。[55] 我們知道，結構區分（包括「主語」、「謂語」這樣的句法區分）涉及的是不同文本中同樣的結構之共性，其本質就在於超越了特定語境和讀者的束縛。儘管有的讀者對誰看和誰說不加區分，但這並不能說明這一理論區分本身有問題。如前所提，博托盧西和狄克遜總是「首先為理解相關文本特徵提供一個框架」，這都是超出了「閱讀語境」的結構框架。讓我們看看他們對視角的形式特徵進行的區分：（1）描述性的指涉框架（與文中感知者的位置有關，比如「有時一隻狗會在遠處狂吠」；或僅僅與文中物體的空間位置有關，比如「燈在高高的燈杆頂上發出光亮」[56]）；（2）位置約束（感知者的觀察位置受到的約束，比如在「然後她就會回到樓上去」中，感知者的位置被限定在這棟房子的樓下）；（3）感知屬性（提示感知者之存在的文本特徵，比如「看著」、「注意到」等詞語）。[57] 博托盧西和狄克遜從福樓拜的《包法利夫人》等經典小說中抽取了一些句子來說明這一結構區分，但正如語法學家用句子來說明「主語」與「謂語」之分，他們僅僅把這些句子當成結構例證，絲毫未考慮「讀者類型、文本性質和閱讀語境」。這是第一種方法的特性。只有在採用第三種方法時，才有可能考慮接受語境。

---

[55] Bortolussi and Dixon, *Psychonarratology*, pp.177-78.

[56] Bortolussi 和 Dixon 想用這個例子說明「無論是從上、從下還是從旁觀察，對這一場景都可加以同樣的描述」（p.187）。實際上，這種獨立於感知的物體描述不應出現在對「視角」的探討中，而應出現在對「背景」的探討中，因為就「視角」而言，只有與感知者或感知位置相關的現象才屬於討論範疇。

[57] Bortolussi and Dixon, *Psychonarratology*, pp.186ff.

第六節　對接受語境之過度強調

認知敘事學家傾向於過度強調接受語境。博托盧西和狄克遜斷言：「敘述話語的形式特徵只有在接受語境中才會有意義。」[58]但如前所述，他們自己在對「敘述話語的形式特徵」進行區分時，完全沒有考慮，也無需考慮接受語境。在此，我們不妨看看赫爾曼的一段文字：

> 僅僅尋找形式頂多是一種堂吉訶德式的努力……分析者不應分析故事形式的涵義，而應研究形式如何在一定程度上成為語境中的閱讀策略之結果。這些策略與文本設計有規則地相互關聯：排除了相反方向的特定文本標記，讀者就不能將一個同故事敘述[如第一人稱主人公敘述]閱讀成由局外人講述的故事。海明威採用的過去時也不允許讀者將人物的行動闡釋為會在未來發生的事。但是，因為這些閱讀策略處於語境之內，它們的確是可變的，譬如，讀者會根據自己的信仰和價值觀，用各種動機解釋妻子對那隻貓的牽掛。[59]

赫爾曼一方面摒除純形式研究，一方面又借鑒了熱奈特對「同故事敘述」（敘述者為故事中的人物）和「異故事敘述」（敘述者不是故事中的人物）的結構區分，同時也採用了「過去時」和「將來時」這樣的語法區分，這都是純形式研究的結果。儘管赫爾曼聲稱形式在一定程度上是「閱讀策略」的產物，但在同一段論述中，「同故事敘述」和「過去時」不僅先於閱讀而存在，而且制約了讀者的闡釋。我

---

[58] Bortolussi and Dixon, *Psychonarratology*, p.2.

[59] David Herman, "Introduction," *Narratologies*, ed. David Herman (Columbus: Ohio State University Press, 1999), pp.12-13.

們必須區分兩種不同的闡釋：一是對文本結構之規約性意義的闡釋；二是對具體文本之主題意義的闡釋。涉及「同故事敘述」和「過去時」的闡釋屬於前者，而涉及「妻子對那隻貓的牽掛」的闡釋則屬於後者。就前者而言，無需考慮不同的接受語境：無論讀者的「信仰和價值觀」有何不同，看到「過去時」就應闡釋為過去發生的事。可就後者而言，則需要考慮接受語境對闡釋的影響：不同讀者確實可能會「用各種動機解釋妻子對那只貓的牽掛」。在此，赫爾曼是在評論大衛・洛齊對海明威《雨中的貓》的主題闡釋。如前所述，認知敘事學一般不以主題闡釋為目的，即使順便提到作品的主題意義，也往往是公認的或前人研究出來的。像女性主義敘事學那樣的「語境主義敘事學」旨在闡釋具體作品的主題意義，因此需要考慮不同社會歷史語境的影響。相比之下，認知敘事學關注的往往是對文本結構之規約性意義的闡釋，這種闡釋涉及「敘事認知者」共用的「規約性認知語境」，這種語境不會改變對文本結構的認識。[60]

在《（尚）未知：敘事裡的資訊延宕和壓制的認識論效果》一文中，卡法萊諾斯以亨利・詹姆斯的《擰螺絲》以及巴爾扎克的《薩拉辛》為例，從讀者、第一層故事裡的人物和嵌入層故事裡的人物這三個不同的感知角度，探討了敘事裡暫時或永久缺失的資訊所產生的認識論效果。[61]她首先建構了一個由11種功能（從功能A到功能K）組成的語法模式，其中四種是：

甲模式　　功能D　　　C行動素（actant）受到考驗
　　　　　功能E　　　C行動素回應考驗

---

[60] 2003 年 3 月以來，筆者就這一問題與 David Herman 進行了數次交流。他同意筆者對兩種不同語境的區分，也贊同筆者對「敘事詩學」與「敘事批評」的區分，改變了對結構主義敘事學的批判態度（請比較 Herman 1999 與 Herman 2005）。

[61] Emma Kafalenos, "Not (Yet) Knowing: Epistemological Effects of Deferred and Suppressed Information in Narrative," Narratologies, ed. David Herman, pp.33-65.

功能F　　　C行動素獲得授權

功能G　　　C行動素為了H而到達特定時空位置

我們不妨比較一下俄國形式主義者普洛普的語法模式[62]：

乙模式　功能12　　主人公受到考驗，詢問，攻擊等

　　　　功能13　　主人公對未來贈予者的行動進行回應

　　　　功能14　　主人公獲得一種魔法手段

　　　　功能15　　主人公被送至或引至所尋求對象的附近

　　不難看出，「甲模式」與「乙模式」本質相同。卡法萊諾斯一方面承認借鑒了普洛普的模式，一方面又強調自己的模式是一種認知模式，因此與普洛普的結構模式有以下本質不同：（1）普洛普的「功能」是人物行為在情節結構中的作用，而她自己的「功能」則是「被闡釋的事件」，是讀者或人物闡釋的結果。[63]（2）卡法萊諾斯認為同一事件在不同的闡釋「配置」（譬如究竟是將《擰螺絲》中的女家庭教師看成可靠闡釋者還是精神病患者）中具有不同功能。為了突出這種「功能多價」的不穩定性，她將「功能」的決定權交給感知者：決定功能的是讀者或聽眾，故事中觀察事件的人物，現實世界中觀察事件的個體。[64]然而，無論卡法萊諾斯如何突出闡釋語境在其模式建構中的作用，其模式實際上是一個純結構模式。其實，普洛普的模式涉及的也是「被闡釋的事件」：普洛普的「主人公受到考驗」與卡法萊諾斯的「C行動素回應考驗」一樣，均為他們自己對「人物行為在情節結構中的作用」進行闡釋的結果，而且他們都是站在「敘事認知

---

[62]　Vladimir Propp, *Morphology of the Folktale*, 2nd edition, trans. Laurence Scott (Austin: U of Texas P, 1968), pp.39-50.

[63]　Kafalenos, "Not (Yet) Knowing,' p.40.

[64]　Kafalenos, "Not (Yet) Knowing," p.33.

者」的位置上進行闡釋。有趣的是，卡法萊諾斯的模式比普洛普的更難以考慮不同的接受語境，因為這是一個適用於「各個時期各種體裁」的敘事語法模式，[65]比聚焦於俄羅斯民間故事的普洛普模式更為抽象、更體現敘事作品的共性。當然，在運用這一模式進行的實際認知分析中，卡法萊諾斯能具體比較不同位置上的感知者的闡釋，能測試在不同闡釋過程中，壓制和延宕的資訊所產生的不同認識論效果。可以說，不區分無需考慮語境的結構模式和需要考慮語境的具體分析，是造成認知敘事學誇大接受語境之作用的一個根本原因。

另一個根本原因是對「敘事認知」的過度重視。我們不妨比較一下弗盧德尼克對「敘事性」進行的兩種不同界定：

> （1）正因為事件對敘述者的情感產生了作用，因此才具有可述性。構成敘事性的就是被審視、重新組織和評價（構成意旨）的經驗。……構成敘事性的關鍵成分並非一連串事件本身，而是事件給主人公帶來的情感和評價體驗。正是因為這一原因，我將敘述對象界定為帶有人的意識。（2003：245-46）
>
> （2）敘事性不是文本特徵，而是讀者賦予文本的一個特性。讀者把文本做為敘事來讀，因此將文本敘事化。（2003：244；黑體代表原文中的斜體）

第一種界定將「敘事性」視為文本中「被審視、重新組織和評價（構成意旨）的經驗」，這是文本自身的內容；而第二種界定則將「敘事性」歸於文本之外的讀者闡釋。在同一篇文章的短短兩頁之內，「敘事性」由文本自身的「敘述對象」變成了文本外讀者的闡釋結果。其實，敘事文本的結構若未偏離敘事規約，讀者的認知過程就

---

[65] Kafalenos, "Not (Yet) Knowing," p.40.

僅僅是理解接受這些結構的過程。倘若偏離了規約或留有空白，讀者才需對之進行「敘事化」或「自然化」。即便在後一種情況下，讀者的認知依然受到文本的制約。譬如，只有文本敘述本身為「不可靠敘述」時，讀者才能通過「自然化」將之理解為「不可靠敘述」。假如文本是「可靠敘述」，而讀者卻將之「自然化」為「不可靠敘述」，那就只能說對文本進行了「誤讀」。上引第二種界定可以說是西方學界20世紀90年代以來對「語境」之過度強調的一個產物。作為「語境主義敘事學」的一個分支，認知敘事學將注意力從文本轉向了讀者，這有利於揭示讀者與文本在意義產生過程中的互動，尤其是在分析具體認知過程時，能揭示以往被忽略的讀者的思維活動。[66]但不少認知敘事學家在強調讀者認知的同時，不時否認文本特徵的作用，走向了另一個極端。

　　值得一提的是，在探討認知過程時，我們不應忽略作者編碼的作用。赫爾曼舉了這麼一個由讀者來填補文本空白的例子：如果敘述者提到一個蒙面人拿著一袋子錢從銀行裡跑出來，那麼讀者就會推測該人物很可能搶劫了這個銀行。赫爾曼認為，從這一角度來看，「使故事成其為故事的」是「文本或話語中明確的提示」與「讀者和聽眾藉以處理這些提示的認知草案」的交互作用。[67]然而，我們應認識到作者與讀者享有同樣的認知草案。作者依據「銀行搶劫」的規約性認知草案在文本中留下空白，讀者則根據同樣的認知草案來填補這些空白。也就是說，對這些文本空白的理解不僅體現了讀者認知的作用，而且也體現了文本本身的一種結構特徵。

---

[66] See Manfred Jahn, "'Speak, Friend, and Enter': Garden Paths, Artificial Intelligence, and Cognitive Narratology," *Narratologies*, ed. David Herman, pp.167-94.

[67] David Herman, "Introduction," *Narrative Theory and the Cognitive Sciences*, ed. David Herman, pp.10-11.

◇　　◇　　◇　　◇

　　與其他後經典敘事學分支相對照，認知敘事學聚焦於敘事與思維或心理的關係，認知敘事學家的探討較好地揭示了「文本提示」、「文類規約」和「規約性認知框架」之間各種方式的交互作用。這三者密切關聯，相互依存。「文本提示」是作者依據或參照文類規約和認知框架進行創作的產物（最初的創作則是既借鑒又偏離「老文類」的規約，以創作出「新文類」的文本特徵）；「文類規約」是文類文本特徵（作者的創作）和文類認知框架（讀者的闡釋）交互作用的結果；「文類認知框架」又有賴於文類文本特徵和文類規約的作用。認知敘事學家還較好地揭示了敘述者和人物的觀察體驗，他們的認知框架、認知規律和認知特點；像里安那樣的研究還能很好地揭示記憶的運作規律，以及讀者的想像力在填補文本空白時所起的作用。認知敘事學能很好地揭示這些因素之間的互動，同時又在以「語境主義」外貌出現的同時，在很大程度上保留了一種「科學」的研究立場，給20世紀90年代一味從事政治批評的西方學術界帶來了一種平衡因素，為科學性研究方法在21世紀初的逐漸回歸做出了貢獻。同時，作為「後經典敘事學」的一個重要分支，認知敘事學也以其特有的方式對敘事學在西方的復興做出了貢獻。

敘事學與文體學的互補性[*]

　　本書第一章探討了敘事學的「故事」與「話語」之分，從本質上說，這是「內容」與「形式」之分。就文字敘事作品而言，這一區分表面上看與文體學對「內容」和「文體」的區分殊途同歸：「話語」指涉「故事是如何講述的」，[1]「文體」也指涉「內容是如何表達的」。[2]而實際上這種表面上的相似遮蓋了本質上的差異，兩者之間其實僅有部分重合。本章將說明兩者之間的本質區別。既然存在這種本質差異，在探討文字敘事作品時，就有必要將敘事學和文體學的方法結合起來，從跨學科的角度探討「敘事是如何表達的」。本章將採用這一方法來分析海明威的一個短篇小說，以便具體展示這種跨學科研究方法的價值。最後，本章還將對相關教學與研究提出建議。

---

[*]　參見筆者的相關論文：Dan Shen, "What Narratology and Stylistics Can Do for Each Other," *A Companion to Narrative Theory*, ed. James Phelan and Peter J. Rabinowitz (Oxford: Blackwell, 2005), pp. 136-49; Dan Shen, "How Stylisticians Draw on Narratology: Approaches, Advantages, and Disadvantages," *Style* 39.4 (2005): 381-95; Dan Shen, "Stylistics and Narratology," *The Routledge Handbook of Stylistics*, ed. Michael Burke (London: Routlege, 2014), pp. 191-205。

[1]　Seymour Chatman, *Story and Discourse* (Ithaca: Cornell UP, 1978), p.9; see also Dan Shen, "Defence and Challenge: Reflections on the Relation Between Story and Discourse," *Narrative* 10 (2002): 422-43.

[2]　Katie Wales, *A Dictionary of Stylistics*, 2nd ed. (Essex: Pearson Education Limited, 2001), p.158; Leech and Short, *Style in Fiction*, p.38.

第一節 「話語」與「文體」的差異

「話語」與「文體」只是表面相似，實質相異，因為「話語」主要指涉超越了語言選擇這一層次的表達方式，而「文體」則主要涉及語言選擇本身。在《語言學與小說》一書中，英國文體學家羅傑‧福勒寫道：

> 法國學者區分了文學結構的兩個層次，即他們所說的「故事」（histoire）與「話語」（discours），也就是我們所說的故事與語言。故事（或情節）和其他小說結構的抽象成分可以類比式地採用語言學概念來描述，但語言學的直接應用範圍則自然是「話語」這一層次。[3]

實際上，法國敘事學的「話語」與福勒所說的「小說語言本身」（即文體學的「文體」）相去甚遠，兩者之間存在隱含的界限，儘管兩者也有一定程度的重合。在敘事學領域，最有影響的探討「話語」的著作是前文已反覆提到的熱奈特的《敘述話語》。熱奈特將話語分成三個範疇：一為時態範疇，即故事時間和話語時間的關係；二為語式範疇，它包含敘述距離和敘述聚焦這兩種調節資訊的方式；三為語態範疇，涉及敘述情景及其兩個主角（敘述者與接受者）的表現形式。

「時態」這一範疇有三個方面：順序、時距和頻率。「順序」涉及故事事件的自然時序與這些事件在文本中被重新排列的順序之間的關係。熱奈特對「順序」的探討在微觀與宏觀這兩個不同層次上展開。微觀層次的分析對象為短小的敘事片段，根據故事時間的變化對

---

[3] Roger Fowler, *Linguistics and the Novel* (London: Methuen, 1983[1977]), p. xi.

片段中過去、現在、將來等不同的時間位置進行劃分，並注意事件之間的從屬、並列關係，但不關注句子成分之間的從屬、並列關係等語言問題。熱奈特將注意力主要放在宏觀層次上。他將普魯斯特卷帙浩繁的長篇巨著《追憶似水年華》分成了十來個大的時間段，有的時間段占去了200多頁的篇幅。這樣的分析僅涉及從文本中抽象出來的事件之間的時間關係，不涉及對語言本身的選擇。值得注意的是，在探討順序時，熱奈特聚焦於各種「錯序」，即話語順序和故事順序不相吻合的現象，譬如倒敘和預敘。文體學家通常不關注這些錯序的現象，但有一個例外：即關注從中間開始的敘述，這一技巧往往與指稱語的使用密切相關。舉例說，海明威的《法蘭西斯·麥康伯的短暫幸福生活》是這樣開頭的：

> 現在是吃午飯的時間，他們都坐在這個就餐帳篷的雙重綠色帳簾下，假裝什麼事也沒有發生。（It was now lunchtime and they were all sitting under the double green fly of the dining tent pretending that nothing had happened.）

　　在這一開頭語中，沒有文中回指對象的代詞「他們」（they）、定冠詞「這個」（the）和對「現在」（now）之前所發生之事的暗暗指涉均表明海明威是從中間開始敘述的。

　　與熱奈特的《敘述話語》相對應，上文曾提及的利奇和蕭特的《小說文體論》是具有開創性的系統探討小說文體的著作。該書更為關注微觀層次上的時間順序，而基本忽略了宏觀層次上的時間順序，與《敘述話語》呈現出不同走向。利奇和蕭特區分了三種順序：「表達順序」、「時間順序」和「心理順序」。[4]「表達順序」聚焦于讀者接受，所涉及的問題是：什麼是讓讀者得知故事資訊的恰當順序？

---

[4]　Leech and Short, *Style in Fiction*, pp. 176-80, 233-39.

至於「時間順序」，利奇和蕭特舉了這麼一個例子：「這位孤獨的護林員騎入了日暮之中，躍上馬背，給馬裝好了鞍」（請比較「這位孤獨的護林員給馬裝好了鞍，躍上馬背，騎入了日暮之中」），這顯然是句法順序的問題。至於心理順序，利奇和蕭特給出的實例是：

> 加布里埃爾沒有跟其他人一起去門口。他站在門廳的暗處盯著樓梯上看。一位女士正站在靠近第一層樓梯頂端之處，也罩在陰影裡。他雖然看不到她的臉，但能看到她身上赤褐色和橙紅色的裙飾布塊，這些布塊在陰影中顯得黑白相間。那是他的妻子。（喬伊絲《故去的人》）

利奇和蕭特指出：作者之所以開始時不告訴讀者那位女士是誰，是因為加布裡埃爾尚未認出自己的妻子，作者的語言選擇反映出人物的心理認知順序。我們「彷彿跟加布里埃爾站在同一位置，朝著樓上看，看到陰影裡一個模糊的人影，臉被遮住……如果喬伊絲在第三句句首沒有寫『一位女士』，而寫了『他的妻子正站在……』，前面所提到的效果也就不復存在了」[5]。也就是說，只要詞語發生了一定的變動，所謂「心理順序」的效果也就蕩然無存。值得注意的是，在微觀層次上，利奇和蕭特所分析的基本都是展示性較強的場景敘事片段，其中均只有一個時間位置「現在」，不涉及對過去、現在、將來等不同時間位置的重新組合，而僅僅涉及為了產生某種效果而對語言做出的特定選擇。他們聚焦於句法上的邏輯或從屬關係，句中的資訊結構等語言問題。與此相對照，熱奈特在微觀層次上分析的均為總結性較強的敘事片斷，總是涉及過去、現在、將來等不同的時間位置，尤為關注各種形式的倒敘、預敘等時間倒錯的現象。

「時態」這一範疇的第二個方面為「時距」（敘述速度），涉及

---

[5] Leech and Short, *Style in Fiction*, pp. 177-78.

事件實際延續的時間與敘述它們的文本長度之間的關係。[6]正如熱奈特所分析的，在普魯斯特的《追憶似水年華》中，時距的變化很大，有時用150頁來敘述在三小時之內發生的事，有時則用三行文字來敘述延續了12年的事。「也就是說，粗略一算，或者用一頁紙對應於事件的一分鐘，或者用一頁紙對應於事件的一個世紀」。[7]這種變化顯然超出了詞語選擇這一範疇。在熱奈特看來，「敘事可以沒有『錯序』，但不能沒有『非等時』」，即敘述中的加速或減速等文本時間和故事時間不對等的情況。用較少的篇幅敘述延續了較長時間的事，為敘述中的「加速」；反之則為敘述中的「減速」。若用直接引語來記錄人物的對話，文本與故事就會做到基本「等時」。這種速度上的變化就是敘事學家眼中的敘述「節奏」（正常速度、加速、減速、省略、停頓等）。與此相對照，文體學家不關注這種敘述節奏，而聚焦於文字節奏。文字節奏僅僅涉及文字組合的特徵，譬如重讀音節與非重讀音節之間的交替，標點符號的使用，或單詞、短語、句子本身的長度等。這些文字特徵所構成的節奏在敘事學家眼裡無關緊要。的確，對於敘事學家來說，無論採用什麼文字來描述一個事件，只要這些文字所占文本長度不變，敘述速度就不會改變。

「時態」這一範疇的第三個方面為「敘述頻率」。作品可以敘述一次發生了一次的事，敘述n次發生了n次的事，敘述n次發生了一次的事，或敘述一次發生了n次的事。究竟是對一個事件進行一次敘述還是多次敘述，並非語言選擇本身的問題，因此也超出了文體學考慮的範圍。

上文提到了「話語」的三個範疇：時態、語式和語態，後面這兩個範疇與語言媒介更為相關，尤其是敘述聚焦（敘述視角）和人物話語的表達方式，因此得到了敘事學家和文體學家的共同關注。[8]但即

6　Genette, *Narrative Discourse*, pp. 87-88.
7　Genette, *Narrative Discourse*, p. 92.
8　對不同聚焦模式的選擇從本質上說是結構上的選擇，但不同的聚焦模式有不同的語言特

便在這些範疇裡，有的因素從本質上說依然屬於非語言性質（參見本書第四章和第五章）。就不同敘述類型而言，敘事學「對於敘述者的分析強調的是敘述者相對於其所述故事的結構位置，而不是像語法中的人稱這樣的語言問題」[9]。這種語言問題一般僅為文體學家所關注。的確，佔據同樣結構位置的兩位敘述者可能會對語言做出大相徑庭的選擇，說出截然不同的話，但往往只有文體學家才會考慮語言選擇上的差異。

敘事學的話語也涉及人物塑造，尤其是直接界定（直接描述人物的性格特徵）、間接展示（通過人物的言行來展示人物性格）、類比強化等塑造人物的不同模式。[10]敘事學家關注的是什麼樣的敘述屬於「直接界定」，這種模式具有何種結構功能，而文體學家則聚焦於在描述人物時選擇了哪些具體的文字，這些文字與其他可能的語言選擇相比，產生了什麼特定的效果。至於「間接展示」這一模式，里蒙－肯南對不同種類的人物行為、言語、外表和環境進行了結構區分。[11]文體學一般不關注人物的行為、外表、環境本身的結構，而會研究作者究竟選擇了什麼詞語來表達這些」虛構事實」[12]。

為了更好地看清問題，我們不妨比較一下邁克爾・圖倫[13]的兩段相關論述：

> 文體學所做的一件至關重要的事情就是在一個公開的、具有共識的基礎上來探討文本的效果和技巧……如果我們都認為海明

徵，因此也引起了文體學家的關注。

[9] Shlomith Rimmo-Kenan, "How the Model Neglects the Medium: Linguistics, Language, and the Crisis of Narratology," *The Journal of Narrative Technique* 19 (1989), p.159.

[10] Rimmon-Kenan, *Narrative Fiction*, pp.57-71.

[11] Rimmon-Kenan, *Narrative Fiction*, pp.57-71.

[12] 當然也有例外，參見 Sara Mills, *Feminist Stylistics* (London and New York: Routledge, 1995), pp.159-63.

[13] Michael J. Toolan 為英國伯明罕大學教授，其主要身份是文體學家，但也從事敘事學的研究。

威的短篇小說《印第安帳篷》或者葉芝的詩歌《駛向拜占庭》
是突出的文學成就的話，那麼構成其傑出性的又有哪些語言成
分呢？為何選擇了這些詞語、小句模式、節奏、語調、對話含
義、句間銜接方式、語氣、眼光、小句的及物性等等，而沒有
選擇另外那些可以想到的語言成分呢？……在文體學看來，通
過仔細考察文本的語言特徵，我們應該可以瞭解語言的結構和
作用。[14]

不難看出，文體學所關注的「技巧」僅僅涉及作者的遣詞造句，
這與敘事學所關注的「技巧」相去甚遠。圖倫對「話語」技巧作了這
樣的界定：

如果我們將故事視為分析的第一層次，那麼在話語這一範疇，
又會出現另外兩個組織層次：一個是文本，一個是敘述。在文
本這一層次，講故事的人選定創造事件的一個特定序列，選定
用多少時間和空間來表達這些事件，選定話語中（變換的）節
奏和速度。此外，還需選擇用什麼細節、什麼順序來表現不同
人物的個性，採用什麼人的視角來觀察和報導事件、場景和人
物……在敘述這一層次，需要探討的是敘述者和其所述事件之
間的關係。由小說中的人物講述的一段嵌入性質的故事與故事
外超然旁觀的全知敘述者講述的故事就構成一種明顯的對照。[15]

這段引語涉及「話語」的部分是對熱奈特、巴爾和里蒙－肯南等
敘事學家對「話語」之論述的簡要總結。上面兩段引語中，都出現了

---

[14] Toolan, *Language in Literature: An Introduction to Stylistics*, London: Arnold, 1998, p.ix.
[15] Toolan, *Narrative: A Critical Linguistic Introduction*, 2nd edition, London: Routledge, 2001, pp.11-12.

「節奏」一詞，但該詞在這兩個不同上下文中的所指實際上迥然相異。在涉及文體學的第一段引語中，「節奏」指的是文字的節奏，而在第二段引語中，「節奏」指的是敘述運動的節奏（詳見上文）。

敘事學和文體學均與時俱進，日益關注讀者和語境。出現了各種後經典敘事學流派和新的文體學流派，包括話語文體學、批評文體學、計算文體學，語用文體學、認知文體學，如此等等。[16]無論採用何種分析模式或批評框架，無論與讀者和語境的關係如何，文體學一般都聚焦於語言特徵的功能和效果，而敘事學則聚焦於結構特徵和結構技巧。

第二節　「話語」和「文體」的差異之源

筆者認為，敘事學的「話語」與文體學的「文體」之間的差異在一定程度上源於這兩個學科與詩歌研究的不同關係。文體學的小說分析與詩歌分析沒有明顯差別，兩者都聚焦于作者的語言選擇（誠然，在兩種文類中，使用語言的方式不盡相同）。與此相對照，敘事學的小說分析在很大程度上擺脫了詩歌分析的傳統，將注意力轉向了文本如何對故事事件進行重新安排。文體學家在小說研究中，沿用了布拉格學派針對詩歌提出的「前景化」（foregrounding）概念。「前景化」是出於特定審美或主題目的而創造的語言上和心理上的突出。相對于普通語言或文本中的語言常規而言，它可表現為對語言、語法、語義規則的違背或偏離，也可表現為語言成分超過常量的重複或排比。語音、辭彙、句型、比喻等各種語言成分的「前景化」，對文體學來說可謂至關重要。在敘事學中，相對語言常規而言的「前景化」這一概念幾乎銷聲匿跡，相對于事件的自然形態而言的「錯序」（如

---

[16] 參見 Katie Wales, *A Dictionary of Stylistics*, 2nd ed. (Harlow, UK: Pearson Education, 2001)；申丹主編：《西方文體學的新發展》，上海：上海外語教育出版社 2008 年。

倒敘、預敘等）則成了十分重要的概念，它特指對事件之間的自然順序（而非對語法規則）的背離。

　　「話語」和「文體」之所以會分道揚鑣，另一根本原因是兩者與語言學建立了不同的關係。文體學採用語言學模式對文字作品加以分析，從而增強了分析力度，但與此同時，又受到語言學的一些限制——局限於文字作品，也局限於語言選擇。與此相對照，敘事學只是比喻性地借鑒語言學。如前所述，熱奈特採用了「時態」這一語言學術語來描述「順序」、「時距」、「頻率」等話語時間與故事時間的關係。就順序而言，「錯序」往往與時態無關，譬如，「當我五年前第一次去學校時」（When I first *went* to school five years ago,...）或「五年之後，我再次見到了他」（Five years later, I *saw* him again）——這兩者用的都是過去時，儘管前者為倒敘，而後者為預敘。值得注意的是，動詞的時態變化通常順應事件或動作的自然形態（過去發生的事用過去時，將來發生的則用將來時），而熱奈特的「錯序」（倒敘、預敘等）則主要涉及話語如何偏離事件的自然順序。在這一點上，熱奈特的「錯序」與動詞的時態變化實質上是對立而非對應的關係。至於「時距」和「頻率」，則更加難以與動詞的時態變化真正掛上鉤。另一語言學術語「語式」與敘述話語中的「語式」（敘述距離與敘述聚焦）之間也僅有比喻性質的關聯。同樣，敘述話語的「語態」（主要涉及敘述層次和類型）跟語法中的「語態」（主動語態或被動語態）也相去甚遠。

　　誠然，敘事學的「話語」和文體學的「文體」也有相重合的範疇，譬如敘述類型、敘述視角和人物話語的表達方式。但即便在這些範疇裡，敘事學研究和文體學研究也不盡相同。就不同敘述類型而言，敘事學「對於敘述者的分析強調的是敘述者相對於其所述故事的結構位置，而不是像語法中的人稱這樣的語言問題」。[17]這種語言問

---

[17]　Shlomith Rimmo-Kenan, "How the Model Neglects the Medium: Linguistics, Language,

題僅僅為文體學家所關注。的確，佔據同樣結構位置的兩位敘述者可
能會對語言做出大相徑庭的選擇，說出截然不同的話，但通常只有文
體學家才會考慮語言選擇上的差異。至於人物話語的表達方式，敘事
學家與文體學家走到一起也是出於不同的原因。敘事學家之所以對表
達人物話語的不同形式感興趣，是因為這些形式是調節敘述距離的重
要工具。敘事學家對語言特徵本身並不直接感興趣，他們的興趣在於
敘述者（及受述者）與敘述對象之間的關係。當這一關係通過語句上
的特徵體現出來時，他們才會關注語言本身（參見本書第五章）。而
文體學家卻對語言選擇本身感興趣，在分析中明顯地更注重不同引語
形式的語言特徵。就敘述視角而言，這是敘事學家和文體學家均頗為
重視的一個領域。傳統上的「視角」或「視點」（point of view）一詞
至少有兩個所指，一為結構上的，即敘事時所採用的視覺（或感知）
角度，它直接作用於被敘述的事件；另一為文體上的，即敘述者在敘
事時通過文字表達或流露出來的立場觀點、語氣口吻，它間接地作
用於事件。敘事學家往往聚焦於前者，文體學家則聚焦於後者[18]。有
趣的是，結構上的視角雖然屬於非語言問題，但在文本中常常只能通
過語言特徵反映出來，有的文體學家因而也對之產生興趣，但在分析
中，更為注重探討語言特徵上的變化。

第三節　跨越「話語」與「文體」的界限

　　有一些視野較為開闊的學者跨越了「文體」與「話語」之間的界
限。就敘事學和文體學這兩個陣營來說，跨學科研究主要來自文體學
這一邊。在敘事學這一邊，里蒙－肯南1989年發表了一篇富有洞見、
引人深思的論文《模式怎樣忽略了媒介》，該文提出了一種「違反直

---

and the Crisis of Narratology," *The Journal of Narrative Technique* 19 (1989), p.159.
[18] 參見申丹《敘述學與小說文體學研究》第三版，北京大學出版社 2005，第 185-89 頁。

覺」的觀點：「排除語言」是造成敘事學的危機的一個根本原因。但里蒙－肯南所說的語言是另外一回事：

> 我說的「語言」到底是什麼呢？我關注的是這一詞語的兩個意思：1）作為媒介的語言，即故事是用文字表達的（而不是用電影鏡頭、默劇動作，如此等等）；2）語言作為動作，即故事是由一個人向另一個人敘述的，且這樣的敘述不僅是述事性質的，而且是施為性質的。[19]

　　里蒙－肯南加了一個注釋來說明語言的第一個意思：「本文與費倫[在1981年出版的《文字組成的世界》中[20]的研究方向迥然相異。費倫說：『然而，我就小說的媒介所提出的問題不會將我們引向小說之外，探討語言與其他表達媒介的相似和相異；而只會使我們關注小說內部的文體問題』（6-7）」。[21] 由於方向不同，里蒙－肯南將注意力從「文體」轉向了語言本身的一些特性：語言的線性、數位性、區分性、任意性、不確定性、可重複性和抽象性等。由於著重點挪到了這樣的」媒介本身的技術和符號特性」上，里蒙－肯南有意繞開了文體問題。至於語言的第二種意思（語言作為動作），里蒙－肯南聚焦於敘述的一般功能和動機，而不是文體。毫不奇怪，她沒有借鑒文體學。

　　敘事學家借鑒文體學的著述為數不多，且一般出自文學語言學家（literary linguists）之手，如弗盧德尼克[22]和赫爾曼[23]。這兩位著名敘

---

[19] Rimmon-Kenan, "How the Model Neglects the Medium," p. 160.

[20] James Phelan, *Worlds from Words* (U of Chicago P, 1981).

[21] Rimmon-Kenan, "How the Model Neglects the Medium," p. 164 n.4.

[22] See Monika Fludernik, *Towards a "Natural" Narratology* (London and New York: Routledge, 1996); Fludernik, "Chronology, Time, Tense and Experientiality in Narrative," *Language and Literature* 12 (2003): 117-34。

[23] See David Herman, *Story Logic* (Lincoln and London: U of Nebraska P, 2002).

事學家在事業起步時同時從事文體學和敘事學研究，然後將重點逐漸
轉向了敘事學領域。他們具有文體學和語言學方面的專長，這在他們
的敘事學論著中依然清晰可見。那麼，為何文體學沒有對其他敘事學
家產生較大影響呢？這可能主要有以下三個原因：（1）不少敘事學
家聚焦於對事件超出語言層面的結構安排，而有意或無意地「排除語
言」；（2）文體學中有不少複雜的語言學術語，這讓圈外人望而生
畏；（3）儘管文體學在英國以及歐洲大陸和澳大利亞等地得到了長
足發展，但20世紀八、九十年代在北美的發展勢頭很弱，[24]而英語國
家的敘事學家大多集中在北美。

　　就文體學陣營而言，出現了不少借鑒敘事學的跨學科論著，包括
保羅·辛普森的《語言、意識形態和視角》[25]，莎拉·米爾斯的《女
性主義文體學》[26]，喬納森·卡爾佩珀的《語言與人物塑造》[27]和彼
得·斯托克韋爾的《認知詩學》[28]。這樣的著述往往橫跨各種學科，
廣為借鑒不同方法，但保持了鮮明的文體學特徵——依然聚焦於語言，
並以語言學為工具。既然這些文體學論著只是借鑒敘事學，因此一般
只是在探討語言的作用時，採用敘事學的模式和概念作為分析框架。

　　值得一提的是，近來的跨學科研究傾向於借鑒認知語言學或認知
科學。認知文體學（認知修辭學、認知詩學）是1990年代開始興起的
新型學科，發展相當迅速，與敘事學領域的認知轉向相呼應。文體
學與敘事學之間的互補關係可見於斯托克韋爾《認知詩學》中的以下
文字：

---

[24] 進入新世紀以來，美國的文體學研究呈現出逐漸復興的態勢。

[25] Paul Simpson, *Language, Ideology, and Point of View* (London & New York: Routledge, 1993).

[26] Sara Mills, *Feminist Stylistics* (London & New York: Routledge, 1995).

[27] Jonathan Culpeper, *Language and Characterization in Plays and Texts* (London: Longman, 2001).

[28] Peter Stockwell, *Cognitive Poetics* (London & New York: Routledge, 2002). 此外，值得注意的是，Katie Wales 所著《文體學辭典》（2nd ed., Essex: Pearson Education Limited, 2001）收入了不少敘事學的概念，有助於促進文體學與敘事學相結合。

文學語境中的這種圖示理論涉及三個不同範疇：世界圖示、文本圖示和語言圖示。世界圖示是與內容有關的圖示；文本圖示體現了我們對世界圖示在文中出現方式的期待，即世界圖示的順序和結構組織；語言圖示包含我們的另一種期待：故事內容以恰當的語言模式和文體形式出現在文中。如果我們將後兩種圖示綜合起來考慮，在文本結構和文體結構上打破我們的期待就會構成話語偏離，這就有可能更新思維圖示……然而，我們也可以從文體特徵與敘事特徵的角度來探討圖式內的主要位置、空缺位置和穿越圖式的路徑。[29]

在此，我們可以清楚地看到故事內容和話語表達之間的界限。誠然，在闡釋過程中，這些不同種類的圖示會同時作用，交互影響。重要的是，「話語」包含兩個範疇：文本結構範疇（敘事學的話語）[30]和語言選擇範疇（文體學的文體）。這與本章所探討的問題直接相關：既然作品表達層涵蓋結構方面（敘事學）的選擇和語言方面（文體學）的選擇，如果僅僅聚焦於其中一個方面，就難以全面揭示」故事是怎樣表達的」。若要全面瞭解敘事作品表達層的運作，就需要將敘事學和文體學的方法接合起來對作品進行探討。

第四節　跨學科實例分析

為了更好地看清敘事學與文體學之間的互補性，我們不妨對海明威的一個短小敘事作品展開跨學科的分析：

They shot the six cabinet ministers at half past six in the morning

---

[29] Stockwell, *Cognitive Poetics*, pp. 80-82. 此處的著重號對應於原文中的黑體，黑體則對應於原文中的斜體。

[30] 當然還有其他的文本組織成分，譬如章節的標題或章節、段落的區分等等。

against the wall of a hospital. There were pools of water in the courtyard. There were wet dead leaves on the paving of the courtyard. It rained hard. All the shutters of the hospital were nailed shut. One of the ministers was sick with typhoid. Two soldiers carried him downstairs and out into the rain. They tried to hold him up against the wall but he sat down in a puddle of water. The other five stood very quietly against the wall. Finally the officer told the soldiers it was no good trying to make him stand up. When they fired the first volley he was sitting in the water with his head on his knees.[31] （他們早晨六點半在一所醫院的圍牆邊槍殺了這六位內閣部長。院子裡有一灘灘的水。院子的路面上有濕漉漉的死了的葉子[32]。下了大雨。醫院所有的百葉窗都用釘子釘死了。一位部長身患傷寒。兩個士兵把他架到了樓下，拖到了雨水中。他們想架著他靠牆站起來，但是他坐到了一灘水裡。另外五位部長非常安靜地靠牆站著。最後，軍官告訴士兵想讓生病的部長站起來是沒用的。士兵們齊射了一排子彈之後，他坐在水中，頭倒在膝蓋上。）

　　這是海明威1924年在巴黎出版的《在我們的時代裡》的一個短篇故事，1925年這一短篇又以插章的形式出現在美國出版的同名集子中。這一故事以一個歷史事件為素材：當希臘在與土耳其的武裝衝突中失敗之後，土耳其士兵1922年在雅典慘無人道地槍殺了六位希臘前內閣部長（包括前首相）。[33]

---

[31] Ernest Hemingway, *In Our Time* (Collier Books Edition, New York: Macmillan, 1986), p.51 (first published: Scribner, 1925).

[32] 在通常情況下，「dead leaves」可譯成「枯葉」，但此處涉及的是大雨剛從樹上打落的樹葉，尚未枯萎。在描述這樣的樹葉時，一般會選用「fallen leaves」（落葉），而海明威為了表達象徵意義，則刻意選用了「dead leaves」。

[33] See Paul Simpson, *Language through Literature* (London & New York: Routledge,

　　從文本結構來說，這篇故事具有重複敘述的突出特徵：分兩次敘述了僅發生了一次的事件。作品以簡要概述開頭，接著是景物描寫，然後再次對同一事件進行了詳細的場景展示。兩種敘述相互呼應，增強了描述效果。

　　在讀這一短篇故事時，讀者會感受到一種明顯的張力：事件本身令人毛骨悚然，但表達方式卻自然平淡。這種張力一方面源於一個敘述方面的特徵：敘述者處於故事之外，超然客觀地觀察所述事件；另一方面，在遣詞造句這一文體層次上，就事論事，不帶任何感情色彩。開篇第一句話：「他們早晨六點半在一所醫院的圍牆邊槍殺了這六位內閣部長」聽起來像是陳述一件很平常的事情，似乎根本沒有加以評論和渲染的必要。在此，我們不妨比較一下海明威曾讀過的對同一事件的一篇新聞報導，其標題是全部大寫的「ATROCITIES MARKED GREEK EXECUTIONS OF FORMER LEADERS」（在希臘處決前領導時的種種暴行）。正文中出現了這麼一些詞語：「那天早上的恐怖（horrors）……可怕的（ghastly）一排人……駭人聽聞的（appalling）情景……」。[34]海明威在創作這一短篇故事時，已經親身體驗了第一次世界大戰的殘暴，在那之前，他還當過專門報導犯罪事件的新聞記者。由於這些經歷，海明威在創作《在我們的時代裡》這一故事集時，聚焦於戰爭、鬥牛和槍殺。可以說，在海明威所描寫的世界裡，暴力和死亡已成為家常便飯。正如這一短篇所示，海明威往往通過事件的可怕和描寫的平淡這兩者之間的張力來微妙地增強效果。對於那些一直處於和平環境中的讀者而言，海明威用習以為常的手法來描述對內閣部長慘無人道的任意殘殺，可能會產生尤其強烈的心理衝擊。

　　這一片段一方面以客觀超脫的敘述立場為特點，另一方面又通過人稱代詞「They」（他們）和定冠詞「*the* six cabinet ministers」（這六

1996), pp.120-22.

[34] See Simpson, *Language through Literature*, p.121.

位內閣部長）等文體選擇，一開始就緊緊抓住了讀者。這些確定的指稱在讀者心中造成了一系列懸念：「他們」為何人？誰是「這六位內閣部長」？這一殘酷事件是在（虛構世界的）何國何地、何年何月何日發生的？雖然海明威在創作這一短篇時，距離那一歷史事件僅有三個月之遙，但讀者在讀到這一短篇時至少已是兩年之後。讀者，尤其是後來的讀者很可能不會將這一短篇故事與那一歷史事件相聯。既然從海明威的作品中無法得知這一事件發生的日期和地點，甚至無法得知人物（內閣部長和士兵）的國籍，這一事件就有了一種超越時空的普適性。海明威似乎在暗示這樣的槍殺可以在任何時候、任何地方發生。

有趣的是，在第一句話裡有一個不定冠詞「a」，這一不定冠詞與前面的人稱代詞「They」和定冠詞「the」等確定的指稱形成一種衝突。請比較：

> They shot the six cabinet ministers at half past six in the morning against the wall of the hospital. （他們早晨六點半在（這所）醫院的圍牆邊槍殺了這六位內閣部長。）
>
> A group of soldiers shot six cabinet ministers at half past six in the morning against the wall of a hospital. （一群士兵早晨六點半在一所醫院的圍牆邊槍殺了六位內閣部長。）

這兩種形式都比海明威的原文顯得自然協調。然而，正是因為自然協調，「醫院」在讀者的閱讀心理中就沒有佔據同樣突出的位置。在海明威的原文中，在確定的指涉中出現的不定冠詞「a」，暗示「一所醫院」是新資訊，而非已知資訊。這一偏離常規的文體選擇似乎在強調這一槍殺事件發生的地點不是刑場，也不是野外，而是在本應救死扶傷的醫院。這一事件與其發生的地點在性質上的矛盾很微妙地突出了事件本身的殘酷。其實，那一歷史上的槍殺事件發生在離城

約1.5英里的郊外，而且是中午時分[35]。身患重病的首相是從醫院拉去的，另五位部長則是從監獄拉去的。在海明威的文本中，這六位部長被槍殺的時間是通常象徵生命蘇醒的黎明時分，地點則是本應救死扶傷的醫院，由此產生了很強的反諷效果。

現在讓我們看看對於這一事件的場景再現。這一場景由六句話組成，其中五句都用於描述身患傷寒的那位部長。在那一歷史事件中。一位本來看似健康的部長在從監獄去刑場的途中因為突發心臟病而去世，但他的屍體仍然被支在活人旁邊，一起被槍決。那麼，海明威為何略去這一慘無人道的事實，而只是重點突出患病部長的遭遇呢？這一結構上的突出很可能源於個人和藝術兩方面的原因。海明威自己在義大利西部前線參戰時受了重傷，這一經歷很可能導致他對患病者的特殊關注和特別同情。也許正因為如此，他才選擇了一所醫院作為槍殺事件的場地。從藝術創作的角度來說，海明威對生病部長的結構安排獨具匠心，很好地表達了槍殺事件的慘無人道。在那一歷史事件中，那位生病的首相被注射了中樞神經興奮劑，與其他部長一起站在那裡被搶決。在海明威的文本中，我們看到的則是一步一步走向高潮的描述：開始是病人不能行走（「兩個士兵把他架到了樓下」），然後是病人無法站立（「他們想架著他靠牆站起來」），最後是病人坐在泥水裡連頭都抬不起來（「他坐在水中，頭倒在膝蓋上」）。最後一句話是全文的結尾，在讀者的閱讀心理中佔有突出位置，很可能會激發讀者對受害者的強烈同情和對兇手的極大憤慨：怎麼忍心射殺這麼一個身患重病的人？描寫其他五位部長的惟一一句話「另外五位部長非常安靜地靠牆站著」，用極為簡練的手法表達了海明威英勇的行為準則：勇敢沈著地面對毀滅和死亡。這句話表達的勇敢沈著與那位患病部長的悲慘境地形成一種對位，達到了某種平衡。同時，還可以通過與闡釋期待相衝突，引起讀者的震驚和讚賞。

---

[35]　See Simpson, *Language through Literature*, p.121.

　　然而，海明威這一插章最為突出的敘事學特徵是「描寫停頓」，即從身處故事之外的敘述者的角度進行景物描寫，這種描寫僅僅佔據文本空間，而不占故事時間，因此被視為故事時間的「停頓」。這一描寫停頓夾在對事件的簡要概述和詳細再現之間，占了約四分之一的文本篇幅：

> There were pools of water in the courtyard. There were wet dead leaves on the paving of the courtyard. It rained hard. All the shutters of the hospital were nailed shut. （院子裡有一灘灘的水。院子的路面上有濕漉漉的死了的葉子。下了大雨。醫院所有的百葉窗都用釘子釘死了。）

　　在海明威的《在我們的時代裡》這一故事集中，其他的插章以對行動和對話的描述為主，很少出現「描寫停頓」。就其他八篇用第三人稱敘述的插章而言，有六篇不含任何純粹的景物描寫，餘下兩篇雖然有這種描寫，但所占文本篇幅要相對少得多。那麼為何在這一插章中，海明威會進行這樣較大比例的純景物描寫呢？要回答這一問題，必須進行細緻的文體分析。在這一結構上突出的「描寫停頓」中，有三個文體特徵被前景化：（1）對於「there were」和「in the courtyard」的重複；（2）第一句話與第二句話之間的反常句號；（3）因果關係在描述上的顛倒。請比較：

> It rained hard. There were pools of water on the ground and wet dead leaves on the paving of the courtyard. （下了大雨。院子裡有一灘灘的水，路面上有濕漉漉的死了的葉子。）

　　這樣一改寫，我們看到的就是一個簡單的景物描繪。而在海明威的原文中，作者卻通過一些偏離常規的文體手法，使景物描寫具有

了象徵意義。對「there were」和「in the courtyard」看上去沒有必要的重複，以及兩句話之間看上去沒有必要的界限使「pools of water」（一灘灘的水）和「dead leaves」（死了的葉子）顯得格外突出。這一前景化的手法與下面會談到的對因果關係的顛倒旨在將「pools of water」（一灘灘的水）與「pools of blood」（一灘灘的血）相聯，以及將「dead leaves」（死了的葉子）與「dead bodies」（屍體）相聯。在英文中，可以說「All my old buddies were gone，I was the last leaf」（「我的一些老夥伴都離去了，就剩下我這片葉子了」）或者「as insignificant as an autumn leaf」（「像一片秋葉那樣無足輕重」）。那六位希臘部長在人類歷史上曾佔據了重要地位，但現在卻像無用的秋天殘葉一樣被清除，他們的屍體就像落葉一樣無足輕重。這顯然與海明威虛無主義的世界觀不無關聯。值得強調的是，此處笨拙的詞語重複和反常的句間界限增加了「水」和「葉」這些象徵物體的語義分量。海明威將「下了大雨」挪到那兩句話之後，顯然更加突出了「一灘灘的水」和「死了的葉子」的地位。在上面的改寫版中，由於先描述「下了大雨」，那麼這一句話在讀者的閱讀心理中就變得較為突出，而「一灘灘的水」和「死了的葉子」則被相對弱化。此外，海明威對於」in the courtyard」（在院子裡）的重複，暗示著這不是普通的「一灘灘的水」和「死了的葉子」，而是在這一發生殘酷槍殺的院子裡面的「一灘灘的血」和「屍體」。再者，句法順序上的偏離常規：先描寫積水、落葉這些下雨造成的結果，再描寫下雨這一原因，起到了減弱自然因果關係的作用，微妙地暗示著這並不是一個簡單的下雨造成積水落葉的問題，而是具有象徵意義的景物描寫。從這一角度來看，可以把「濕漉漉的死了的葉子」看成對浸泡在血水裡的屍體的象徵。且從這一角度來看，我們也能更好地理解海明威的另一重複：「他坐到了一灘水裡」和「他坐在水中，頭倒在膝蓋上」──一個病人蜷縮在血水中的悲慘景象。如果說醫院的院子象徵著一個遍佈屍體和鮮血的殺人場地的話，那麼醫院大樓則象徵著一個巨大的棺材或墳

墓：「醫院所有的百葉窗都用釘子釘死了」。不難看出，這一段富有象徵意義的景物描寫與對事件本身的雙重敘述暗暗呼應，極大地增強了描寫效果。

　　總而言之，若要欣賞海明威是「如何表達故事」的，有必要同時進行敘事學和文體學的分析。敘事學分析聚焦於結構技巧，包括簡要概述與詳細場景再現之間的相互加強，這兩者與插在中間的「描寫停頓」的交互作用，故事外敘述者超脫的觀察角度，對於患病部長結構上的突出和漸進的描述，以及這一描述與對其他受害者的描述之間的對位。另一方面，文體分析聚焦於以下成分：開頭處確定的指稱詞語，它們與不定冠詞「a」之間的對照，對時間、地點和人物國籍的不加說明，詞語的平淡和不加渲染，描寫停頓中前景化的詞語重複、句間界限和偏離規約的句子順序。以上這些敘事特徵和文體特徵交相呼應，相互加強。若要瞭解海明威是「如何」藝術性地表達故事的，就必須考察這兩者之間的相互作用。

第五節　對今後研究和教學的建議

　　儘管近年來綜合採用敘事學和文體學方法來分析作品的學者在增多，但大多數或絕大多數論著和教材仍然是純粹敘事學的或者純粹文體學的，這跟學科分野密切相關。西方現代文體學的特點是將語言學運用於文學研究，在西方學界和大陸英語界，文體學往往被視為一種應用語言學。就「文學文體學」這一流派而言，[36]儘管聚焦於文學的藝術形式，一般也劃歸語言學方向，而敘事學則劃歸文學方向。從事文體學和敘事學的學者往往分別屬於語言（學）陣營和文學陣營，因為學有所專，學者們可能意識不到兩個學科之間的互補作用。再者，

---

[36] 關於文體學不同流派的區分，參見拙著《敘述學與小說文體學研究》第三版第四章以及拙文《再談西方文體學流派的區分》，《外語教學與研究》2008 年第 4 期。

即便同時從事敘事學和文體學的研究與教學，因為兩個學科之間的界限，在撰寫論著、編寫教材和授課時也很可能只顧及一面。敘事學和文體學對於小說藝術形式看似全面，實則片面的探討，很可能會誤導讀者和學生。鑒於目前的這種學科界限，為了讓讀者和學生對於小說的表達層達到更全面的瞭解，特提出以下五條建議：

（1）無論是在敘事學還是在文體學的論著和教材中，都有必要說明小說的藝術形式包含敘述技巧和文體技巧這兩個不同層面（兩者之間在敘述視角和話語表達方式等範疇有所重合）。敘事學聚焦於前者，文體學則聚焦於後者。

（2）在文體學的論著和教材中，有必要對「文體」加以更加明確的界定。威爾士的《文體學辭典》將「文體」界定為「對形式的選擇」[37]或「寫作或口語中有特色的表達方式」[38]。這是文體學界對「文體」通常所做的界定。如前所示，這種籠統的界定掩蓋了「文體」與「話語」的差別，很容易造成對小說藝術形式的片面看法。我們不妨將之改為：「文體」是「對語言形式的選擇」，是「寫作或口語中有特色的文字表達方式」。至於敘事學的「話語」，我們可以沿用以往的定義，如「表達故事的方式」[39]或「能指、敘述、話語或敘事文本本身」[40]，但必須說明，敘事學在研究「話語」時，往往忽略了「文體」這一層次，而「文體」也是「表達故事的方式」或「能指、敘述、話語或敘事文本本身」的重要組成成分，需要採用文體學的方法加以分析。值得注意的是，文體學論著中的語言學模式和術語很可能會令文學領域的學者望而卻步。但至少可以對作品的語言進行「細讀」，深入細緻地分析作者的遣詞造句，以揭示出」故事是如何表達的」所涉及的各種文字技巧。

---

[37] Wales, *A Dictionary of Stylistics*, p. 158.
[38] 同上 , p. 371。
[39] Chatman, *Story and Discourse*, p. 9.
[40] Genette, *Narrative Discourse*, p. 27.

（3）鑒於小說和詩歌在形式層面上的不同，有必要分別予以界定。詩歌（敘事詩除外）的藝術形式主要在於作者對語言的選擇，而小說的藝術形式則不僅在於對語言的選擇，而且在於對敘述技巧的選擇。中外文體學界在探討文體學的作用時，一般都對詩歌和小說不加區分，常見的表述是：「學習文體學可以幫助我們進行文學批評……當一篇小說、一首詩擺在我們面前時，如果我們只滿足於對其內容、社會意義的瞭解，那是不夠的。我們還必須學會分析作家（詩人）是通過什麼樣的語言手段來表現內容的。換句話說，在閱讀文學作品時，我們不僅要知道作者在說些什麼，更要知道他是怎麼說的。」[41]但就小說而言，有必要對其形式層面進行更為全面的界定：當一篇小說擺在我們面前時，如果我們只滿足於對其內容、社會意義的瞭解，那是不夠的。我們還必須學會分析作家是通過什麼樣的敘述技巧和語言手段來表現內容的。

（4）若有條件，應同時開設敘事學課和文體學課，鼓勵學生同時選修這兩門課程。就單一課程而言，也可有意識地促進兩種分析方法的溝通和融合。敘事學的教師也可從文體學中吸取有關方法，引導學生在分析敘述技巧時關注作者通過遣詞造句所創造的相關效果，引導學生注意敘述技巧和文字技巧的相互作用。同樣，文體學的教師可借鑒敘事學的結構區分來搭建分析框架，引導學生在此基礎上對作者的遣詞造句所產生的效果進行探討。

（5）在分析作品時，無論是哪個領域的研究者都可有意識地綜合借鑒兩個學科的方法，同時關注作者的結構安排和遣詞造句。

目前，敘事學和文體學互不通氣的情況依然較為嚴重。從事敘事學教學和研究的學者一般不關注文體學，而從事文體學教學和研究的

---

[41]　秦秀白：《文體學概論》第 2 版，長沙：湖南教育出版社 1994 年版，第 10 頁。

學者一般也不關注敘事學。倘若僅閱讀一個領域的論著，或僅學習一個領域的課程，就很可能會認為文字敘事作品的藝術形式僅僅在於結構技巧或者文字技巧，得到一種片面的印象。希望會有更多的學者看到作為結構技巧的」話語」和作為遣詞造句的「文體」之間的互補性，從而綜合採用敘事學和文體學的方法，對文字敘事作品的形式技巧進行更為全面的分析解讀。

參考文獻

Abbot, H. Porter. *The Cambridge Introduction to Narrative*. Cambridge: Cambridge UP, 2002.

Abrams, M. H., gen. ed. *The Norton Anthology of English Literature*. 5th ed. New York: Norton, 1986. vol. 1.

Alber, Jan. "Impossible Storyworlds — and What to Do with Them." *Storyworlds: A Journal of Narrative Studies* 1 (2009): 79-96.

Allen, Walter. "Narrative Distance, Tone, and Character." *Theory of the Novel*. Ed. John Halperin. New York: Oxford UP, 1974. 323-37.

Anderson, David D. "Sherwood Anderson's Moments of Insight." *Critical Essays on Sherwood Anderson*. Ed. David Anderson. Boston: Hall, 1981.159-60.

Bakhtin, M. M. *The Dialogic Imagination*. Austin: U of Texas P, 1981.

Bal, Mieke. *Narratologie*. Paris: Klincksieck, 1977.

---. "Sexuality, Semiosis and Binarism: A Narratological Comment on Bergen and Arthur." *Arethusa* 16 (1983): 117-35.

---. *Femmes imaginaries*. Paris: Nizet; Montreal: HMH, 1986.

---. *Narratology*. 2nd ed. Trans. C. van Boheemen. Toronto: U of Toronto P, 1997[1985].

---. "Close Reading Today: From Narratology to Cultural Analysis." *Transcending Boundaries: Narratology in Context*. Ed. Walter Grünzweig and Andreas Solbach. Tübingen: Gunter Narr Berlag Tubingen, 1999. 19-40.

Banfield, Ann. *Unspeakable Sentences*. London: Routledge, 1982.

Barthes, Roland. "The Death of the Author." *Image-Music-Text*. London: Fontana, 1977.

Beach, W. Joseph. *The Twentieth Century Novel*. New York: The Century, 1932.

Berry, Faith. *Langston Hughes: Before and Beyond Harlem*. Westport, Connecticut: Lawrence Hill, 1983.

Bierce, Ambrose. "The Crimson Candle." *The Collected Writings of Ambrose Bierce*. New York: The Citadel Press, 1946. 543.

Bjornson, Richard. "Cognitive Mapping and the Understanding of Literature." *SubStance* 30 (1981): 51-62.

Bohner, Charles H. *Classic Short Fiction*. New Jersey: Prentice-hall, 1986.

Booth, Wayne C. *The Rhetoric of Fiction*. Chicago: U of Chicago P, 1961.

---. *The Rhetoric of Fiction*. 2nd ed. Harmondsworth: Penguin Books, 1983.

---. "Distance and Point-of-View." *The Theory of the Novel*. Ed. Philip Stevick. New York: The Free Press, 1967. 87-107.

---. *The Company We Keep: An Ethics of Fiction*. Berkeley: U of California Press, 1988.

---. "Introduction." *Problems of Dostoevsky's Poetics*. Mikhail Bakhtin. Ed. & trans. Caryl Emerson. Minneapolis : U of Minnesota P, 1984. xiii-xxvii.

---. "Resurrection of the Implied Author: Why Bother? " *A Companion to Narrative Theory*. Ed. James Phelan and Peter J. Rabinowitz. Oxford: Blackwell, 2005. 75-88.

Bordwell, David and Kristin Thompson. *Film Art: An Introduction*. 6th ed. New York: McGraw-Hill, 2001.

Bortolussi, Marisa and Peter Dixon. *Psychonarratology*. Cambridge: Cambridge UP, 2003.

Branigan, Edward. *Point of View in the Cinema*. New York: Mouton, 1984.

Bremond, Claude. "Le message narritif." *Communications* 4 (1964): 4-32.

Brewer, Maria Minich. "A Loosening of Tongues: From Narrative Economy to Women Writing." *Modern Language Notes* 99 (1984): 1141-61.

Brooks, Cleanth and Robert Penn Warren. *Understanding Fiction*. New York: Crofts, 1943.

---. *The Scope of Fiction*. New York: Crofts, 1960.

Brooks, Peter. *Reading for the Plot: Design and Intention in Narrative*. Oxford: Clarendon Press, 1984.

Case, Alison A. *Plotting Women*. Charlottesville: Virginia UP, 1999.

---. "Gender and History in Narrative Theory: The Problem of Retrospective Distance in *David Copperfield* and *Bleak House*." *A Companion to Narrative Theory*. Ed. James Phelan and Peter J. Rabinowitz. Oxford: Blackwell, 2005. 312-21.

Cassill, R. V. *The Norton Anthology of Short Fiction: Instructor's Handbook*. New York: Norton, 1977.

Chatman, Seymour. *Story and Discourse: Narrative Structure in Fiction and Film*. Ithaca: Cornell UP, 1978.

---. "The 'Rhetoric' 'of' 'Fiction'." *Reading Narrative*. Ed. James Phelan. Columbus: Ohio State UP, 1989. 40-56.

---. *Coming to Terms*. Ithaca: Cornell UP, 1990.

Cohn, Dorrit. *Transparent Minds*. Princeton: Princeton UP, 1978.

Culler, Jonathan. *Structuralist Poetics*. London: Routledge & Kegan Paul, 1975.

---. *The Pursuit of Signs: Semiotics, Literature, Deconstruction*. Ithaca: Cornell UP, 1981.

Culpeper, Jonathan. *Language and Characterization in Plays and Texts*. London: Longman, 2001.

Currie, Mark. *Postmodern Narrative Theory*. New York: St. Martin, 1998.

Dickens, Charles. *David Copperfield*. Oxford: Oxford UP, 1989.

Diengott, Nilli. "Narratology and Feminism." *Style* 22 (1988): 42-51.

---. "The Implied Author Once Again." *Journal of Literary Semantics* 22 (1993): 68-75.

Donovan, Josephine. "Feminist Style Criticism." *Images of Women in Fiction*. Ed. Susan Koppelman Cornillon. Bowling Green: Bowling Green State UP, 1981. 348-52.

Edmiston, William F. *Hindsight and Insight*. Pennsylvania: The Pennsylvania State UP, 1991.

Feng, Zongxin and Dan Shen. "The Play off the Stage: The Writer-Reader Relationship in Drama." *Language and Literature* 10 [2001]: 79-93.

Fish, Stanley. "Literature in the Reader: Affective Stylistics." *New Literary History* 2 (1970): 123-62.

---. "How to Do Things with Austin and Searle: Speech Act Theory and Literary Criticism." *Modern Language Notes* 91 (1977): 983-1025.

Fludernik, Monika. *Towards a "Natural" Narratology*. London: Routledge, 1996.

---. "Chronology, Time, Tense and Experientiality in Narrative." *Language and Literature* 12 (2003): 117-34.

---. "Natural Narratology and Cognitive Parameters." *Narrative Theory and the Cognitive Sciences*. Ed. David Herman Stanford: CSLI, 2003. 243-67.

---. "Speech Presentation." *Routledge Encyclopedia of Narrative Theory*. Ed. David Herman et. al. London & New York, Routldege, 2005. 558-63.

Forster, E. M. *Aspects of the Novel*. London: Hodder & Stoughton, reprinted, 1993.

Fowler, Roger. *Linguistics and the Novel*. London: Methuen, 1983[1977].

---. *Linguistic Criticism*. Oxford: Oxford UP, 1986.

Friedman, Norman. "Point of View in Fiction: The Development of a Critical Concept." *PMLA* 70 (1955): 1160-84. Reprinted in *The Theory of the Novel*. Ed. Philip Stevick. London: The Free Press, 1967. 108-37.

Genette, Gérard. *Figures III*. Paris: Seuil, 1972.

---. *Narrative Discourse*. Trans. Jane E. Lewin. Ithaca: Cornell UP, 1980.

---. *Narrative Discourse Revisited*. Trans. Jane E. Lewin. Ithaca: Cornell UP, 1988.

Grice, H. P. "Logic and Conversation." *Syntax and Semantics, Vol. 3: Speech Acts*. Ed. Peter Cole and Jerry L. Morgan. New York: Academic Press, 1975. 41-58.

Gunn, Daniel P. "Free Indirect Discourse and Narrative Authority in Emma." *Narrative* 12 (2004): 35-54.

Halliday, M.A.K. *An Introduction to Functional Grammar*. London: Edward Arnold, 1985.

Hawkes, David, trans. *The Story of the Stone*, by Cao Xueqin. Harmondsworth: Penguin, 1973-1980. 3 vols.

Hemingway, Ernest. *In Our Time*. Collier Books Edition, New York: Macmillan, 1986 (first published: Scribner, 1925).

Herman, David. "Introduction." *Narratologies*. Ed. David Herman. Columbus: Ohio State UP, 1999.

---, ed. *Narratologies*. Columbus: Ohio State UP, 1999.

---. *Story Logic*. Lincoln and London: U of Nebraska P,2002.

---, ed. *Narrative Theory and the Cognitive Sciences*. Stanford: CSLI,2003.

---. "Histories of Narrative Theory (I): A Genealogy of Early Developments in the Field." *Blackwell Companion to Narrative Theory*. Ed. James Phelan and Peter Rabinowitz. Oxford: Blackwell, 2005. 19-35.

---. "Cognition, Emotion,and Consciousness." *The Cambridge Companion to Narrative*. Ed. David Herman Cambridge: Cambridge UP, 2007. 245-59.

---. "Narrative Theory and the Intentional Stance." *Partial Answers* 6.2 (2008): 233-60.

---. "Cognitive Narratology." *Handbook of Narratology.* Ed. Peter Hühn et. al. Belin & New York: Walter de Gruyter, 2009.

---. "Beyond Voice and Vision: Cognitive Grammar and Focalization Theory." *Point of View, Perspective,and Focalization.* Ed. Peter Huhn et. al. Berlin: Walter de Gruyter, 2009. 119-42.

---, ed. *The Cambridge Companion to Narrative.* Cambridge: Cambridge UP, 2007.

Herman, David et. al. eds. *Routledge Encyclopedia of Narrative Theory.* London: Routledge, 2005.

Herman, Luc and Bart Vervaeck. "The Implied Author: A Secular Excommunication." *Style* 45.1 (2011): 11-28.

Homans, Margaret. "Feminist Fictions and Feminist Theories of Narrative." *Narrative* 2 (1994): 3-16.

Howe, Irvine. *Sherwood Anderson.* Stanford: Stanford UP, reprinted 1968.

Hühn, Peter et. al. eds. *Handbook of Narratology.* Belin & New York: Walter de Gruyter, 2009, 2nd edition, 2014.

Jahn, Manfred. "Windows of Focalization: Deconstructing and Reconstructing a Narratological Concept," *Style* 30.2 (1996): 241-67.

---. "Frames, Preferences,and the Reading of Third-Person Narratives: Toward a Cognitive Narratology." *Poetics Today* 18 (1997): 441-68.

---. "The Mechanics of Focalization: Extending the Narratological Toolbox." *GRATT* 21 (1999): 85-110.

---. "'Speak, Friend,and Enter': Garden Paths,Artificial Intelligence,and Cognitive Narratology." *Narratologies.* Ed. David Herman. Columbus: Ohio State UP, 1999. 167-94.

---. "Cognitive Narratology." *Routledge Encyclopedia of Narrative Theory*. Ed. David Herman et. al. London: Routledge, 2005. 67-71.

---. "Focalization." *Routledge Encyclopedia of Narrative Theory*. Ed. David Herman et. al. London & New York: Routledge, 2005. 173-77.

---. "Focalization." *The Cambridge Companion to Narrative*. Ed. David Herman. Cambridge UP, 2007. 94-108.

Jameson, Fredric. *Marxism and Form*. Princeton: Princeton UP, 1971.

Kafalenos, Emma. "Not (Yet)Knowing: Epistemological Effects of Deferred and Suppressed Information in Narrative." *Narratologies*. Ed. David Herman. Columbus: Ohio State UP, 1999. 33-65.

Kearns, Michael. *Rhetorical Narratology*. Lincoln: U of Nebraska P, 1999.

Keating, Patrick. "Point of View (Cinema)." *Routledge Encyclopedia of Narrative Theory*. Ed. David Herman et. al. London & New York: Routledge,2005. 440-41.

Kindt, Tom and Hans-Harald Müller. "Six Ways Not to Save the Implied Author." *Style* 45.1 (2011): 67-79.

Knapp, Steven and Walter Benn Michaels. "Against Theory." *Critical Inquiry* 8 (1992): 723-42.

Labov, William and Joshua Waletzky. "Narrative Analysis: Oral Versions of Personal Experience." *Essays on the Verbal and Visual Arts*. Ed. June Helm. Seattle: U of Washington P, 1967.12-44.

Lamarque, Peter. "The Death of the Author: An Analytical Autopsy." *British Journal of Aesthetics* 30 (1990): 319-31.

Langacker, Ronald W. *Foundations of Cognitive Grammar*, Vol. 1. Stanford: Stanford UP, 1987.

Lanser, Susan S. *The Narrative Act: Point of View in Prose Fiction*. Princeton: Princeton UP, 1981.

---. "Shifting the Paradigm: Feminism and Narratology." *Style* 22 (1988): 52-60.

---. "Toward a Feminist Narratology." *Style* 20 (1986): 341-63. Reprinted in *Feminisms*. Ed. Robyn R. Warhol and Diane Price Herndl. New Jersey: Rutgers UP, 1991. 610-29.

---. *Fictions of Authority: Women Writers and Narrative Voice.* Ithaca: Cornell UP, 1992.

---. "Sexing the Narrative: Propriety,Desire,and the Engendering of Narratology." *Narrative* 3 (1995): 85-94.

Leech, Geoffrey and Michael Short. *Style in Fiction.* London: Longman, 1981.

Leitch, Thomas M. *What Stories Are.* University Park: The Pennsylvania State UP, 1986.

Lodge, David. *Language of Fiction.* New York: Columbia UP, 1966.

Lothe, Jakob. *Narrative in Fiction and Film.* Oxford: Oxford UP, 2000.

Lubbock, Percy. *The Craft of Fiction.* New York: Viking P, 1957.

McHale, Brian. "Free Indirect Discourse: A Survey of Recent Accounts." *Poetics and Theory of Literature* 3 (1978): 249-87.

---. "Speech Representation." *Handbook of Narratology.* Ed. Peter Hühn et. al. Belin & New York: Walter de Gruyter, 2009. 434-46.

Mezei, Kathy, ed. *Ambiguous Discourse.* Chapel Hill: U of North Carolina P, 1996.

---. "Who is Speaking Here? Free Indirect Discourse, Gender, and Authority in Emma, Howards End, and Mrs. Dallowy." *Ambiguous Discourse.* Ed. Kathy Mezei. Chapel Hill: U of North Carolina P, 1996. 66-92.

Mills, Sara. *Feminist Stylistics.* London: Routledge, 1995.

Morrison, Sister Kristin. "James's and Lubbock's differing Points of View," *Nineteenth-Century Fiction* 16.3 (1961): 245-55.

Nelles, William. "Getting Focalization into Focus." *Poetics Today* 11.2 (1990): 365-82.

---. "Historical and Implied Authors and Readers." *Comparative Literature* 45.1 (1993): 22-46.

Niederhoff, Burkhard. "Focalization." *Handbook of Narratology*. Ed. Peter Hühn et. al. Belin & New York: Walter de Gruyter, 2009. 115-23

---. "Perspective/Point of View." *Handbook of Narratology*. Ed. Peter Hühn et. al. Belin & New York: Walter de Gruyter, 2009. 384-97.

Nünning, Ansgar F. "Deconstructing and Reconceptualizing the Implied Author: The Resurrection of an Anthropomorphized Passepartout or the Orbituary of a Critical Phantom?" *Anglistik. Organ des Verbandes Deutscher Anglisten* 8 (1997): 95-116.

---. "Unreliable, Compared to What? Towards a Cognitive Theory of Unreliable Narration: Prolegomena and Hypotheses." *Transcending Boundaries: Narratology in Context*. Ed. Walter Grunzweig and Andreas Solbach. Tubingen: Gunther Narr Verlag, 1999. 53-73.

---. "Implied Author." *Routlege Encyclopedia of Narrative Theory*. Ed. David Herman et. al. London: Routledge, 2005. 239-40.

---. "Reconceptualizing Unreliable Narration: Synthesizing Cognitive and Rhetorical Approaches." *A Companion to Narrative Theory*. Ed. James Phelan and Peter J. Rabinowitz. Oxford: Blackwell, 2005. 89-107.

---. "Reliability." *Routledge Encyclopedia of Narrative Theory*. Ed. David Herman et. al. London: Routledge, 2005. 495-97.

Nünning, Vera. "Unreliable Narration and the Historical Variability of Values and Norms: The 'Vicar of Wakefield' as a Test Case of a Cultural-Historical Narratology." *Style* 38 (2004): 236-52.

O'Neill, Patrick. *Fictions of Discourse: Reading Narrative Theory*. Toronto: U of Toronto P, 1994.

Olson, Greta. "Reconsidering Unreliability: Fallible and Untrustworthy Narrators." *Narrative* 11.1 (2003): 93-109.

Onega, Susana and José Angel Garcia Landa. *Narratology: An Introduction.* London: Longman, 1996.

Page, Norman. *Speech in the English Novel.* London: Longman, 1973.

---. *Speech in the English Novel.* 2nd ed. London: Macmillan, 1988.

Page, Ruth. *Literary and Linguistic Approaches to Feminist Narratology.* New York: Palgrave MacMillan, 2006.

---. "Gender." *The Cambridge Companion to Narrative.* Ed. David Herman. Cambridge: Cambridge UP, 2007. 189-202.

Palmer, Alan. *Fictional Minds.* Lincoln and London: U of Nebraska P, 2004.

---. "Thought and Consciousness Representation (Literature)." *Routledge Encyclopedia of Narrative Theory.* Ed. David Herman et. al. London, Routldege, 2005. 602-7.

Pascal, Roy. *The Dual Voice.* Manchester: Manchester UP, 1977.

Petrey, Sandy. *Speech Acts and Literary Theory.* London: Routledge, 1990.

Pfister, Manfred. *The Theory and Analysis of Drama.* Cambridge: Cambridge UP, 1984.

Poe, Edgar Allen. "The Fall of the House of Usher." *18 Best Stories by Edgar Allan Poe.* New York: Dell Publishing, 1965. 21-40.

Phelan, James. *Worlds from Words.* U of Chicago P, 1981.

---. *Reading People,Reading Plots.* Chicago: U of Chicago P, 1989.

---. *Narrative as Rhetoric.* Columbus: Ohio State UP, 1996.

---. "Why Narrators Can Be Focalizers." *New Perspectives on Narrative Perspective.* Ed. Willie van Peer and Seymour Chatman. Albany: State U of New York P, 2001. 51-64.

---. *Living to Tell about It.* Ithaca: Cornell UP, 2005

---. "Narrative Judgments and the Rhetorical Theory of Narrative." *A Companion to Narrative Theory*. Ed. James Phelan and Peter J. Rabinowitz. Oxford: Blackwell, 2005. 322-36.

---. "The Chicago School." *Routledge Encyclopedia of Narrative Theory*. Ed. David Herman et. al. London & New York, Routledge, 2005. 57-59.

---. *Experiencing Fiction*. Columbus: The Ohio State UP, 2007.

---. "Estranging Unreliability, Bonding Unreliability, and the Ethics of *Lolita*." *Narrative* 15.2 (2007), pp. 222-38.

--- and Mary Patricia Martin. "The Lessons of 'Waymouth': Homodiegesis, Unreliability, Ethics and 'The Remains of the Day'." *Narratologies*. Ed. David Herman. Columbus: Ohio State UP, 1999. 88-112.

Phelan, James and Peter J. Rabinowitz,eds. *A Companion to Narrative Theory*. Oxford: Blackwell, 2005.

Plato. *The Republic*. London: Penguin,2003.

Pratt, Mary Louise. *Towards a Speech Act Theory of Literary Discourse*. Bloomington: Indiana UP, 1977.

Prince, Gerald. *Narratology: The Form and Functioning of Narrative*. New York: Mouton, 1982.

---. "Narratology." *The Johns Hopkins Guide to Literary Theory and Criticism*. Ed. Michael Groden and Martin Kreiswirth. Baltimore: The Johns Hopkins UP, 1994. 524-27.

---. "A Point of View on Point of View or Refocusing Focalization." *New Perspectives on Narrative Perspective*. Ed. Willie van Peer and Seymour Chatman. Albany: State U of New York P, 2001. 43-50.

---. *A Dictionary of Narratology*. Revised ed. Lincoln: U of Nebraska P, 2003[1987].

---."Point of View (Literary)." *Routledge Encyclopedia of Narrative Theory*. Ed. David Herman et. al. London & New York: Routledge, 2005. 442-43.

Propp, Vladimir. *Morphology of the Folktale*,2nd edition. Trans. Laurence Scott. Austin: U of Texas P, 1968.

Rabinowitz, Peter J. "Truth in Fiction: A Reexamination of Audiences." *Critical Inquiry* 4 (1976): 121-41.

---. *Before Reading*. Ithaca: Cornell UP,1987.

Richards, I. A. *Practical Criticism*. New York: Harcourt,Brace and Company, 1929.

Richardson, Brian. "'Time is out of Joint': Narrative Models and the Temporality of the Drama." *Poetics Today* 8 (1987): 299-309.

---. "Recent Concepts of Narrative and the Narratives of Narrative Theory." *Style* 34 (2000): 168-75.

---. "Denarration in Fiction: Erasing the Story in Beckett and Others." *Narrative* 9 (2001): 168-75.

---. *Unnatural Voices*. Columbus: Ohio State UP, 2006.

Rimmon-Kenan,Shlomith. "How the Model Neglects the Medium: Linguistics, Language, and the Crisis of Narratology." *The Journal of Narrative Technique* 19 (1989): 157-66.

---. *Narrative Fiction: Contemporary Poetics*. 2nd ed. London: Routledge, 2002.

Robinson, Sally. *Gender and Self-Representation in Contemporary Women's Fiction*. Albany: State U of New York P, 1991.

Ron, Moshe. "Free Indirect Discourse,Mimetic Language Games and the Subject of Fiction." *Poetics Today* 2 (1981): 17-39.

Ryan, Marie-Laure. *Possible Worlds, Artificial Intelligence,and Narrative Theory*. Bloomington: Indiana UP, 1991.

---. "Allegories of Immersion: Virtual Narration in Postmodern Fiction." *Style* 29 (1995): 262-87.

---. "Cognitive Maps and the Construction of Narrative Space." *Narrative Theory and the Cognitive Sciences*. Ed. David Herman. Stanford: CSLI, 2003. 214-15.

---. "Meaning, Intent, and the Implied Author." *Style* 45.1 (2011): 29-47.

Saussure, Ferdinand. *Course in General Linguistics*. Ed. and trans. Wade Baskin. London: Peter Owen, 1959.

Schorer,Mark. "Technique as Discovery." *20ᵗʰ Century Literary Criticism: A Reader*. Ed. David Lodge. London: Longman, 1972. 387-402.

Schwarz, Daniel. "Performative Saying and the Ethics of Reading: Adam Zachary Newton's 'Narrative Ethics'." *Narrative* 5 (1997): 188-206.

Searle, John R. *Expression and Meaning*. Cambridge: Cambridge UP, 1979.

Seyler, Dorothy and Richard Wilan. *Introduction to Literature*. California: Alfred, 1981.

Shen, Dan. "Unreliability and Characterization." *Style* 23 (1988): 300-11.

---. "On the Aesthetic Function of Intentional 'Illogicality' in English-Chinese Translation of Fiction." *Style* 22 (1988): 628-35.

---. "Narrative, Reality and Narrator as Construct: Reflections on Genette's Narration." *Narrative* 9 (2001): 123-29.

---. "Breaking Conventional Barriers: Transgressions of Modes of Focalization." *New Perspectives on Narrative Perspectiv*. Ed.Willie van Peer and Seymour Chatman. State U of New York P, 2001.159-72.

---. "Defense and Challenge: Reflections on the Relation Between Story and Discourse." *Narrative* 10 (2002): 422-43.

---. "Difference Behind similarity: Focalization in First-Person Narration and Third-Person Center of Consciousness." *Acts of Narrative*. Ed. Carol Jacobs and Henry Sussman. Stanford: Stanford UP, 2003. 81-92.

---. "What Do Temporal Antinomies Do to the Story-Discourse Distinction?: A Reply to Brian Richardson's Response." *Narrative* 11 (2003): 237-41.

---. "Why Contextual and Formal Narratologies Need Each Other." *JNT: Journal of Narrative Theory* 35.2 (2005): 141-71.

---. "Narrating." *Routledge Encyclopedia of Narrative Theory*. Ed. David Herman et. al. London: Routledge, 2005. 338-39.

---. "Mood." *Routledge Encyclopedia of Narrative Theory*. Ed. David Herman et. al. London: Routledge, 2005. 322.

---. "Mind-style." *Routlege Encyclopedia of Narrative Theory*. Ed. David Herman et. al. London: Routledge, 2005. 311-12.

---. "Story-Discourse Distinction." *Routledge Encyclopedia of Narrative Theory*. Ed. David Herman et. al. London & New York, Routledge, 2005. 566-68.

---. "How Stylisticians Draw on Narratology: Approaches, Advantages, and Disadvantages." *Style* 39.4 (2005): 381-95.

---. "What Narratology and Stylistics Can Do for Each Other." *A Companion to Narrative Theory*. Oxford: Blackwell, 2005: 136-49.

---."Booth's *The Rhetoric of Fiction* and China's Critical Context." *Narrative* 15.2 (2007): 167-86.

---. "Internal Contrast and Double Decoding: Transitivity in Hughes's 'On the Road'." *Journal of Literary Semantics* 36 (2007): 53-70.

---. "The Stylistics of Narrative Fiction." *Language and Style*. Ed. Dan McIntyre and Beatrix Busse. Hampshire and New York: Palgrave MacMillian, 2010. 225-49.

---. "What is the Implied Author?" *Style* 45.1 (2011): 80-98.

---. "Neo-Aristotelian Rhetorical Narrative Study: Need for Integrating Style, Context and Intertext." *Style* 45.4 (2011): 576-97.

---. "Implied Author, Authorial Audience, and Context: Form and History in Neo-Aristotelian Rhetorical Theory." *Narrative* 21.2 (May 2013): 140-58.

---. "Unreliability." *Living Handbook of Narratology*. Ed. Peter Huhn et. al. Hamburg: Hamburg UP (http://wikis.sub.uni-hamburg.de/lhn/index. php/Unreliability, accessed December 21, 2013).

---. *Style and Rhetoric of Short Narrative Fiction: Covert Progressions Behind Overt Plots*. New York and London: Routledge, 2014. 191-205

---. "Chapter 11 Stylistics and Narratology." *The Routledge Handbook of Stylistics*. Ed. Michael Burke. London and New York: Routledge, 2014.

--- and Dejin Xu. "Intratextuality, Extratextuality, Intertextuality: Unreliability in Autobiography versus Fiction."*Poetics Today* 28.1 (2007), 43-87.

Sherard, Tracey Lynn. "Gender and Narrative Theory in the Twentieth-Century Novel." Unpublished Ph.D. dissertation. Washington State U, 1998.

Shklovsky, Victor. "Sterne's *Tristram Shandy*: Stylistic Commentary," *Russian Formalist Criticism: Four Essays*. Trans. Lee T. Lemon & Marion J. Reis. Lincoln: U of Nebraska P, 1965. 25-56.

Simpson, Paul. *Language, Ideology, and Point of View*. London & New York: Routledge, 1993.

---. *Language through Literature*. London & New York: Routledge, 1996.

Sperber, Dan and Dierdre Wilson. *Relevance: Communication and Cognition*, 2nd edition. Cambridge, Mass.: Harvard UP, 1995.

---. "Loose Talk." *Pragmatics: A Reader*. Ed. Steven Davis. Oxford UP, 1991. 540-49.

Stanzel, F. K. *A Theory of Narrative*. Cambridge: Cambridge UP, 1984.

Stefanescu, Maria. "Revisiting the Implied Author Yet Again: Why (Still)Bother?" *Style* 45.1 (2011): 48-66.

Sternberg, Meir. *Expositional Modes and Temporal Ordering in Fiction*. Baltimore, MD: Johns Hopkins UP, 1978.

Stevick, Philip, ed. *The Theory of the Novel*. London: The Free Press, 1967.

Stockwell, Peter. *Cognitive Poetics*. London & New York: Routledge, 2002.

Talmy, Leonard. *Towards a Cognitive Semantics*, Vols. 1 and 2. Cambridge, MA: MIT Press, 2000.

Todorov, Tzvetan. "Les catégories du récit littéraire." *Communications* 8 (1966): 125-51.

---. *Litterature et signification*. Paris: Larousse, 1967.

---. *Grammaire du Décaméron*. The Hague: Mouton, 1969.

---. "Structural Analysis of Narrative," *Contemporary Literary Criticism*. Ed. Robert Con Davis. New York & London: Longman, 1986. 323-329.

Tomashevsky, Boris. "Thematics." *Russian Formalist Criticism: Four Essays*. Trans. Lee T. Lemon & Marion J. Reis. Lincoln: U of Nebraska P, 1965. 61-139.

Toolan, Michael J. *Language in Literature: An Introduction to Stylistics*. London: Arnold, 1998.

---. *Narrative: A Critical Linguistic Introduction* 2nd ed: Routledge, 2001.

Tracy, Laura. "Catching the Drift." *Authority,Gender,and Narrative Strategy in Fiction*. New Brunswick, N. J.: Rutgers UP, 1988.

Uspensky, Boris. *A Poetics of Composition*. Berkeley: U of California P, 1973.

van Peer, Willie and Seymour Chatman,eds. *New Perspectives on Narrative Perspective*,New York: SUNY, 2001.

Wales, Katie. *A Dictionary of Stylistics*. 2nd ed. Essex: Pearson Education Limited, 2001.

Warhol, Robyn R. "Toward a Theory of the Engaging Narrator: Earnest Interventions in Gaskell, Stowe,and Eliot." *PMLA* 101 (1986): 811-18.

---. *Gendered Interventions: Narrative Discourse in the Victorian Novel*. New Brunswick, N. J.: Rutgers UP, 1989.

---. "The Look, the Body, and the Heroine of Persuasion: A Feminist-Narratological View of Jane Austen." *Ambiguous Discourse*. Ed. Kathy Mezei. Chapel Hill: U of North Carolina P, 1996. 21-39.

---. *Having a Good Cry: Effeminate Feelings and Narrative Forms*. Columbus: Ohio State UP, 2003.

---. "Feminist Narratology." *Routledge Encyclopedia of Narrative Theory*. Ed. David Herman et. al. London & New York, Routldege, 2005. 161-63.

Warhol-Down, Robyn R. "Chapter 14 Gender." *Teaching Narrative Theory (Options for Teaching)*. Ed. David Herman, et. al. New York: MLA, 2010.

Wimsatt, W. K. and Monroe C. Beardsley. *The Verbal Icon*. Lexington, Kentucky: U of Kentucky P, 1954.

Yacobi, Tamar. "Fictional Reliability as a Communicative Problem." *Poetics Today* 2 (1981): 113-26.

---. "Narrative and Normative Pattern: On Interpreting Fiction." *Journal of Literary Studies* 3 (1987): 18-41.

---. "Interart Narrative: (Un)Reliability and Ekphrasis." *Poetics Today* 21 (2000): 708-47.

---. "Pachage Deals in Fictional Narrative: The Case of the Narrator's (Un) Reliability." *Narrative* 9 (2001): 223-29.

---. "Authorial Rhetoric, Narratorial (Un)Reliability, Divergent Readings: Tolstoy's 'Kreutzer Sonata'." *A Companion to Narrative Theory*. Ed. James Phelan and Peter J. Rabinowitz,Oxford: Blackwell, 2005. 108-23.

Yang, Hsienyi and Gladys Yang, trans. *A Dream of Red Mansions*, by Cao Xueqin. Beijing: Foreign Languages Press, 1978. 3 vols.

Zerweck, Bruno. "Historicizing Unreliable Narration: Unreliability and Cultural Discourse in Narrative Fiction." *Style* 35.1 (2001): 151-80.

Zunshine, Lisa. *Why We Read Fiction: Theory of Mind and the Novel*. Columbus: Ohio State UP, 2006.

陳順馨：《中國當代文學的敘事與性別》，北京：北京大學出版社，1995。

狄更斯：《荒涼山莊》，黃邦傑等譯，上海：上海譯文出版社 1979 年。

費倫：《作為修辭的敘事》，陳永國譯，北京：北京大學出版社 2002 年。

蘭瑟：《虛構的權威》，黃必康譯，北京：北京大學出版社 2002 年。

普魯斯特：《追憶似水年華》下冊，李恒基等譯，南京：譯林出版社 1994 年。

熱奈特：《敘事話語、新敘事話語》，王文融譯，北京：中國社會科學出版社 1990 年。

秦秀白：《文體學概論》第 2 版，長沙：湖南教育出版社 1994 年。

申丹：《究竟是否需要「隱含作者」？》，《國外文學》2000 年第 3 期。

申丹：《多維 · 進程 · 互動：評詹姆斯 · 費倫的後經典修辭性敘事理論》，《國外文學》2002 年第 2 期。

申丹：《再談西方文體學流派的區分》，《外語教學與研究》2008 年第 4 期。

申丹：《敘述學與小說文體學研究》第三版，北京大學出版社 2005，第三次印刷 2007 年。

申丹主編：《西方文體學的新發展》，上海：上海外語教育出版社 2008 年。

申丹、韓加明、王麗亞：《英美小說敘事理論研究》（2005），北京：北京大學出版社 2009 年第 3 次印刷。

王傑紅：《作者、讀者與文本動力學—詹姆斯 · 費倫〈作為修辭的敘事〉的方法論詮釋》，《國外文學》2004 年第 3 期。

王泰來等編譯：《敘事美學》，重慶：重慶出版社 1987 年版。

楊俊蕾：《從權利、性別到整體的人—— 20 世紀歐美女權主義文論述要》，《外國文學》2002 年第 5 期。

張京媛主編：《當代女性主義文學批評》的前言，北京：北京大學出版社出版 1992 年。

朱小舟：《「言語行為理論與〈傲慢與偏見〉中的反諷》，《外語與外語教學》2002 年第 8 期。

附錄

也談「敘事」還是「敘述」？ *

内容提要：漢語中「敘事」與「敘述」兩個術語的使用日益混亂，這讓很多學者備感憂慮。趙毅衡率先在《外國文學評論》上發表專文，就兩個術語的使用展開探討，主張摒棄「敘事」而統一採用「敘述」。本文參與這一討論，從語言的從眾原則、學理層次、使用方便性等三方面加以論證，說明在哪些情況下應該採用「敘述」，而在哪些情況下則依然應該採用「敘事」。

關鍵字：敘事、敘述、從眾原則、學理層面、澄清混亂

＊　此文原發表於《外國文學評論》2009 年第 2 期。

　　趙毅衡先生在《外國文學評論》2009年第2期發表了《「敘事」還是「敘述」？——一個不能再「權宜」下去的術語混亂》一文，提出「兩詞不分成問題，兩詞過於區分恐怕更成問題」。該文主張不要再用「敘事」，而要統一採用「敘述」，包括派生詞組「敘述者」，「敘述學」，「敘述理論」，「敘述化」等。然而，筆者認為這種不加區分，一律採用「敘述」的做法不僅於事無補，而且會造成新的問題，因為在很多情況下，有必要採用「敘事」一詞。

一、語言的從眾原則

　　趙毅衡為摒棄「敘事」而僅用「敘述」提供的第一個理由是「語言以從眾為原則」，而從眾的依據則僅為「百度」搜尋引擎上的兩個檢索結果：「敘述」一詞的使用次數是「敘事」的兩倍半，「敘述者」的使用次數則是「敘事者」的4倍。然而，趙毅衡沒有注意到，同樣用「百度」檢索（2009年6月12日），「敘事研究」的使用次數（136,000）高達「敘述研究」（7,410）的18倍；「敘事學」的使用次數（137,000）也是「敘述學」（28,000）的4.9倍；「敘事理論」的使用次數（28,700）為「敘述理論」（3480）的8倍；「敘事化」的使用次數（7,180）也是「敘述化」（1730）的4倍。此外，「敘事模式」的使用次數（108,000）是「敘述模式」（38,900）的2.8倍；「敘事藝術」的使用次數（121,000）則接近「敘述藝術」（15,400）的8倍；「敘事結構」的使用次數（232,000）也幾乎是「敘述結構」（34,000）的7倍；「敘事作品」的使用次數（26,800）則高達「敘述作品」（2,520）的10倍；「敘事文學」的使用次數（51,500）則更是高達「敘述文學」（3,320）的15倍。

　　既然探討的是學術術語，我們不妨把目光從大眾網站轉向學術研究領域。據中國學術期刊網路出版總庫「哲學與人文科學」專欄的檢索，從1994年（該總庫從該年開始較為全面地收錄學術期刊）至2009年（截至6月12日），標題中採用了「敘事」一詞的論文共有8386篇

（占總數的74.6%），而採用了「敘述」一詞的則僅有2126篇（僅占總數的25.4%）；關鍵字中採用了「敘事」一詞的共有4383篇（占總數的93.9%），而採用了「敘述」一詞的則只有267篇（僅占總數的6.1%──前者多達後者的16倍）。此外，標題中採用了「敘事學」一詞的共有358篇（占總數的80%），而採用了「敘述學」一詞的則只有72篇（僅占總數的20%）；關鍵字中採用了「敘事學」的共有318篇（占總數的83.6%），而採用了「敘述學」的則只有52篇（僅占總數的16.4%）。與此相類似，標題中採用了「敘事理論」一詞的共有86篇（占總數的91.7%），而採用了「敘述理論」的則只有8篇（僅占總數的9.3%）；關鍵字中採用了「敘事理論」的共有45篇（占總數的93.3%），而採用了「敘述理論」的則只有3篇（僅占總數的6.7%）。[1]

　　讓我們再看看在這一學術資料庫的同期檢索中，「敘事」和「敘述」其他派生詞組的使用情況。標題中採用了「敘事藝術」一詞的論文共有443篇而採用了「敘述藝術」的則只有49篇（前者高達後者的9倍），關鍵字中採用了「敘事藝術」的共有250篇而採用了「敘述藝術」的則只有26篇（前者也是後者的9倍）；標題中採用了「敘事結構」一詞的論文共有309篇而採用了「敘述結構」的則只有34篇（前者也高達後者的9倍），關鍵字中採用了「敘事結構」的共有455篇而採用了「敘述結構」的則僅有74篇（前者為後者的6倍）；標題中採用了「敘事策略」一詞的論文共有487篇而採用了「敘述策略」的只有78篇（前者也是後者的6倍），關鍵字中採用了「敘事策略」的共有372篇而採用了「敘述策略」的則只有85篇（前者為後者的4倍）；標題中採用了「敘事模式」一詞的論文共有309篇而採用了「敘述模

---

[1]　據該資料庫的檢索，1994 年至 2009 年，只有兩篇論文在標題或關鍵字中用了「敘述化」，也只有一篇論文在標題或關鍵字中用了「敘事化」；但有 73 篇論文在標題中採用了「敘事性」，為「敘述性」（17 篇）的 4 倍，且有 113 篇論文在關鍵字中用了「敘事性」，為「敘述性」（23 篇）的 5 倍。

式」的僅有70篇（前者也是後者的4倍），關鍵字中採用了「敘事模式」的共有346篇而採用了「敘述模式」的只有62篇（前者為後者的5.6倍）；標題中採用了「敘事作品」一詞的共有29篇而採用了「敘述作品」一詞的僅有1篇；關鍵字中採用了「敘事作品」的共有34篇而採用了「敘述作品」的也僅有1篇。

也就是說，在學術研究領域，絕大部分論著採用「敘事」，而非「敘述」，但有一個例外，即「敘述者」。這個學術期刊資料庫與「百度」這一大眾搜尋引擎都顯示出對「敘述者」的偏愛。在該學術資料庫中，標題中採用了「敘述者」一詞的論文有210篇（占總數的87.1%），而採用「敘事者」的則僅有27篇（占總數的12.9%）；關鍵字中採用了「敘述者」的共有652篇（占總數的90.5%），而採用了「敘事者」的則只有62篇（僅占總數的9.5%）。筆者一向主張用「敘述者」，而不要用「敘事者」，這與趙毅衡提到的「從眾原則」倒是相符，但正如下文將要說明的，筆者的依據並不是因為從眾的需要，而是出於學理層面的考慮。至於中心術語「敘事」和「敘述」以及其他各種派生詞組，根據趙毅衡的「從眾」原則，在學術研究領域就應摒棄「敘述」而僅保留在使用頻次上占了絕對優勢的「敘事」，這與他的主張恰恰相反。筆者認為，出於學理層面的考慮，應該具體情況具體分析，有的情況下需採用「敘事」，有的情況下則需採用「敘述」。

二、學理層面的考慮

在學理層面，首先讓我們看看漢語中「敘事」和「敘述」這兩個詞的結構。「敘事」一詞為動賓結構，同時指涉講述行為（敘）和所述對象（事）；而「敘述」一詞為聯合或並列結構，重複指涉講述行為（敘＋述），兩個詞的著重點顯然不一樣。趙毅衡在文中引出了《古今漢語詞典》的定義，「敘述」：對事情的經過做口頭或書面的說明和交待；「敘事」：記述事情。趙毅衡僅看到兩者的這一

區別：「敘述」可以口頭可以書面，而「敘事」則只能書面。正如趙毅衡所說，這一區分在研究中站不住。但趙毅衡忽略了另一至關重要的區別，「敘述」強調的是表達行為——「做口頭或書面的說明和交待」，而「敘事」中，表達行為和表達對象則佔有同樣的權重。讓我們再看看《現代漢語詞典》（2002年版）對於「敘事」和「敘述」的界定：

> 敘述：把事情的前後經過記載下來或說出來
> 敘事：敘述事情（指書面的）：敘事文／敘事詩／敘事曲
> （敘事詩：以敘述歷史或當代的事件為內容的詩篇）

　　正是因為「敘述」僅強調表達行為，而「敘事」（敘述＋事情）對表達行為和所述內容予以了同等關注，因此在涉及作品時，一般都用「敘事作品」或「敘事文學」（「敘事文」、「敘事詩」、「敘事曲」），而不用「敘述作品」或「敘述文學」。而既然「敘述」強調的是表達行為，作為表達工具的講述或記載故事的人，就宜用「敘述者」來指代。只要我們根據實際情況，把「敘事」的範疇拓展到口頭表達（當代學者都是這麼看和這麼用的），漢語中「敘事」和「敘述」的區分就能站住腳，研究中則需根據具體情況擇一採用（詳見下文的進一步討論）。

　　那麼英文的narratology（法文的narratologie）是應該譯為「敘事學」還是「敘述學」呢？要回答這一問題，不妨先看看narratology中一個最為關鍵的基本區分，即「故事」與「話語」的區分。這一區分由法國學者托多羅夫於1966年率先提出，[2]在西方研究界被廣為採

---

[2]　Tzvetan Todorov, "Les categories du recit litteraire," *Communications* 8 (1966), 126. 參見筆者應邀撰寫的詞條 Dan Shen, "Story-Discourse Distinction," in *Routledge Encyclopedia of Narrative Theory*, ed. David Herman et. al. (London & New York, Routldege, 2005), 566-67, 以及拙文 Dan Shen, "Defense and Challenge: Reflections on the Relation Between

納，[3]堪稱「narratology不可或缺的前提」，[4]美國學者查特曼就用了《故事與話語》來命名他的一部很有影響的經典敘事學著作。[5] 所謂「故事」，就是所表達的對象，是「與表達層或話語相對立的內容層」。[6]「話語」則是表達方式，是「與內容層或故事相對立的表達層」。[7]讓我們以這個二元區分以及漢語中對「敘述」和「敘事」的區分為參照，來看「narratology」究竟該如何翻譯。

在為《Johns Hopkins文學理論與批評指南》撰寫「narratology」這一詞條時，普林斯根據研究對象將narratology分成了三種類型。[8]第一類在普洛普的影響下，拋開敘述表達，僅研究故事本身的結構，尤為注重探討不同敘事作品所共有的事件功能、結構規律、發展邏輯等。在普洛普的眼裡，下面這些不同的故事具有同樣的行為功能：

> 1.沙皇送給主人公一隻鷹，這只鷹把主人公載運到了另一王國。
> 2.一位老人給了蘇森科一匹馬。這匹馬把他載運到了另一王國。

Story and Discourse," *Narrative* 10 (2002): 222-43; Dan Shen, "What Do Temporal Antinomies Do to the Story-Discourse Distinction?" *Narrative* 11 (2003): 237-41.

[3] 誠然，有的敘事學家採用的是三分法，如 Gerard Genette 在 *Narrative Discourse* (Ithaca: Cornell UP, 1980) 中區分的「故事」、「話語」、「敘述行為」，以及 Shlomith Rimmon-Kenan 在 *Narrative Fiction* (London: Routledge, 1983) 中區分的「故事」、「文本」、「敘述行為」；Mieke Bal 在 *Narratology* (Toronto: Toronto UP 1985) 中區分的「素材」、「故事」、「文本」等，但這些三分法實際上換湯不換藥，參見拙文 Dan Shen, "Narrative, Reality, and Narrator as Construct: Reflections on Genette's 'Narrating,'" *Narrative* 9 (2001), 123-29.

[4] Jonathan Culler, *The Pursuit of Signs: Semiotics, Literature, Deconstruction* (Ithaca: Cornell UP, 1981), p.171.

[5] Seymour Chatman, *Story and Discourse* (Ithaca: Cornell UP, 1978).

[6] Gerald Prince, *A Dictionary of Narratology* (Lincoln: U of Nebraska P, 1987), p.91.

[7] Prince, *A Dictionary of Narratology*, p.21.

[8] Gerald Prince, "Narratology" in *The Johns Hopkins Guide to Literary Theory and Criticism*, ed. Michael Groden and Martin Kreiswirth (Baltimore: The Johns Hopkins UP, 1994), pp.524-27.

3.公主送給伊凡一隻戒指。從戒指裡跳出來的年輕人把他運送到了另一王國。

　　普洛普對行為功能的研究是對故事事件之共性的研究。他不僅透過不同的敘述方式，而且還透過不同的表層事件，看到事件共有的某種深層結構，並集中研究這種故事結構。我們所熟悉的法國結構主義學者布雷蒙、列維－斯特勞斯、格雷馬斯等人的narratology研究都在故事層次上展開。[9]在這派學者看來，對故事結構的研究不僅不受文字表達的影響，而且也不受各種媒介的左右，因為文字、電影、芭蕾舞等不同媒介可以敘述出同樣的故事。誠然，後來也有不少學者研究個體故事的表層結構，而不是不同故事共有的結構，但這種研究也是拋開敘述表達進行的（敘述方法——譬如無論是倒敘還是預序，概述還是詳述——一般不會影響故事的表層結構）。就這一種「narratology」而言，顯然應譯成「敘事學」，而不應譯成「敘述學」，因為其基本特徵就是拋開敘述而聚焦於故事。

　　第二類「narratology」研究呈相反走向，認為敘事作品以口頭或筆頭的語言表達為本，敘述者的作用至關重要，因此將敘述「話語」而非所述「故事」作為研究對象，其代表人物為熱奈特。就這一種「narratology」而言，顯然應譯成「敘述學」，而不應譯成「敘事學」，因為其基本特徵就是無視故事本身，關注的是敘述話語表達事件的各種方法，如倒敘或預敘，視角的運用，再現人物話語的不同方式，第一人稱敘述與第三人稱敘述的對照等。

　　第三類narratology以普林斯本人和查特曼、巴爾、里蒙－肯南等人為代表，他們認為故事結構和敘述話語均很重要，因此在研究中兼顧兩者。至於這一類narratology，由於既涉及了敘述表達層，又涉及

9　參見申丹：《敘述學與小說文體學研究》第二章，北京：北京大學出版社，2007 第 3 版第 3 次印刷。

了故事內容層，因此應譯為「敘事學」。這一派被普林斯自己稱為「總體的」或「融合的」敘事學。

　　普林斯在此前為自己的《敘事學辭典》撰寫「narratology」詞條時，[10] 將不同種類的「narratology」研究分別界定為：（1）受結構主義影響而產生的有關敘事作品的理論。Narratology研究不同媒介的敘事作品的性質、形式和運作規律，以及敘事作品的生產者和接受者的敘事能力。探討的層次包括「故事」、「敘述」和兩者之間的關係。（2）將敘事作品作為對故事事件的文字表達來研究（以熱奈特為代表）。在這一有限的意義上，narratology 無視故事本身，而聚焦於敘述話語。（3）採用相關理論模式對一個作品或一組作品進行研究。我們若撇開第（3）種定義所涉及的實際分析不談，不難看出第（1）種定義涵蓋了前文中的第一類和第三類研究，[11] 應譯為「敘事學」，而第（2）種定義則僅涉及前文中的第二類研究，故應譯為「敘述學」。令人遺憾的是，趙毅衡把第一個定義簡化為「受結構主義影響而產生的有關敘事作品的理論」，把第二個定義也簡化為「將敘事作品作為對故事事件的文字表達來研究」，然後得出結論說「原文的兩個定義，其實是一回事，看不出為什麼要譯成漢語兩個不同的詞」（p・230）[12]。既然是一回事，普林斯又為何要在同一詞條中給出兩個不同定義呢？經過趙先生這樣的簡化引用，確實不易看出兩者的區別，但只要耐心把定義看全，就不難看出兩種narratology研究的明顯差異。第（1）個定義中的「不同媒介」指向前文中的第一類研究，普林斯此處的原文是「regardless of medium of representation」（不管是

---

[10]　Prince, *A Dictionary of Narratology*, p.65.

[11]　正如我們在前文中所看到的，普林斯在幾年之後為 *The Johns Hopkins Guide to Literary Theory and Criticism* 撰寫「narratology」這一詞條時，把這一定義描述的研究分解成了第一類和第三類，這樣就更為清晰了。

[12]　趙毅衡在此是對申丹、韓加明、王麗亞《英美小説敘事理論研究》（北京大學出版社，2005 年）第 1 頁的注 2 的評論，那一注解給出了這裡的所有文字，而趙先生卻僅引用了兩個定義的第一句話。趙先生還引出了普林斯的原文，但兩個定義也均僅引出了第一句話。

什麼再現媒介），這指向拋開敘述話語，連媒介的影響都不顧，而僅對故事的共有結構所展開的研究。與此相對照，在第（2）個定義中，普林斯則特意說明：「In this restricted sense，narratology disregards the level of story in itself」（在這一有限的意義上，narratology無視故事層次本身）。這一類以熱奈特為代表的narratology研究，把故事本身的結構拋到一邊，而僅研究敘述表達技巧，呈現出一種截然相反的走向。前者讓我們看到的是不同敘述話語後面同樣的故事結構，後者則遮蔽故事結構，而讓我們看到每一種敘述表達所產生的不同意義。普林斯此處的第（1）種定義還涵蓋了上面的第三類研究，即對「故事」和「話語」都予以關注的「總體」研究，這也與僅關注敘述話語的「有限」或「狹窄」的（restricted）第二類研究形成鮮明對照。

　　趙毅衡先生之所以看不到這些不同種類的narratology研究之間的差別，一個重要原因是他忽略了「故事」層與「話語」層這一敘事學最為關鍵的區分。他在文中寫道：

> 第二種[區分]，談技巧，應當用「敘述」；談結構，應當用「敘事」。申丹、韓加明、王麗亞在《英美小說敘事理論研究》（北京大學出版社，2005年）一書的「緒論」中有一個長注，說「『敘述』一詞與『敘述者』緊密相聯，宜指話語層次上的敘述技巧，而『敘事』一詞則更適合涵蓋故事結構和話語技巧這兩個層面。」這個結構與技巧的區分，實際寫作中無法判別，也就很難「正確」使用。

　　筆者在這裡區分的是「話語」層次的技巧和「故事」層次的結構，實質上是對「敘述話語」和「所述故事」這兩個層次的區分。遺憾的是，趙先生把層次區分完全拋到一邊，而僅僅看到對「技巧」和「結構」的區分，這當然站不住──雖然一般不會說故事本身的「技巧」，但在「話語」層上，卻有各種「敘述結構」的存在。趙先生的

這種「簡化表達」不僅遮蔽了原本清晰的層次區分，而且有可能會造成某種程度的概念混亂。

只要我們能把握「敘述話語」和「所述故事」這兩個不同層次的區分，把握「敘述」一詞對敘述表達的強調，對「敘事」和「敘述」這兩個術語做出選擇並不困難。我建議：

1. 統一採用「敘述者」來指代述說或記載故事的人；採用「敘述學」、「敘述理論」、「敘述研究」或「敘述分析」來指稱對敘述話語展開的理論研究或實際分析；採用「敘述技巧」、「敘述策略」、「敘述結構」、「敘述模式」、「敘述藝術」等來指稱話語表達層上的技巧、策略、結構、模式和藝術。

2. 採用「敘事學」、「敘事理論」、「敘事研究」或「敘事分析」來指稱對故事結構展開的理論研究或實際分析；採用「敘事策略」、「敘事結構」、「敘事模式」、「敘事藝術」來指稱虛構作品中故事層次的策略、結構、模式和藝術性。[13]

3. 採用「敘事學」、「敘事理論」、「敘事研究」或「敘事分析」來指稱對故事和話語這兩個層次展開的理論研究和實際分析；採用「敘事策略」、「敘事結構」、「敘事模式」、「敘事藝術」來涵蓋故事和話語這兩個層次的策略、結構、模式和藝術。

4. 採用「敘事作品」、「敘事文學」、「敘事體裁」來指稱小說和敘事詩等，但對於（後）現代主義文學中基本通篇進行敘述實驗或敘述遊戲的作品，也不妨採用「敘述作品」。

5. 保持文內的一致性。遇到難以兼顧的情況時，[14]需要決定究竟是用「敘述學」還是「敘事學」或作出其他相關選擇（可用注解加以說明），在文中則應堅持這一選擇，不要兩者混用。

---

[13] 我們知道，虛構敘事中的故事是藝術建構的一部分，對故事的情節結構（尤其是事件的表層結構）的選擇也是作者的藝術創造。

[14] 我在給自己的第一本 narratology 的書命名時，就遇到了難以兼顧的情況：該書聚焦於 narratology 與文體學的互補性，強調敘述表達，因此 narratology 應譯為「敘述學」，

這種有鑒別、有區分的使用才能真正澄清混亂。若像趙毅衡建議的那樣，摒棄「敘事」而一律採用「敘述」，我們就會被迫用「敘述結構」來指稱跟敘述無關的故事結構，或被迫把「敘事詩」[15]說成是「敘述體裁」或「敘述作品」，如此等等，這難免造成學理層面更多的混亂。

三、使用的方便性

趙毅衡認為如果統一採用「敘述」，在使用上會更為方便。他提到就下面這三個句子而言，用「敘事」就無法處理：（1）「一個有待敘事的故事」，（2）「你敘事的這個事件」，（3）「這個事件的敘事化方式」。不難看出，他的這一論點的前提是統一採用「敘事」，而完全摒棄「敘述」。這當然會造成不便。但只要我們保留「敘述」，根據實際情況加以採用，就不會有任何不便。前兩句可以很方便地改為「一個有待敘述的故事」和「你敘述的這個事件」。至於第三句，出於學理的考慮，我們則不能為了方便把「敘事化」簡單地改為「敘述化」。敘事研究中的「narrativization」經常指讀者通過敘事框架將故事碎片加以自然化，具體而言，

> narrativization就是將敘事性這一特定的宏觀框架運用於閱讀。當遇到帶有敘事文這一文類標記，但看上去極不連貫、難以理解的敘事文本時，讀者會想方設法將其解讀成敘事文。
>
> 他們會試圖按照自然講述、經歷或觀看敘事的方式來重新

但該書有的部分（尤其是第二章）探討了故事結構，就這些部分而言，「敘事學」一詞應該更為妥當。在難以「兩全」的情況下，為了文內的一致性，我只好作為權宜之計統一採用「敘述學」一詞。此外，有時候還會受到以往譯著的牽制，若借鑒或引用相關譯著，就得採用現有的譯名。譬如，從學理層面考慮，熱奈特的經典著作應該譯為《敘述話語》，但筆者有時會引用直接從法文譯入漢語的王文融先生的譯本，而該譯著採用了「敘事話語」。

[15] 趙毅衡本人在文中也贊成沿用「敘事詩」（p. 232）。

認識在文本裡發現的東西；將不連貫的東西組合成最低程度的行動和事件結構。[16]

這樣的「narrativization」僅涉及故事這一層次，是將不連貫的故事碎片組合成「最低程度的行動和事件結構」，這顯然不宜改成「敘述化」，而需要用「敘事化」。從這一實例就可看出，若摒棄「敘事」，我們在研究時就會遇到很大的不便，難以在漢語中為這種「narrativization」和與之密切相關的「narrativity」（敘事性）找到合適的對應術語。

「敘事」和「敘述」這兩個術語都保留，還能給這樣的表達提供方便：意識流小說「不追求敘事，只是敘述，注重語言自身，強調符號的任意性，並不指向事件」[17]。我們不妨看看趙毅衡另一篇論文中的一段相關文字：

有人提出小說中也出現了「敘述轉向」[narrative turn]，這個說法似乎有點自我矛盾，小說本來就是敘述。提出這個觀點的批評家指的是近30年小說藝術「回歸故事」的潮流[18]

趙先生提到的「自我矛盾」並非「narrative turn」這一術語帶來的，而是他採用的「敘述轉向」這一譯法所造成的。只要我們改用「敘事轉向」，就能很方便地解決這一矛盾，請比較：

有人提出小說中也出現了「敘事轉向」（narrative turn）。小

---

[16] Monika Fludernik, *Towards a 'Natural' Narratology* (London: Routledge, 1996), p.34.

[17] 易曉明《非理性視閾對小說敘事的變革意義》，載《江西社會科學》，2008 年第 11 期，第 34 頁。

[18] 趙毅衡《「敘述轉向」之後：廣義敘述學的可能性與必要性》，載《江西社會科學》，2008 年第 9 期，第 33 頁。

> 說原本是「敘事」的，即講故事的，但第一次世界大戰以後，
> 不少小說家熱衷於敘述實驗，嚴重忽視故事。然而，近30年
> 來，小說藝術又出現了「回歸故事」的潮流。

一次世界大戰以後，西方小說藝術首先出現了由「敘事」向「敘述」的轉向，不少作品淡化情節，聚焦於敘述表達的各種創新，有的甚至成了純粹的敘述遊戲，而近期又出現了由「敘述」向「敘事」的轉向，回歸對故事的重視。不難看出，只有在「敘事」和「敘述」並存的情況下，我們才能方便地勾勒出西方小說藝術的這些不同轉向。若拋棄「敘事」，就難免會像趙毅衡的上引文字那樣，陷入理論表述上的自我矛盾。

結語

我們所面對的「敘事」和「敘述」這兩個術語的選擇，實際上涉及概念在不同語言轉換中的一個普遍問題。每一種語言對世上各種東西、現象、活動都有自己的概念化方式，會加以特定的區分和命名。法語的「récit」就是一個籠統的詞語。我們知道，熱奈特在《辭格之三》中，率先對「récit」進行了界定，指出該詞既可指所述「故事」，又可指敘述「話語」，還可指產生話語的敘述「行為」。在譯成英文的「narrative」後，[19]這一區分在敘事研究界被廣為接受。西方學者面對這樣的詞語，需要自己辨明該詞究竟所指為何。在譯入漢語時，如果跟著西方的「籠統」走，就應該採用涵蓋面較廣的「敘事」一詞。但理論術語應該追求準確，漢語中「敘事」和「敘述」這兩個術語的同時存在使得表述有可能更加準確。在所描述的對象同時涉及敘述層和故事層時，我們可以採用「敘事」；但若僅僅涉及敘述層，我們則可以選用「敘述」來予以準確描述。

---

[19] Gerard Genette, *Narrative Discourse*, tr. Jane E. Lewin (Ithaca: Cornell UP, 1980), p.27.

此外，我們所面對的「敘事」和「敘述」這兩個術語的選擇還涉及所描述的對象本身的演化問題。我們知道，narratology在興起之時，基本局限於普林斯區分的第一類聚焦於故事結構的研究。然而，在熱奈特的《敘述話語》尤其是其英譯本出版之後，眾多西方學者對「話語」層的表達方式也予以了關注，有很多論著聚焦於各種敘述技巧和方法。用「敘事學」描述第一類研究或涵蓋兩類研究兼顧的「總體」論著是妥當的，但用「敘事學」來描述以熱奈特為代表的聚焦於「敘述」話語的研究則很成問題。漢語中「敘事」和「敘述」這兩個術語的同時存在使我們能夠解決這一問題，得以對這些不同的研究分別予以較為準確的命名。這種精確化是理論術語的一種跨語言演進，也體現了中國學者利用本族語的特點對西方話語進行學術改進的一種優勢。

然而，事物都有正反兩面，正是因為漢語中的「敘述」和「敘事」有不同的著重點，可以指稱不同的對象，若不加區分地混合使用，反而會造成各種混亂。總的來說，中國學者有較強的辨別力，上文給出的資料表明，絕大多數論著對「敘述者」、「敘事作品」、「敘事文學」等做出了正確的選擇。[20]但混亂也確實十分嚴重，我們經常看到，該用「敘述」的地方用了「敘事」，反之亦然。此外，在同一論著中，甚至一本書的標題中，兩詞不加區分而混用的情況也屢見不鮮。趙毅衡先生以很強的學術責任心，撰寫專文，力求澄清混亂，其敬業精神令人感佩。本文接過趙先生的話題，對這一問題加以進一步探討，希望能早日達成共識，最大程度地減少混亂。

---

[20] 由於在學術研究領域，「敘事」的使用頻率遠遠超過「敘述」，有些學者忽略了這兩個術語的同時存在。《河北學刊》2008 年第 4 期刊登了趙憲章先生的《2005—2006 年中國文學研究熱點和發展趨勢——基於 CSSCI 中國文學研究關鍵字的分析》，該文統計了 2005-2006 年間 CSSCI 論文在「文學理論」這一領域中的關鍵字，趙憲章說：「令人欣喜的是，這一領域出現的新氣象也十分顯著，這就是位居第二的是'文學敘事'，如果將同'敘事'相關的關鍵字['敘事模式'、'敘事策略'、'敘事結構'、'敘事藝術'等]合為一體，則達到了 135 篇次，超過總篇次的 10%，其研究熱度相當可觀。」在進行統計時，趙憲章顯然沒有考慮「文學敘述」、「敘述模式」、「敘述策略」、「敘述結構」、「敘述藝術」等關鍵字，若加以考慮，還會增加 21 篇次，總數會達到 156 篇次。

語言文學類　PG1207　秀威文哲叢書04

敘事學理論探賾

作　　者／申　丹
叢書主編／韓　晗
主　　編／蔡登山
責任編輯／蔡曉雯
圖文排版／楊家齊
封面設計／陳佩蓉

發 行 人／宋政坤
法律顧問／毛國樑　律師
出版發行／秀威資訊科技股份有限公司
　　　　　114台北市內湖區瑞光路76巷65號1樓
　　　　　電話：+886-2-2796-3638　傳真：+886-2-2796-1377
　　　　　http://www.showwe.com.tw
劃撥帳號／19563868　戶名：秀威資訊科技股份有限公司
　　　　　讀者服務信箱：service@showwe.com.tw
展售門市／國家書店（松江門市）
　　　　　104台北市中山區松江路209號1樓
　　　　　電話：+886-2-2518-0207　傳真：+886-2-2518-0778
網路訂購／秀威網路書店：http://www.bodbooks.com.tw
　　　　　國家網路書店：http://www.govbooks.com.tw

2014年9月　BOD一版
定價：470元
版權所有　翻印必究
本書如有缺頁、破損或裝訂錯誤，請寄回更換

國家圖書館出版品預行編目

敘事學理論探賾 / 申丹著. -- 一版. -- 臺北市：秀威資訊
科技, 2014.09
　　面；　公分. -- (秀威文哲叢書 ; PG1207)
BOD版
ISBN 978-986-326-287-9 (平裝)

1. 西洋文學　2. 敘事文學　3. 文學理論

870.1　　　　　　　　　　　　　103016678

讀者回函卡

感謝您購買本書，為提升服務品質，請填妥以下資料，將讀者回函卡直接寄回或傳真本公司，收到您的寶貴意見後，我們會收藏記錄及檢討，謝謝！
如您需要了解本公司最新出版書目、購書優惠或企劃活動，歡迎您上網查詢或下載相關資料：http:// www.showwe.com.tw

您購買的書名：＿＿＿＿＿＿＿＿＿＿＿＿＿＿＿＿＿＿＿＿＿

出生日期：＿＿＿＿年＿＿＿＿月＿＿＿＿日

學歷：□高中 (含) 以下　　□大專　　□研究所 (含) 以上

職業：□製造業　□金融業　□資訊業　□軍警　□傳播業　□自由業
　　　□服務業　□公務員　□教職　　□學生　□家管　□其它＿＿＿

購書地點：□網路書店　□實體書店　□書展　□郵購　□贈閱　□其他

您從何得知本書的消息？

　□網路書店　□實體書店　□網路搜尋　□電子報　□書訊　□雜誌
　□傳播媒體　□親友推薦　□網站推薦　□部落格　□其他＿＿＿＿＿

您對本書的評價：(請填代號　1.非常滿意　2.滿意　3.尚可　4.再改進)

　封面設計＿＿＿　版面編排＿＿＿　內容＿＿＿　文／譯筆＿＿＿　價格＿＿＿

讀完書後您覺得：

　□很有收穫　□有收穫　□收穫不多　□沒收穫

對我們的建議：＿＿＿＿＿＿＿＿＿＿＿＿＿＿＿＿＿＿＿＿＿

＿＿＿＿＿＿＿＿＿＿＿＿＿＿＿＿＿＿＿＿＿＿＿＿＿＿＿＿＿＿＿

＿＿＿＿＿＿＿＿＿＿＿＿＿＿＿＿＿＿＿＿＿＿＿＿＿＿＿＿＿＿＿

＿＿＿＿＿＿＿＿＿＿＿＿＿＿＿＿＿＿＿＿＿＿＿＿＿＿＿＿＿＿＿

11466
台北市內湖區瑞光路 76 巷 65 號 1 樓

秀威資訊科技股份有限公司　　收
BOD 數位出版事業部

....
（請沿線對折寄回，謝謝！）

姓　　名：＿＿＿＿＿＿＿＿＿＿　年齡：＿＿＿＿　性別：□女　□男

郵遞區號：□□□□□

地　　址：＿＿＿＿＿＿＿＿＿＿＿＿＿＿＿＿＿＿＿＿＿

聯絡電話：(日) ＿＿＿＿＿＿＿＿＿＿　(夜) ＿＿＿＿＿＿＿＿＿＿

E-mail：＿＿＿＿＿＿＿＿＿＿＿＿＿＿＿＿＿＿＿＿